美丽白马我的家

一个航天人的驻村扶贫日记

李 杰◎著

中国宇航出版社

·北京·

图书在版编目（CIP）数据

美丽白马我的家：一个航天人的驻村扶贫日记 / 李
杰著 . -- 北京：中国宇航出版社，2020.5

ISBN 978 - 7 - 5159 - 1744 - 3

Ⅰ.①美… Ⅱ.①李… Ⅲ.①日记－作品集－中国－
当代 Ⅳ.①I267.5

中国版本图书馆 CIP 数据核字（2019）第 301519 号

责任编辑 马　喆　　**封面设计** 宇星文化

出　版 发　行	**中国宇航出版社**	
社　址	北京市阜成路 8 号　邮　编　100830	版　次　2020 年 5 月第 1 版 　　　　2020 年 5 月第 1 次印刷
	（010）60286808　　（010）68768548	
网　址	www.caphbook.com	规　格　787×1092
经　销	新华书店	开　本　1/16
发行部	（010）60286888　　（010）68371900	印　张　22.5
	（010）60286887　　（010）60286804（传真）	字　数　390 千字
零售店	读者服务部　　（010）68371105	书　号　ISBN 978 - 7 - 5159 - 1744 - 3
承　印	天津画中画印刷有限公司	定　价　58.00 元

本书如有印装质量问题，可与发行部联系调换

序 一

有一种出行，没有经历过就不知其中的艰辛；

有一种艰辛，没有体会过就不知其中的快乐；

有一种快乐，没有拥有过就不知其中的纯粹！

愿你成为一名纯粹的人，也愿你通过此书让人变得纯粹！

二〇一七年五月

序 二

　　李杰同志撰写的《美丽白马我的家》，由 140 余篇微文组成，共 21 万多字。该书通过纪实性文字，系统全面地记录了作者 2015 年 7 月至 2017 年 7 月两年间在云南省曲靖市富源县大河镇白马村担任村党总支第一书记的所见、所闻、所感、所思、所悟、所为。

　　该书的一个显著特点是以小见大，从一个普通航天科工扶贫工作者的视角，观察精准扶贫给白马村这样一个深度贫困村带来的可喜变化，深刻反映了以习近平同志为核心的党中央关于打赢扶贫攻坚战的决策部署在云南、在整个中华大地所产生的巨大影响，从一个侧面生动再现了航天科工集团积极响应党中央号召开展扶贫济困的工作实践，真切地展示了航天科工人可歌可泣的大爱善举。

　　该书内容丰富，语言朴实，有声有色，通过大量数据和具体事例，真实反映了云南农村的现状和基层扶贫工作的实际。通过作者对中国农村与农民、对事业与梦想、对家庭与生活的情感表达，多层面表现了当代航天人的家国情怀。

　　特别是该书用不少篇幅介绍了作者在村党总支第一书记岗位上开展群众工作的一些做法和体会，以及对基层工作的一些思考，这些对航天科工集团研究并做好扶贫工作和基层工作都有积极的参考价值和借鉴作用。

　　该书采用日记体形式系统地反映扶贫开发工作，从目前了解到的情况看，这在航天系统尚属首次，即使在整个中央企业系统、在全国范围内也是不多见的，值得充分肯定，应当给予支持和鼓励。

王建生（中国航天基金会）

2018 年 8 月 13 日

序 三

读完原创微文集《美丽白马我的家》，给我的深刻印象是"纪实""朴素""纯粹"。

2015 年 7 月，李杰同志受中国航天科工集团公司委派，到云南省曲靖市富源县大河镇白马村挂职并任该村党总支第一书记。在两年的扶贫攻坚战中，李杰同志不忘初心、牢记使命，与当地村干部们扛起"精准扶贫"的历史责任，为老百姓干实事、做好事，受到大家的欢迎和尊重。

这两年，李杰同志勤于笔耕，用饱含深情的笔触撰写了大量微文。回到北京后，从中挑选了 140 多篇汇集成《美丽白马我的家》，读来让人感同身受、涤荡心灵，更为李杰同志的求真、向善、崇美所感动。

这本微文集真实记录了一名扶贫工作者的所作所为和心路历程，再现了扶贫过程中的大爱真情和酸甜苦辣，值得出版，也值得读者去细细品味。

龚界文（航天云网科技发展有限公司）

2018 年 8 月 13 日

离开白马村的日子

——《美丽白马我的家》自序

2017年7月31日，我离开白马村返回北京，到现在已经两年多了。这两年多，我几乎没有时间再写关于白马村的文章了，也没有太多时间了解白马村发生的故事了，但是我与白马村的故事还在继续，我与白马村父老乡亲们的感情还始终紧密相连，在北京，我能看到很多白马村老百姓的身影，他们或到北京带孩子看病，或到北京送孩子上学，我都赶去看望他们，和他们一起吃个便饭、聊聊天，听听他们讲白马村发生的翻天覆地的变化，白马桃花庄园（后更名陶源溪谷生态庄园）已经开园，游人如织，经常把进村的道路堵死；白马小鱼馆到小街子的那条最长最烂的煤矸石路终于变成水泥路了，大家出行不用绕行胜境观了……最最感动的是，无数的大爱至今仍然还在白马村延续着。

在白马村工作的两年里，我和村党总支书记、村委会主任张旺益带领村"两委"班子、带领云南航天工业有限公司驻村工作队队员们、带领全村父老乡亲们，建设了总投资2亿多元的白马桃花庄园、建成了总投资300多万元的航天白马蔬菜基地、使用航天科工二院扶贫基金5万元建设了漂亮的航天七彩梦想教室。此外，我还收到了来自航天科工七院退休职工林家丰老人等众多普通的社会爱

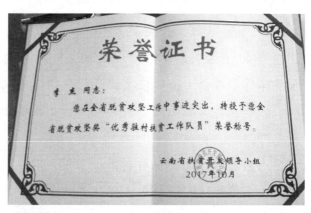

我获评云南省脱贫攻坚奖——优秀驻村扶贫工作队员

心人、北京锦绣华英衣帽有限公司康云英董事长和她的同事们、曲靖市"爱在珠江源"志愿者协会殷幼华姐姐和她的伙伴们、中国航天科工总部周菁主席和她帮助联系的中国经济改革研究基金会、"钢丝善行团"以及云南航天工业有限公司等单位和个人的近50万元的现金和物资，我把这些财物公平合理地分配到有需要的乡亲们手里。在我快要离开时，很多父老乡亲把无尽的感谢给了我，他们把家里自己精心腌制的好多只火腿送给我，把家里的柿子、鸡蛋、面条、西瓜送给我，航天白马幼儿园刘敏老师专门为我写了首《白马来了个李书记》并谱了曲，曲靖文体局的余晖老师、王雄思老师专门为我谱写了一首优美动人的洞箫配乐诗《轻轻地轻轻地开了花》……

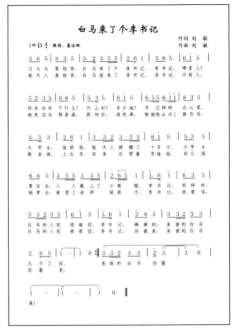

歌曲《白马来了个李书记》
航天白马幼儿园刘敏老师创作

2017年10月，在我回北京3个多月后，云南省扶贫办根据白马村党总支、白马村村委会、大河镇党委、大河镇政府、富源县委、富源县政府、曲靖市扶贫办的逐级申报，把云南省全省脱贫领域的最高奖"**云南省脱贫攻坚奖——优秀驻村扶贫工作队员**"（全省5万名驻村队员，仅24名同志获此殊荣）颁发给了我。

有一种快乐，没有拥有过就不知其中的纯粹

2018年7月13日，中国航天科工集团有限公司（"中国航天科工集团公司"2017年11月变更后名称）召开的第一批人才帮扶工作总结表彰暨第二批人才帮扶工作动员会上，时任集团公司党组副书记、副总经理方向明在大会上热情洋溢的讲话再次激荡起了我的思绪，把我带回了在白马村那激情燃烧的岁月里。

"李杰同志从云南担任驻村第一书记履职结束回到北京不到1年，当知道航天宏华（宏华集团有限公司）党建工作有需要时，他又义无反顾地加入到这支帮扶队伍里，很令人感动……这次你们将远赴东北困难企业、到湖南航天、

到贵州航天、到航天宏华，你们将抛家舍业，离开你们的妻儿老小，全身心地为航天事业的高质量发展作贡献……2016年我到白马村看望李杰时，他的宿舍墙壁上挂满了4岁儿子的照片，他把思念都寄托在照片里……李杰去年返回北京时，他在工作之余写的微文已经有140多篇，20多万字，他请我帮他写序，根据规定，领导干部一般是不能写序的，但是我还是在他提出要求的当天为他的微文写了'序'：

有一种生活，没有经历过就不知其中的艰辛；

有一种艰辛，没有体会过就不知其中的快乐；

有一种快乐，没有拥有过就不知其中的纯粹！

愿你成为一名纯粹的人，也愿读过此书的人变得纯粹！

今天，我把这句话也送给在座的即将远行的各位……"

方副书记的话让我心潮起伏、热泪盈眶，我选择了在云南农村2年来相对比较艰辛的生活，我体会了这种艰辛带来的快乐，我更拥有了这种快乐带给我精神上的纯粹！

我和白马村的孩子们登上了央视"向幸福出发"的舞台

2017年12月16日，在离开白马村近半年后，借宣传科工七院退休职工林家丰先进事迹之机，我有机会带着白马村的4个孩子登上了中央电视台"向幸福出发"的舞台，而且有机会给全国老百姓讲述以林家丰老人为代表的中国航天人、社会上众多的爱心人一直默默无闻关心关怀白马村的孩子们的故事。

当时，北京正值隆冬，天气寒冷，我们却感觉不到丝毫寒意。中国航天科工集团有限公司党群工作部孙玉斌部长专门给我安排一周的时间，带领白马村的孩子们，配合做好林老在央视的大爱节目，他希望我把林老等航天人无私奉献、大爱无疆的故事讲给更多的人。

时任航天科工七院党群

白马村的孩子们登上央视舞台，用一曲《感恩的心》
向全国各地爱心人表示感谢

工作部部长的赵卫华了解到我们的情况，和李硕副部长、武铠经理、贾云行经理、潘思禹经理等同事一同默默无闻地关心着我们，他把林老的大爱进一步发扬光大，把更多的爱心播洒到白马村孩子们的心头。他们中的很多大爱航天人曾经为孩子们购买过书包玩具，对正在读书的贫困家庭孩子直接给予资

我和白马村的孩子登上央视"向幸福出发"舞台，对以七院退休职工林家丰老人为代表的社会爱心人表示感谢

金资助，帮助他们完成初中、高中学业。也正是赵卫华部长积极联系，中央电视台的任航导演全力帮助，我们得以把林家丰老人的故事进行分享，孩子们在富源县人民政府谢富根副县长、白马村党总支张旺益书记、航天白马幼儿园刘敏园长的帮助下，有机会从最遥远的西南边陲来到祖国的心脏北京。其中的一位刚刚考上云南德宏师范学院名叫赵娇的孩子，即使在交通已经非常发达的今天，仍然花了整整两天，从德宏州坐汽车到昆明、再转高铁，途经近4000公里的路程，来到北京。

我把白马村的故事分享给众多的大爱航天人、社会上的朋友

2018年9月，到航天宏华履职党群工作部部长时，我以"青年读书会"的形式，把白马村的故事分享给公司新入职的大学生、青年职工。

2017年11月，我在中国农业大学读研究生的同学赖如通，邀请我到他们单位——农业部中国兽医药品监察所，为他们的党员讲一堂党课。

2017年9月，回到北京后，方向明副书记、孙玉斌部长安排我参加航天科工总部"小讲堂"，请我把两年的扶贫故事分享给总部的年轻人。

2017年7月，富源县人民政府副县长兼富源县大河镇党委书记牛睿邀请我在离开前，为全镇的党员同志们讲党课并和大家道别。

2017年6月，我即将离开云南时，云南航天工业有限公司董事长、党委书记苏晓飞，党委副书记李美清，邀请我为公司的领导班子和党员干部上党课。

2017年5月，"五四"青年节之际，重庆大学公共管理学院张鹏副院长、

刘淳副书记，邀请我回到阔别已久的母校，跟师弟师妹们分享在白马村的扶贫故事，并聘请我为重庆大学"两学一做"学习教育宣讲团的成员。

2016年10月，曲靖市委宣传部、曲靖市扶贫办、曲靖人民广播电台邀请我和其他7名第一书记，把扶贫点滴分享给市直部门领导和曲靖师范学院的2500多名师生。

2016年7月，富源县委、县政府邀请我和富源县各条战线的同志们为全县党员代表们讲微党课。

和白马村的故事从未结束，还将继续讲下去

我2017年7月离开白马村后，航天科工集团党组书记、董事长高红卫，党组副书记、总经理李跃，董事、党组副书记徐强等又先后来到白马村调研参观，并对村里的工作予以充分肯定。2018年、2019年春节，我又先后两次回到白马村，看望白马村张旺益书记、村里的乡亲们。我看到白马桃花庄园生意红火、在生态餐厅里吃饭的人排队等候，看到航天白马蔬菜基地的蔬菜长势喜人，感到分外高兴。

张旺益书记说，现在白马村很多自然村的公路修好了、变电设备更换了、取水设施更新了，让我感到无比激动。党和政府用"真金白银"，用"实打实、心贴心"的行动和措施，建设出来一个个新农村，从此，小康路上，再无人被落下。

2019年2月10日，我在云南曲靖有幸见到了中国原创扶贫歌曲《我的扶贫故事》的创作原班人马：曲靖市扶贫办姬兴波副主任（作词），曲靖市文体局余晖老师（作词），曲靖市文体局艺术研究所王雄思副所长（作曲），以及原唱周艳老师、周政帆老师。

我和富源县人民政府谢富根副县长、航天白马幼儿园刘敏老师与大家一起再次唱起"说给你，说给他，说给大家，一段帮扶的讲述，尝几碗淡饭粗茶，历经决胜总攻的故事，畅饮几场酸甜苦辣；走近你，走近他，走进农家，一段扶贫的经历，度几岁春秋冬夏，走过一抹自豪的身影，披几程朝阳晚霞……"，唱得大家都热泪盈眶，情不能抑。最近看到黄文秀同志的先进事迹，一方面，为她30岁就为了伟大的扶贫事业献出生命感到万分惋惜，另一方面，再次为众多的驻村书记用美好青春诠释了共产党人的初心使命而感到自豪。作为其中一员，这段经历为我留下了生命中最美好的记忆。

他们很多人依旧战斗在脱贫攻坚第一线，依旧风里来、雨里去地为扶贫事业奔波，他们很多人和我一样，只有两年时间与扶贫事业相伴，但是大家的心

始终被脱贫攻坚事业紧紧地聚到一起。我的扶友、中央党校（国家行政学院）赵广周老师从 2015 年 7 月起开始扶贫，至今仍旧在云南山区农村扶贫，他最近被中央党校何毅亭副校长"点名"表扬，何副校长说：全体师生既要向艾思奇、郭大力、苏星、江流、王珏等名师大家学习，又要向当前学校涌现出的优秀典型万代玺、赵广周学习。

我到航天宏华工作的一年多时间，本部及所属四川宏华、宏华电气、宏华国际、宏华油服的很多同事、朋友积极参与到脱贫攻坚事业中。航天宏华刚刚扭亏为盈，在自身发展非常困难的情况下，购买云南东川、富源农产品的消费扶贫资金达到 40 多万元，2018 年对云南东川、富源两个扶贫点的"精准扶贫爱心捐款"达到 10 多万元。航天宏华全体职工还积极参与当地的公益扶贫事业，干部职工 2018 年个人捐款 120 万元资助广汉宏华外国语学校。

一份伟大的事业，把无数仁人志士凝聚起来。直到 2018 年 7 月，我还在犹豫，是否把自己在白马工作期间的所见所闻、所思所行以图书的形式保存下来，心里何尝不明白"著书立说"不是我等愚拙之人可以为之的事情。

但是，想到我那些日日夜夜、无休无止还在一线辛勤劳作的兄弟们，想到我那些抛家舍业、参与扶贫甚至牺牲在一线的战友们，想到一直支持鼓励我的领导、同事、亲人、朋友们，我决定还是把这段岁月记录下来，撷取生活中的点点滴滴，或纪念或感谢或致敬。

2018 年 8 月，在方向明副书记、孙玉斌部长、李慧敏副部长、李铁毅专务等领导和同事的鼓励支持下，在中国宇航出版社彭晨光、马喆老师的大力帮助下，我开始整理这些稿子并进行补充完善，开始办理申请航天科工出版基金的手续，并最终申请成功。期间，得到中国航天科工集团有限公司党组成员、副总经理陈国瑛，宏华集团有限公司党委书记、董事长金立亮，宏华集团有限公司党委副书记、副总裁杨运青，中国航天基金会常务副秘书长王建生，航天云网科技发展有限公司纪委书记龚界文，集团公司科质部刘陈等领导和同事的大力帮助，使我今天得以把白马村两年激情燃烧的岁月记忆永远留存下来，并以之来鼓励更多的人成为方向明副书记所说的"纯粹的人"，成为对党和人民、对国家和社会有益的人。

李杰于四川成都

2019 年 9 月 9 日

目 录

初到白马村

（2015-08-27）

　　根据中共中央组织部的统一安排，2015年7月，我受中国航天科工集团公司（以下简称航天科工）委派，来到云南省曲靖市富源县大河镇白马村挂职并任该村第一书记，至今已经工作1个月了。

　　白马村是一个典型的山村，地处云贵交界处，行政区域面积20.3平方千米，平均海拔1750米，所辖10个村民小组（党支部），23个自然村，2020户、8306人，分布在大坝山、严湾冲等山顶、半山腰上或山下的坝子里。这里风景优美，连绵的白马山环绕大半个村落，山上泉水引下来，可供村民直接饮用。这里民风淳朴，所到之处都是善意的微笑和亲切的问候。

　　航天科工这几年在这里的扶贫工作卓有成效，特别是2014年援建了云南省省级农村示范幼儿园——航天白马幼儿园，解决了村里300多名幼儿的学前教育问题，村民对航天科工充满了感激之情。当他们了解到我放弃北京大都市的繁华生活、主动到山村挂职扶贫时，纷纷向我表示敬意和尊重。

从村委会俯视白马村的下半村

白马村最早有 5 家煤矿，早年经济发展尚可，但是由于煤矿年产量都低于 9 万吨，根据国家政策和县上推进煤炭产业转型升级的要求，近几年这些小煤矿大都关停，仅有 2 家在产，但已经半年多发不出工资了，大部分村民从在村里煤矿打工做事不得不重新回到田地中干活或外出打工。绝大部分村民目前主要靠种植玉米、魔芋以及养猪、养鸡、养牛等种植养殖业为生，许多家庭过去自费购买的大型运煤车也都处于停运状态，甚至变成了负担。正如富源县委、县政府工作报告所说，"全县经济在过去的一年中出现了断崖式下跌"，加上本身又无其他财政收入，真是雪上加霜。

位于乌蒙山区深处的白马村　　　　　白马村严湾冲村民小组红土田村

我利用半个月的时间走访了 10 多个自然村，深入停产在产的厂矿企业或大小餐馆 10 多家，看望了 30 多名老党员、生活困难党员、残疾人、留守儿童以及个别致富能手。这些天，又恰逢雨量充沛，出门时还是晴空万里，半途中却要在泥泞的山路上逶迤而行。村中一些村民前几年在煤矿上干活攒了点钱，又通过县上危房改造项目补贴，建起或改建了住房，但是仍有许多村民还居住在四五十年前建造的旧房中，屋外大雨屋内小雨。

我看望了多名留守儿童，其中磨刀石村的一个家庭母亲去世，父亲智障外出多年未归，留下两个分别 8 岁和 13 岁的小姊妹跟着大伯大妈生活，没想到的是，两个姊妹是原来的母亲捡来的，姐姐叫严路萍，是在路上捡来的，现在读初中，妹妹叫严村会，是在村委会旁边捡到的，读小学。大伯大妈生活非常拮据，我在看望他们时，姐姐、妹妹一直在旁边默默流泪，让人唏嘘不已。

我还看望了一位住在山上的 60 多岁的民办老教师，他的双下肢完全瘫痪，靠两个小板凳挪动行走，一个人孤零零地住在山上。早年他担任了 20 多年的民

看望残疾民办教师李大华

看望磨刀石村两个孤儿

走访看望肖家湾村老党员胡绍兵

看望色尔冲村残疾人

走访关闭停产的小煤矿

与张旺益书记参加磨刀石村民小组村民大会

办教师，教出很多优秀的学生，因为身体有重大疾病等原因，不能再担任老师，主要靠每月165元的低保生活，有时他的学生也会送点儿大米、蔬菜。

不仅如此，许多村民也会到村委会寻求帮助，希望能够帮助他们渡过难关。

许多村民都想致富，我去看了几家养殖野蜂或养殖蝎子、蜈蚣的农户，但是基本处于小打小闹的状态，没有形成规模。我问他们，多种一些蔬菜是不是更好，正好运煤闲置起来的大车可以继续有活干了。他们说，土地太少了，又都是山地，难以开垦出足够的耕地种菜。走访过的户数越多，自己感觉到的责任越重大。

美丽的白马山的旅游资源如果开发起来，那将成为村民的永久收入来源，但耗资较大，需要从长计议；转变老百姓的思路，想办法壮大养殖业和种植业，搞农业合作社未尝不是一条出路；要考虑建立一个农贸市场，现在这么大的一个村子竟然没有农贸市场，村民要到7千米外的镇上或12千米外的县上购买日常用品，有了农贸市场，既方便了村民又刺激了经济发展；要继续做好教育扶贫，办好航天白马幼儿园，进一步提高办园水平；等经济条件允许时，要把一些自然村的泥泞路改造为水泥砂石路，基本满足村民的出行需求；要进一步关心关注留守儿童，绝不能让他们流离失所。

我把中组部布置给第一书记的主要职责任务"建强基层组织、推动精准扶贫、为民办事服务、提升治理水平"打印下来，贴在我办公室的墙上。我想，我的背后是强大的航天科工做支撑，自己所做的一切不仅仅是为了完成集团公司派我过来时给予的任务，更重要的是一定要让村民感受到党和政府给予他们的温暖。因此，我必当尽全力为村民多做一点事情，带领大家走向更加美好的明天。

白马村神树"千年伉俪树"（冬天）　　白马村神树"千年伉俪树"（夏天）

"小黄帽"传递北京锦绣华英衣帽有限公司好心人大爱

（2015-12-16）

2015年12月16日，云贵山区交界处的国家级贫困县富源县迎来了今冬的第一场瑞雪，也是在这一天，富源县大河镇白马小学的840多名同学在这个白雪纷飞的寒冷冬日里，戴上了北京锦绣华英衣帽有限公司康云英董事长和她的全体同事捐赠的"小黄帽"。

天寒人心暖，爱心见真情。一顶顶漂亮的"小黄帽"不仅能为每一个小学生的安全出行保驾护航，而且还起到了御寒保暖的作用，此举获得了白马村全体村民和白马小学全体师生的交口称赞。

白马小学位于白马村村委会所在的老阳冲村，省道205线、富黄公路穿越该村多个自然村，7.5米宽的道路上，经常有小学生在早晨、中午、晚上的时段穿行，或与机动车并行，险象环生。白马村扶贫工作队看到这种情况后，和白马村村委会班子认真研究，决定为小学生们每人买一顶"小黄帽"，为他们的安全出行增

交通安全"小黄帽"捐赠及发放仪式

添一道"护身符"。

当从网上联系到北京锦绣华英衣帽有限公司康云英董事长,并表示一位航天爱心领导捐赠2万元想购买他们的小黄帽后,康董事长对中国航天科工多年来的扶贫行为非常感动,并当即表示,要以个人名义无偿捐赠960顶小黄帽给山区的孩子们。更令人感动的是,她所在公司的同事了解到这件事情后,坚决不同意她以个人名义捐赠,要求必须由公司全体同事进行捐赠。于是,就出现了本文开头动人的一幕。

康云英董事长表示,这次小黄帽捐赠是对贫困地区孩子们尽的一点微薄之力,希望孩子们通过在上学放学路上头戴"小黄帽",增强交通安全意识,减少交通事故的发生,这也是公司全体同仁的最终愿望。同

康云英和她的同事们为白马小学的孩子们
捐赠交通安全"小黄帽"(一)

康云英和她的同事们为白马小学的孩子们
捐赠交通安全"小黄帽"(二)

时,她希望更多的好心人响应习近平总书记的号召,投入到国家脱贫攻坚的伟大事业中来。

附:

感 谢 信

尊敬的康董事长和北京锦绣华英衣帽有限公司全体叔叔阿姨们:

2015年12月16日,云贵两省山区交界处的富源县迎来了今冬的

第一场瑞雪，也是在这一天，我们富源县大河镇白马小学的840多名同学们在这个白雪纷飞的寒冷冬日里戴上了锦绣华英公司全体叔叔、阿姨们共同捐赠的爱心"小黄帽"。天寒人心暖，地冷见真情。一顶顶漂亮的"小黄帽"不仅能为我们每一个小学生的安全出行保驾护航，而且还能起到御寒保暖的作用，这份浓浓的爱温暖了我们每一个同学的心，让我们真诚地说一声"谢谢你们"！

感谢你们的支持！由于淘汰落后产能的需要，村里关闭了好几个小煤矿，在改善环境的同时，许多同学们的父母因此不能再去矿上挖煤，失去了收入来源，生活受到很大影响。爱心浇灌慈善，慈善铸就大爱，有你们真好！习主席"十三五"脱贫攻坚的号角刚刚吹响，你们就用自己的实际行动帮助我们。没有比人更高的山，没有比脚更长的路，在你们的支持下，我们的父辈一定会更加努力，争取早日脱贫，决不在全面建成小康社会的征程中落伍掉队！在你们的关心下，我们一定会更加发奋图强，努力学习，学好本领建设好我们的国家，建设好我们的家园。

欢迎你们的到来！白马村是位于云南和贵州交界处的一个美丽宜人的小山村，这里植被丰富、水源充足、风景秀丽、气候宜人，白马山下白马人，巍巍白马山经年庇护着淳朴憨厚的父老乡亲，悠悠白马水长期滋润着美丽善良的孩子们，我们深爱着这片故土，更欢迎远方的客人们和我们一起到白马山里采采蘑菇、一起尝一口甘甜的山泉水、一起听一曲动听的白马山歌，诚挚邀请好心的叔叔阿姨们有空来走走！

戴上小黄帽，安全上学校。每一顶安全"小黄帽"都凝聚着你们的爱心，正是有了你们，社会多了一份关爱，我们多了一份安全，它必将成为我们白马村小学生平安出行的保护伞、平安成长的"护身符"。因此，最后让我们再一次真诚地说一声"谢谢你们"，并祝愿北京锦绣华英衣帽有限公司的事业蒸蒸日上、兴旺发达！祝愿叔叔阿姨们工作顺利、身体健康、家庭幸福！

富源县大河镇白马村村委会

大河镇白马小学全体学生

2015 年 12 月 16 日

云南航天为贫困户过了一个暖心年

（2016-02-02）

2016年春节前夕，云南航天工业有限公司37名领导干部自发捐款13650元，为白马村建档立卡贫困户每户送上350元爱心款。近日，白马村两委班子成员代表云南航天将爱心款全部转交给10个村民小组共计39户贫困户，并向贫困户们致以新春问候，希望他们努力用自己的勤劳双手，尽早脱贫、尽快致富，把日子过得越来越好。

这39户贫困户包括双腿残疾多年的民办老教师、父母双亡的两个孤儿、遭受交通意外截肢的残疾人、双目失明的老人、低收入的五保贫困户等等，这些爱心款也真正起到了雪中送炭的作用。"钱款虽薄，主要目的还是为困难群体送上慰问，让他们能过个好年。"云南航天工业有限公司党委书记肖雅君表示，这些善款是联系干部自发捐赠给建档立卡贫困户的一份爱心。

白马村是云南航天工业有限公司开展"挂包帮、转走访"工作联系点，公司党委书记肖雅君作为扶贫工作第一责任人，多次参加省委、省政府组织的扶贫工作专题会议，组织成立扶贫专门工作领导小组，并多次与班子成员就"转走访"工作协商并制定工作计划。2015年以来，肖书记已先后3次到白马村协调组织开展相关工作。公司董事长、总经理苏晓飞在深入白马村贫困户调研时强调，今后要把白马村作为云南航天的一个行政单位来管理好、发展好。

2015年10月份以来，云南航天先后组织了3批总计37名处级干部深入到白马村10个村民小组、20多个自然村开展"转走访"工作。许多干部进村后通过搭乘摩托、步行走路方式深入到农户家中了解情况，认真填写调查问卷，并与农户商量如何尽快脱贫。特别是在扶贫工作期间，云南航天严格落实中央八项规定精神，坚持把作风建设放在第一位，不给县镇和联系村增添任何负担，所发生的吃住行费用全部由公司或扶贫干部个人承担。

白马桃花庄园提前一年的邀请函

（2016-03-06）

从 2016 年 1 月 10 日听闻有投资人打算到大河镇白马村建设 2000 亩桃园，到 3 月 5 日第一批 3000 棵果苗就从安徽砀山运来，种到云南富源的田地里，一共不到两个月的时间。我为我服务的这片土地上的人们感到无限自豪和骄傲！

投资人杨涛总经理准备在白马村建设的项目叫白马桃花庄园，山庄里主要种植桃树（引进 10 多个黄桃品种）、杏树、梨树、车厘子树等，同时开发特色餐饮、农业观光、有机养殖、钓鱼娱乐、戏水乐园等等。建成后，项目所在地与富源县胜景关、白马山风景区、小街子羊汤锅所在地近在咫尺，后续生态旅游产业将得以有效带动。因此，我个人认为，加把油，就可以把白马村建设成为富源县的"后花园"；同时，对于白马村来讲，只要有项目在，村民就是最大的受益者：一是村民可以获得土地出租收益，二是在家门口就能务工（今天的劳动现场，可以看到很多五六十岁的老太太，只要她们拿得起锄头就可以劳动啊），三是旅游等项目的带动，后续还将获得更大收益。

在不到两个月的时间里，富源县委、政府领导，大河镇党委、政府领导几次到村协调工作。村委会考虑到外出务工农民回家过年，从大年初三开始就逐个村民小组开群众动员大会。村委会班子成员半夜还在讨论土地流转合同，因为签订的有效期是 20 年，让人顿感责任重大，虽然反复讨论、几经修改，我建议还要请律师帮我们把把关。2 月 17 日开始，村委会许多成员冒着严寒丈量土地，前几天地里寒冷，去得早时不得不找些柴火先烤烤火再干活，好在现在天气很快暖和起

富源县人民政府黄书奕副县长到白马桃花庄园指导工作

9

来了。

土地是农民的命根子。截至目前，仍存在一些问题，比如一些村民不管如何做工作都不愿意出租土地等。村委会采取各种能想到的办法来做工作，比如给这些村民在外地工作的子女打电话，请求他们多考虑全村发展大局，帮忙做些老人的说服工作。

感谢投资人杨涛总经理对这片土地的厚爱，感谢县镇领导的亲切关怀，感谢张旺益书记为首的村委会全体班子成员的高效工作，更感谢那些识大体、顾大局的父老乡亲们！

在白马桃花庄园种植果树

明年4月（实际开园日期为2018年5月15日）白马桃花庄园将正式开园，五彩缤纷的桃杏梨花、美味的绿色餐饮、可口的生态水果等着大家的到来！我在这里提前一年发出这份邀请函，诚恳邀请大家过来走走看看！

用"人民战争"解决种树问题

（2016-03-08）

白马桃花庄园果树苗种植从3月5日算起已经进入第3天了，但是这3天我们只种下3345棵果树苗，而我们总计有6万棵树苗需要在3月20日前种下去，否则一些树苗马上要发芽，成活率会受到很大影响。按照目前的进度，需要60天左右才能将树苗全部种上。晚饭后，张旺益书记与杨涛总经理商量后，认为必须召开一个紧急会议商量一下该怎么办。

经过一个多小时的讨论，决定如下：

一是要进一步提高思想认识。这个项目是利国利民的，符合国家和省市县镇的产业发展方向。特别是要认识到白马桃花庄园的建成将改变白马村几代人的命运，凡是以后在白马村发展的村民，后续桃园追肥、锄草、剪枝，包括建成山庄后的旅游接待等各项工作，将保障白马村几代人"打工不离家"。同等条件下，将优先雇佣当地出租土地的村民，也已经明确到土地流转合同里了。

二是分析种树到底有几个关键工序。大致需要这几个步骤：从运货大车卸下树苗运到地头田间，放线测量株距并做标记，挖掘机挖好树坑，从地头搬运树苗到各个树坑，把树苗按要求种下去并覆土，马上浇水、覆盖薄膜（防止水分快速蒸发）。其中放线、搬运、种树是可以集中起来做的；浇水和覆膜也是可以集中起来做的。

三是下一步要按照工作量计酬。现在每天虽然召集了上百人，一天点名四次，根据出勤情况给付每人每天50~60元，但是干活时，总是发现有的人很闲，有的人很忙，忙闲不均，这是典型的大锅饭现象。因此，决定做出以下调整：一是从运货大车上用小货车把树苗运到地头，按照小货车每车往返1次30元计算；二是分成4~5个种树小组，每组8~10人，负责放线、从地头搬运树苗到树坑并把树苗种下去覆土，每棵树验收合格后给付1.5元工费；三是浇水和覆盖薄膜，由于目前水源和山地供水问题，无法迅速提高效率，仍然按照每天每人50~60元计算。技术人员、管理人员则重点做好质量检查等工作，检查不合格的必须返工。

最后，还要增加树坑挖掘机的数量，在现有两台的基础上，明天再调来两台。同时，请党支部书记、村民组长在会议结束后继续加大对个别不愿意租地群众的工作力度，避免影响大局。

最美的女人在哪里——祝女性朋友们节日快乐

（2016-03-09）

今天，我很荣幸地代表村委会并以评委身份参加了名师素质教育集团在航天白马幼儿园举行的"名师兴衰，我的责任"主题演讲比赛。比赛前观看了航天白马幼儿园的老师们和名师素质教育集团其他乡村幼儿园老师们的歌舞表演，她们从上午9点开始，伴随着音乐一共唱了9首、50多分钟的歌曲，然后21名乡村幼儿园教师以"尊师、敬老、亲仁"为主题，从10点开始不停歇地演讲到了下午1点钟，真是让人钦佩。

名师素质教育集团董事长、航天白马幼儿园园长刘敏请我讲两句，我便以"最美的女人在哪里"为主题作了几分钟的发言。我问大家，谁才是最美的女人？沉默一会儿，我说，我认为就是在座的各位。演讲时你们铿锵有力的声音、歌唱时你们嘹亮婉转的歌声、舞蹈时你们轻快曼妙的舞姿，都让我觉得你们才是最美的女人，祝你们节日快乐！

花容月貌只是外在，岁月早晚会偷走这些色彩，真正美的女人是，当你们在聚精会神地唱歌时、在激情蓬勃地演讲时、在婀娜多姿地起舞时……因为你们的专注和投入，因为你们的激情和付出，因为你们在认真地做事，因为在工作中展现出对幼儿教育事业的大爱，你们是最美的女人！特别是你们在祖国的西南边陲，每个月只有一到两千元的收入，但是始终无私奉献，用实际行动影响了富源县、白马村一代甚至几代人，村委会感谢名师素质教育集团、感谢航天白马幼儿园最美的老师们，祝你们节日快乐！

航天白马幼儿园是云南省富源县、大河镇教育部门、中国航天科工集团公司共同投资建设的云南省最好的农村省级示范幼儿园之一。幼儿园的校舍、教室内的设施都相当不错，演讲使用的教室就是航天科工二院23所职工自发捐资5万元建起的一所现代化多媒体教室，这里还曾经接待过来自俄罗斯、瑞士和中国台湾的许多友人。但由于学前教育不是义务教育，目前委托名师素质教育集团代为经营，要求他们按照县教育部门核定的收费标准收费，做到自负盈亏的同时，负责起全村300多名幼儿的学前教育。现任园长刘敏本人恰好是白马村村委会硐上

13

村人，他先后创办了 5 所乡村幼儿园并组建名师素质教育集团；多年来，他始终坚持素质教育并深入广泛开展"国学教育"，让孩子们从小感受"温良恭俭让"，养成良好的生活和学习习惯。今后村委会想帮助幼儿园再做两件事：一是能够选派一些乡村幼儿园的老师到城市里的优秀幼儿园跟班学习 1~2 周；二是争取找点钱帮幼儿园再建一个多媒体教室，让山区的孩子们在阴天下雨时也能够有更大的活动空间。

爱心多米诺——中国农大人的情怀（一）

（2016-03-12）

今天非常高兴，替一位好心人完成了一个善举。

3月11日下午，我和白马村党总支副书记李桥会、扶贫工作队队员朱家文带着安徽省亳州市古井镇副镇长李厂的爱心款去看望了大坝山村民小组的刘小五。这也是我第二次见到他，他平躺在床上，我问他感觉怎么样，他说不太好，由于天气再度转冷，不能起床了。他的爱人严小琼和两个小一点的孩子也在家。他的爱人很感谢我们，我说这是来自安徽亳州一位好心人的关爱，我和你都向这位好心人表示感谢吧，希望你们今后也不要过于担心，兵来将挡、水来土掩，你们家是咱们村建档立卡贫困户中关注的重点，我们大家今后会一起想些办法的。

其实，我和古井镇李厂副镇长素昧平生，一切要从我中国农业大学的师姐刘会华说起。她此前寄来一大箱子小孩儿的衣服，希望可能的话给需要的孩子们穿。前一段时间，我正好路过大坝山村刘小五的家，得知这位兄弟才34岁，有4个孩子，最小的1岁、最大的9岁。他本来一直好好地在外打工，却不幸得了肺癌，更糟糕的是2015年又转为骨癌。第二天，刘小五的爱人到村委会来，我问她是否需要好心人捐赠的小孩子衣服，因为她正好用得着。我怕她嫌弃是旧衣服，便说其实在城市，好朋友之间小孩子的衣服也都是"小穿大"，因为我自己的孩子就是这样。她说太好了。因此，第二天我就和村委会、扶贫工作队一起把衣服给她送去了。随后，我把相关的一些图片放在中国农业大学2008级MBA的微信群里，大家都为刘会华师姐的善举点赞。没想到的是，师妹王俊英在自己的微信群里转发了师姐刘会华的善举和我的一些情况，她的很多同学也都为刘会华点赞，这其中就包括李副镇长。他说希望为遭遇不幸的人做点什么，除了要帮助刘小五外，还要把一年的《儿童文学》寄过来给航天白马幼儿园的小朋友们。

真可谓"爱心多米诺"啊，中国农大人的这份帮扶助贫的情怀让我为之骄傲和自豪，而且可贵的是这份爱心得到了传递，后边又有与我素昧平生的李副镇长的善举！我之后还接到了几个好心人的电话，说希望帮助困难村民们做点事情。白马村的贫困人真的感谢你们了，祝愿好人一生平安！

　　叙述这样一件事情，绝对不是以此来希望大家要如何如何，每个人只要遵从自己的内心就可以了，一旦自己感觉到任何不适时，就事与愿违了。李厂副镇长还明确表示，不希望宣传这件事情。我只是想告诉大家，生活中我们随时可以积小德行小善，尽可能地帮助他人，帮助那些比我们条件差的人，让那些贫困的人和不幸的人不至于对生活和社会感到绝望，进而让我们共生的这个社会更加和谐。

我们为什么使用"童工"

（2016-03-14）

周六，我和村党总支书记张旺益、扶贫工作队队员朱家文到地里看白马桃花庄园果苗的种植进度。

我看到了色尔冲村民小组的一个 9 岁、一个 11 岁的两个小学生和他们的奶奶一起在种树。我和他们的奶奶聊天，她说孩子的爸爸妈妈都出去打工了，今天两个小孙子正好周末不上学，主动过来帮忙，先挖好树坑、技术人员检测合格后领树苗、然后种上树，每棵树可以给我们家 3 元钱；如果土壤没有那么板结的话，一天种三十多棵树应该不成问题。我说，累了就歇会儿，千万别累着您和孩子。

其实，昨天下午我和张旺益书记到地里时，我还看到一个老奶奶竟然跪在地上刨树坑，让人心里为之一紧。但是总体上还是很高兴的，困扰杨涛总经理加快树苗种植进度的问题基本上得到了解决，粗略统计，截至目前大约种了 5 万棵树苗。

在这里，我们要感谢毛主席"相信群众，依靠群众，放手发动群众"和邓小平同志"包干到户"的思想了。

上周，杨总的一位亲戚龚老师在晚饭后的工作讨论会上提出，当前必须发动群众，每棵树不再由挖掘机刨坑，而是发动所有参加土地流转的村民在自己家原来的责任田里挖坑、种树，否则的话，根本不可能按时间要求把树苗种上，而天气却越来越暖和了，树苗在不停地发芽中。

这和张旺益书记一直建议杨总对种树进行定量考核、避免"大锅饭"和"窝工"的思想是完全一致的。第二天早上，龚老师又把自己的想法写成建议书给村委会。杨总过来时，张书记立即向他建议，希望他认真考虑这个可以加快种植树苗进度的好方法；同时，我建议龚老师向杨总的爱人肖总也马上报告，好让杨总尽快采纳这个方案。

对于杨总来说，村民自己挖坑种树的成本算起来比采用挖掘机挖坑种树还低，而且解决了一直以来困扰我们的进度问题。因此，我们看到了开头的一幕。感谢毛主席，用好毛主席的思想帮助我们解决了短期内尽快将 10 万多棵树苗（原来以为是 6 万棵）尽快种到地里的问题，同时，每一户参加土地流转的老百姓也能获得相应的务工收益。

另外，给 10 万多棵树苗浇水的问题也基本得到了解决。杨总组织人员采用大功率水泵先把水抽到山顶上一个挖好的水池里，然后再用皮管子把水直接引下来就可以了。

最害怕的和最不害怕的

（2016-03-15）

今天，白马村党总支召开新一届党总支委员候选人初步人选党员和群众推荐大会，这是正式选举前"两推一选"的"一推"，接下来还将由镇党委进行推荐，之后才能进行正式选举。今天到会的党员、群众代表、县镇人大代表一共98名，许多步履蹒跚、七八十岁的老党员都过来了。

一个边远山区的农村基层组织按照大河镇党委的安排，有条不紊地开展换届选举的各项工作，让我感受到了基层党组织的力量。先是大河镇罗副书记、刘副镇长、敖委员以及组织干事朱干事专程过来传达镇党委对换届选举的要求，随后张旺益书记召集全体党总支委员布置，当天又召开了全体党支部书记、村民组长、副组长参加的换届选举工作部署会，今天召开了98名党员和群众代表、县镇人大代表参加的党总支委员候选人初步人选推荐大会并顺利完成换届选举候选人初步人选推荐工作。

张旺益书记会后说："我们最害怕的是老百姓的推荐票，我们不害怕的也是老百姓的选票。害怕是因为我们不好好干，老百姓就不再推荐我们这些人；不害怕是因为我们相信自己只要好好干，老百姓的眼睛是雪亮的，他们会做出自己的选择。"

夜话——夜送安徽技术人员回住地

（2016-03-20）

安徽砀山来的三名技术人员这两天搬到了戛布冲村民小组的红白理事会来住宿。晚饭后，搭着月色，我说去看看他们的住处。路上，技术员老郑说，一位村民挖的树坑太小太浅，把树苗就直接种上了，反而说是我们技术人员同意的，问他是哪一个技术人员同意的，村民又说不上来。我说，挖树坑很辛苦，但是如果质量不好，不如不种；把这种情况要及时报告给杨总他们的管理人员，验收合格才会付钱；一颗树苗从安徽运到云南成本近百元，两千多公里拉到这里死了太可惜了；杨总的桃园山庄说是他个人的生意，其实也是全村人的生意，桃树种好了、发展了，后续我们才会有工作做。

三名技术人员睡的是上下两层的铁床，电灯、铁锅（早上煮面条）、牙膏牙刷、拖鞋也都有了。条件简陋了点，他们说，咱们农村人有吃有喝有住，行了。

返回时，我一个人走在山路上，沐浴着习习的凉风，有村民的狗追着我汪汪叫，使我不由得抓紧了手中的棍子。但是想到11辆大车的树苗已经种上了9车，还有两车明天凌晨到富源县，还是欣慰的。

我回到村委会时已是晚上九点多了，却看到村民调解室里还亮着灯。大家都在地里忙了一天，为什么这会儿还没有回家休息？进去一看，刘挺副主任、田小雁土管员正在为磨刀石两户村民调解纠纷。磨刀石这两户村民本是亲兄弟，因为一家的猪圈多占了对方几平方米而大打出手，其中一方从医院里刚出来，医药费花了好几千元，这几平方米猪圈的价钱快要赶上大城市的地皮价格，到底值还是不值？！村委会这些弟兄们白天在地里忙活，晚上还要继续做好纠纷调解工作，实在不容易。

这两户亲兄弟为了"猪圈"这点事不和，道理也许说得明白（双方都心服口服），也许永远都说不明白（总有一方觉得"不合"）。但是有一点，两兄弟或许因为都不富裕，都没有钱，才导致因为一点利益伤了和气，等到以后日子好起来了，几年后回过头来看，一定会觉得当初"让他三尺又何妨"！

村民调解室在工作中，村委会院里大家也没闲着。张旺益书记、杨涛总经理、顾八斤主任坐在村委会的院里正在谈一天的工作。戛布冲村有的村民明确表示不租，认为租期太长、价格太低；有的是头天晚上同意了，第二天早上去量地时又反悔了。张书记说，每次去都要做好记录，回过头来，认真总结总结，看看到底是什么话没说到，什么理还没说通。大家在沉默中思索，在思索中沉默。农民对土地的这份情谊我们都深深理解，但是有哪一家盖的房子是靠种几分地得来的收入？这是一个改变白马村几代人命运的机会，这是一个为富源县全县人民建设"后花园"的机遇。

　　"两推（党员、群众推荐与乡镇党委推荐相结合）一选"那天，有一位上了年纪的老党员，在初步推荐唱票结束后，拉着张旺益书记的手说："看到你们这一届班子在为老百姓过上好日子努力工作，我们会一直支持你们。"

　　我又想起来近日辽宁农民人大代表毛丰美与汪洋副总理的精彩对话："农村干部收入太低，一天才 30 元。农村妇女种地一天还能挣 100 元，村干部大老爷们儿没老娘们儿挣得多，自尊心都没了，基层政权受影响。"这与白马村村干部的实际情况也是相符的，但是整个县的财政都不富裕，希望上级政府继续关心的同时，我们自己更加努力才是。

无论多远，不忘初心

（2016-03-22）

2015 年 9 月，我因为爱人生病做手术回北京 20 多天。当我准备返回云南时，母亲说，你怎么待这么短的时间，说走就走啊？我说我已经在北京待了 20 天，不短了啊！

不过现在想想，当时 20 天，有 15 天是陪爱人在医院度过，只有 5 天在家里陪母亲。现在母亲回了河南，前几天打电话给我，说我有好长时间没打电话了，问问我怎么样，我说挺好的。回头一想，确实好长时间没有打电话了；另外从 2014 年 11 月回老家之后，已经有一年多没有回老家了。

儿子问我什么是家，我告诉他，有父母在的地方就是家。其实久居在城市，我们的下一代几乎都无法记起老家的印象了，有的只是城市生活的记忆而已。当我们通过自己的努力与勤奋，谋得了在城市生存发展的一席之地，同时也找到了自己的爱人，在城市扎根、开花、结果的时候，或许要想到，无论我们在哪个城市落地生根，我们的老家还在那遥远的农村，在那遍地山花的乡野之地，那里有我们儿时的记忆，有生我们养我们的父母，他们为了我们付出了所有，平时连一颗糖、一只鸡都舍不得吃。

每当快过年的时候，平常一个电话都舍不得拨的父母，总是一个电话接着一个电话地追问我们："今年过年和媳妇儿子一起回来吗？孙子已经长得很高了吧！是不是已经很胖了？最近工作还顺利吧！你们如果回来，提前和我们说一下。"我的小侄女 10 岁那年，听说我要回家过年，为了接我，在县城里等了一整天，她现在都读高中了。

无论多远，不忘初心，老家永远在那里等着我们回去。

牛永东副县长调研指导白马桃花庄园建设工作

（2016-03-23）

3月23日上午，富源县人民政府副县长牛永东在大河镇党委副书记、镇长范涛、副镇长罗文光的陪同下调研指导白马桃花庄园建设工作。

牛副县长详细查看了白马桃花庄园的总体规划，听取了白马村党总支张旺益书记、项目投资人杨涛总经理的工作汇报，并现场查看了黄桃树、苹果树、梨树、车厘子树等树苗的生长情况。

牛副县长强调，该项目是富源县转型升级的重要项目之一，各有关部门、大河镇人民政府、白马村村委会都要努力为项目开展提供强有力的支持，推动项目的顺利开展。

把白马村打造成为富源县的"后花园"

（2016-03-24）

3月23日，我们在顺利完成富源县党代表、大河镇党代表初步人选推荐后，张书记和我为全村到会的69名党员上了"积聚力量，大干快上，把白马村打造成为富源县的'后花园'"的主题党课。

张书记从这几年全国各地先进富裕农村的发展情况讲起，讲到目前到了必须为全村人民寻找更好出路的关键时刻。白马村是集体经济的"空壳村"，过去我们的主要精力集中在煤炭开采和煤矿务工方面，也曾开展银杏种植、餐饮、养猪、养牛等产业，但是因为国家政策（对煤炭产业）和规模（农业开发）等各方面的因素，导致我们不能成为经济强村。基层党组织树立威信，今后要实现"读书不要钱、看病不要钱、养老不要钱"的目标，我们必须实现跨越式发展，这也是习近平总书记2015年视察云南讲话的一个重要指示精神。

白马桃花庄园以及有望开展的航天蔬菜大棚建设，都将全面带动我们的经济发展。即使今后我们在自己家门口卖洋芋、收个停车费，照样能挣到不少钱；许多处于庄园里面或周边的村庄，今后都可以开展"农家乐"建设。现在，个别党员存在的思想觉悟低，把个人混同于普通群众，长期不读书、不看报、不学习、不参加会议的问题，要予以重视；大家都要认真反思自己"当初为什么要入党"，不能忘记自己的"入党誓词"；一些党员吃着共产党的饭，放下碗就骂娘，是没有道理的。听说哪个地方出现重大车祸，立马来了精神，听说要学习中央政策，马上没了兴致，也都是不对的。

我说，今天很荣幸能够跟同志们交流，绝对谈不上"讲课"，主要是大家互相学习。各位在座的农村党员都很优秀，我只是"小学生"，来到白马村，我学到了很多待人处事、开展工作的方法等，非常感谢大家。我们白马村党总支的班子战斗力很强，很敬业，使我非常敬佩；党总支研究提出把白马村建设成为富源县的"后花园"是经过深思熟虑的，正在建设中的白马桃花庄园，将带动白马山风景区、小街子羊汤锅、白马水库等旅游项目的建设。我们的214户贫困户、756名贫困人口的脱贫攻坚也都将不成问题，下一步我们是要解决发展问题的。

希望在座的同志们一定要做到与党中央保持一致，落实好县镇党委要求，统一思想，共同支持这个能改变我们很多人命运的大项目。

同时，大家也要加强学习，特别是中央正在开展的"两学一做"学习教育，我们一定要积极响应。即使我们身在农村，同样要自觉主动地加强学习。为推动白马村走出去，我建了一个微信公众号，希望大家随时关注，关心我们自己村子的建设，每一名党员一定要充分发挥好党员的先锋模范作用，把我们的家乡建设得更美好。

打通"最后一公里"

（2016-03-26）

　　土地是农民的命根子，土地是老百姓的安身立命之本，但是现在逐家逐户的零星土地已经成了束缚白马村进一步发展的桎梏，微薄的收益扣除全部投入后，所剩寥寥无几。突然间，我们的机会来了，投资人带来几千万元的投入打造白马桃花庄园，并带动旅游、餐饮、运输等相关产业。但是，现在我们遭遇了"最后一公里"，已经完成了95%的工作量，10万棵果树苗有9万多棵已种上，仅剩6000棵还种不上，怎么办？

　　3月25日上午，县委常委、县委宣传部部长耿妍在大河镇党委书记牛睿、副书记夏显昆陪同下调研指导白马桃花庄园建设工作。张旺益书记、杨涛总经理和安徽砀山合作方付超飞总经理向领导报告工作。目前，10万棵树苗已经种上9万多棵，还剩6000棵苹果树苗由于土地流转原因尚未种上，仍旧在地头摆着，风吹日晒，成活率必将大受影响，主要原因是某个村民小组76户村民的100多亩地成了"硬骨头"，成了"最后一公里"。耿部长说，该项目是全县转型升级的重点项目，昨天富源县委书记唐开荣、县长陈志已经组织全县农业、林业、水务、发改委以及大河镇党委政府等部门召开专题协调会议，各级领导都要高度重视这个项目，要努力为项目顺利正常开展提供便利措施。

　　下午2点钟左右，牛睿书记已经开始在白马村现场办公，与白马村两委班子、戛布冲村民小组、色尔冲村民小组以及十字路村民小组的党支部书记、村民组长逐一座谈，希望我们能够把这"最后一公里"打通。牛书记说，白马村村委会班子成员之前做了大量的工作，在1个月内把10万棵树苗种上了9万多棵，非常不易，成绩斐然，但是，现在也到了最关键的时刻，我们要为子孙后代服务，不能再陷入煤炭这个产业了，必须转型升级，必须为群众百姓谋长远发展，同时，我们也要尊重我们的百姓，要更加耐心细致地做好说服工作。

　　"镇、村干部分成9个组，今天晚上就立刻进村入户，挨家挨户、细致耐心地做好76户村民的说服工作。请办公室马上通知农技推广站、安监办、环保办、国土分局、交通办、供电所等部门负责人和大河中心学校的有关老师，务必下午

6 点钟到白马村村委会集合。今天是周五，暂时取消大家的双休日了，这是一项必须完成的政治任务。请张立平书记负责督促，对照每组的工作完成情况，说服并丈量土地后，做完 1 户销账 1 户……"

下午 4 点半，大河镇党委书记牛睿坐镇白马村村委会指挥，向村镇干部们下达工作指令。大河镇人大主席团主席温石宝、大河镇党委副书记夏显昆、大河镇纪委书记张立平、副镇长刘云峰、副镇长游界等镇领导都先后赶到白马村，并向陆续到来的干部们布置这项工作。

下午 5 点 50 分左右，大河镇党委、政府许多部门的干部全部齐聚白马村村委会。牛睿书记亲自点了几个镇职能部门的领导担任工作组组长，白马村村委会班子成员则分别担任每组的副组长。同时，几位镇领导再次提出要求，大家首先要统一思想，入户做工作一定要认真听取老百姓的真实想法，注意工作方式方法，晓之以理，动之以情，不能与老百姓发生任何争执。在此前提下，一定要讲清该项目的重大意义和发展机会的来之不易，各组遇到问题及时向镇领导请示汇报。

白天，我们在努力；夜色中，我们仍旧在努力。

共产党比您的大儿子还亲

（2016-04-07）

"想想看，您自己的儿子会每个月按时给您钱花吗？但是，党和政府确确实实做到了，每月给您的存折上都按时打上 55 元（目前已经调整为 75 元），等您到了 80 岁，还会有高龄补贴每年 600 元，到了 90 岁每年 800 元，到了 100 岁加上养老保险等每个月就有 1000~3000 元了。您说，共产党是不是比您的大儿子还亲？"张书记正在和一名 60 多岁的老年人聊天，他把党和政府的关心做了一个很有意思的比喻，非常形象。

2015 年 7 月 28 日，我来到位于云南、贵州交界处的这个国家级贫困县——富源县的白马村挂职第一书记。这个村子，方圆 20 多平方千米，是富源县大河镇的第一大村，但是有贫困户 214 户、人口 756 名，贫困人口总量相当于富源县古敢水族乡的贫困人口数量。2012 年以来，煤炭经济出现崩溃式下滑，村里的小煤矿几乎全部关停，让全村经济陷入困境，老百姓无处打工；集体经济始终为零收入，村委会日常运转靠东拼西凑维持。到现在，我和张书记在一起工作已经 8 个多月了，我们经常讨论村里正在做的工作、工作中遇到的问题，商量下一步的工作打算，常常到凌晨一两点。从他和村委会其他班子成员身上，我真真切切感受到了农村村干部工作的艰辛和不易，体会到他们为之付出的不懈努力，也为白马村父老乡亲能有这样一位掌舵人和这样一批优秀的农村干部感到庆幸。

白马村有自己的教育"建筑群"。2007 年，张旺益开始担任白马村党总支书记、村委会主任，到现在已经 9 年。9 年来，他带领班子成员基本上按照"平均两年起一栋大楼"的速度开始医疗、教育等各项基础设施的建设，用当地的话说是一个"狠人"。

2009 年，募集资金 70 万元，建成白马村卫生所 1 幢（2 层 320 多平方米），解决了全村老百姓的看病难、就医难问题；2010 年，从煤矿和上级政府募集资金 214 万元，建成白马村村委会办公楼（3 层 1200 多平方米），包括"六室一厅一场所"（党员活动室、民情分析室、矛盾纠纷调解室、图书文化室、群众接待室、便民服务大厅以及村民文化活动场所等），为全村百姓提供一流服务；2014 年，积极争取上级政府支持和中国航天科工集团公司资助，总计募集资金465万元，建成航天白马幼儿园（3层1399平方米）及围墙、食堂、厕所等配套设施，解决了全村300多名幼儿的学前教育问题；2015年，配合建成白马小学综合教学楼新楼和学生营养餐食堂，解决了全村840多名孩子的入学难、用餐难问题。

与此同时，近三年来，他多方争取并累计投入公共设施改造资金585万余元，建造了蓄水池及管道，完成了村庄道路硬化，解决了全村8个村民小组约4000余人的行路难、饮水难问题。白马这个云贵交界的山村，竟然有了自己的"建筑群"，而且是作为造福后代子孙的教育建筑群，很不简单。我也去过其他村委会，类似白马村这样的建设速度和这样漂亮壮观的"建筑群"，真的不多见。

把白马村早日建设成为富源县的"后花园"。2016年1月初，当听到有投资商在富源寻找投资机会，准备种植优质黄桃并建设水果罐头厂的信息时，张书记非常振奋，觉得这是一个很好的机会，现在已基本解决了老百姓医疗、子女教育等问题，下一步肯定是要让老百姓尽快从煤矿关闭的阴影中走出来，让他们的"腰包"尽快鼓起来。

我和张书记当天去大河镇圭山村委会办事，听到他说这个信息，也很激动，这的确是一个非常好的机会。我说，只要有项目在白马村落地，无论怎么算账，我们的父老乡亲肯定是最大的受益者。随后，立即召开两委会，与镇政府甚至县政府有关部门联系，邀请投资商尽快到白马村考察，我们马上开始行动。后续的进展情况基本按计划进行，大年初三，张书记就组织村干部逐村召开土地流转动员会，2月17日冒着严寒开始第一天量地，3月5日开始第一天种树，3月25日大河镇政府牛睿书记召集主要干部帮做最后的说服工作。目前，10万多棵果树苗已经全部种上。投资人杨涛总经理说，张书记和他的班子为白马桃花庄园项目建设做了大量工作，令我们非常感动。近期，我和张书记为全村党员讲党课时，我们的主题很明确，积聚精力、大干快上，把白马村早日建设成为富源县的"后花园"！

争取航天蔬菜大棚项目早日落地。2015年10月下旬，我们有幸跟随富源县人民政府副县长黄书奕到东川调研大棚蔬菜项目（在河滩碎石上建起来的大棚项目）。当天从东川回来的路上，张书记问，李书记您看这个项目如何，到底能不能干？我说，只要我们找到平整的土地、找到合作伙伴就应该可以。其实我也只是试探性地作答，因为当时我对白马村的整体情况不太了解。没想到，回去后没隔两天，张书记就先后联系寻找本村及附近村有一定经济实力的人，然后带着他们和我再赴东川、嵩明（有面向东南亚的几万亩蔬菜基地）、弥勒（有上海花卉集团种植的大棚花卉）和富源县后所镇的华宁蔬菜基地、洗洋塘蔬菜基地调研，并邀请弥勒的大棚专家到我们村看地形、做报价。随后，我根据调研材料，在一周内就完成了初步的可行性研究报告。截至目前，航天科工集团公司已经开始在白马村建设100亩钢架蔬菜大棚，造福全村214户、756名建档立卡贫困户的意向性规划了。

对老百姓没有什么可隐瞒的。 白马村的"五公开"（党务公开、村务公开、财务公开、办事公开、惠农政策公开）工作是富源县全县乃至曲靖市选树的一个典型。张书记说："我用自己的真心对待全村老百姓，作为白马村的普通一员，作为全村老百姓的儿子，党性原则、纪律规矩、个人声誉必须摆在各项工作的前面，凡是涉及白马村发展的事情，我们对老百姓没有什么可以隐瞒的。"白马村率先全面推行"五公开"工作，围绕作风建设、制度建设、廉政教育、惠农政策和党务公开、村务公开、财务公开、办事公开等内容，对党员群众关注的党内外重大事项和热点难点问题，通过党总支会、党员大会、群众大会等形式向广大党员和群众公开。同时，做好档案收集、管理，做到公开栏公开内容与文本档案同步，并建立规范的图片资料档案，以便群众有真实、准确的图片档案查对。

在评定低保人员时，村委会明确，必须严格执行县镇民政部门的规定，绝对不能优亲厚友，村干部的亲戚更要严格执行，不能让老百姓指指点点。每个老百姓都认为自己是穷苦的，但是在进行低保评定时，必须通过村民代表推荐、党支部（村民小组）推荐、村民代表会议评议、全村公示等必经程序，最后才能确定。住在村委会下面的李小现一家，全家7口人，6个低保，母亲一直生病（2015年年底去世），弟弟出车祸下身瘫痪（2015年年底去世），爱人是智障病人，还有三个孩子（均有不同程度的智力障碍，其中一个还没上户口）。冬天时，村委会干部们把自己家的焦炭背给他烧。他的亲人去世时，他嫌村委会补贴太慢，到县信访局告村委会。但是村委会不计较，仍旧从有限的办公经费中拿出1000元钱补贴他，并帮他申请到了民政部门3000元的政府抚恤金。

独木不能成林。 张书记说，独木不能成林，村委会的这些老哥们对我的工作非常支持，这些年能够干成这么多事情，全靠大家的帮衬和支持。刘光泽副书记尽职尽心，李桥会主任（村民监督委员会主任）坚持原则，刘挺副主任踏实肯干、兢兢业业，陈尧副主任（文书）认真细心、无怨无悔，顾八斤主任（综治办主任）工作具有灵活性……还有 30 多个党支部书记，村民小组组长、副组长，他们能够按照党总支、村委会、党员群众代表的决议统一行动，真的是感谢他们了。特别是大家的月补贴都不高，每月 500~1200 元不等，尤其是我们的党支部书记、村民小组组长们，每个月只有 100 元补贴，经常让大家过来开会，村委会有时实在觉得不好意思。

那天晚上他喝醉了酒。 在 3 月 15 日换届选举工作初步候选人推荐时，到会党员、群众代表、县镇人大代表 98 名，张书记共计获得了 79 名代表党总支书记（副书记）的推荐票。当天晚上，多年来从不喝酒的他，竟然喝了酒，而且他被农村自酿的老白干彻底给灌倒了。我知道，他心里很高兴，他对我说，看来大多数老百姓对我还是支持的。

一位老人在选举大会结束，临离别时拉着张书记的手说，你 86 岁的老父亲跟我是同龄人，作为父辈们看到你在带领全村百姓谋发展、做事情，我们很放心、很高兴，白马村一定会越来越好的。老百姓对他和他带领的班子充满了信任。在随后富源县、大河镇党代表初步候选人推荐大会上，到会党员 69 名，他获得了 60 名党员的无记名推荐；在 3 月 27 日白马村党总支正式选举大会上，到会党员 77 名，他获得了 76 名党员的选票，并在党总支第一次委员会会议上被全票选举为白马村党总支书记。

我去过张书记家多次。 每次去张书记家，我总能见到他 86 岁的老父亲在学习《毛泽东文集》《邓小平文选》和习近平总书记的讲话等，而且还一笔一画地写在本子上。我很诧异，也很感动，我知道他曾经是大河镇政府党委委员，现在退休了。每次政府给他发工资时，他总是说，怎么又发钱了，我的钱够用了啊。

张书记自己也说，我们兄弟六个，我是老幺，在我的记忆里，父亲多年在富源县、大河镇工作时，几乎从来没管过家，全是母亲一个人辛辛苦苦地把我们哥六个拉扯大，但是父亲把他良好的家风和为群众百姓服务的思想传给了我们。我想，为了党和政府的信任、为了父辈们的期盼、为了全村老百姓的福祉，和大家一起踏踏实实、认认真真地做点对老百姓有利的事情，今后肯定是无怨无悔的。

第一书记们的酸甜苦辣

（2016-04-09）

2016年3月27日至4月1日，我以云南省富源县大河镇白马村第一书记的身份，参加了中央和国家机关选派第一书记示范培训班（第二期），我和我的"扶友"书记们在一起共同学习、讨论、参观、生活了五天，耳闻目睹并分享了"书记生涯"的酸甜苦辣，"于我心有戚戚焉"。

宝钢集团的王玉春早上4点就起床了，因为他要搭乘从上海到昆明的航班赶赴云南农村继续他的第一书记生涯。他说："我背起背包，看了看还在熟睡中的娇妻和爱子，轻轻地带上门，然后，我的眼泪一下子全部流出来了……"他将与自己最亲的亲人分别2~3个月，也可能是3~5个月。像他这样的第一书记，中央机关、国家部委、各大高校、112家央企在2015年总计派出300多名，其中不少第一书记还是女性，比如国家民委派出的史睿、商务部派出的刘艳等。

2015年6月，国家各部委、各大高校、112家中央企业同时接到中组部、中农办、国务院扶贫办联合下发的《关于做好选派机关优秀干部到村任第一书记工作的通知》（组通字〔2015〕24号）。然后，从7月起，300多名"中央和国家机关"选派的农村第一书记（以下简称央派第一书记）奔赴云南、贵州、广东、广西、河南、河北、山西等全国各个地方最艰苦、最贫困的农村一线。

而在这之前，全国各地由省机关、高校、市县部门派出的"第一书记"已经达到17.6万名。航天科工集团公司总部也在人手非常紧张（全集团15万余名在职职工，总部职工只有200余人）的情况下做出很大牺牲，积极主动承担社会责任，委派我作为首批央派第一书记到云南农村挂职两年，于是我很荣幸地成为300多名央派第一书记中的一员。

饮食、语言与喝酒

"大家累点苦点是值得的，要适应并学会享受高负荷高强度的工作，用我们的辛苦指数换取贫困群众的幸福指数。"——国务院扶贫办主任刘永富2015年10月在全国干部驻村帮扶工作现场会上的讲话我们这些人大多来自北京、上海、深圳等地，突然离开大都市繁华的生活，一下子走入农村，很多人都措手不及。刚到村的兴奋劲很快就被更多的不适应给扫得无影无踪了。

云南贵州潮湿的天气使这里的饮食以辛辣为主，这让我们来自北方的同志有点难以适应。我很快遭遇了口腔溃疡等"上火"的折磨，食物难以下咽。我们村委会有食堂（2000多户、8000多人的大村），因为村子太大，日常事务相对较多，每天都有5到6名值班的村委会班子成员在此吃饭，我们每月花500元请一位女村民副组长帮我们做饭。我很庆幸我们有食堂，我的"扶友"书记们很多都得自己做饭。来自国家民委的史睿，在广西百色农村驻村，她说自己每天煮面吃，不管多累，都得一个人回去弄饭吃。

尽管我是半个云南人（我爱人的家乡是红河哈尼族彝族自治州建水县），但是刚开始我仍旧无法适应当地的语言。我的搭档张旺益书记起初尝试用半富源话、半普通话与我沟通，但是面对上了年纪的老人，由于乡音很重，我至今对他们讲的话还不能完全听懂。最糟糕的是，今年3月初我为全村党员讲党课，坐在下面的一位老党员一直在说话，我问，老人家您有什么事吗？他对其他党员说，我听不懂第一书记讲的普通话啊！

还有一点必须说的是农村的饮酒文化。中船重工的"扶友"兄弟说，喝酒在我们村那里就如同漱口水一样。如果不抽烟，又不喝酒，可能真的会有一些工作上的不便。我们无法相信这边酒的价格是每公斤8~15元，因为在城市喝白酒每瓶（1斤）动辄都在一百多元。很多人问我这酒能喝吗？确实能喝，而且在农村，办红白喜事时大家都在喝，因为这些酒是老百姓用自家的玉米烧酿的，而且口感还不错。但是工艺集团的"扶友"兄弟说，他所在的村子有麻风病人，他还不是完全了解全部情况，因此他说去了百姓家里第一件事就是紧着递烟给大家。

交通是个大问题

客行日日万峰头，山水南来亦胜游。布谷鸟啼村雨暗，刺桐花暝石溪幽。蛮烟喜过青杨瘴，乡思愁经芳杜洲。身在夜郎家万里，五云天北是神州。——《罗旧驿》，王守仁，作于去贵州龙场赴任路上

村里的交通相对还是较差，白马村全村道路约55千米，但是真正硬化的只有12千米左右，大部分还都是泥泞路。2015年11月，云南航天工业有限公司

的魏平山师傅开车拉着单位的党员干部去我们村委会较远的严湾冲村"转走访"，在煤矸石的山路上颠簸得大家想吐，但是走着走着，发生了更糟糕的事，大家闻到了刺鼻的胶皮味，原来是离合、刹车被颠出了问题。中央要求2020年之前，行政村之间要100%通水泥路，但是我走访了其他几个行政村，发现要实现这个目标还是太难了，自然村之间通水泥路的事情更得再等等了。

我初来时，去自然村会搭乘其他村干部的摩托，但是在爬坡或下雨时，常常让我心惊胆战，搞得我不止一次问我们单位的人事部门，"究竟给我买了意外伤害保险没有啊？"

我探亲的交通条件应该说是比较好的了，但是每次回北京探亲，我在路上还是需要1天半的时间。先是中午饭后，从村里到县里半个多小时，从县里到昆明坐火车3个多小时，在昆明住一晚上，第二天一早坐40分钟或1个小时的机场大巴到昆明长水机场，然后搭乘10点钟左右的航班飞3个半小时到北京，从北京首都机场坐地铁到房山的家还需要3个小时，一般回到家也差不多下午六七点钟了。

其他"扶友"书记们的交通条件跟我相比，也好不到哪里去，比我更糟糕的也有很多，比如国家行政学院的赵广周老师，每次开会到镇里都要翻越两座大山。

还有一个狗的问题。农村家家户户都养狗，一是防盗，二是空巢老人需要狗来陪伴。让我震惊的是，我们村的一个老百姓2015年被自己家的狗咬了，后来他竟然得了狂犬病过世了。因此，每次我都要带根很粗的棍子才敢去自然村，到了晚上就更要小心了。

没有工作经费之痛

"那时中国农村的贫困状况给我留下了刻骨铭心的记忆，我当时和村民辛苦劳作，目的就是让大家生活能够好一些，但这在当时比登天还难。这两年，我又去了十几个贫困地区，到乡亲们家中，同他们聊天。他们的生活存在困难，我感到揪心；他们的生活每好一点，我都感到高兴。"——习近平总书记

农村基层组织之所以偏弱，一个最主要的原因就是党总支、村委会工作运转经费很低，很少或几乎没有。再加上大多都没有任何集体经济，所以可以想象一些村委会不会每天都有人值班，甚至推开极个别村委会的门，发现办公桌上已经

有厚厚的灰尘了。

比如有个很普通的现象，绝大部分村委会是开办不起伙食的。我们白马村村委会其实也是捉襟见肘，但是我们办起了伙食，虽然每天吃得很简单，炸洋芋、煮白菜和腊肉等，大家还是觉得很好了，虽然村委会班子成员收入不高，但是起码管饭啊。我们的村干部们月补贴普遍在 500~1200 元不等，党支部书记、村民组长则每个月补贴 100 元，此外就再没有别的收入了。再比如，并不是党总支不想召集党员做好基础性的"三会一课"工作，我们 100 名党员过来开会学习，午饭要管，需要 2000~3000 元；误工费也要给（虽然不合理，但是又是很现实），每人 50 元，每次 5000 元，合起来 7000~8000 元，这笔费用需要多长时间才能筹集到啊。

我们这些第一书记普遍没有工作经费，因为组通字〔2015〕24 号明确要求当地组织部门要配置适当的工作经费，"各地扶贫部门要从扶贫资金中安排专项帮扶经费"。而当地一般是国家级贫困县、贫困镇、贫困村，他们连党支部、村委会的工作经费都很难保证，怎么可能有钱再配给第一书记？再说，如果给央派第一书记配经费，那么省派、市派、县派的那么多第一书记又该怎么办？但是，感恩的是，有些派出单位还是给了经费的，2 万~5 万元不等，让我们这些没有任何经费的第一书记们很是羡慕。

到贫苦的老党员、老百姓家里探望慰问，按道理说可以口头关怀就行，但是，你吭哧吭哧地爬山、走路一两个小时，走到一些路都不通的偏僻的小山村里，别人又是煮鸡蛋、又是煮玉米，甚至要杀鸡给你吃，看到他们贫苦无助的状况，仅仅说"党和政府今后会照顾你的"，显得多么苍白无力。再加上许多第一书记本身出身农村，如习主席所言，"中华民族从来不缺乏扶危济困的传统"，所以大家身上一般都会揣上千八百元钱，因为可能需要帮助一些老百姓解除燃眉之急。一些第一书记的派出单位比较照顾，按出差补贴每天 120 元计算，每月就有 3600 元了，相对比较宽裕；有的补贴则很少，比如国家某部委按规定每月只能补贴 600~800 元，估计这些钱都要用于老百姓，甚至还得自己用工资贴补。

孤独、失落、迷茫和如何"破冰"

"车载着我们驶向黑夜，可黑夜却淹没不了因分享带来的感动；工作中经历的多是苦难，我们却用坚毅将苦难化作欢笑。相信每个第一书记都是一本书，每个第一书记背后都写满着故事。扶贫中发生过很多故事，也将会继续发生新的故事，而我们就是第一线的亲历者。"——"扶友"书记，最高人民检察院秦西宁

在遵义干部学院学习时，有天晚上我们几个第一书记课后"违规"在学校门口自费吃烧烤、喝啤酒。国家行政学院的赵广周老师（他在一个海拔很高的山村里当第一书记和村支书）提议我们每一个人讲讲自己在村子里最痛苦、最难受的一件事，结果他把几个人都搞哭了。他说，大家要讲出来、分享出来，才能成长。

中国兵装集团的邓比兄弟说，我第一个中秋节是一个人在村委会过的，村干部也邀请我去他们家，但是我怕给他们添麻烦，就没去，一个人孤零零地待在村委会，体会到了什么叫"孤独"。还有一位"扶友"兄弟说，我有次生病，一个人差不多一周都在床上躺着休息，没有亲人来看望，感觉到什么叫真正的无助。

几乎每个第一书记都或多或少有失眠的经历，所谓的农村田园生活只是文人浪漫的想象。我第一天到白马村时，晚上等大家都走后我一个人睡下，突然间感觉到前所未有的孤独，接下来还有两年的时间啊，怎么办？再加上山区农村，一旦遇到刮风下雨，电力基础设施不是很牢靠，下雨与停电是紧密相连的。现在，我在写这篇文章的时候，就已经遇到了这种情况，外面风雨大作，突然就停电了。

但这些困难与能够早日把工作开展起来相比，还是算不得什么！

一位"扶友"书记说，到了村里，许多老村干部最早只喊我们"小李""小王"之类的，有一天真的喊你"某书记"了，那就说明你的工作让他们感到信服了。村里的老百姓是最实际的，希望我们这些央派第一书记拿出工作成果让他们受益。但是，在村里连村干部都还认不全的时候，能帮着到县里去抢项目，谈何容易？！我们都很羡慕个别单位没有到县扶贫时，会把经费倾斜给第一书记所在的村庄使用，好让他早日"破冰"，早日当上真正的"第一书记"。

许多第一书记常用的方式是把自己"朋友圈"和亲朋好友的资源都拼命用上，想尽一切办法为村里的留守儿童、贫困儿童建立"一帮一"或在网上组织募捐等，拼尽自己多年攒下来的资源和人脉，鼓动自己周围的朋友多做善事，有的"扶友"做得很好，有的收效有限。

我万分感激北京锦绣华英衣帽有限公司的康云英董事长。航天科工一位大爱领导给我2万元钱，希望我代他为村里的贫苦孩子们做点事儿。我用他捐助的钱

去为本村学龄儿童购买北京锦绣华英衣帽有限公司的"小黄帽"时，该公司的康云英董事长和她的同事们没有收下这笔钱，将"小黄帽"全部无偿捐给了孩子们，这2万元便能够以其他方式继续用到留守儿童和贫困小学生身上了。

让我们感到最甜蜜的东西

让我们感到最甜蜜的东西肯定莫过于脱贫攻坚工作中能够取得一些成绩了。

我们都希望所在的村子能有一个相对较强的"两委"班子，一个很积极向上的班子，这样很多事情的开展就能得心应手，很容易看到一些工作成效。我深深感谢我所在的白马村"两委"班子，特别是张旺益书记，他一直在努力改变白马村老百姓的命运，希望大家的日子过得更好。他自己长期住在村委会，晚上出去办事，无论多晚都要回到村委会，把村委会当成了自己的家。

从1月初发现"白马桃花庄园"的商机，用了不到2个月时间，3月5日项目就上马，开始种植果苗，到今天为止，10万棵果树苗都种上了，后续的庄园建设（比如园区的道路建设，张旺益书记带着我专门到县城拜访交通局、林业局的有关领导，希望能够早日开工）也在迅速跟进。这件事情让我心花怒放，虽然这个项目不是航天科工直接投资的，但是我能够与全村百姓一起见证并建设这个项目，这是千载难逢的机会。另外，从2015年10月下旬开始，我们一直在论证的100亩航天钢架大棚蔬菜项目也在近日取得突破性进展，有望造福白马村的父老乡亲。

还有最让我难以忘怀和感到幸福甜蜜的是，今年2月，当得知我的老母亲、爱人和孩子来云南过年时，张书记邀请他们务必到村里看看。村委会借车跑了200多千米去昆明接他们到村里，小街子的羊肉、白马水库的花鲢（数量很少）是村里最好的，为了让我的家人能在一顿饭中同时享受到这些美味，张书记想办法全部弄过来了，他还和刘挺副主任、大学生村官王子玉亲自下到水库捞鱼；航天白马幼儿园的刘敏园长邀请我们一家人到幼儿园里，他为我们弹琴唱歌。那一天，我真正感受到了"美丽白马我的家"。

中国航天科工集团公司党组成员、副总经理方向明来到白马村

（2016-04-14）

4月13日，中国航天科工集团公司党组成员、副总经理方向明带领集团公司人力资源部部长任玉琨，经济合作部总经济师年丰，党群工作部副调研员甄智，十院副院长李君山，二院党委工作部部长罗霄，中航汽公司副总经理、云南航天工业总公司董事长苏晓飞，党委副书记兼纪委书记李美清一行来到云南省富源县考察调研精准扶贫工作。

上午10点50分，方总一行克服严重堵车、山路崎岖等困难，来到富源县大河镇白马村。方总在曲靖市有关领导、富源县委县政府、大河镇党委领导陪同下，查看了解白马村党总支及村委会作风制度建设情况、为民服务代办情况、村委会干部办公条件，与该村党总支书记、村委会主任张旺益和我深入交谈，详细了解精准扶贫工作在该村的进展情况以及该村目前正在开展的"白马桃花庄园"建设项目、拟开展建设的钢架大棚蔬菜项目，了解建档立卡贫困户思想状况以及白马村两委班子队伍建设情况等。他对基层村干部在补贴不高的情况下忘我工作的精神给予肯定，希望白马村通过加快经济发展，带动全村建档立卡贫困户早日脱贫。

方总还专门了解我的办公、住宿、就餐等情况，

中国航天科工集团公司党组成员、副总经理方向明到白马村看望慰问我

对市县镇村各级领导关心照顾航天科工驻村扶贫干部表示感谢，要求驻村干部更加努力用心工作，多为老百姓办实事、解难事，全力推动白马村脱贫攻坚、精准扶贫工作。

此前，方总在富源县召开中国航天科工集团公司定点扶贫、精准扶贫工作座谈会，认真听取了曲靖市有关领导，富源县委书记唐开荣，县人民政府县长陈志、副县长黄书奕，县扶贫办主任江舟等领导对市县精准扶贫工作的情况介绍。

方向明副总经理充分肯定了市县有关领导认真贯彻习近平总书记精准扶贫战略思想，齐心协力打赢脱贫攻坚战的精神面貌和良好态势。他强调，一是航天科工各责任单位要把精准扶贫工作的责任落实好，二是航天科工各部门、单位要协助富源县把精准扶贫工作的渠道联系好，三是航天科工派驻的各级扶贫干部要充分发挥好作用，四是扶贫项目要对建档立卡贫困户充分发挥作用，五是加大拓展富源特色农产品的销售渠道，六是精准扶贫工作要有一定的项目做保障。

中国航天科工二院人在白马村（一）

（2016-04-15）

"滇黔有岭实难分，平彝宣威本相衬；石龙古寺炉尤在，漫山妃管篁已疏。滇南胜境坊又仿，关隘城楼修又耸；鬻琴亭旁古驿道，不知入黔几许深。"中国航天科工二院党委工作部罗霄部长近日在对富源及白马村考察调研精准扶贫工作后，即兴赋诗《富源偶文》，让我非常叹服，一首短诗典故颇丰，遍及富源县的众多历史及风土人情，他对富源的热爱也深深地融入到这首诗中。

4月11日~12日，二院党委工作部部长罗霄，二院柳州长虹机器制造公司党委书记林忠、党群工作处处长宫从杰来到白马村。罗霄部长一行在短短的一天多时间里，参观了航天白马幼儿园，调研了海拔2341米高的白马山旅游风景区的旅游资源（原生态的山水，尚未有任何开发），调研了正在建设中的"白马桃花庄园"，参观了下一步打算建设的航天白马蔬菜基地所在地。

罗霄部长一行受到白马村全村人民的欢迎，因为中国航天科工人和二院人都是我们白马村的"福星"。二院柳州长虹机器制造公司曾选派到富源县挂职的宫从杰副县长在中国航天科工集团公司的支持下，2014年为白马村援建了航天白马幼儿园，二院二部职工和家属捐款（好多都是小朋友的"压岁钱"）资助了白马村的一些贫困大学生，二院23所为航天白马幼儿园捐赠了一间现代化的多媒体教室……还有很多，不再一一列举。如今，二院柳州长虹机器制造公司选派到富源县挂职的黄书奕副县长与航天白马幼儿园、白马村继续一如既往地保持着良好的关系，在县里工作任务非常繁重的情况下，依然关心着白马村的长远发展和脱贫攻坚工作。中国航天科工人、中国航天科工二院人永远是白马村的好朋友，这种友情将铭刻在白马村发展成长的历史上。

生死二三事

（2016-04-21）

4月14日晚、18日凌晨，白马村接连出现了两起村民意外死亡事件。一件发生在白马桃花庄园的田间，一件发生在紧挨白马村的德鑫集团公司工厂里。因为这两件事，我和张书记以及白马村村委会的班子成员夜夜无眠，好几天都没有睡一个"囫囵觉"。在大河镇党委、政府以及大河镇司法、信访、公安等部门领导的大力协调、支持和帮助下，积极斡旋，事情最终圆满解决。

我没有任何谁是谁非的想法，只是希望大家都能互相理解，做人做事都高姿态，最终确保每一件事都有一个妥善合理的解决方案。记录这些事还有一个目的是想告诉大家，基层村、镇干部不容易，老百姓更不容易，希望更多的人能够关心关注农村、农业和农民。

白马桃花庄园临时雇佣老人意外死亡事件

小冲子村的一位赵姓老者（60岁）作为临时雇佣人员为白马桃花庄园的果树守夜、浇水，上周四（4月14日）晚上6点钟左右，他被同村人发现躺在临时搭建的窝棚里，已经没有了气息。大河镇派出所第一时间赶到现场，排除了他杀、自杀的可能性，最大的可能是出现了突发性疾病。

老人的家人在老人去世的地方搭起了灵堂，要求赔偿，否则不下葬；同时，老人的爱人因与杨总的补偿费用未达成协议，24小时住在村委会（幸甚19日晚上她已经被家人接回）。

出现意外死亡是大家都不愿意看到的。老者是村民组长田小雁出于为百姓增加收入的好意，临时找来负责在庄园浇水和值夜，每天60元工资。我们的许多村干部第一时间赶赴现场，大河镇司法所、信访办的领导也在第一时间赶赴现场，了解情况并协调处理相关问题。

周六、周日（16日、17日），我们村委会协同大河镇相关部门与死者家属协商，但是效果不太好。17日下午，大河镇司法所、信访办、派出所的领导以及投资人杨总再次来到白马村，但是家属来了后，说了几句话就气呼呼地走了，"没法整""不合"。

按照有关法律，临时雇佣关系不能享受工伤待遇，一般按照人身损害的标准来赔偿。杨总认为发生这样的事自己很冤枉，因为他没有过错，没有让死者过度劳动，也没有对死者造成任何伤害。死者的家属认为，老人去世是因为给杨总的桃园干活导致的，属于工伤、工亡，要求赔偿11.6万元；杨总担心类似的事情让他以后无法收场。

4月18日下午，大河镇镇长范涛专门带领张书记和我到县城与杨总商量，希望他从人道主义角度考虑问题，给死者家人一些补偿，尽快妥善解决这个问题；杨总也表示，他咨询了律师，律师认为他没有过错。

4月19日晚上，大河镇司法所范所长、信访办周主任、派出所陈华副所长以及白马村党支书张旺益书记、村委会刘挺副主任、村综治办顾八斤主任再次与死者家属"扯事"，但是死者家属要求的赔偿仍旧是10万元以上，与杨总愿意支付的金额差距太大，好在老人的爱人最后决定不在村委会住了，我们还是很感激他们的通情达理的。当天，在"扯事"中有人说，本来不想租地给你们的，考虑到发展还是租地了。我说，村委会的良苦用心希望大家给予理解，任何项目在白马落地，我们都是受益者；因为村委会积极支持项目在本村落地，发生了事情就认为是村委会不好的思想，肯定不是正能量。很多村委会不作为，不带领百姓致富，我们也都知道；仅仅因为出现这样的意外，就怪罪村委会是"不合"的。范所长就整个事情的经过条分缕析，分清责任，最终计算出来的赔偿金额是17万元，但是前提是当事人要分别承担，比如杨总承担多少份额、田小雁承担多少份额、死者本人又要承担多少份额。按照杨总承担三分之一的话，也就是5万~6万元。

4月20日，范所长、周主任以及杨总授权的代表仍旧在村委会反复协商此事。张书记也和杨总沟通，但是得到的答复最多只有6万元。

4月20日下午和晚上，再次商量时，死者家属同意降到9万元，与杨总愿意提供的金额还是有差距。张书记说，不能再拖了，明天后天有许多事情需要处理，换届选举、推选县镇党代表等，干脆答应了，我自己再想办法筹集吧，最重要的是我们必须为杨总项目的后续发展争取更大空间，如果不解决，村民不满意，后续小冲子村所有村民都有可能成为项目发展的障碍，因为两三万元给后续项目发展带来大麻烦不值得。于是，当天晚上八点半达成协议，事情最终得以解决。同时，村委会出于人道主义给死者家属送了两床被子、四包救济粮。

色尔冲村顾姓村民在德鑫集团工厂突发疾病死亡事件

4月18日凌晨2点，色尔冲村48岁顾姓村民在紧邻白马村自己所服务的德鑫集团工厂（富源县最大的私营企业之一，当地称"焦化厂"）突发疾病，工友们紧急将他送往富源阳光医院，但是经抢救无效死亡，怀疑是心梗等原因导致。因为涉及到我们的村民，我和张书记紧急赶往焦化厂。

到现场时，发现该村民的亲戚及其他村民共约几十人已经聚集在厂区，他们大多也是在外面打工，请了假匆匆赶来。该顾姓村民的父亲恰恰是我们的同事、大河镇人大代表顾小国，我和张书记都安慰他，劝他节哀顺变，尽管白发人送黑发人是让人难以接受的事情。

该集团董事长朱德芳亲自处理此事，安慰死者的父亲等众亲属，同时立即拿出5万元给死者的家属，让他们先处理后事。上午10点多，我和张书记在镇里向游副镇长汇报完蔬菜项目的事情后，赶到位于升官坪的现场，中安镇东堡村的乔书记和村主任也赶到现场。大家匆匆交换意见，朱董事长表示，顾是我的职工，他们家七八个人都在我的企业做事，我一定会善待他们。

下午死者的女婿和儿子刚到现场时，都很激动，质问朱董事长"为什么关心职工不够、是否都足额上了保险"等问题，朱董事长的两个儿子恰好也在现场，双方几乎要争吵起来，霎时间剑拔弩张，气氛凝固。

我和张书记都连忙安抚他们，一定要"建设性"地商量问题。工友在陈述事件过程时，也遭到了死者亲友的责难。张书记说，工友是您亲人多年的好朋友，在您亲人遇到紧急情况的过程中，他们无条件出手救援，帮助送往医院抢救，我们千万不能跟好人过不去。整个下午大家都在反复磋商，公安局的人也对相关人员逐个做了笔录。

中安镇司法所领导主持死者的众亲属进行协商，但是亲友中出现了不同意见。亲属们提出68万元的赔偿要求，理由是死者48岁去世，原本可以工作到65岁，共17年；按每年4万元收入计算，4万元/年×17年=68万元，但是有的亲属认为今天要解决问题这样做"不合"。司法机关支持的算法则是当地公布的农民年人均可支配收入7456元，然后按照20倍计算，也就是149120元，丧葬费为27184元，他的女儿、儿子都超过18岁了，没有抚养费，再加上赡养费，共20多万元。

最后，朱董事长承诺赔付30万元，此事最终了结。朱董事长的律师发来协议书，我和刘挺副主任以及东堡村的干部一起进行了补充修改。4月19日凌晨2点，企业与死者家属以及死者亲属代表、村委会在协议书上签字盖章。从事发到了结，由于双方的让步，不到24小时就基本完成了。

与张旺益书记夜间调解村民矛盾

桃子冲村扣押风水先生皮卡车的故事

2015年9月，在我们桃子冲村也发生了一件事。侄子在帮去世的大伯抬棺时，突发疾病死亡，后来大伯家赔了侄子家10多万元；随后，大伯家认为是风水先生选的日子不好，扣留了风水先生的皮卡车很多天，要求风水先生进行补偿。

双方最后在白马村村委会调解时，各自的亲朋好友都来了几十人，大河镇派出所、司法所、信访办等部门也都来了很多人，气氛很紧张。大河镇派出所陈华副所长表示，我们对死者表示同情，但如果按照风俗习惯，认为就是风水先生的责任，要求风水先生赔钱，于法于理都无法说通，而且扣押别人的财产终归是不合法的。最终，村委会派人帮着把风水先生的皮卡车要了回来，此事也就不了了之了。

基层工作的复杂，涉及的知识之广，特别是处理问题时既需要尊重法律法规，还需要充分考虑风俗习惯、舆论舆情等诸多现实情况。村、镇基层干部多年来积累了丰富的实践经验，许多矛盾大多都能得到妥善解决，必须为他们点赞。

我们希望国家强盛，希望民族富强，希望百姓安康，希望每一个生命都得到尊重，希望每一个人都能活得安好。

逝者为大，愿我们逝去的村民在天国安好。

航天白马幼儿园、白马小学举办
首个"中国航天日"主题教育活动
（2016-04-24）

探索浩瀚宇宙，发展航天事业，建设航天强国，是我们不懈追求的航天梦。经过几代航天人的接续奋斗，我国航天事业创造了以"两弹一星"、载人航天、月球探测为代表的辉煌成就，走出了一条自力更生、自主创新的发展道路，积淀了深厚博大的航天精神。设立"中国航天日"，就是要铭记历史、传承精神，激发全民尤其是青少年崇尚科学、探索未知、敢于创新的热情，为实现中华民族伟大复兴的中国梦凝聚强大力量。——习近平

2016 年 4 月 24 日，全国人民迎来了首个"中国航天日"，白马小学、航天白马幼儿园的孩子们与全国人民一起共同庆祝这个伟大的日子。滇黔山区交界的大河镇白马村的孩子们向中国航天事业致敬，祝愿我们的航天事业更加蓬蓬勃勃，祝愿我们的国家更加繁荣富强，祝愿"航天梦、中国梦"早日实现。

4 月 24 日一大早，白马小学、航天白马幼儿园的孩子们就来到航天白马幼儿

将来自全国各地的爱心捐赠图书转交航天白马幼儿园刘敏园长

园的操场参加"中国航天日"主题教育活动，他们都是由白马小学、航天白马幼儿园层层推荐的品学兼优同时家庭困难的孩子（大部分为贫困留守儿童）。富源县人民政府副县长黄书奕、大河镇人民政府副镇长刘云峰、白马村党总支书记（村委会主任）张旺益、白马小学校长王江、航天白马幼儿园园长刘敏与白马村的孩子们共同度过了这个重大的节日。张旺益书记主持活动。

首个中国航天日，在幼儿园为孩子们介绍航天日由来

参加活动的领导、家长和孩子们参观了幼儿园孩子们以"航天梦、中国梦""美丽白马我的家""中国航天日"为主题的绘画展览，在雄壮的《国歌》声中，大家共同升起了鲜艳的五星红旗，在幼儿园多媒体教室里，孩子们和家长们聆听了中国航天火箭、卫星、导弹的科普知识。

今天，孩子们还收到了来自中国航天科工集团公司两位好心人为大家精心准备的学习用品大礼包（包括书包、文具盒、笔记本、绘画本、写字本、铅笔、羽毛球拍等）；我代表中国农大的校友刘会华、赵晓晓和安徽亳州古井镇李厂副镇长把儿童图书、儿童玩具等也捐献给了航天白马幼儿园的孩子们。这份大爱写在了孩子们的脸上、留在了孩子们的心里。

首个中国航天日，好心人为白马小学及航天白马幼儿园的
孩子们献爱心

下寨子——走访戛布冲村民小组建档立卡贫困户

（2016-04-26）

今天，我们村委会分组下到白马村的各个寨子走访建档立卡贫困户。

我和李桥会主任（村务监督委员会主任）一组，负责走访戛布冲村民小组，村民小组长张卫星带着我们逐户进行了查看。

戛布冲村民小组共有246户、1200多人，辖戛布冲村和邓家鱼塘两个自然村，是仅次于十字路村民小组、硐上村村民小组的第三大村民小组。这个村民小组有建档立卡贫困户30户、贫困人口118人。

之前我也经常下寨子，但是主要是因为土地流转（白马桃花庄园）等具体问题，今天则是遍访建档立卡贫困户。

我感受到了真正的贫困，再次体会到了山区的山高路窄、沟深壑险、道路崎岖，同时也感受到了村民的热情，邓家鱼塘的那户残疾人家庭把自己珍藏的"柿花"拿给我们吃。戛布冲村民小组的五里德煤矿依旧没有动静，恢复生产遥遥无期，欣慰的是他们这个村民小组的大部分土地都流转到了"白马桃花庄园"，我相信他们的日子会更加美好。

与村监委李桥会主任走访建档立卡贫困户

白马村党总支召开"两学一做"学习教育动员大会

（2016-05-01）

近日，白马村党总支召开"两学一做"学习教育动员大会。富源县委组织部副部长蔡光伟莅临指导，全村60多名党员参会。白马村党总支书记（村委会主任）张旺益对"两学一做"学习教育进行了动员，我带领全体党员结合全村工作实际重温《党章》，党总支副书记刘光泽对党建及具体业务工作进行了详细讲解。张旺益书记主持动员大会。

蔡光伟副部长结合全县各项工作实际，传达县委对"两学一做"学习教育的总体部署，要求白马村党总支认真开展好"两学一做"学习教育，各项工作力争走在村级基层党组织的前面。

张旺益书记要求全体党员深刻认识"两学一做"学习教育的重大意义；要求全村党员以问题为导向，切实解决思想、组织、作风、纪律等方面存在的突出问题；要求全村党员认真落实规定动作并细化各项落实措施。他强调指出，全村党员尤其是村组干部要更加主动自觉地加强学习，认真学习党章党规，学习贯彻习近平总书记系列重要讲话精神，每天要通过电视广播等方式主动了解国家大政方针，自觉主动与党中央保持一致，全力支持白马桃花庄园乡村旅游项目和航天蔬菜大棚示范基地建设项目，用实际行动证明自己是一名合格的党员，并带头做好村容村貌治理，带头勤俭节约，带头赡养父母，带头发展致富，立足自身实际做好表率。

我结合白马村发展的实际情况，与全村党员共同学习了《党章》的"总纲"部分与党员的"八项权利和八项义务"部分。结合白马村煤炭产业遭受重挫和今天必须转型升级、发展现代农业的实际情况，以及近年来白马山山清水秀的显著变化，论述科学发展观、社会主义生态文明建设对全村经济和社会发展的重大意义和作用；结合白马村推进脱贫攻坚、做好建档立卡的具体情况，论述白马村党总支必须要"以经济建设为中心，其他各项工作都要服从和服务于这个中心"；结合村委会自治的实际情况，介绍基层群众自治制度，以及向华西村、韩村河村等集体经济发展较好的先进村庄学习的重要性和必要性。

刘光泽副书记重点讲解了发展党员程序、党费收缴以及党务公开的有关具体要求。

白马村换届选举工作有序推进

（2016-05-02）

今年3~4月份，恰逢白马村党总支和村委会换届。3月27日，白马村党总支正式完成换届选举工作；4月21日，白马村全体党员差额选举出席大河镇党代会代表；4月24日，白马村村委会组织村民推荐第六届村委会委员候选人。

我全程经历并以选委会成员的身份参与其中。总体来讲，我认为换届选举、选举县镇代表等过程体现了"公开、公平、公正"，各项工作有条不紊地进行，我认为这主要得益于大河镇党委、政府的悉心组织以及白马村现任两委班子成员的敬业奉献。各项工作基本上得到了全村党员和群众的认可。之前，听闻在基层组织换届选举过程中可能出现利用家族势力拉选票、候选人跑关系拉赞助等情况，而实际上，"关系票""家族票"、搞个人攻击等现象均未发现。

5月6日，还将举行第六届村委会委员的正式换届选举，预祝换届选举取得圆满成功。

中央组织部仲辉副处长到白马村
调研指导"两学一做"学习教育

（2016-05-04）

5月4日，中共中央组织部组织二局六处副处长仲辉在云南省委组织部处长李建松、曲靖市委组织部副部长张忠文和富源县县委书记唐开荣、组织部部长袁纪鹏以及大河镇党委副书记、镇长范涛等陪同下，到白马村调研指导"两学一做"学习教育开展情况。

仲副处长和省市县领导认真听取了白马村党总支开展"两学一做"学习教育的有关情况汇报，仔细查看了学习资料、音像资料和有关宣传图片，认真询问下一步白马村拟开展的学习教育安排。仲副处长还现场查看了白马村村组干部的伙食情况、慰问大学生村官和村干部。

他对白马村党总支作为基层的农村党组织认真开展"两学一做"学习教育予以充分肯定，要求白马村党总支把"两学一做"学习教育作为一项长期工作做实做好，并做到理论联系实际，把白马村正在建设的"白马桃花庄园乡村旅游项目"和"航天科工绿色蔬菜示范基地建设项目"早日做成做好，使项目真正让全村建档立卡贫困户受益，进一步壮大农村集体经济。

向中央组织部仲辉副处长汇报白马村"两学一做"学习教育开展情况

选举日——白马村第六届村委会产生

（2016-05-07）

"民主政治，选举第一，没有选举，就没有民主，没有民主，就没有革命。"中国共产党自成立以来就一直为寻求民主新路而奋斗着。按西方政治学的见解，延安和敌后革命根据地根本就不具备民主选举的基本条件，因为选民绝大部分都是文盲半文盲，选票都无法填写，经济文化条件也极其落后，残酷的战争环境下搞选举更是难以想象，但那时中国共产党的领导艺术几乎达到了点石成金的地步：最偏僻的乡村、大字不识的农民、中国最没有条件实行民主的地方，却在党的领导下结出了丰硕的民主之果。选举制的推行，极大地唤起了人民群众的政治热情，提高了普通老百姓的政治觉悟，许多足不出户的小脚老太太骑着毛驴翻山越岭参加选举。——《党在延安时期的民主选举制度》

2016年5月6日下午，我以选委会成员的身份参与组织并参加瓦窑山村民小组和部分学生家长在航天白马幼儿园主会场的换届选举工作。主会场的选举工作由白马村党总支副书记、第六届选举委员会主任刘光泽主持。

选举按照清点选民人数，宣读正式候选人名单，主任、副主任正式候选人分别发表竞职演说并接受选民提问，正式投票选举，汇总选举结果，宣读当选人员名单的程序进行。选举工作在大河镇选委会派出工作组的监督下进行。

由于走村串户和现场选举汇总的选票多达几千张，尽管分成了四个统计组，统计选票的时间仍然长达2个小时。为了让等待选举结果公布的父老乡亲不至于感到枯燥，航天白马幼儿园的小朋友们把准备的"六一"节目提前表演给村民们。选举工作成为白马村全村老百姓聚会交流的一件盛事，既庄重严肃又团结活泼。

最终统计结果是，张旺益当选为村委会主任，陈尧、刘挺当选副主任，顾八斤、余小聪、田小雁、许菊莲当选白马村第六届村委会成员。选举结果当天报大河镇选委会工作组，再由富源县民政局、大河镇人民政府审核，审核通过后10日内颁发当选证书。

航天白马蔬菜基地项目全面开工建设

（2016-05-08）

2016年5月6日，白马村"航天白马蔬菜基地"全面开工建设。该项目总投资预计300万元，其中中国航天科工集团公司注入扶贫资金50万元（含云南航天工业有限公司15万元），富源县大河镇人民政府农发行农业项目配套资金投入95.8万元，项目负责人张家高投入100多万元。

该项目建设地点为大河镇白马村村委会瓦窑山村、磨刀石村，主要业务有：绿色蔬菜、水果（葡萄、草莓等）种植及销售，农药、化肥（含各类有机肥）销售，各类蔬菜种子、种苗培育及销售，种植技术培训及推广，农业生态观光旅游等。

项目建成运行后，每年可以为土地流转农户及建档立卡贫困户提供土地租金收入10万元，务工收入20万~25万元，项目负责人承诺为全村建档立卡贫困户提供专项扶持资金10万元，并为有意开展绿色蔬菜种植的农户提供技术指导服务，后续还将协同白马桃花庄园开展绿色生态旅游建设，使该项目成为帮助白马村建档立卡贫困户脱贫致富、推动全村经济发展的一个重要载体。

为航天白马蔬菜基地的建设者和面包饺子

该项目得到中国航天科工集团公司、富源县委、富源县政府、大河镇党委、大河镇政府的大力支持。项目从2015年11月开始论证，期间，中国航天科工集团公司党组成员、副总经理方向明到白马村调研指导，甄智专务两次到白马村进行全方位论证，富源县人民政府副县长黄书奕多次带领富源县农业局、气象局等部门领导到白马村详细了解情况，富源县人民政府副县长戴桃玲、大河镇党委书记牛睿、大河镇政府镇长范涛、副镇长游界、副镇长刘云峰多次听取汇报并进行指导。

白马村村委会协同投资人组成项目论证调研小组，先后到云南省东川区阿旺镇大石头村、云南晨农集团公司嵩明基地、弥勒市虹溪镇（上海种业花卉基地、大棚葡萄种植项目）、富源县后所镇华宁盛泉蔬菜基地、后所镇洗洋塘蔬菜专业合作社以及黄泥蔬菜种植等

与村两委班子、张家高、杨涛商量航天白马蔬菜基地建设

8个大棚蔬菜、水果、花卉种植基地进行实地考察调研，对蔬菜种植品种、种植技术、土壤气候、销售管理等进行了全方位调研。

白马村村委会将在上级党委、政府的领导和支持下，协同项目负责人按照规定认真落实使用好项目扶贫资金，高标准、高规格、高效率地建设好基地的供排水工程和钢架蔬菜大棚等基础设施，并早日投入使用、早日见到效益，为推动全村乃至全镇全县高原特色农业发展作出应有的贡献。

留守儿童之痛

（2016-05-20）

留守儿童是中国长期的城乡二元体系松动的一群"制度性孤儿"。一方面，他们的父母到城里打工拼命挣钱，争取或获得了另一种生存方式；另一方面，这些父母又因为在城市里或"自身难保"、或无立锥之地，无法将他们的子女带进城里，留在自己的身边。为了生活或生存，大人们不能够轻易地离开自己的工作，不能轻易地离开城市，就是在这种带不出与回不去的双重矛盾中，留守儿童虽然有父母，但是他们依然不得不接受"骨肉分离"的现实。——百度百科·留守儿童

城市里其实也有"留守儿童"

这几天，我回北京探亲，恰好爱人要出差半个月，她5月底才能回到北京。因此，我探亲主要就是探父母和我5岁零4个月的儿子。这次探亲，我和爱人正好"错开了"在家陪孩子的时间，避免了儿子成为城市"双留守儿童"（父母均不在身边）。接下来就是我和儿子的美好时光了。

早上8点，我送儿子到幼儿园。他高兴地骑上他的小自行车（他在5岁生日后学会了骑不带辅助轮的自行车），我跟着他一路小跑送他到幼儿园。在幼儿园门口，他和门卫叔叔互相"morning""morning"地打着招呼。到了教室门口，儿子叮嘱我，爸爸，你一定要早点来接我，这样我放学后可以多玩一会儿。

下午5点，我去接他。他让我带上他的跳绳，因为他今年还学会了跳绳，可以一口气跳上60多个了。他在小区的广场上和小朋友们比赛骑自行车，在一起快乐地追逐、打闹。他说他还不想回家，要多玩会儿。我说，没事，你可以玩到天黑再回家，我等你。放学后有围棋课的日子我会告诉他，你的围棋课要开始了，他就高兴地和我一起去上已经学习了半年多的围棋课。他的围棋水平已经从去年冬天我回来时的"23级列兵"上升到"18级中尉"了。

夜里9点，他要在睡觉前听1集《超级飞侠》，然后抱着他的小猴子布偶睡觉。现在还要抱着我，因为妈妈出差了，他只能抱着我了。他说，爸爸我要先睡，

你后睡，因为你会打呼噜。

外面路灯的光线投进窗户，映衬着他的小脸蛋，听着他均匀的呼吸，我突然想到再过几天我就要回云南了，我的儿子要成为城市的"留守儿童"，不禁心里有一丝酸酸的感觉。

白马村有更多的"留守儿童"

2015年7月，我到云南农村挂职第一书记后的第一件事，便是了解我所在村子里的留守儿童情况。因为紧邻云南的贵州毕节在此前（2015年6月）刚刚发生的"留守儿童"死亡事件，对我的影响很大。可以说，一定程度上，我决定到云南农村挂职与贵州毕节的留守儿童死亡事件不无关系。

我的同事李根仓2015年6月12日专门为贵州毕节死去的四兄妹写了一首诗《天堂的微笑》（我附在了文后），看得我几次热泪盈眶。

我们全村将近9000人，其中外出务工的人数常年在1500~2000人左右，大多数都是青壮年劳动力，大多数也都是年轻的爸爸妈妈。我了解情况时，村民们说，如果父母中只有一个人出去打工的，孩子就算作留守儿童的话，那就太多了，好几百名。后来我就只统计家庭贫困的"双留守儿童"，初步统计到74名。这些孩子中父母同时出去打工的居多，还有一些是孤儿。

我去看了很多户，情况都比较糟糕。比如磨刀石村的严村会、严路萍姐妹，母亲去世，父亲有智力障碍且多年外出不知所终，姐妹俩现在跟着大伯生活；再比如大坝山村4岁的陈玉茹，父亲去世，母亲改嫁，她现在与70岁的奶奶一起生活。值得欣慰的是，白马村今年已经开工建设了两个项目（白马桃花庄园乡村旅游项目和航天科工绿色蔬菜示范基地项目），我们鼓励村里的老百姓就地务工，鼓励他们和自己的孩子们在一起，这样，留守儿童就会减少很多。

钱和家庭哪个重要？

前两天，我看到朋友转发的一篇微文《钱和家庭哪个重要？老外这样评论中国人！》。文中的澳大利亚人说："你们中国人为了工作，可以忍受长时间的夫妻分离，要在我们眼中，夫妻不在一起三个月以上，基本上就该考虑办离婚了。所以我们被派到海外来，就一定是全家一起来，我的妻子、孩子都搬到这里来。他们要是不愿意来，我就不可能接受这项工作，家庭比工作更重要呀。我在中国甚至听说过你们的上一辈人，有夫妻几十年都分在两个地方的，直到退休的时候才能生活在一起，这太残酷了。难道你们就不能为了家庭放弃工作吗？工作还可以再找呀！"很多网友说，文中的观点有一定道理。

谁不爱自己的家园？谁不念自己的亲人？一方面，习近平总书记造福老百姓的脱贫攻坚方略确实需要一批人来执行，"你不去就得他去，他不去就得我去"，反正总得有人去，更别说邓稼先（28年不知去向，晚年百病缠身才与妻子相聚）、郭永怀、王大珩、梁思礼他们这些"两弹一星"前辈为了国家和民族的"赤子"精神，后来者只能望尘莫及了。另一方面，我认为最根本的原因还是中国的国情，外国人还是不了解中国作为发展中国家的实际情况。中华民族是世界上最有家庭观念、最讲究亲情的民族之一，如果我们整体的经济发展水平达到发达国家的程度，我相信我们对自己家人也会更好。

最后，也祝愿"扶友"们都能够有更多的时间和机会去看看自己的孩子，在全身心地减少农村贫困留守儿童的同时，也能够给自己家的"城市留守儿童"多一点时间。

附：

天堂的微笑——献给毕节四兄妹
李根仓

孩子，
你们也许知道有天堂，
也许就不信有天堂，
但你们知道这个冷漠的世界，
你们决绝地离去，
你们也不知道去往何方，
但我想
你们离开这个世界微笑了……
我愿
这微笑，是在天堂的微笑。

6月12日，

这是个北京最明媚的夏天，

清晨，我为这个胜过新西兰的好天气，

激动地不知道怎么才好！

但是下午，

从网上，就挡不住地跳出了你们四兄妹，

对着屏幕，我看着，

眼泪就哗哗地流淌，

我竭力控制着哽咽，

怕旁边人听见。

世上竟有这么悲惨的事，

早上的好心情就被沉重的石磨压起来，

到现在也无法解脱……

看报道，

过年时，

父亲和14岁的哥哥，

杀了两口猪，

你们过了个吃肉的肥年。

雪花飘着，

或者冬日阳光照着，

贵州偏僻山村，一个孤楼，

萧索着，

何况没有妈妈，

爷儿几个，

怕更寂寞……

何况，年一过，父亲又要走了，

孩子们，

这满眼春愁的日月，

你们可怎么过！

早起，

14 岁的哥哥，

做好酸菜叶面汤，

12 岁、8 岁、5 岁，三个小妹妹，

这就是你们一天天的饭粮。

黄昏，又是哥哥，

叫你们洗洗，或者不洗，

钻进了烂棉絮的被窝。

夜，

或是寂静，

或是明月，

或是狂风，

或是暴雨……

你们想，

或是不想；

或是恐怖，

或是恐怖后的麻木……

但我又想，

在这个繁华又寂寞的世界上，

四兄妹始终一起，

短暂的岁月里，

也有一丝一缕的暖意。

假如你们还活着，

一生中，

这既是那么的辛酸，又是那么的温暖……

但你们决意要走了，

走时还烧掉了作业、课本。

那破烂桌上的残灰，

不知道记录了你们走时怎样的心境？

我听闻过，
有爸爸妈妈带着孩子一起走的，
但四兄妹走，我还是第一次听。
孩子，
连你们的走，
也是那么孤独，
没有大人带领、陪伴、护佑……

五岁的小妹妹，
多亏好心的人们，先进的医疗，
没有把你拉回这个世上。
要不，你这后面漫长的一生，
将会是多么痛苦，怎么度过……
你将时时想念哥哥、姐姐，
你的心将一生的寂寞……
这是上帝的好意，
上帝叫你们四兄妹始终不分开，
始终在一起……

那个 34 岁的爸爸，
噩耗袭来，
你还不知所措，
但以后，你会心内时时煎熬。
我不是一个狠心的人，
与其一辈子煎熬，
不如现在就随孩子们去了……

那个 32 岁的妈妈，

你现在可能是五内俱焚，

悔恨、自责，

但与其这样苟活，

也不如去了，

虽然孩子们在天堂里，

未必想看见你……

这是一个什么样的世界！

我想起了鲁迅的话；

这是一个什么样的人间！

我看见了高尔基的童年……

我只好无奈地想，

这是一个盛世下的另一个世界，

这是一个无限娱乐的人间的另一个人间……

面对这个世界，这个人间，

我唯愿，我们的孩子，

应该比二百年前，

那个卖火柴的小女孩，

命运好一点……

我不要什么形式主义的学习，

我也不要什么形式主义的教育，

我更不听贪官所谓的忏悔，

为什么进监狱前他们不那么想，不那么说？

我想

只要心中映现出四兄妹那——

对人间的决绝，

在天堂的微笑，

我就会对我说，

——做一个善良的人

——好……

悲伤难抑，平时喜欢看的书也看不下去，流泪写出

2015 年 6 月 12 日午夜 李根仓

"六一"文艺汇演先祭拜先师
(2016-05-30)

5月30日，为庆祝六一儿童节的到来，航天白马幼儿园协同富源县中安街道素质幼儿园、胜境街道迤山口幼儿园，共同为白马村的父老乡亲们奉献了一台儿童文艺大戏。文艺汇演由名师素质教育集团董事长、航天白马幼儿园园长刘敏主持，我和白马村党总支书记、村委会主任张旺益参加了孩子们的六一"盛宴"，与白马村的未来、幼儿园的300多名孩子们共庆六一。我为孩子们带来了由中国航天科工集团公司总部捐赠的航天产品模型。

节目开始，首先是祭拜先师孔子。刘敏园长带领小朋友们共同向先师孔子敬礼鞠躬。孩子们稚嫩的颂扬声响彻白马山的山间，孩子们毕恭毕敬的行礼让大家感受到国学的神圣。

接着，孩子们表演了《我爱中国娃》《孝和中国》《亲爱的老师》《相亲相爱的一家人》等28个节目，让人在感觉到孩子们可爱的同时，也感觉到国学教育和素质教育在幼儿园孩子们身上深深地烙下了印记，"尊师、敬老、亲仁"让

中国航天科工总部捐赠的导弹产品模型

63

所有的孩子们能够耳濡目染。尊敬师长，孝敬父母和老人，和小伙伴同读共玩、一起分享；开心读书、健康成长，唱歌、跳舞、绘画、金口才，成为孩子们共同的追求。特别是表演期间突然天降阵雨，但是孩子们在雨停间隙坚持表演完所有节目。刘敏园长表示，这次节目较多，目的是希望所有的孩子都有机会上台为父老乡亲们表演，展示自我的同时锻炼能力。

张旺益书记说，欢迎父老乡亲们来到航天白马幼儿园，白马村村委会和大河镇、富源县教育部门共同创办航天白马幼儿园的目的，就是希望白马村的下一代更好地健康成长；今天我作为白马村的普通村民能够看到孩子们高兴、快乐、健康，感到由衷的高兴，祝愿孩子们能够走出白马，看看外边的世界，也希望更多的人一起来建设白马。

我说，今天为大家带来航天科工集团公司的一些产品模型，目的是希望孩子们了解航天、走近航天，希望你们将来也成为航天人，能够有机会为国家的航天事业和国防事业作贡献。

打造"西南桃乡"，建设"党建示范村"

（2016-05-31）

5月28日，县委常委、县委组织部部长袁纪鹏到白马村调研"两学一做"学习教育工作开展情况，县委组织部副部长蔡光炜、大河镇党委书记牛睿、党委副书记罗忠华、纪委书记张立平等陪同调研。

白马村党总支书记、村委会主任张旺益汇报了近期白马村党总支以及所属各支部组织开展"两学一做"学习教育的有关情况。在本次换届后的白马村新当选村组干部专题会议上，张旺益要求全体党员特别是村组干部中的党员更要带好头，有一定文化素养的党员要在学习党章、讲话的同时写心得体会，只会写字的党员要手抄党章和系列讲话；同时，要紧密结合当前正在进行的两个投资项目，落实好村党总支的决议，"做合格党员"。牛睿书记对大河镇"两学一做"学习教育开展情况进行汇报，并对白马村航天科工绿色蔬菜项目的扶贫资金如何反哺建档立卡贫困户模式进行了介绍。

袁部长听取汇报后，对下一步开展好"两学一做"学习教育提出要求：一是"两学一做"要坚决避免夸大其词，更不要标新立异，坚决避免庸俗化，避免简单化，一定要认认真真地学，实实在在地干；二是认真研究党建工作如何助推产业发展，如考虑要让表现好的党员和群众在产业项目中更多受益，以及如何把精细化管理的思想应用到提升党员素质上；三是认真思考如何通过发展产业真正壮大农村集体经济，习近平总书记早在1990年就提出股份合作制经济，我们要认真思考，要研究如何把股份制模式大胆运用并付诸实践；四是要解放思想，研究思考如何以白马桃花庄园项目为契机，全力以赴打造"西南桃乡"，在此基础上，大河镇要考虑研究"互联网"+"党建"等创新要求，开展"党建示范村"建设。

坚定理想信念 革命先革自己的"命"

（2016-06-05）

"在座的每一位村组干部，你们的思想信念都是先进的，如果不是先进的，你们也坐不到这里来；大家不要小看自己，哪个村组干部不是管着几百户、上千人，你们手里都有或大或小的职权；如果没有理想信念，你们做事就会没有原则，就可能优亲厚友，就会越走越远。"6月4日，在白马村党总支组织召开的"两学一做"学习教育第三次集中学习的专题会议上，张旺益书记再次对村组干部进行谆谆告诫。村两委班子、村组干部40余人参加了集中学习。

此前一天，驻滇挂职干部、大河镇党政办干部阮红斌，白马村党总支书记张旺益受邀参加中国航天科工集团公司在昆明组织开展的"两学一做"学习教育巡回宣讲报告会。会后，白马村党总支研究决定，尽快将报告会的精神结合白马村的实际情况向全村两委和村组干部传达，组织开展"两学一做"学习教育第三次集中学习，并请我为两委班子和村组干部第三次讲党课。

张旺益书记说，"我们村组干部要像检查汽车轮胎一样，常检查，及时发现问题、及时处理问题，通过多学习知道自己的不足。党员村组干部如果没有理想信念，做事就会失去原则，做任何事都会为所欲为。如果我们有坚定的理想信念，明白共产党人的精神追求，在开展低保、建档立卡贫困户评定时，就会明白'革命必须先革自己的命'，先拿自己开刀，把自己的亲属、朋友清除就会没有顾虑；如果我们自己的事情都没做好，优亲厚友，走到哪里都有人戳你的脊梁骨，你做事说话就没有人听，你这个村组干部当的就没劲、没底气。""下一步，根据大河镇党委统一安排，创新方式讲党课，每个党支部要结合'七一'建党95周年活动开展党课，党支部书记甚至每个党员都要自己讲讲，谈谈自己的认识、自己的体会、自己在村开展的项目建设等各项工作中要怎么做一名合格的共产党员。"

我在会上说，这次讲党课、组织大家集中学习的目的是进一步统一大家的思想，把航天"两学一做"的好经验、好做法与大家分享，推动白马村各项建设事业的发展。我以"坚定理想信念，做四讲四有合格党员"为主题，从拧紧理想信念"总开关"、牢固树立党的意识和党员意识、立足岗位建功白马村三个方面与与会党员和村组干部进行了交流。同时，结合学习《准则》《条例》，我提醒大家都要从富源县纪委给予富源县大河镇挑担村委会取谷洞村原村民组长郭永开除党籍处分的案例中汲取教训，举一反三，认识思考，"小蚂蚱""蝇贪"让老百姓有切肤之痛，大家要珍惜老百姓对我们的这份信任，公正公平地使用好上级组织赋予我们的职权，不辜负大家的信任，真正做好老百姓的"父母官"。

会后，村委会组织各村民小组按照富源县民政部门、大河镇政府的要求对全村低保户进行了认真严格的评定。

贵州文化旅游项目考察团考察白马山旅游资源

（2016-06-06）

6月3日，贵州文化旅游项目考察团到白马村对白马山、白马水库等旅游资源进行调研考察。富源县委常委、县委办公室主任杨雄，副县长沙莎，大河镇人民政府副镇长游界等陪同参加调研考察活动。这是继今年5月27日《人民日报》《农民日报》、新华网等中央主流媒体组团采访考察白马村白马桃花庄园乡村旅游项目后的又一重大盛事。

白马村党总支书记、村委会主任张旺益对白马山的区位优势、植被覆盖、气候环境、人文历史等进行了详细介绍，同时汇报了目前白马村正在按照县镇党委、县镇政府部署大力建设的"白马桃花庄园"和"航天科工绿色蔬菜基地"两个重点项目，而这些项目必将与下一步白马山旅游资源的开发相得益彰。考察团对白马山风景区表现出浓厚的兴趣，认为白马村旅游资源丰富，旅游配套资源较为完备，有较大的进一步开发价值。

附：白马山位于富源县大河镇，是大河镇海拔最高的一座山，高达2341米（富源县境内最高海拔为西北部的营盘山，海拔2748.9米，白马山海拔仅次于营盘山），年平均气温13.8℃。白马山属于自然风景区，山间水流潺潺，山中树木郁郁葱葱。白马山因形似白马而得名，民间流传"好个白马山，脚踏奋基湾，谁能识破了，能买川和滇""黄狗追黑狗，前面狮子走，贵人骑马追狮子，鹦哥含水渡青龙"。白马山山高面广，山势或陡峭或缓坡，山峰重叠起伏，常年绿树成荫，四季鸟语花香，置身林海中，波涛阵阵令人醉。山里有一品夫人墓、白马留泉等多处人文和自然风景点。

刘小五离开了他的四个孩子

（2016-06-19）

今天，6月19日，父亲节。

午饭时，大坝山村民小组组长宋加云告诉我，刘小五拖不过肺癌病痛的折磨，昨天晚上走了，距离我们驻村扶贫工作队3月11日去看望他恰好100天。

刘小五是我们大坝山村民小组的一个村民，之前，我曾在今年3月12日《爱心多米诺——中国农大人的情怀（一）》微文中介绍过他的情况。他只有34岁，他的爱人32岁，他们有四个孩子，分别是9岁、5岁、3岁和1岁。但不幸的是，刘小五得了肺癌，后来又转成骨癌，他原来在外边打工，后来不得不回家养病。由于嫌住院费用太高，他几乎没有去住院，主要是抓些中草药吃，钱虽不多，但是都没法报销。

3月11日，我和白马村党总支副书记李桥会、驻村扶贫工作队队员朱家文，把中国农大刘会华师姐捐的一箱小孩子衣服、安徽古井镇副镇长李厂捐的500元钱给刘小五和他的家人送去。第二天，刘小五的爱人背着她1岁的孩子到村委会，因为她听说政府对她家有什么补贴之类的，但是因为需要时间申报并走程序报批，我们无法立刻满足她，后来她走时眼里噙着泪水。

尽管死者为大，但是刘小五作为父亲已不能履行他的责任、抚养他的四个孩子长大成人了，他只能把这个沉重的负担留给自己的爱人。我希望他的孩子们今后记着今天是父亲节，不管怎样，是他们的父亲和母亲带他们来到这个世界上，陪他们走过这么些年。我相信，这个世界上今后还会有很多好心人会关心、关注着他们。

你若盛开，蝴蝶自来；你若精彩，自有安排

（2016-06-23）

6月21日，中国航天科工集团公司定点扶贫曲靖市富源县大河镇白马村绿色蔬菜示范基地建设项目在白马村举行签字仪式。我非常高兴和激动，晚上难以入眠。

我在云南农村挂职第一书记已经10个多月了。肩负组织重托，尽心竭力工作，积极展示航天人良好的精神风貌，努力传播弘扬中国航天的社会美誉，特别是作为第一书记，在做好党建工作的同时，我投入更多精力在扶贫工作中。中组部"两学一做"督导组成员仲辉到白马村调研指导"两学一做"学习教育，"白马桃花庄园"乡村旅游项目引起《人民日报》《农民日报》等中央媒体的关注，白马村绿色蔬菜示范基地建设项目被作为扶贫案例推荐，我的驻村扶贫日记在新华网、《云南日报》、《曲靖日报》刊载。近日，富源县委组织部、大河镇党委又安排、推荐我参加富源县委主办的"微型党课大家讲"活动，为大家讲党课。

回想我10个月来的工作，有这么一些体会和大家分享：

永远离不开派出单位的支持和帮助

自己虽然具有多年的工作经验，拥有一定的人脉和资源，但是离开派出单位，始终感觉到无根可依，无枝可靠。不管是项目支持、资金投入，还是发挥周围"朋友圈"的力量，都与派出单位有着千丝万缕的联系。

中国航天科工集团公司党组副书记方向明带领集团公司人事部部长任玉琨及扶贫工作领导小组成员专程到村看望我；每次我回京，集团党群部部长孙玉斌都专门听取我的工作汇报，了解工作中遇到哪些困难；总部工会主席周菁隔三岔五打电话给我爱人，我爱人住院时她代表工会去看望，五一节她给我家送去水果，端午节她给我家送去粽子；负责扶贫的甄智专务更是不辞劳苦地两次到白马村调研指导；集团公司新闻中心主任吕晓戈、党群部宣传处处长齐先国、办公厅综合处处长黄海明听说我们航天白马幼儿园需要一批导弹模型时，马上帮助协调。单位中还有更多的同事（包括我的羽毛球球友们）在帮助我、支持我，在此一并感谢了。

永远离不开当地党和政府的支持和帮助

来到村子后，我感觉到开展任何工作几乎都需要当地县镇政府和村两委班子的支持和帮助，都需要当地老百姓的理解和配合。在村子里，虽然自己是第一书记，但是要始终注意摆正自己的位置，我只是来指导和帮助他们的，因此，哪些是自己职责范围内的，哪些是需要自己更加关注努力的，哪些能发挥自己的优势，都要格外注意、拿捏好分寸。在单位是个干部，但是到了村子就是公仆，需要做的就是"低下头看、虚心求教、真心帮扶"。

中国航天科工在白马村发起的绿色蔬菜基地项目总投资需要 300 万元，但是中国航天科工、云南航天的扶贫资金只有 50 万元，配套基础设施 100 万元需要富源县委、县政府及大河镇党委、政府协调支持，其余 150 万元由项目运营负责人筹集。项目启动前，因为拟使用的土地存在一些遗留问题，当地政府积极和瓦窑山村民小组、磨刀石村民小组的老百姓沟通，努力取得他们的理解和支持。

永远离不开良好舆论氛围的支持和帮助

脱贫攻坚工作是各项社会工作的一部分，但不是每个人对此都透彻了解，因此我创建了"美丽白马我的家"微信公众号，通过在微信平台每天撰写微文或转发相关微文，吸引更多的人来关注、关心这项伟大的、帮助穷人的事业。

我的很多同事、朋友，如《中国航天报》索阿娣主任、何颖助理，黄书奕副县长创建的"航天人、富源情"微信群的好朋友们，素昧平生的康云英董事长，我刚参加工作时的老厂长沈志强、多年不联系的同事，还有航天科工许多默默帮助我们村贫困户的领导同事（他们很多都不让在微文中使用他们姓名），我的朋友的朋友、同学的同学，以及我们白马村在外工作、打工的老乡都关注着白马村，都持续为我提供精神上的支持。

我的微文《第一书记的酸甜苦辣》点击量现已达到 5500 次，我获得了许多认识或不认识朋友的支持，他们的留言让我感动落泪的同时，也让我进一步树立做好第一书记工作的信心。航天科工七院所属单位的一位领导说："我认识李杰，第一张照片右边胖胖的胸前挂着牌的家伙，带有明显的航天科工特征。看到李杰兄弟的酸甜苦辣，我几度热泪盈眶。我将这篇微文转发给我的朋友们，让大家去感悟、理解这些第一书记们的付出、奋斗、经历，我们在北京应该做得更好。很多年前有重走陕北、红军路、贫困县的央视媒体人感慨，活在北京，是一种罪孽，是对比、反差下的顿悟、升华。现今，这话依然富有哲理。对我辈，做人、做事，时刻警示、教育。每个人都很幸运，也许活着就是奇迹。所以，人活着，要有自警，要有担当，要懂感恩，日省三身，淡泊名利，看重公事，看轻自己。"

对农村、农民必须用心、用情、用力

来到农村注定要吃苦受累，始终面临着生活条件差、语言不通、背井离乡、远离亲人等诸多的苦，面对着基础设施差、缺少资金、没有威信等诸多的难，克服这些苦和难，需要"嚼得菜根"的执着，需要对农业、农村、农民用情付出，需要"长太息以掩涕兮，哀民生之多艰"的情怀。面对几千年的日出而作、日落而息，面对着穷人艰难度日，愿意做事，就能做很多，不愿意做，良心、道德、党性都过不去。

我坚信，对自己看准的事情，一定要排除一切困难、想尽一切办法去做。没有一个项目会给我用不完的资金，没有一个项目不需要反复协调沟通，没有一个项目的方案能让大家的意见完全一致，因此关键时刻自己决不瞻前顾后、保留力量，只因为不想看到项目半途而废，不想对自己、对大家都没有交代。

最重要的一点，还是坚定自己的理想信念，无论多苦多难都要风雨无阻，都要毅然选择前行。习总书记在延安梁家河农村工作生活七年，他说："脚踏在大地上，置身于人民群众中，会使人感到非常踏实，很有力量。基层的艰苦生活，能够磨炼一个人的意志。而后无论遇到什么困难，只要想起在那艰难困苦的条件下还能干事，就有一股遇到任何事情都勇于挑战的勇气，什么事情都不信邪，都能处变不惊，克难而进。"我对这句话反复体会，用其武装自己。

就在 6 月 21 日当天，中国航天科工集团公司党组副书记方向明在参加航天科工二院国家工程中心第二党支部"两学一做"专题研讨会时，寄语党支部的全体党员："你若盛开，蝴蝶自来；你若精彩，自有安排，祝你们精彩！"

白马村在盛开，蝴蝶在不断地飞来；白马村今后是否精彩，自然会有安排。"能否盛开"靠我们自己全身心努力，"是否精彩"留给我们老百姓们评说。

看着他们远行的背影

（2016-06-28）

我收到一些包裹，
没有打开。
因为爱，
不需要检阅。
我送给了需要的人，
他们没有嫌弃，
背上就走了。

看着他们远行的背影，
我知道，
这世界上真的还有穷人，
还存在着苦难。
不是他们不努力，
只是他们被忘记了。

将捐赠包裹分发给需要帮助的人

看着他们远行的背影，

我想起，

天地不仁，

以穷人为刍狗？

面对命运的无奈，

大多时候，

不是他们扼住命运的咽喉，

而是命运扼住了他们的咽喉！

看着他们远行的背影，

我明白，

当年知青返城，

有诉不完的苦难，

而农民，

在土地上生存了几千年，

却从来不抱怨，

只是没有人为他们代言！

看着他们远行的背影，

我抬起头，

大山堵住了我的视线。

农民啊，

你们伟大的艰辛，

有谁能一清二楚！

看着他们远行的背影，

我在想，

农村啊，

难道只有厚实的庄稼，

只有浓绿笼罩的村庄？

看着他们远行的背影，

我的眼睛里，

噙满泪水。

穷年忧黎元，

叹息肠内热。

四季笙歌，

尚有穷民悲夜月。

看着他们远行的背影，

我知道，

这世界上真的还有穷人，

还存在着苦难。

不是他们不努力，

只是他们被忘记了。

与驻村扶贫队员朱家文到大河镇搬运来自全国各地的爱心包裹

白马桃花庄园土地流转：利益之争，还是观念之争？

（2016-06-30）

> 农民对土地的感情是复杂的，既爱又恨，爱恨交加。一方面，土地是农民财富的重要来源，是农民生存的重要保障，是农民精神的重要寄托，农民对土地怀有深厚的感情，真诚地爱着土地，这种爱是主动的、发自内心的；另一方面，由于土地束缚了农民的发展空间，成了农民的负担，加之目前的土地调整频繁、使用权不稳定，农民的土地权利屡遭侵害、农民对土地的保护软弱无力，农民对土地的感情又有恨的一面，但这种恨是被动的、也是无奈的。——《爱恨交加——农民对土地的感情分析》

6月23日，大河镇人民政府再次成立促进白马桃花庄园土地流转工作组，大河镇人民政府副镇长游界根据大河镇党委、镇人民政府的决定，担任工作组组长。

游副镇长说："为什么我们很重视这个项目？为什么我们要全力以赴为这个项目服好务？因为这个项目是得到了绝大多数老百姓支持的，这个项目能够为白马村老百姓的脱贫致富带来很大的帮助，这个项目能够加快白马村基础设施、农村城镇化建设的步伐。"

这是继3月25日第一次成立促进土地流转工作组、5月16日第二次成立促进土地流转工作组之后的第三次组建工作组。

今年1月份，白马村党总支、村委会在大河镇党委、政府的支持和帮助下，引入白马桃花庄园乡村旅游项目。当时这个项目面对着4个村民小组、7~8个自然村、700多户农户、3000多亩土地，究竟需要做多少工作，其实我们也估计到了，这其中肯定会有不少困难。因为从20世纪80年代起，白马村土地分田到户后，死亡和新增人口的土地几乎不再变动，土地尽管属于集体所有，但是基本成了老百姓的"私人财产"。

村委干部从大年初三开始逐个自然村召开动员会，说明情况和重大意义后，95%以上的农户是支持这个项目的，是支持白马村两委班子为改变白马村几代人命运所做出的重大抉择的，这也给了白马村党总支、村委会以充分的信心。感谢父老乡亲们，我同样相信他们为今后"离家不离乡，进厂不进城"的选择是伟大正确的。

因此，白马桃花庄园的建设实际上有两支队伍在忙碌：一支是政府组织的为了促进土地流转的村镇干部队伍，进村入户、苦口婆心地处理"插花地"问题；另外一支队伍则是在桃花庄园中直接开挖排水渠、种植蔬菜、除草、喷药的技术人员和农民工队伍。

我曾经和游界副镇长、刘云峰副镇长等大河镇的领导，以及白马村张旺益书记、刘光泽副书记、顾八斤主任、许菊莲妇女主任等也去了很多农户家。

工作组在半夜里打着手电筒挨家挨户进村做工作，曾经在春寒料峭的夜里遭遇在农户门外边等一个多小时不让进屋的尴尬，也曾经遭遇直接拒绝和我们说话以及说了很多难听话的农户。特别是越到最后，开展说服工作越难，大家想了很多办法，比如动员这些农户在外边工作的亲戚朋友，请他们帮忙一起做工作。

截至现在，仅有 32 户、40 多亩土地没有完成最后的说服工作，应该说成绩是巨大的，已经完成了 99% 的工作量。工作队员跑断了鞋子、磨破了嘴皮子，有的农户家都去了七八遍了，所有能说的话也几乎都讲完了。

到 2035 年，中国人口将达到 16 亿，我国城镇化率或将达到 70%，算起来，仍有 30%——4.8 亿人口是农民，约相当于现在法国人口的 7 倍、日本人口的 3.7 倍、美国人口的 1.5 倍。当工业化的巨轮滚滚向前、城市化的潮流不可逆转、发展现代农业成为我国农业与世界对话的必然选择之时，农村千千万万分散弱小的农民应如何去面对这突如其来的冲击与压力，或许将成为决定农村改革成败的关键。土地流转，究竟是利益之争还是观念之争？这是一个不是问题的问题。

农民对土地的感情能不能割舍？！

故乡对我来讲，它确实让我爱得非常深，也恨得非常深，是让人爱恨交加的地方。我对故乡的感情跟我对土地的感情是完全一致的。土地养育了我们、承载了我们，是我们的立身之本、立命之本，同时土地也耗干了我们世世代代祖先们的血汗，我们从有了劳动能力开始，就面朝黄土背朝天，直到我们变成了一个老得不能动的人为止。土地对我们的回报有时候很慷慨，有时候相当吝啬，有时候提供粮食让我们生存，有时候劳动一年我们颗粒无收。——莫言

穷家难舍，熟地难离。土地是农民财富的重要来源，是农民生存的重要保障，

是农民精神的重要寄托，农民对土地怀有深厚的感情，真诚地爱着土地，这种观念的根深蒂固绝非一日两日可解。

20世纪80年代分田到户，农民的温饱问题已经解决了，日历翻到了21世纪，逐家逐户小规模的种植土地，已经不能为农民们带来更大的收益了，每家每户仅有的几亩土地，全家人都扑上去，到了年底却发现几乎没有什么收成，碰到年景不好，赔本赔精力都是很正常的。特别是想通过几亩薄田实现小康、盖起楼房已经变得基本不可能了。取消农业税后，也没有带来更多收益；农产品保护价后，照样有大量的农民陆续离开土地。

白马村的一些村民在几年前煤炭产业生意好时，放弃土地，直接在村里的煤矿打工，逐步盖起了瓦房、盖起了小洋楼，但是仍有一些没有劳动能力的村民（残疾人、五保户或重疾病人等），沉淀在土地上，他们没有盖起新房子，还住在多年的老房子里，没有为孩子娶上媳妇儿。截至2016年6月底，全村建档立卡贫困户209户、697人，很多都属于这种情况。

但是，事实上，也只有通过养猪养牛、外出打工、煤矿务工的村民才有能力建起新房，过上好日子，几乎没有看到靠自己家的几亩薄田就能盖上新房子的。

一方水土有时候真的养不起、养不好一方人。

白马村有许多撂荒的土地长满了草，因为没有人愿意承租。有种折耳根的，但是这些农户必须再承租其他农民的土地，形成一定规模，否则仅仅靠自己家的几亩土地，也挣不到太多的钱。在中国农业大学读研究生时，我的老师告诉我，农业项目利润最高的一般可以达到30%~40%，但是如果形不成规模，就没有经济意义。

所谓的田园生活，只是陶渊明的理想，要有其他更多收入才能"采菊东篱下，悠然见南山"。

20世纪，城里的知青下乡到了农村，回城后，对自己在农村的苦抱怨了几十年，还形成了"知青文学"，那么农民到底苦不苦？肯定苦，只是没有人帮他们代言，没有人了解他们而已。

我的父母亲当时也离不开土地，但是，我和我姐姐、哥哥的孩子需要他们帮忙照顾，再加上他们年纪将近70岁，迫使他们也基本在"老得不能动"的时候离开了土地。

我18岁之前也生活在农村的土地上，永远忘记不了，小时候放学就去打猪草，暑假里再热的天气，也要到玉米地里割回两篮子草喂牛喂猪。麦忙假、秋忙假这些假期只有农村的学校才会有，孩子们需要回家帮助做农活，去锄地、割麦子、打场、刨红薯、摘棉花、赶牛耙地等。

记得有一年夏天的上午，我在烈日下打农药，结果天气太热，农药挥发得快，我突然难受、眩晕，我意识到自己农药中毒了，当时正是中午，地里一个人没有，赶紧回到家，告诉母亲送我去医院，总算躲过了这一劫。

那种体力的辛苦和土地回报的微小让父母亲决定，无论多苦，都要让我和我的姐姐、哥哥读书，因为仅靠种地真的不能让我和我的家人过上更美好的生活。

白马桃花庄园是不是白马村城镇化建设的开端？！

中国乡村教育走错了路！他教人离开乡下向城里跑，他教人吃饭不种稻，穿衣不种棉，做房子不造林；他教人羡慕奢华，看不起务农；他教人分利不生利；他教农夫子弟变成书呆子；他教富的变穷，穷的变得格外穷；他教强的变弱，弱的变得格外弱。前面是万丈悬崖，同志们务须把马勒住，另找生路！——陶行知

新华网《白马村强力推进白马桃花庄园项目》报道：2016年1月，大河镇引进云南欣宇源农业科技开发有限公司"白马桃花庄园乡村旅游项目"落户大河镇白马村。该项目立足地理区位、自然资源等优势，高起点、高标准规划实施白马桃花庄园项目。项目规划总投资2.2亿元以上，分期分步实施，2016年至2017年规划实施一期工程，总投资6000余万元，规划布局于富兴公路、沪昆高速公路沿线的十字路、夏布冲、严湾冲、小冲子、色尔冲等自然村区域内，种植黄桃、车厘子、苹果等30个特色林果品种。二期工程，总投资1.6亿元以上，立足白马山、白马留泉、白马水库、胜境关风景区、文笔山风电站等自然资源优势，逐步开发集旅游观光、休闲娱乐、餐饮住宿等于一体的游览胜地。

白马桃花庄园不会让老百姓损失什么，他们失去的是"锁链"，获得是整个"世界"。项目经营良好，老百姓务工收入持续不断；即使项目遇到困难，投资人的损失是最大的，而老百姓以出租获取租金方式参与土地流转，以务工获得工资方式参与项目，应该说几乎没有什么可担心的。

投资人已经投入了3000多万元，从安徽砀山运来树苗，这些树苗用的是日本、意大利的果树根在中国做的嫁接，从3月5日第一车运到白马村，目前陆陆续续

运来了 20 多车，总株数量达到 10 多万株。

很多果树苗单株价格达到 300~400 元，当时春天即将过去，由于土地不能流转，很多树苗放到地里暴晒，投资人很心疼，我们也心情沉重。投资人签订土地租赁合同 20 年，因为果树的寿命是 15 年左右，他每年支付的土地租金 150 万 ~ 200 万元。

白马桃花庄园里都有什么？桃花庄园的果树有几十种，仅黄桃就有 12 个品种，其他还有红心苹果、车厘子（美国大樱桃）、石榴、杏、梨等。6 月到 12 月期间，每月都有成熟的果品供应市场，供应老百姓。

投资人杨总已经开始在庄园里套种辣椒、茄子等各样蔬菜，他刚刚又签了购买 5 万株食用玫瑰的合同，趁果树苗还没有长大覆盖之前，种上几茬玫瑰，把玫瑰加工后做成鲜花饼，同时还可以吸引更多的游客观赏。

杨总说，广西的小香猪、东北的山野猪他也准备在庄园里养一些，一是可以供观赏用，二是这种猪的肉质应该和富源县大河镇的乌猪一样很有特色。

他近期请来专业做庄园设计的人帮做进一步的综合开发设计，建成后的庄园除了 3000 多亩各色林果外，还将融入餐饮、会议、住宿、娱乐等元素。

村民们凡是有能力的，他都吸收进来，会做火锅的、会做水烟袋的、会炒菜的、会烹制狗肉的、会杀猪宰羊的，将来都可以找到活路，都将获得一个新的平台。如果没有任何手艺，在园区门口开个炸洋芋的小摊，收收停车费，收入也会不菲。

白马桃花庄园一期建成后，每天至少需要 200 名固定的务工人员，土地流转合同已经明确，白马村参加土地流转的村民同等条件下优先录用。在保证每亩每年 600~700 元土地租金（每户每个月收入在 1500~2000 元）外，带动的间接就业预计有 800~1000 人，可以带动周围更多的农家乐餐饮、停车、住宿、蔬菜生产、运输、种植、养殖、农产品加工等产业发展。

富源县委、县政府明确，要以白马桃花庄园为突破口，建设水果罐头加工厂。桃园的面积，今年 3000 亩，明年 1 万亩，后年 2 万亩，直至达到 10 万亩，建设打造西南第一桃乡，罗平的油菜花、富源的桃花，要相映成趣，各有千秋。

还有一个最根本的效益，白马桃花庄园对白马村几个自然村基础设施建设的拉动作用。旅游项目的开发必然带动农村基础设施的建设，照明路灯、公共厕所、垃圾转运池、自然环境改造等等。因此可以说，白马桃花庄园一定程度上是在扎扎实实推动中国的乡村建设和城镇化建设。

中国"三农"问题专家、中国人民大学农业与农村发展学院院长温铁军教授说，城镇化是中国 21 世纪的重大战略。

面对当前的经济状况，政府必须找到新的投资领域，而城镇化就是一个能够吸纳过剩资本的方向选择。到今天，中国又面临着分散农民再组织化、再制度化的问题；我们要按照乡土社会的生态多样性，来安排城镇化与乡村相结合的可持续发展的规划；城镇化与中小企业发展同步，要注意不能轻易消灭乡村，多保留乡村就多保留了中国经济危机得到社会软着陆的机会。

要给付父老乡亲们多大的对等利益？！

村妇玉枝拼死爬上马天贵儿子的挖掘机，把自己吊在机耙子上，用生命阻挡挖地毁垄。庄稼人对于土地的依赖和坚守是城里人难以想象的，更是持资本下乡的生意人难以理解的。我给你租金，我还帮你种地，你我之间什么仇什么怨？这些生意人不能理解的是，土地所能带给农民的安全感究竟有多重，也不能理解失去这份安全感对农民意味着什么。事实上，如果他们不能理解农民对土地的情怀，也就不能全面评估农民因失去安全感而对资本下乡投资环境所造成的深远影响。——第 30 届金鸡奖最佳原创编剧奖提名电影《土地志》

土地，不应成为少数人的贪欲，也不应成为为官之人的政绩。

任何改革都应该是多数人受益，可农民有田没钱，搞现代农业又能怎样？他们只能牢牢守护着分田到户的成果，集体陷入发展的困局。如何在坚持农村土地集体所有性质的前提下完善联产承包责任制，既保障基本农田和粮食安全，又通过合乎规范的流转增加农民收入？一系列问题在改革中都需要好好研究。

白马桃花庄园土地流转过程中，不愿意参与土地流转的农户，他们确实提出了许多问题。有的认为租金太低了、有的要求一次性把 20 年的租金付清、有的认为期限太长了、有的要留着地自己种菜吃、有的认为青苗费补偿太低了、有的说化肥已经施进去了、有的要求豌豆苗按照 1 元 1 棵来补偿、有的要保留殡葬用地、有的说杨总把庄园圈起来影响了他们走路、有的干脆把圈起来的护栏直接给拆了、有的要求在铁栅栏留个口子……最终的想法还是希望投资人多出让一些利益，多承担一些风险。

中国经济进入十年"冰河期",经济发展走得不是 U 型,更不是 V 型,而是 L 型,资金紧张、银行惜贷,特别是对中小煤炭等企业几乎不再放款。一些投资人开展项目投资,必须使用原有积蓄,甚或是挖东墙补西墙,才能把项目做起来。

土地租金的给付最根本是一个对等原则。投资人杨总在选址时,贵州盘县那边说不要钱都行,只要在他们那边发展;富源县墨红镇每亩土地每年只要 400 元,而白马村的土地是每亩每年 600~700 元,同时还要保持每年的适当上浮。

关于土地价格,不妨来算算账。

白马村比较优质的田地,主要种植苞谷和小麦(一年中各一茬),按照优质地块计算,每亩每年可以收入 1500 元。其中:每亩苞谷目前单产 500 公斤,每公斤 2 元,收入 1000 元;每亩小麦单产 200 公斤,每公斤 2.5 元,收入 500 元。

每亩地的种子、化肥投入总计需要 415 元。其中种子需要 165 元:玉米种子每亩地 2.5 公斤,单价 30 元,需要 75 元;小麦种子每亩地 15 公斤,单价 6 元,需要 90 元。化肥需要 250 元,小麦大概 50 元的肥料,苞谷 200 元的肥料。

不考虑人工成本的收益为 1500–415=1085 元。

真实的人工成本是多少?

玉米从播种、除草、脱粒需要 12~15 个工,按照最低每个工 50 元,人工成本大致为 600~750 元;小麦从播种、收割到脱粒需要 6~8 个工,按照每个工 50 元,人工成本大致为 300~400 元,一年全部的人工成本大约应为 900~1150 元。

换句话说,如果农民把土地给别人来种的话,每亩优质地块可能的收益为 1085 元 –900 元 =185 元或者 1085 元 –1150 元 =–65 元,刚刚保本,甚至可能亏本。

这就解释了为什么农村的很多土地被撂荒。亏钱谁干?我去过色尔冲村民小组的土地坡等自然村落,看到很多撂荒的土地,长满了草,因为村民都出去打工了。

我看到有个别城里的人到他们那里租地,大约种了 7~8 亩折耳根(鱼腥草),我问了一下价格是每亩每年 500 元。折耳根每亩管理得好的话,收益可在 1.5 万 ~2 万元,但是除草、施肥、收种等人工成本投入相对较大。

面对农作物价格波动、土地租金不断升高的情况,我们其实希望农户不要把目光仅局限在对土地的直接租赁上,比如,可不可以像江浙地区一样,推行土地入股分红等多样化的流转模式,这样能极大地避免风险。

但是，许多老百姓认为，投资人赚没赚钱他们无法掌握，如果赚钱了也说亏损，那岂不是连土地租金也拿不到？

对于投资人来说，给出的土地租金高了，就一定能顺利流转到土地吗？也不一定。

土地流转中普遍存在的"钉子户"现象，影响了土地大规模流转的进程，我们其实正在经历和体会。紧挨白马的黄泥村委会土地比我们村的地平整，每亩每年1100元，镇里有项目资金连同投资人的资金，准备再扩租50亩土地，但是很多老百姓仍旧觉得土地租金太低。距离富源县城10多公里的圭山村委会土地比较平整，水源供应充足，每亩每年800元，有投资人准备租赁200亩地做大棚蔬菜项目，目前也在开展流转说服工作。

其实，在土地流转说服的过程中，还有许多问题是因为村民提的要求工作组和村委会都无法解决，比如要求给个低保名额、要求纳入建档立卡贫困户、要求把非法建房合法化，这些问题都是有明确规定的，工作组、村委会都没有能力答应。

再举个例子。前两天，夏布冲的一位村民冲到村委会与村干部产生"直接冲突"，火药味极浓，原因（可能）是我们那天晚上到他家做工作，虽然做通了，但是他提出自己土地没有了，房子还是几十年前的，自己以前在煤矿打工腿受了伤，两个孩子还在上学，需要给一个低保名额、帮助他办理残疾证等。

当时，达成的一致意见，一是土地流转是一回事，家庭有困难是另一回事，两者不掺和；二是家庭有困难，只要是符合政府政策的，就会一起帮助想办法，村委会努力帮他申请临时救助，帮他出具残疾证明，还有，在"五查五看三评四定"建档立卡贫困户时要对他的情况进行讨论。但是，他在县里办理残疾证时好像遇到阻力，因此就和张旺益主任等村委会的干部争吵起来。最终，张旺益主任说服他，告诉他临时救助已经申请，建档立卡贫困户已经纳入了，并带他查看了相关资料，才平息了他的怒气。

土地问题涉及亿万农民的切身利益，事关全局。在今后相当长时期内，普通农户仍占大多数，各级领导都要求我们继续重视和扶持发展农业生产，这是没得说的。

实践证明，土地流转和适度规模经营是发展现代农业的必由之路，有利于优化土地资源配置和提高劳动生产率，有利于保障粮食安全和主要农产品供给，有利于促进农业技术推广应用和农业增效、农民增收。

最为重要的是，关停不符合国家安全环保要求的中小煤矿，把青山绿水还给老百姓，把分散的农民变成有组织的农村产业工人，让老百姓的腰包鼓起来，这个方向是正确的，因此我们会坚定不移地走下去。

根植土地的党员情怀

（2016-07-01）

2016年7月1日，中共富源县委在富源县胜境中学大礼堂举办庆祝中国共产党建党95周年暨"两学一做"学习教育之"微型党课大家讲"活动，我有幸作为七名授课人之一，以《根植土地的党员情怀》为题目与大家分享交流。感谢富源县委组织部部长袁纪鹏、副部长蔡光炜、胜境中学校长助理金飞等多位领导、朋友对此稿不吝余力的指导帮助。

党员同志们：

大家好！我是来自中国航天科工集团公司的李杰，现在大河镇白马村挂职担任党总支第一书记。今天我与大家分享交流的课题是《根植土地的党员情怀》。

2016年3月13日，是我永远不能忘记的一天。那一天，是白马桃花庄园开工建设的第8天。在庄园的工地上，我看到一名七八十岁高龄的老太太，衣衫褴褛、双膝跪地，正在艰难地俯下身去，用她那布满老茧的双手，把树坑里的土一点、一点地往外扒，我全身为之一紧，内心无比刺痛。她是我们的祖辈，到了她这个年龄1天也就能刨三五个树坑，每个树坑3块钱，一天也就十多块钱。

那天在现场，我除了看到了这位七八十岁的老太太跪在地上用手刨土，还看到了我们村七八岁的小孩子在挥动着比他们个子还高的锄头挖塘。本该颐养天年的老人跪在土地上艰难"刨食"，本该无忧无虑的孩子早早地品尝了生活的艰辛。进村入户时家徒四壁的留守儿童们无助的眼神，寒冷冬日里白马小学的学生们吃着冰冷的盒饭，烈日下乡亲们挥汗如雨、辛勤劳碌，这一幕一幕都深深地镌刻进我的脑海里。

回想起，自己曾经遭遇到的语言不通、饮食不适；回想起，每当夜深人静总是想念与亲人相拥相伴；回想起，每次探亲返程儿子都紧紧拉住我的手不放……但是，这些比起乡亲们的苦和累，实在都算不了什么，他们的苦才是真正的苦，他们的累才是真正的累。我把我的组织关系从北京转到了白马村，我真正成为了白马村一名普通的共产党员，我下定决心一定要为白马村的父老乡亲们做点事情。

于是，我和白马村张旺益书记一起，上富源、跑昆明、拉项目、找资金。

今年1月，当从大河镇党委了解到富源一位企业负责人正在贵州盘县、富源墨红选址，准备开展黄桃种植的消息后，我们马上召开村两委会研究讨论、统一思想，在富源县有关领导、大河镇党委牛睿书记等镇领导的帮助下立刻跟这位企业负责人联系，介绍我们村良好的区位优势、得天独厚的气候条件和美丽的白马山旅游资源，最终说服了这位企业负责人选择在白马开展项目。

今年3月，总投资2亿2千万元，集林果种植、旅游观光、餐饮娱乐为一体的农业开发示范基地——白马桃花庄园乡村旅游项目落地了。这个项目涉及建档立卡贫困户86户、贫困人口296名，可以解决300~500人就业。截止到目前，我们已经完成了这个项目的土地流转3000多亩，完成投资3000多万元。10万棵黄桃树、车厘子树、苹果树、石榴树种到了白马村的土地上。

2015年10月，听说中国航天科工集团公司在昆明市东川区砂石土地上定点扶贫种植大棚蔬菜成功的消息后，我们往返800多公里到东川、弥勒、嵩明等地考察，了解大棚蔬菜的种植情况，回来后立刻着手编制白马村种植大棚蔬菜的可行性研究报告。随后，无数个日日夜夜村干部们讨论实施方案，无数次不厌其烦地找领导汇报。

"一分耕耘，一分收获"，今年5月，总投资300万元的航天科工绿色蔬菜种植示范基地建设项目，也在白马村的土地上全面开工建设了。这个项目涉及建档立卡贫困户39户、109人，可满足30~50人就业。目前这个项目已经完成了大部分排水工程的建设，完成了一半钢架大棚的建设。

一个一个的项目在白马村落地生根，我的父老乡亲们再也不用背井离乡地讨生活了，他们可以"离家不离乡"，就地务工赚钱，村里的留守儿童、留守妇女和留守老人也大大减少了。我坚信，用我一个人的背井离乡，换来父老乡亲们不再远走他乡，这是我做得最有价值、最有意义的一件事！

2015年6月，贵州毕节四名留守儿童自杀事件深深地震惊了我。到白马后，我做的第一件事就是关注村里的贫困留守儿童的情况。通过深入走访调查，我基本摸清了全村160多名贫困留守儿童的情况。我利用空余时间与这些孩子交流，给他们一些学费、书费上的帮助，晚上到幼儿园看望他们，帮他们辅导作业、陪他们玩耍。

我为白马村创建了"美丽白马我的家"微信公众号，通过每天发送微文呼吁社会各界朋友关心关注我们村的留守儿童。

我的努力感染了周围的同事、朋友，还有许多陌生的好心人：北京锦绣华英衣帽有限公司康云英董事长和她的同事无偿捐赠交通安全"小黄帽"960顶，价值3万多元；我在航天科工的同事以及素昧平生的安徽古井镇李副镇长总计为孩子们捐资4.25万元；我的亲朋好友为白马幼儿园捐赠图书300多册；航天二院正在为白马幼儿园捐建价值5万多元的航天七彩梦想教室；北京航天中心医院接收大河镇2名乡村医生到北京进修学习；我还收到了许多陌生好心人捐赠的20多个包裹。

2016年的春天，是我三十多年人生经历中最饱满的春天！这个春天里，我看到了油绿油绿的烤烟苗在悄悄地伸展，我看到了饱满的麦穗儿从麦叶里迫不及待地挤出来，我看到了旱苞谷萌发的嫩叶子，我也看到了成群的山羯羊从我身边走过，看到了刚刚生下的小羊羔从地上颤巍巍地站起来，看到了乡亲们过年杀年猪时抑制不住的兴奋，看到了乡亲们抱着水烟袋时洋溢在脸上的幸福的笑容。

在北京工作生活时，我从来对刮风下雨不敏感，但是在这个春天里，天色稍变，我就担心家住严湾冲山上的孩子们上下学时会摔跤，担心下暴雨会冲毁老百姓的庄稼，担心下冰雹会打烂老百姓的玉米、烟叶，担心我和乡亲们的努力成果毁于一旦，我真正地体会到了"长太息以掩涕兮，哀民生之多艰"的深刻内涵。

2016年春节，我爱人为了支持我的工作，带着老母亲和孩子到云南过年，村里借车把他们从昆明接到了白马。白马村的父老乡亲们都跑过来看望我们，有的到白马水库捞鱼，有的把家里杀年猪的鲜肉送过来，有的请我们到家里吃饭，真正把我当成了他们自己的亲人。白马幼儿园的刘敏园长邀请我们一家人到幼儿园做客，他亲自为我们弹琴唱歌。

一名老乡把他从白马山上采摘、亲手加工的一小包土茶叶送给我，我本不该拿群众一针一线，但一想到这是一份无比厚重的信任，我还是接受了。大年三十的晚上，我请我的家人坐下来，小心翼翼地打开茶叶包，用最好的纯净水泡上。土茶叶的味道本来是涩涩的、苦苦的，还夹杂着一丝土腥味，但是，我和我的家人尝到更多的却是苦涩里的回甜，很醇、很香，因为我们都感受到了乡亲们那份厚重的爱。

在中国航天科工20多万干部职工的大家庭中，我只是一颗渺小的星星，想不到在白马村我却成了"白马王子",父老乡亲们对我是这么的信任、这么的倚重,是他们让我找到了一个新的人生坐标,让我真正感受到了"美丽的白马就是我的家"。那一刻,我甚至在想,当我挂职期满离开的时候,我是不是就背叛了这片土地、背叛了这么信任我的父老乡亲?!

我在这里不是在向大家炫耀我取得的成绩,因为比起在座的各位,我做的远远不够。我只是想说,作为一名共产党员,只要你心里装着群众,把群众当做亲人,群众就会永远把你当恩人!美丽的山乡正在悄悄地发生着巨变,作为白马村一名普通的共产党员,我愿意和生我养我的农村、愿意和我的父老乡亲们同呼吸、共命运,践行我"随时为党和人民牺牲一切"的誓言,为富源这片热情的土地真心付出,谱写我生命中最光辉的篇章!

最后,请让我用一首大家都耳熟能详的歌词,结束今天的党课:因为路过你的路,因为苦过你的苦,因为追逐着你的追逐,所以幸福着你的幸福。

谢谢大家。我的微型党课到此结束。

我在富源讲党课

（2016-07-04）

7月1日，我很荣幸作为七名授课人之一参加富源县庆祝建党95周年暨"两学一做"学习教育之"微型党课大家讲"集中讲授活动。富源县县级班子领导，各乡镇（街道）党（工）委书记、副书记、组织委员，县直单位党组织负责人等600余名党员参加了活动。

讲完课后，唐书记握住我的手说：你做得很好，讲得也很好。可以说这一天是我来富源后最高兴的一天了。我的党课给大家带来的精神食粮有限，富源县委、政府给了我们航天人一次与全县党员交流学习的机会，这本身是对航天人工作的肯定，是一个很大的荣誉。

参加这次党课，我得到了富源县委组织部、宣传部，大河镇党委政府，白马村党总支，许多我的同行及党务工作者的帮助和支持。这篇微文的目的是想为我富源县的同行们、为这个国家级贫困县这批优秀的党务工作者们点赞。

6月1日，我接到大河镇党委书记牛睿的短信通知："镇上安排一名党员参加县里举办的微型党课，我们考虑请您代表镇里参加。烦请您准备一下。"短短一句话，出现了两次"您"字，让我感觉到了分量和信任。我回短信说："感谢

参加富源县微型党课活动

书记的信任，太荣幸了，一定认真准备。"

为了形成《根植土地的党员情怀》这篇讲课稿，富源县委常委、县委组织部部长袁纪鹏、副部长蔡光炜，胜境中学校长助理金飞老师，组织部科长温富明、科长杨加煌多次为我们提供指导帮助。"微型党课大家讲"筹备组为了让我们

受邀为富源县机关、乡镇党员代表讲微型党课

这些选手准备好课程，组织了集中培训和筛选。

期间，袁纪鹏部长、蔡光炜副部长、金飞老师多次对我们指导，到比赛现场为我们一一点评，徐露豪、杨汝婷等组织部的工作者付出了辛苦的劳动。大河镇党委书记牛睿、副书记罗忠华、副镇长游界、组织干事阮红斌，白马村党总支书记张旺益、副书记刘光泽也都不遗余力地帮我审稿、给我的试讲提出意见，陪我参加集中筛选和授课活动。

此次活动全县28个党工委在基层支部中组织"大家讲"后，择优推荐"集中讲"，由专家及评委进行筛选"组团讲"，最后确定了我和来自不同单位、不同行业的共7名普通党员进行集中讲授。

回想起今年5月4日，中组部组织二局六处仲辉副处长到白马村调研指导"两学一做"时，富源县委组织部、大河镇党委的领导们数次到白马村提前了解"两学一做"工作开展情况、查看资料准备情况、测试视频音像播放等，他们的认真细致、工作认真有时远远超出我的想象，对党建工作务实负责的态度令人敬佩。

在祖国的西南边陲，在云贵的大山深处，有这么一批优秀的党务工作者，我要为你们点赞，感谢你们，向你们学习！

在白马山里捡菌儿

（2016-07-06）

我知道白马山里有很多菌子，而且从白马村到大河镇政府办事的路上，总是有很多人在卖一篓又一篓的野生菌。

我原来以为是蘑菇，当地人都笑话我，因为他们都亲切地读为"菌儿（第三声）"，而且充满了只有云南人才有的自豪感。可不是吗？一些人可以吃上大虾、螃蟹、深海鱼等"海鲜"，但是吃上"山珍"却是许多人都没有的口福。

其实我来云南这么久了，从来没有听说种出来的"菌儿"。云南的"菌儿"二字代表是野生的、独一无二的。它们"埋伏"在松树下，营养丰富，不沾任何世俗之气。

耳熟能详的品种包括云南鸡枞、干巴菌、松茸、牛肝菌、青头菌，但是无论种类还是品质，在云南人眼中，"蘑菇"一词和他们的菌子一点都扯不上关系，因为蘑菇（香菇、茶树菇、榛蘑等）在哪儿都能生长，人工也可种植，味道那肯定比不得野山菌的。

7月3日下午，我和几个好友终于禁不住"菌儿"的诱惑，决定进山看看，要不作为白马村的人，真的对不起白马山了。

我们下午2点钟进山，沿着山中的繁茂林木小路去找，尽量朝着有松树的地方去找，但是发现绝大部分都被人翻过了。听他们说，会找菌子的人，在早上天色刚亮就去守着那些出菌子的地方。当其他几个人都有所发现，洋洋自得时，我却连个菌毛都没见到，很是沮丧。突然，我见到很多红顶的菌子，他们称之为大红菌，朋友说，采不得，有毒，可不能开玩笑啊。

白马山植被保护之好，超出我的想象。小松鼠、蜥蜴、蛇，各种各样的鸟类，潺潺的溪水随处可见。

返回时，我们决定不走老路，心想着另辟蹊径说不定会有收获呢。可是走着走着，我们迷了路，而且已经无路可走了，只能在山林里爬行。到处都是灌木，到处都是藤条，最糟糕的是有许多长着倒刺的植物，一不小心就生生地扯住了我们的衣服不让走。如果带着把砍刀多好啊！我们几个人沿着不同的下山方向，使用钻、爬、挪各种办法，互相不停地问对方是否看到有路可走。

我穿的是短裤和凉鞋，原以为自己能像采蘑菇的小姑娘一样，哼着小曲儿，蹦蹦跳跳地捡了一篓又一篓，却没想到迷失在白马山中。眼看着天要下雨，我说，实在不行，我们就喊警察来救援吧。他们说，那岂不是被大伙笑话了。我们只好硬着头皮，接着连滚带爬地找路。最后，终于听到了牛铃的声音，我们从山坡上跳到了路上。哎，终于得救了！

又走了一段路，我们看到了住在半山腰养蜂的蜂农，一打听还是我们白马村村委会后头冲村民小组的，便借了他们大水瓢，咕咚咕咚地灌了自己半瓢山泉凉水，才算缓过了劲儿。

从下午2点钟进山到6点钟出来，我们四个人只捡到八九个"菌儿"，主要是青头菌，还有一个很大很大的石灰菌。后来下到山下，碰到白马小学的老师们，他们看了我们的劳动成果，告诉我们石灰菌可是吃不得的。

不管成果，不管艰辛，我很高兴，因为我参加了白马山村民最好玩的一件事情——捡"菌儿"。

在白马山里捡菌儿

没想到一语成谶

（2016-07-11）

前几日，我参加富源县委"微型党课大家讲"。我说，在北京，我从来对刮风下雨不敏感，但是在这里，一旦天气变化，我就担心老百姓的烤烟、玉米会被暴雨冲毁，我们的努力成果会毁于一旦。没想到一语成谶！

7月10日下午，5时22分至40分，大河镇遭遇冰雹自然灾害，灾情涉及白马村等4个村委会、26个自然村、2276户、6434人，造成经济损失354.7万元，其中我们白马村的110亩烤烟几乎全部绝收。

今天一早，富源县政府副县长戴桃玲、大河镇人民政府镇长范涛、人大主席团主席温石宝、白马村书记张旺益以及保险公司的人到现场查看灾情。玉米的损失较少，减产率可能在5%~10%，但是在色尔冲村民小组的土地坡、大坝山村民小组的黄脑包有110多亩烤烟遭受重创，特别是烤烟已经封顶了，从顶部直接被打断。许多叶子也被打烂，不再具备烘烤价值（烘烤后会发黑，影响质量）。种植户投入的近30万元（正常情况下，预计可以收入50万~60万元，扣除本钱，毛利润约在30万元），几乎全部付诸东流。按照保险公司的理赔额度，每亩地最高900元，只能收回9.9万元，仍有20多万元在短短18分钟内烟消云散，灰飞烟灭。

我还了解到这次全镇5000多亩烤烟，大概有610亩不同程度受灾，种植户损失惨重。黄泥村委会的露天蔬菜也遭受重创，这18分钟的冰雹几乎要了很多人的命。

农业项目虽然利润较高，但是风险也大。为此，我相信中国航天科工在白马村建设钢架大棚绿色蔬菜项目的方向是

走访硐上村家庭困难户

93

正确的，不仅可以保证水肥供应，还可以防止自然灾害。晚饭后，我专门去看了看正在建设的钢架蔬菜大棚，看了看选用的塑料膜，用手摸了摸，很坚固，有效地抵御了昨天冰雹的侵袭。

百姓的文化乐园，儿童的艺术殿堂

（2016-07-13）

　　为丰富白马村村民特别是少年儿童的暑期文化生活，富源县文体局、大河镇文广中心以"推广全民艺术普及，促进少儿全面发展"为主题的艺术培训——文化免费下乡活动，近日正在航天白马幼儿园如火如荼开展。

　　这项活动从 7 月 10 日开始，将持续到 7 月 25 日。今年该项活动具体由航天白马幼儿园承办。每天上午 8 点到 11 点，白马小学、幼儿园的 120 多名少年儿童，分成三个班免费学习舞蹈、书法、绘画、写作等课程，航天白马幼儿园园长助理沈志强老师（舞蹈）、张晓霞老师（绘画），脑上小学夏锐老师（硬笔书法及写作）、白马小学荀柳老师（硬笔书法及写作）都过来给小朋友们授课。每到晚上 8 点，白马村上百村民齐聚到航天白马幼儿园的广场，沈志强老师悉心教大家学跳新疆舞、藏族舞以及各类广场舞等。白马村的孩子们暑假里有了好的去处，山区农村的少年儿童能够接受免费的艺术熏陶，度过一个非常有意义的假期；白马村的大人们则通过跳舞缓解一天的工作疲劳，齐聚一起唠唠家常，进一步增进邻里之间的感情。

　　这项活动是富源县文体局每年开展的一项重要文化盛事，目前已经开展了 4 年，指导老师主要从文体局、文化站、学校（幼儿园）老师中挑选。此项活动旨在进一步发挥好公益性文化基础设施和政府免费开放补助资金的使用效益，推广全民艺术普及，促进少年儿童全面发展，并努力形成长效机制，逐步打造成为富源县文化免费开放的一个服务品牌。

云南航天有大爱，脱贫攻坚用真情

（2016-07-21）

6月1日，在中国航天科工集团公司2016年度扶贫工作专题会议决定对云南省曲靖市富源县定点扶贫的1个月后，中国航天汽车云南航天工业有限公司（以下简称云南航天）作为富源县大河镇白马村"挂包帮、转走访"的联系单位，在企业本身资金非常困难的情况下，慷慨解囊，第一时间将15万元绿色蔬菜示范基地建设项目专项资金汇入富源县扶贫资金账户。

大爱无疆，情系苍生

云南航天对党和政府脱贫攻坚方略认识深刻，积极响应云南省委、云南省政府的号召，在富源县开展扶贫攻坚多年来，一直带着深厚的感情和高度的责任心，始终心系富源县山区贫困农村，急基层百姓之所急，想脱贫改貌之所想，积极主动帮助贫困户找路子、想办法、创条件，千方百计地帮助农村穷苦百姓脱贫发展。

2015年云南省全省扶贫工作专题会议召开后，云南航天董事长（党委书记）苏晓飞、资深专务肖雅君、副书记李美清等多名领导干部先后10余次到富源县、白马村调研指导工作，深入农村一线基层，走访穷苦百姓。公司组织了三批次37名领导干部深入富源县山区进村入户，访寒问苦，而且所有党员干部吃住行费用全部自行解决，不给当地百姓增加任何负担。特别是今年2月初，云南航天领导干部自发捐资13650元，帮助白马村最穷苦的39户老百姓过了一个欢乐、祥和、温馨的春节。

产业扶贫，精准给力

云南航天先后派驻新农村建设指导员李庚、扶贫工作队队员朱家文长期驻村，并按时足额拨付工作经费。在云南航天的领导和支持下，他们身负云南航天的重托，充分展现航天人的良好形象，与当地老百姓同吃、同住、同劳动，深入了解百姓疾苦，协助白马村两委研究制定了全村《2016-2018年脱贫发展工作规划》，为今后三年发展明确方向；他们不辞劳苦，为中国航天科工集团公司定点扶贫项目大河镇白马村绿色蔬菜示范种植基地建设项目努力工作，这个项目将帮助全村建档立卡贫困户 42 户、113 名贫困人口实现精准脱贫；他们积极主动，协助村两委通过招商引资方式引入总投资 2.2 亿元的集林果种植、旅游观光、餐饮娱乐于一体的白马桃花庄园乡村旅游项目，助推转型升级，打造西南桃乡，这个项目将帮助全村建档立卡贫困户 89 户、325 名贫困人口实现精准脱贫。

扶贫先扶志，扶贫先扶智

云南航天在做好各类物资、资金支持的同时，始终坚持"两手抓"，认真抓好党建和思想文化扶贫，先后邀请富源县大河镇和白马村基层村组干部参观公司生产车间和云南航天机关幼儿园，参加公司"两学一做"学习教育巡回演讲报告会，参加公司"颂党恩、歌航天、促发展"歌咏比赛，努力用航天精神武装贫困县、贫困农村基层村组干部的头脑，助力白马村脱贫攻坚事业。

航天有大爱，扶贫用真情

云南航天这份雪中送炭的情谊为白马村乃至富源县的经济发展、脱贫攻坚事业注入源源不断的动力，我们相信在云南航天帮助下，白马村的经济发展一定会更上一层楼，全村建档立卡贫困户整体脱贫也将指日可待。

严湾冲，第一冲

（2016-07-26）

严湾冲村民小组是距离白马村村委会最远的村民小组，大约 7 公里，而且道路全是泥泞的山路。这个村民小组的 19 名幼儿晚上需要住在航天白马幼儿园，我去幼儿园看过他们几次。

这次，我们准备举办白马村首届广场舞大赛，严湾冲村民小组开始提出可能无法组织队员参加，一是没有人主动参加，二是交通问题，都是山路，来一趟很不容易。

有人说，严湾冲村民小组属于"三落后"地区：交通落后、思想落后、文化落后。甚至在 2015 年我刚来时，张书记找我商量，是否可以挂职一年该村民小组的党支部书记，我内心惴惴不安，加上没有太多精力和时间，便没敢答应。

但是，今天晚上参加他们的广场舞训练比赛后，我也喊出了"严湾冲，第一冲"。

"白马村民间艺术团"受白马村党总支的委托决定走一遭，一是我们文化需要继续再下乡，送广场舞老师给他们，带他们跳舞，二是再去感受一下严湾冲村民小组的氛围。

傍晚，我和航天白马幼儿园园长刘敏、幼儿园老师吴凤兰、大学生村官王子玉、刚刚走出校门的邓阳娟一起，在山里颠簸了半个多小时赶到严湾冲村民小组的红土田自然村。

没想到，很多村民特别是小孩子已经早早在等待我们了。红土田村内路面进行了一些硬化，路很窄，不到 3 米，但是已经算很好的了。小孩子们在玩篮球，我们卸下音响，很多村民自发地围了过来。刚开始十几个人，很快越来越多。当广场舞的音乐响起来时，七八十人都聚集过来了。

刘敏园长的热情很快把全村点燃了。吴老师、小邓、王子玉她们欢快起舞，村民们也都欢快地跳了起来。严湾冲的支部书记、村民组长、副组长也都非常高兴。

刘敏园长在跳舞间隙带着村民们喊"严湾冲，第一冲"，白马村有桃子冲、老阳冲、色尔冲、夏布冲等多个自然村，刘敏园长说，你们要做第一。我也加入进来，高喊"严湾冲，加油"，带着村民们一起喊"严湾冲，第一冲"。我们的激情在山间点燃，声音响彻云霄。

严小书副组长说，很多年都没有感受到这种热情的氛围了。每只舞曲跳完，村民们都热情鼓掌；许多小朋友也加入其中，他们跳的很高兴，很愉快，很热烈。

我说，我为你们加油，8月8日在航天白马幼儿园一定要见到你们的身影。从傍晚七点半一直到夜里十点，大家还恋恋不舍。

我们说，明天晚上七点，不见不散。

我要回农村

（2016-08-04）

8月2日至3日，我很荣幸地受大河镇党委、政府邀请，在大河镇党委副书记罗忠华、大河镇人民政府副镇长罗文光的带领下，随同大河镇17个村党总支书记以及其中6个贫困村的文书，组成考察团到罗平、富源的一些村镇学习调研脱贫攻坚以及"五个一批"中异地搬迁等的情况。

我再次感受了大美云南，感受到许多地方政府不断加快的脱贫攻坚、建设美丽家园的步伐，再次深刻体会"望得见山、看得见水、记得住乡愁"，也更加明白自己一定要和白马村的班子成员一起，更加努力做好我们的脱贫攻坚工作，早一天打算，早一天着手，把扶贫工作的各项事情做好、做细、做扎实。

突然想起目前正在流行的"城市套路深，我要回农村"这句话。是啊，在农村的青山绿水间，尽情地畅快地呼吸吧，不但空气新鲜，而且吃的瓜果蔬菜也都是最新鲜的、没打农药的，身体倍儿棒，吃嘛嘛香。咱们还是回农村吧，农村挺好的，村民淳朴、善良、好客，风景如画，空气清新，悠然自在。

曲靖市媒体集中报道白马村

（2016-08-07）

8月5日，来自《云南日报》《云南经济日报》、云南通·曲靖党政客户端、《曲靖日报》、曲靖电视台、曲靖广播电台、珠江网、曲靖M、富源电视台等10多家媒体的记者云集富源县大河镇白马村，听取富源县委介绍全县组织工作的好经验、好做法、好典型。

曲靖市委组织部政研室主任刘勇沧，富源县委常委、组织部部长袁纪鹏，富源县委常委、宣传部部长耿妍，富源县组织部副部长蔡光炜，富源县宣传部副部长何保国以及富源县大河镇党委副书记、镇长范涛等镇领导，白马村两委班子成员，白马村各党支部书记，村民小组组长、副组长等40余人参加见面会。

白马村举办首届群众广场舞大赛

（2016-08-08）

　　8月8日上午8时30分，伴随着潘云老师（富源县文化馆退休职工）和他带领的艺术指导团老师们激情演奏的《迎宾曲》，大河镇白马村首届群众广场舞大赛隆重开场了，航天白马幼儿园再次成为全村老百姓瞩目的焦点。

　　经过一个多月的筹备，众人期待的广场舞大赛终于呈现在我们的面前！因为期待太久，所以就倍感亲切。这次大赛就像是我们大家共同孕育的孩子，她的降生让我们感觉到，只要大家开心，一个多月的挥洒汗水、辛苦劳累、激烈讨论都不算什么了。这是白马村文化发展的一件盛事，将永远留在我们的记忆中，永远载入白马村文化发展的史册。这个暑假大家都很累，但是也都很开心、很幸福，白马村的父老乡亲们，希望你们的心情永远都像今天一样！

举办白马村首届群众广场舞大赛

与白马村的孩子们在一起

开场曲红歌联奏《毛主席的光辉》，让我们重新回到了那个激情澎湃的年代；特邀嘉宾黄泥村村委会梦想健身队的精彩表演，让我们感到兄弟村的深厚情谊；张书记热情洋溢的致辞，让我们感受到群众文化艺术所具备的吸引力；白马村 10 个村民小组、100 多名村民精彩的表演，让我们感到群众艺术之花已经在白马这块多情的土地上生根发芽、傲然绽放；意犹未尽的群众自发表演，让我们感觉到白马村民的豪放热情。白马村的父老乡亲们，你们是最棒的！

今年以来，白马村党总支、村委会在富源县委、县政府，大河镇党委、镇政府和各级领导关心支持下，上马建设了推动全县转型升级的两个重大项目：总投资 2 亿 2 千万的白马桃花庄园乡村旅游项目和总投资 300 万元的航天白马蔬菜示范种植基地建设项目。这两个项目得到全村父老乡亲的大力支持和帮助。今年以来的 200 多个日日夜夜，村两委班子、全体村组干部和全村父老乡亲们都为这个项目付出了巨大的努力、挥洒了无尽的汗水，因此，今天的广场舞大赛也是答谢大家的一个文艺汇报演出。白马村的父老乡亲们，祝你们唱得开心、跳得愉快、玩得尽兴！

感谢富源县委、县政府，大河镇党委、镇政府提供的"推广全民艺术普及"免费艺术培训项目，感谢积极参与的白马村父老乡亲们，感谢大河镇政府文广中心主任石尤强全程录像，感谢为本次大赛成功举办承担大量繁重工作的航天白马幼儿园刘敏园长以及他带领的教师团队，感谢主动牺牲暑期休息时间、为村民艺术普及提供多次指导的沈志强老师、吴凤楠老师、夏锐老师、张晓霞老师、李叶馨老师、荀柳老师和邓阳娟老师，感谢为此次比赛提供专业评分支持的评委老师们，感谢为此次比赛制作背景板、搭建舞台的航天白马蔬菜基地负责人张家高，感谢为此次比赛提供安全、后勤等保障的各位村组干部、工作人员们！白马村党总支、村委会、驻村扶贫工作队向你们致以最诚挚的感谢！

白马村首届群众广场舞大赛侧记

（2016-08-11）

世界上最绝望的事情，就是当楼下广场舞的大妈天团准点播放舞曲时，居然每一首我都会唱啊！而且还边唱边跟着无意识扭动啊！我竟然不知不觉扭了三首歌了！——笑话一则

来白马一年了，我其实一直在思考，白马人究竟是什么样子？

我接触到开放务实、用心做事的张旺益书记和他带领的每一名班子成员，接触到激情始终满怀的航天白马幼儿园园长刘敏和艺术总监沈志强，接触到话语不多、兢兢业业的白马卫生所所长刘建华，接触到在这片热土上努力做事的杨涛、张家高，接触到新当选的严湾冲村民小组副组长严小书……直到8月8日村民们身着盛装参加广场舞大赛，我才体会到"随心而动，洪荒之力"八个字在白马人身上的体现。

每当夜色初降，音乐响起，人们随声起舞，尽情伸展，大家之间充满了平等、和谐，没有歧视，不存在任何的排斥，更是远离纷争。其实，每一个人都有一个跳舞的梦，每一个人都想跳好自己的舞，每一个人都在和大家共同起舞。现在，他们正在做，是正在用尽自己的"洪荒之力"。

为什么举办这届广场舞大赛？

白马村的贫困人口多了一些，一个村子的贫困户/人口达到209户、697人。因为正在脱贫攻坚，是不是这个活动就不搞了？绝不是。希特勒的铁蹄已经逼近莫斯科城墙下时，斯大林还依旧组织他的士兵们阅兵，而后转身奔赴战场。白马也一样，在向贫困发起总决战时，我们照样要举办这个广场舞大赛：因为全民健身的号角已经吹响，因为物质文明和精神文明需要"两手抓，两手都要硬"，因为我们不仅要有面包吃还要有音乐听，因为不仅让大家建设好桃花庄园和大棚蔬菜两个项目，还要让大家在工作之余感受到"生活最重要的是开心、是满意"！

很多七八十岁的老年人不畏酷暑赶过来观看整场比赛，82岁的李素莲老人为白马村党总支写歌，让我们感受到群众对艺术的喜爱，感受到老人们对白马这个

基层党组织的认可和信任。

云南航天工业有限公司党委副书记、纪委书记李美清发来"今天的白马腾云驾雾，今天的白马凝心聚力，今天的白马奋勇向前"这样热情洋溢的贺词，再次给白马村全村人民擂鼓助威、加油打气。

有那么多感人至深的镜头！

早在今年7月初筹办"推广全民艺术普及，促进少儿素质全面发展"免费艺术培训班时，大家就有在结束之余，要把培训的成果展示一下，要让村民们全部都跳起来的想法。

当听说严湾冲因为路远可能参加不了比赛时，党总支派我和刘敏园长带着指导老师到山里的红土田村带领大家训练，点燃了他们的激情。虽然最后严湾冲只拿到了组织奖，我仍旧很高兴，因为他们没有掉队，并且还喊出了"严湾冲，第一冲"的口号。副组长严小书说，很多年了，我们村的老百姓都没有这样高兴过。

还有许多感人至深的镜头：大家在"美丽白马我的家"群里讨论广场舞大赛的背景板用哪一个更好；半夜里，我们还跑到县城和张家高的制作人员反复协商；刘敏园长和他的团队为了筹备好广场舞，暑假不休息、夜里不睡觉地制作节目单、编写台词和议程；为了一套更好的音响设备，我们货比三家联系了很多人；白马小学和白马幼儿园的许多老师从县城赶过来为大赛帮忙；大河二中、白马小学的学生们过来为广场舞大赛当"义工"；村里的儿童都跑过来，在人群里高兴地穿来穿去。

农村文化事业发展需要你我共同努力！

张旺益书记说，下一步，白马要组建成立自己的乡村艺术团，我们要让老百姓自己表演身边的故事，把身边工作生活中的真善美大力弘扬，让社会主义先进文化占领农村文化生活的高地，实现人民自我教育的目的。刘敏说，你看，毛主席的革命事业中总是离不开工农文艺分子的身影，我们白马发展经济事业中也要有自己的文艺分子。是啊，只有这样，我们才会施展我们每个人的"洪荒之力"！

因此，我们都坚定认为：农村文化建设是新农村建设的重要内容之一，是社会主义精神文明建设的重要组成部分，在维护农村稳定、促进农村经济发展、提高农民综合素质实现观念转变等方面有着重要的作用。尤其是在当前建设新农村、脱贫攻坚全面推进的时刻，加快农村文化事业的发展将有利于增强农村经济的发展后劲，促进农村经济的快速发展，大大加快脱贫攻坚步伐。

这顶"穷帽子"不要也罢

（2016-08-16）

8月13日，我受邀请参加富源县贫困村驻村工作队工作会议，并汇报了白马村这边开展攻坚扶贫的情况。会上，我了解到《富源县脱贫攻坚宣传手册》所明确的易地搬迁政策："易地搬迁点的建档立卡搬迁户每户补助6万元，同时可申请不超6万元的易地扶贫搬迁专项贷款，贷款期限20年，农户不承担利息。"毋庸置言，这确实是一块很诱人的大蛋糕啊。

8月14日，白马村党总支、村委会召开贯彻落实大河镇村（社区）两委班子集中培训会议精神的全村村组干部及在村党员专题培训会，我根据会议安排，负责宣讲了当前的脱贫攻坚到户帮扶政策。联系到近一阶段个别村民因为不能被评定为建档立卡贫困户而到镇里和县里上访，以及前几天一位84岁的老太太蹒跚一两个小时到村委会说想要一个低保名额，我在会上说，塞翁失马，焉知非福，获得国家脱贫攻坚到户帮扶真的不见得就是好事情啊，这顶"穷帽子"不要也罢。

一是建档立卡贫困户评定过程已经把建档户的"穷困"载入本村和自己家的家史了，因此，获评建档立卡贫困户不见得是好事情。"三评四定"的程序让这些家庭的一切几乎都暴露在全村人的面前，建档户家养几头猪、有几间房子、有多少财产等都被参加评定的代表讨论过许多次，而且在全村、全镇、全县都要公示。我想，如非迫不得已，如非遇到天灾人祸或者家庭出现重大变故（残疾、重大疾病等），自己身体健康，要这一顶"穷帽子"实在不见得就是什么好事情。举例来说，经济上带来的沉重负担很容易让建档户家的贫困学生产生抑郁的心理，他们不愿意向别人吐露心声，不愿别人知道自己的家庭情况，害怕遭到别人的耻笑。这对贫困学生健全人格的形成是非常不利的。贫穷会使人产生自卑心理，虽然贫穷不能说是耻辱，但怎么着也不是光荣的事吧。

二是国家政策对建档立卡贫困户的帮扶有可能让一些家庭产生"不劳而获"的思想，因此，获评建档立卡贫困户不见得是好事情。6万元无偿帮扶，再加6万元20年的无息贷款，有可能会让他们永久失去自我奋斗的勇气。如果靠自己的努力来挣这十几万元，流自己的汗，吃自己的饭，我相信他们也必将在奋斗过程中为自己和家庭今后能够长期不返贫、能够发展起来找到一条出路。古语有云"哀莫大于心死"，人贫困并不可怕，可怕的是志短、意怠、心死。穷不思变、贫而无志的贫困户，会越"扶"越懒，越"扶"越贫。"穷不过三代"，但是如果不能自己找到出路，特别是"不劳而获"的思想如果波及到自己的子孙后代的话，可能三代、四代都要受穷。

三是过去一些县争当贫困县，始终保持贫困县的"荣誉"，终将阻碍长远发展，因此，获评"国家级贫困县"肯定不是值得称颂的好事情。为什么都愿意争当贫困县呢？原因是国家和省里对贫困县有扶持政策，每年能给不少扶贫资金，于是，一些县为了争戴贫困县帽子几乎打破了脑袋。一旦戴上贫困县帽子，总是舍不得摘掉；即便已经脱了贫，也得藏头藏尾，始终保持着贫困县的"荣誉"。想想看，如果领导们都是这样的心态，你能指望他们所领导下的贫困农民有什么样的觉悟呢？贫困本不可怕，怕的是人穷志短，怕的是权力思维作怪、政绩观念狭隘、发展理念贫困，因此，如果一个贫困县陷入这种饮鸩止渴的思维，他们的发展思路必将会出问题。

曲靖市"基层党建推进年"现场推进会
在航天白马蔬菜基地举行

（2016-08-22）

8月22日，曲靖市委组织部副部长张忠文在富源县委书记唐开荣，县委常委、组织部部长袁纪鹏，大河镇党委副书记、镇长范涛陪同下，带领市直机关、所属企业党委负责人以及宣威市、沾益区、罗平县、师宗县、会泽县等县委组织部及所属乡镇党委（工委）负责人100余人来到富源县大河镇白马村航天白马蔬菜基地现场观摩白马村"基层党建推进年"党建促脱贫攻坚情况。白马村是曲靖市委组织部选定的富源县三个现场观摩点（另外两个观摩点分别为富源县金田原公司和富源县人民法院）之一。

曲靖市"基层党建推进年"现场推进会在航天白马蔬菜基地召开

观摩人员受到大河镇党委、人民政府及白马村党总支、村委会的热烈欢迎，范涛镇长、张旺益书记对有关情况进行简要汇报和介绍，我代表村两委班子对白马村党总支发挥战斗堡垒作用、大力发展农特产业、带领群众增收致富、壮大村集体经济、助推精准脱贫工作情况进行了具体汇报。今年以来，白马村依托区位和资源优势，成功引进白马桃花庄园和航天白马蔬菜基地两大项目，并采取"公司＋基地＋支部＋农户"的运行模式，全力打造生态农业庄园。村党总支通过规模化流转土地、产业化经营体系、规范化务工管理，达到产业帮扶覆盖建档立卡贫困户目标，实现企业、集体、农户三方共赢。

张忠文副部长对白马村党建引领扶贫工作予以充分肯定，并要求白马村党总支继续认真落实全面从严治党各项要求，夯实党建工作基础，进一步发挥核心引领作用，助力脱贫攻坚工作，推动全村各项事业的发展。

这一天久久不能平静

（2016-08-25）

今天，久久不能平静。

岳父母今年 2 月份春节后从昆明到北京帮我照顾小孩，岳父一直患哮喘、鼻炎，身体不适需要返回云南做手术，已年届 70 岁的二老前天刚从北京返回昆明。在忙完 8 月 22 日上午曲靖市"基层党建推进年"现场观摩白马村党建扶贫、24 日下午中国航天科工爱心人士 2016 金秋助学帮扶仪式工作后，我决定当晚回昆明看望岳父母。

8 月 24 日晚上 8 点，张旺益书记把我送上从曲靖到昆明的火车。晚上 10 点还没到站，张书记打电话问我到昆明没？我说，还有一会儿，他说，恐怕你看一下岳父母，就得返回村里了，我说，好的。又过一会儿，大河镇党委牛睿书记来电话，问我在哪里，明天上午有事情，需要返回。我说，没问题。

向曲靖市有关部门领导汇报白马桃花庄园建设情况

富源县白马村距昆明我的岳父母家 230 公里，半夜 11 点我见到了岳父母，他们把从北京带给我的鱿鱼丝、爱人买的 T 恤衫给我。我说，爸妈对不起，我一会儿就得返回白马。夜里 12 点，张书记委托在昆明自己创业开汽修厂的白马村老乡王强开车接上我，连夜返回白马。

在路上，王强问，你认识肖锋吗？我说，认识啊。今天下午白马村举办中国航天科工爱心人士 2016 金秋助学帮扶仪式，他是我们资助的 26 名贫困学生之一。王强说，肖锋的父亲是民办老师，曾经教过我们，后来去世了；肖锋正在太原中北大学读书，他还有两个弟弟读初中，全靠母亲一个人维持，家庭非常困难，我们都是肖锋父亲的学生，这两天在同学的微信群里捐了 10000 多元给他。25 日凌晨 4 点，我们返回了白马。

中国航天科工爱心人士 2016 金秋助学帮扶仪式是 24 日下午在白马村举行的，来自全村贫困家庭的 26 名中学生和大学生获得了中国航天科工爱心人士总计 4.87 万元的资助。捐赠方案报请捐赠人同意后，有 23 名贫困生获得 2.15 万元的一次性资助，还有 3 名贫困生获得 2.72 万元三年长期定向资助。

大河镇党委书记牛睿专门委托镇党委副书记罗忠华参加仪式，他代表镇党委对航天科工爱心人士捐资助学表示深深感谢。他说，这些钱都是中国航天科工陌生的好心人从自己个人的工资里拿出来的，希望受资助的贫困学子们"不忘初心"，到了大学仍旧要好好学习，以后有能力了也要像航天好心人一样感恩回报社会。

张旺益书记代表白马村党总支、村委会感谢中国航天科工好心人，并回顾了中国航天科工近年来援建航天白马幼儿园、援建航天蔬菜基地的多次义举，代表全村人民感谢中国航天科工对白马村、对全村贫困学子的无私帮助。

我在会上详细介绍了航天科工参加本次捐资助学的几位好心人的具体情况，并希望学子们把握好青春年华，走好关键几步，不负父母期望、乡亲重托，努力学好本领，等有能力了，也要回馈社会，把中国航天科工好心人的大爱传递下去。

这一天，久久不能平静。

航天人用心用情助力白马村脱贫发展纪实

（2016-08-30）

凿开混沌得乌金，藏蓄阳和意最深。熀火燃回春浩浩，洪炉照破夜沉沉。鼎彝元赖生成力，铁石犹存死后心。但愿苍生俱饱暖，不辞辛苦出山林。——（明）于谦《咏煤炭》

走近白马村，绵延起伏的白马山岭，平坦有致的田畴沃野，光亮整洁的航天蔬菜大棚，漫山遍野青翠欲滴的黄桃树、樱桃树、杏树、梨树，到处呈现出一片勃勃的生机；进入白马村，不时可见道路两旁新修建的红色砖瓦房，微风捎来远处农用机具作业的轰鸣声，与田野里村民们忙碌的身影遥相呼应……白马村散发着清幽恬静的田园气息，令人心情无比愉悦。

白马村是大河镇最大的行政村，面积 20.3 平方千米，村域面积与澳门特别行政区的陆域面积相当。全村有 10 个村民小组、23 个自然村，2020 户，总人口8306 人，其中建档立卡贫困户 209 户、贫困人口 697 人。白马村过去主要以煤炭工业及传统作物种植业为主，近年来，由于受国际国内经济产业转型升级影响，煤炭经济断崖式下跌，农民务工增收陷入困难境地。

中国航天科工甄智三级专务到白马村论证航天白马蔬菜基地建设

中国航天科工集团公司、云南航天工业有限公司自 2014 年到该村开展脱贫帮扶工作以来，按照"精准扶贫，精准脱贫"的工作要求，选派第一书记和扶贫工作队员驻村蹲点，积极主动，扎实作为，宣传中央和省市扶贫政策，走村入户、深入调研全村贫困户的实际情况，大力发展云贵高原特色产业扶贫项目，引入"白马桃花庄园"乡村旅游项目和"航天白马蔬菜基地"项目等。同时，通过为全村党员多次讲党课、加强与中国航天科工"两学一做"学习教育交流等方式实现扶贫开发与基层党建"双推进"。

教育扶贫、产业扶贫，共同发力

产业扶贫对于促进贫困地区经济发展和贫困群众增收，有着十分重要的作用，要认真研究，用好用活中央扶贫开发政策，加大资金整合和金融扶持力度，创新培育富民产业，啃好扶贫硬骨头，打好脱贫攻坚战。——2016年7月5日，国务院扶贫办主任刘永富在甘肃省庆阳市调研扶贫开发工作时讲话

2014年6月，中国航天科工投入专项扶贫资金80万元援建航天白马幼儿园，该项目当年投资、当年建成、当年招生，解决了全村300多名学龄前儿童的入学问题，并建设成为云南省省级农村示范幼儿园。二院23所职工为幼儿园捐建价值5万元的航天七彩梦想教室一个、二院801厂为幼儿园捐赠价值8000多元的大屏幕液晶彩电一台。

向富源县人民政府副县长黄书奕（左三）汇报航天白马蔬菜基地建设

2015年10月，中国航天科工扶贫挂职副县长黄书奕带领白马村两委班子调研考察云南东川、弥勒、嵩明以及后所镇等的大棚蔬菜、花卉项目，并在中国航天科工的大力支持下，于今年5月引进总投资300万元的航天白马蔬菜基地项目，种植100多亩生态葡萄、绿色蔬菜等，目前项目已经全面建成，即将在9月份投入使用。

初步建成的航天白马蔬菜基地钢架大棚

今年1月，在大河镇党委、政府支持下，驻村书记和扶贫工作队协同配合白马村引进集旅游观光、餐饮、娱乐于一体的现代农业示范基地——"白马桃花庄园"建设项目，总投资2.2亿元，流转土地3160亩，规划种植黄桃、苹果、车厘子、

113

杏、石榴等 30 余个特色品种果树苗 10 万余株，项目正在全力建设中，明年 4 月将正式开园。

两个项目均属于富源县推动县域经济转型升级、优化农村农业产业结构、巩固农业农村基础地位的重要项目，今后将精准受益全村建档立卡贫困户 131 户、贫困人口 438 人，占全村贫困人口的 63%。白马村党总支张旺益书记在全村"两学一做"学习教育动员大会上明确提出，要以建设建成这两个转型项目为契机，为后代子孙留下青山绿水，全力打造西南第一桃乡，把白马村建设成为富源县全县乃至曲靖市全市人民的"后花园"。

白马的桃花庄园、绿色蔬菜项目被曲靖市、富源县确立为助推转型升级重点项目，省市领导、专家多次参观调研，该项目被《人民日报》《云南日报》《曲靖日报》、省市电视台等国家和省市主流媒体多次集中报道。

党的建设、精准扶贫，一个都不能少

白马村党支部，团结友爱迈大步；为了人民早脱贫，齐心协力找出路；不为名不图利，只为人民快致富；请来老板栽果树，果树栽了几千亩，真是致富好门路……——白马村 82 岁的李素莲老人在白马村举办的首届广场舞大赛中激情登台，自排自演节目感恩中国航天科工和白马村党总支。

一直以来，白马村党总支始终坚持"两手抓、两手都要硬"，把握"推广全民文化艺术普及"和县文体局艺术下乡的契机，今年 8 月份策划组织了全村历史上首届广场舞大赛及自创表演节目，丰富了全村人民的精神文化生活。

今年以来，村党总支张旺益书记和驻村书记李杰以"两学一做"学习教育为契机，先后五次为全村党员、村组干部讲党课，学习党章党规、系列讲话，凝心聚力，统一思想，为产业转型奠定思想基础。今年 7 月 1 日，驻村书记李杰还根据富源县委组织部安排，以《根植土地的党员情怀》为主

到色尔冲村了解航天爱心人士马数泉资助学生的学习情况

题为全县主要领导干部及 600 多名党员领导干部讲微型党课。中组部组织二局六处副处长仲辉调研白马村"两学一做"学习教育时，对白马村讲党课督促学、送学上门帮助学以及"党务公开卡"等做法予以充分肯定。

今年 6 月，云南航天邀请大河镇和白马村基层干部到昆明参加中国航天科工在西南片区举办的"两学一做"学习教育巡回演讲报告会，邀请白马村参加庆祝建党 95 周年"歌党恩、颂航天、促发展"歌咏比赛。

驻村书记李杰还在村党总支、村委会的支持下，为全村设立"美丽白马我的家"微信公众号以及微信群，凝聚力量，宣传白马，团结带领白马村更多奋发有为的村民以及外出工作的乡梓乡贤，共同为白马村发展贡献力量。

近期，一首由白马人集体创作的白马村村歌《美丽白马我的家》也在悄然诞生。

单位扶贫、社会扶贫，坚持"两条腿"走路

我们北京锦绣华英衣帽有限公司是一家仅有几十人的私营中小企业，这几年经营虽然比较困难，但是我们和中国航天科工一样，在经营好企业的同时，一定会大力弘扬中华民族扶危济困的传统，竭尽所能回报社会——北京锦绣华英衣帽有限公司康云英董事长在小黄帽捐赠发放仪式上说。

2015 年 12 月，为了帮助提高白马村 840 多名小学生的交通安全意识，康董事长和她的同事为白马小学无偿捐赠了价值 3 万多元的 960 顶"小黄帽"。

2015 年 10 月、11 月，云南航天 37 名党员领导干部分三批自带干粮并克服交通不便等不利因素，"挂包帮、转走访"，进村入户深入白马村 39 户贫困家庭访寒问暖并制定"一对一"帮扶方案。今年 2 月春节前夕，他们心系大山深处、贫寒交加的贫困百姓，自发捐资 13650 元为白马村最穷苦的 39 户、107 名老百姓过了一个欢乐、祥和、温馨的春节。

来自中国航天科工的 5 名爱心人士以及安徽古井镇副镇长李厂为白马村捐资 6.97 万元。今年 4 月，在航天白马幼儿园举办首个"中国航天日"主题教育活

走访十字路村建档立卡贫困户家庭

动，为全村儿童普及航天知识，并把用好心人善款购买的书包、文具等学习用品分发给全村 40 名贫困小学生和贫困留守儿童。

今年 8 月，在"白马村 2016 年中国航天科工爱心人士帮扶仪式"上，

与云南航天黎泰明副总经理到瓦窑山村民小组走访贫困户

好心人捐赠的 4.87 万元善款资助给了全村家境贫寒、学习优异的 26 名大学生、高中生，"航天白马蔬菜基地"的负责人张家高免费为捐赠仪式制作会标，并表示等基地运作后也要加入资助的行列。

中国航天科工总部为航天白马幼儿园捐赠导弹模型 30 多个，二院航天中心医院无偿培训大河镇及白马村乡村医生各 1 名，三院 239 厂职工自发为白马村村委会捐书、捐物，援建"留守儿童之家" 1 个，七院某职工自费 3500 多元为贫困儿童购买书包 100 个、铅笔 1000 支以及直尺、橡皮等，来自浙江、航天三院、航天信息股份公司等的好心人及中国农业大学热心校友自发捐赠书籍、文具、衣物等各类包裹 50 多个。

"但愿苍生俱饱暖，不辞劳苦入山林。"老百姓能过上奔小康的幸福生活，是习近平总书记心底最朴素的中国梦；如期实现脱贫攻坚目标，既是全国人民的殷切期盼，也是广大党员干部不容推卸的重要使命。

"望得见远山，看得见流水，记得住乡愁；闻得到花香，嗅得到草鲜，听不见离别"，这是我们航天人一直在帮助白马村老百姓全力做的，也是我们航天人一定要帮助他们实现的！在一线的驻村书记和主要由航天人组成的驻村扶贫工作队将继续配合村党总支、村委会认真做好脱贫攻坚的各项工作，真正把群众百姓当亲人，用脚步丈量脱贫路，用双手托举致富梦，向贫困宣战，向致富冲锋！

我们坚信：在富源县委、县政府，大河镇党委、镇政府的有力领导和支持下，在中国航天科工、云南航天的悉心帮扶下，白马的日子一定会更加美好，白马的明天一定会更加辉煌！

（本文系大河镇党政办明晓婕创意，我与她合写的一篇微文，在《中国扶贫》杂志社记者王健任的帮助下最终得以刊载于国家级核心期刊《中国扶贫》）

云南航天到白马村开展教育帮扶

（2016-09-03）

9月3日，云南航天工业有限公司资深专务肖雅君，党委副书记、纪委书记李美清带领昆明市经开区第二中小学、云南航天幼儿园老师一行到白马村开展教育帮扶活动。富源县人民政府黄书奕副县长、大河镇党委书记牛睿、富源县扶贫办副主任李怀以及白马小学校长王江、航天白马幼儿园园长刘敏等与肖雅君专务一行进行亲切座谈并对云南航天表示诚挚感谢。

云南航天工业有限公司是大河镇白马村"挂包帮、转走访"的联系单位，公司按照云南省委的要求，积极主动履行央企社会责任，选派驻村扶贫工作队员长期驻村，特别是今年以来该公司对白马村扶贫资金、工作经费、职工捐款帮扶累计近20万元。

云南航天肖雅君专务到白马村开展教育帮扶

"泥腿子教授"张才喜到白马村调研指导林果种植

（2016-09-05）

9月4日，素有"泥腿子教授县长"美誉的上海交通大学教授张才喜应邀到白马村调研指导林果种植。

富源县人民政府副县长黄书奕、大河镇党委书记牛睿、大河镇农业技术推广中心主任李宝红、白马桃花庄园总经理杨涛热情欢迎张教授来到富源指导工作。

张教授在白马村为与会领导现场授课，介绍车厘子、梨子、苹果等在美国、日本发达国家发展现状，重点讲解其在我国云贵川等南方地区的种植情况，并冒雨到白马桃花庄园现场指导剪枝、追肥等各项具体技术，为白马桃花庄园后续技术指导提出宝贵意见。

白马村党总支如何抓实"两学一做"助力脱贫攻坚

（2016-09-06）

大河镇是省级重点文物保护单位——大河旧石器文化遗址所在地，也是国家级地方品种大河乌猪发源地，素有"乌猪之乡"的美誉。白马村是大河镇最大的行政村之一，辖10个村民小组、23个自然村，共2020户，总人口8306人，村党总支设10个党支部，有党员112名。

今年以来，白马村党总支始终坚持把"两学一做"学习教育作为一项重要的政治任务抓落实。我们的主要做法是：

一、坚持以"学"为基，建强战斗堡垒，发挥好村党总支核心引领作用。"两学一做"学习教育启动以来，白马村党总支始终紧扣党章党规、习总书记系列讲话主题，坚持以学为基，不断强化思想理论武装。一是加强宣传引导、营造学习氛围。采取召开会议、制作标语、发放宣传册宣传画、广播等方式，广泛宣传中央和省、市、县委关于"两学一做"学习教育的方案要求，让广大党员明白学什么、怎么学、如何做。二是制定学习计划、明确学习内容。按照上级要求，结合实际，认真研究制定了"两学一做"学习教育实施方案，以支部为单位，按月制定"三会一课"学习计划表，明确学习时间、学习篇目。三是创新学习方式、筑牢思想根基。召开会议集中学，采取支委会、党员大会的形式，以党章党规、习总书记系列讲话为核心内容，组织全村党员集中学习5次；讲授微型党课督促学，按照县委统一要求，扎实开展"示范党课书记讲·微型党课大家讲"活动，以讲促学，现有6名普通党员讲授了微型党课；发放资料自主学，向全村党员发放党章、《习近平系列讲话读本》等学习资料，让普通党员利用工作之余开展自学，自觉做读书笔记、自觉撰写心得体会；借助媒体帮助学，开通"美丽白马我的家"微信公众号，推送基层党建、产业发展等各类信息60条，利用综合服务平台，每月向党员发送"手机微党课"21次454条。通过学习，全村广大党员的党员意识、政治意识和看齐意识、党总支的凝聚力和战斗力明显增强。

二、坚持以"改"为要，着力转变思路，抓好两大项目落实落地。不断强化问题导向，坚持带着问题学、针对问题改。针对经济发展思路不清的问题，白马村党总支面对受国际国内经济下行、产业转型升级影响，煤炭经济断崖式下跌的严峻形势，迎难而上，主动作为，积极寻找新的产业发展之路，在认真调研、分析的基础上，提出了"强保垒、发挥一个作用，谋转型、抓好两大项目，助发展、实现三方共赢"的"123"工作思路，规划形成了以农旅产业、服务产业、工矿产业为主的三大产业区，引进了白马桃花庄园、航天白马蔬菜基地项目落户白马。针对发展资金不足的问题，积极协调县、镇两级农、林、水等部门资源，整合各类配套项目资金1350余万元予以扶持。针对村集体经济空壳、群众增收难的问题，在项目实施上，在航天白马蔬菜基地注入"红色股份"，实行保底分红，采取"两带头、两优先"工作法，即村组干部和党员带头签署协议、流转土地，建档立卡贫困户和涉及流转土地户优先进企务工创收。针对如何解决企业后顾之忧的问题，村党总支实行分片包点联系责任制，划分"总支委员分片责任区、支部包点责任区、专家联系责任区"三个责任区，加强协调指导，化解矛盾纠纷，提供技术支持，为企业发展解决后顾之忧。截至目前，两大项目有序流转土地3260亩，其中：白马桃花庄园3160亩，栽植黄桃、车厘子、苹果等30余个特色林果树苗10万余株；航天白马蔬菜基地100亩，建成蔬菜大棚45个。

三、坚持以"做"为本，助推发展，实现三方共赢。"两学一做"，基础在

白马村党总支基层党建思路

学、关键在做。通过狠抓两大项目落实落地，全村初步实现企业发展，集体增收，农民致富目标。一是白马桃花庄园预计 2017 年实现产值 900 余万元（3160 亩土地，每亩按 3000 元计算），今后结合"农旅"项目，逐步发展壮大；航天白马蔬菜基地建成投产后预计可实现年产值 200 余万元（100 亩土地，每亩按 2 万元计算）。二是航天白马蔬菜基地实行保底分红，村级集体经济在逐年返还注入扶贫资金 10 万元的基础上，投产 5 年后，村级按每年 2 万~8 万元提取村级集体经济，用于贫困户返贫等临时救济。三是农民由之前每年每亩土地获取 1000 元产值，到如今每年实现务工收入 5400 元。农户每年每亩土地流转收入 600~700 元，每人每天务工收入 60 元，每个劳动力按每年务工 90 天计算，人均每年可实现务工收入 5400 元，实现 5 倍以上的增长。两大项目实施涉及 6 个村民小组，14 个自然村，农户 1175 户、人口 4565 人，其中，涉及建档立卡贫困户 131 户、贫困人口 438 人。其中白马桃花庄园涉及建档立卡贫困户 89 户、贫困人口 325 人，航天白马蔬菜基地涉及建档立卡贫困户 42 户、贫困人口 113 人。

（诚挚感谢富源县委常委、县委办公室主任杨雄，县委常委、组织部部长袁纪鹏，组织部副部长蔡光炜、科长温石明、科长马炳等，感谢大河镇党委书记牛睿、副书记罗忠华、干事阮红斌等对白马村党总支如何开展"两学一做"学习教育的悉心指导。）

听我党课十分钟

（2016-09-07）

今年 7 月 1 日，中共云南省富源县委书记唐开荣在庆祝建党 95 周年暨富源县"两学一做"学习教育"微型党课大家讲"开幕式上说："微型党课参与面广、感染力强、短小精悍、简便易行，全县各级党组织要把这种新的党课教育方式推广好、运用好，切实让'微型党课大家讲'成为推动'两学一做'学习教育深入开展的有效载体，成为凝聚党心民心、推动富源经济社会跨越发展的有力举措。"

富源县委组织部安排我和来自富源县委组织部、富源县公安局、县委党校、富源县文体局、富源县残联以及富源县政务服务中心的其他 6 名同志为全县主要领导干部讲授微型党课，并在授课后精心制作了视频光盘。县委常委、县委组织部袁纪鹏部长带领朱理国副部长、蔡光炜副部长以及温富明科长、马炳科长、徐露豪、杨汝婷等全部工作人员以及来自富源县胜境中学的金飞校长助理精心策划，周密安排，在祖国的西南边陲，精彩演绎"两学一做"学习教育大片，让我这个在央企做了十多年党建工作的普通党务工作者非常感动。

我们航天科工集团公司一起到富源挂职服务的黄书奕副县长，大河镇党委书记牛睿、镇长范涛、副书记罗忠华、联系我们村的副镇长游界，尤其是白马村党总支书记、村委会主任张旺益和白马村的两委班子都对我参与富源县委"微型党课大家讲"活动给予无微不至的关心和帮助。借此机会，向你们说一句"谢谢了"，有你们真好，有你们在，富源县、大河镇、白马村的明天一定会更美好！我们的脱贫攻坚事业一定能够无坚不摧，无往不前！

另外，今天还有一个非常开心的事情，"美丽白马我的家"微信公众号的"粉丝"突破 400 位，我深深地感激你们，我为大家贡献的微文质量尚需提高，但是大家不嫌弃我的愚笨，始终关注我们这些驻村的第一书记们，始终关注中国的扶贫事业，你们是真正的好人，你们是真正的大爱无疆、心怀苍生的人！正如一位哲人所说："未来的中国是一群正知、正念、正能量人的天下。真正的危机，不是金融危机，而是道德与信仰的危机。谁的福报越多，谁的能量越大。与智者为伍，与良善者同行，心怀苍生，大爱无疆。"

孙思邈中医医电研究院昆明研究部
到白马村开展中医义诊活动

（2016-09-08）

　　9月6日，孙思邈中医医电研究院昆明研究部周鑫大夫到白马村开展为期7天的健康调研及中医义诊活动，把中医理疗服务免费送给村民。目前，我村已经有40多名村民在村委会"便民服务厅"接受了免费诊疗服务。

　　此次健康调研、义诊活动的服务内容包括量血压、听心律、中医把脉、手诊、耳诊以及慢性病免费咨询等，周大夫还携带无痛针灸设备为村民提供简便易行的痛风、坐骨神经痛、肩周炎、关节炎、颈椎酸痛等诊治，普及中医健康知识。

到安徽砀山取林果产业"真经"

（2016-09-09）

9月1日至5日，富源县大河镇人大主席团主席温石宝、大河镇纪委书记张立平带领大河镇主要村镇党组织（村委会）负责人以及白马村部分村两委班子成员、相关村民小组党支部书记、村民小组组长、副组长等组成的考察团到安徽砀山考察黄桃和酥梨种植、水果罐头产业加工情况，为下一步白马桃花庄园开展相关产业建设奠定基础。

考察团认真了解了安徽砀山当地开展黄桃和酥梨等水果种植、生态农业建设、乡村旅游建设等情况并重点调研了水果罐头加工厂，了解水果罐头加工、包装等具体过程。安徽砀山欣诚食品有限公司（国家级农业龙头企业浙江爱斯曼食品有限公司注册成立的一家综合性农产品深加工企业）、云南欣宇源农业科技开发有限公司（白马桃花庄园）为考察团的行程安排、后勤保障等提供了便利服务。

罐头一年半载不变质肯定添加了防腐剂?

许多人觉得罐头一年半载不变质肯定添加了防腐剂，其实这是对罐头的误解。罐头之所以长期保存不变质完全得益于密封的容器和严格的杀菌。罐头生产并不复杂，制作原理也很简单，以浙江爱斯曼食品有限公司（砀山欣诚食品有限公司的母公司）生产的黄桃罐头为例，黄桃经过切半、去核、高温、去皮、冲洗、修整、装罐、加糖液、排气、密封、杀菌，冷却后即制成爱斯曼黄桃罐头。整个罐装过程是在无菌的食品加工生产线上一次性完成的，采用先进的罐装冷鲜技术，有效杀死有害微生物，经真空（或排气）封口使罐内形成真空环境，从而抑制了罐内残留微生物的繁殖，进而达到商业无菌标准。同时，浓度14%~17%的糖水具有保鲜作用。在砀山当地，每年7月黄桃成熟时，家家户户都会自己做黄桃罐头，把黄桃煮一下用玻璃瓶密封好后就能存放到过年吃。相比于手工制作，爱斯曼罐头的精确度、密封度要好很多。

刘敏园长和幼儿园老师们学习习总书记讲话庆祝教师节

（2016-09-10）

9月10日，名师素质教育集团在航天白马幼儿园召开"名师四优"（优秀园长、优秀班主任、优秀教师、优秀职工）表彰大会，庆祝名师素质教育集团发展10周年以及全国第32个教师节的来临。我和白马村党总支书记张旺益、扶贫工作队队员朱家文参加了庆祝表彰大会。

参加富源素质教育集团航天白马幼儿园教师节表彰活动

表彰会上，首先公布了"名师四优"全民投票数和评优结果，表彰了10位"名师四优"：优秀园长李亚1人，优秀班主任张荣春（素质幼儿园）、代红桃（素质幼儿园）、张晓霞（航天白马幼儿园）3人，优秀教师吴凤楠（素质幼儿园）、杨茂英（迤山口幼儿园）、王云丽（迤山口幼儿园）、杨晓玲（航天白马幼儿园）4人，优秀职工严正华（航天白马幼儿园）、肖菊云（航天白马幼儿园）2人。这些"名师四优"是集团全体教师职工9月4日晚通过"全民公投"的方式投票产生的，我们航天白马幼儿园的张晓霞老师被评为"优秀班主任"，杨晓玲老师被评为"优秀教师"，校车司机严正华、保育教师肖菊云被评为"优秀职工"。50多位教师职工共同朗诵他们自己写的2016年教师节献词——《琴之音》《最美幼师》。他们的诗文情感真挚，他们的声音洪亮，响彻山谷，真让人无法相信在云贵高原的大山深处，有这么一支文化自信、精神自信的幼教精英团队，他们肩负着全县3所幼儿园1000多名幼儿学前教育的重任。

最让我感到振奋的是，名师素质教育集团董事长、航天白马幼儿园园长刘敏虽然不是共产党员，但是他竟然用了1个小时带领着也不是共产党员的幼教老师们，结合名师集团的发展、通篇学习了习近平总书记在庆祝中国共产党成立95

周年大会上的讲话。

刘敏园长说："面对未来，面对挑战，我们要不忘初心、继续前进，永远保持谦虚、谨慎、不骄不躁的作风，永远保持艰苦奋斗的作风，勇于变革、勇于创新，永不僵化、永不停滞。在庆祝集团发展 10 周年、全国第 32 个教师节这个重要活动之际，我要求集团全体教师职工不忘初心，让'名师素质'像为人民服务一样，成为名师人最骄傲的精神与灵魂！"他还讲道："走进了'名师素质'，就是选择了与爱同行，与孩子相伴的幼教事业；成为了'名师素质'大家庭中的'家人'，你就选择了爱心与责任心、细心和耐心、真心和贴心；作为'名师素质'的老师，就要'永远做学习的主人'；必须时时、处处、事事，用'名师素质'要求自己，检验和衡量自己的思想、言行和工作。""理想因其远大而为理想，信念因其执着而为信念"，名师素质教育集团必须要坚持执着追求自己的远大理想和信念，并且确保每一位"家人"为之工作而甘愿付出，那就是"办一流名校，配一流名师，施一流管理，育一流人才，创一流服务，树一流品牌"。

我在发言时说，我是第四次参加名师素质教育集团以及航天白马幼儿园的集体活动了，每次活动我都非常乐意参加，因为我能够在参加活动时学到很多知识、能够与你们共同成长。在此也祝福大家节日快乐！希望大家把幼教工作真正当成一份自己的事业，充分实现自身价值；把名师素质教育集团和航天白马幼儿园当成自己的家，获得更多的关心爱护，找到归属感；把弘扬名师素质教育集团的国学教育优势作为一份使命和责任，获得奉献社会的成就感。

张旺益书记深情地说，各位老师的地位非同一般，因为在云南、贵州的每一个农村家庭，客厅的正中央都会供奉"天地君亲师"，老师的地位至高无上，位同"天地君亲师"。我为你们骄傲和自豪，祝集团的老师们节日快乐！感谢你们为白马村 300 多名幼儿提供优质的学前教育，你们给孩子们进行了很好的启蒙教育，你们"学高为师、身正为范"将给孩子们幼小的心灵带来永远的正能量，全村人民感谢你们！张旺益书记同时强调，一个人有"三个一"，此生足矣：一是出生遇到一双好父母，给你健康的身体，告诉你做人做事的道理；二是上学遇到一个好老师，传授给你丰富的知识，让你不断进步；三是生活上遇到一个好伴侣，一直支持你事业的发展。你们就是白马孩子们的好老师，他们将永远感恩你们。

附：2016 年教师节"名师四优"表彰大会发言材料

让"名师素质"像为人民服务一样，成为名师人最骄傲的精神与灵魂
——写在 2016 年教师节、名师素质教育集团发展历程十周年之际

董事长 刘敏

尊敬的村委会领导、全体教师职工：

今天是 9 月 10 日，值此全国第 32 个教师节到来之际，集团 52 位教师职工在航天白马幼儿园举行 2016 年"名师四优"表彰大会。首先，请允许我代表集团 1000 余名师生员工向大家道一声：名师人，辛苦了！祝大家教师节快乐！

2006 年 1 月，名师琴乐素质幼儿园、少年儿童中心宣告成立。从"诠释素质教育新概念"到"素质教育第一品牌"，从"依法治校、民主决策"到"规范管理、科学发展"，从"一年成熟、三年稳定"到"五年全县闻名、十年独立办学"。从 2006 年建成素质幼儿园、金牛小区办学点，2008 年建成迤山口幼儿园、火车站素质幼儿园，到 2014 年建成航天白马幼儿园，2015 年建成升官坪幼儿园。从 2006 年名师琴乐、少年儿童中心，2008 年名师宾馆，2012 年嘟嘟图书城、玩具城到 2013 年名师素质教育集团。明天（9 月 11 日）上午 9:00，集团 3 所幼儿园为期五个月的"名师伴我行"各类培训正式启动，接下来，集团还将独立申报"名师素质少儿艺术培训中心"。

同志们、伙伴们，10 年以来，名师人始终坚持"特长＋综合素质＋个性＝成才"的人才培养理念。始终坚持"幼儿健康、家长放心、社会满意"的办学宗旨和办学目标。始终坚持"办一流名校、配一流名师、施一流管理、育一流人才、创一流服务、树一流品牌"的 30 字办学方针。10 年以前，我们就通过"名师琴乐基金会""名师艺术团"建立帮扶制度，对名师琴乐的幼儿、学员、富源优秀艺术新秀、特困儿童进行多种形式的资助和关爱。10 年来，我们组织和举行了各种捐款、捐衣物、捐资助学、结对子帮扶文理科状元和特困生活动 20 余次，累计捐款超过 60 万元。

今天，请大家一定要记住一句话：帮助他人等于成就自我！我们名师人只有在发展、提升自己的同时，满足孩子享受优质教育，或者说是解决了社会问题（真正地"为人民服务"），才能实现自我价值与社会需求同步并进，这就是"我是名师人，我爱中国娃"的真实内涵所指。

北京师范大学著名教授林崇德在《名师素质纵谈》中指出："经师可得，名师难求！"何谓名师，名师应该从经师到人师的演变过程，其思想、观点、理论的造诣是不可少的或者不可缺的，其实质就是名家。教师同时强调：纵观所有的职业，没有一种职业像教师那样具有绵绵不绝的生命力、创造力、延续力。选择教师职业，就选择了发展，就选择了（教育）创新，就选择了文明（传承文化、延续文明）。

那什么是"教师素质"呢？教师素质就是教师在教育教学活动中表现出来的，决定其教育教学效果，对学生身心发展有直接而显著影响的思想与心理品质的总和。教师素质主要取决于师德、知识、能力三个方面。师德要求具备：爱岗敬业、热爱学生、严谨治学和为人师表四个方面。能否培养出优秀人才是衡量师德的根本标准。"师爱＝师魂"，师爱是一种只讲付出不计回报的、无私的、广泛的且没有血缘关系的爱，是一种严慈相济的爱、一视同仁的爱。师爱是神圣的！这种爱是教师教育学生的感情基础，学生一旦体会到这种感情，就会"亲其师"，从而"信其道"。好老师一般都具备这两个信念："我一定能教好学生！"和"我的学生一定会进步、能成才！"

21世纪，教师最重要的素质是自我监控能力。教师的自我监控能力是指教师为了保证教育教学的成功、达到预期的目标，在教育教学过程中，将活动本身作为意识的对象，不断地对其进行积极、主动的计划、检查、评价、反馈、控制和调节的能力。记得三年以前，我对名师素质教育集团的教师团队成长规划了这么一条轨迹：学者——专家——富翁。今天重新在这里提出，我真的希望老师们不要忘记呀！

今年7月1日，习近平总书记在建党95周年大会上发表重要讲话指出："全党同志一定要不忘初心、继续前进，永远保持谦虚、谨慎、不骄、不躁的作风，永远保持艰苦奋斗的作风，勇于变革、勇于创新，永不僵化、永不停滞。"讲话全文11次提到"不忘初心，继续前进"。不忘初心，在我看来就是一句话："全心全意为人民服务！"永远保持谦虚、谨慎、不骄不躁的作风，永远保持艰苦奋斗的作风。"为人民服务"这句话原本出自毛主席在中央警备团追悼张思德会上的演讲。张思德生前是中央警备团战士，1933年参加革命，任劳任怨；1944年9月5日，他在陕北山中烧炭时炭窑崩塌，因奋力将队友推出窑外，自己被埋而牺牲。

毛主席说："我们都是来自五湖四海，为了一个共同的革命目标，走到一起来了。我们还要和全国大多数人民走这一条路。""我们是为人民服务的，所以，我们如果有缺点，就不怕别人批评指出。不管是什么人，谁向我们指出都行。只要你说得对，我们就改正。""只要我们为人民的利益坚持好的，为人民的利益改正错的，我们这个队伍就一定会兴旺起来。""为人民服务"或"全心全意为人民服务"，后来成为中国共产党立党宗旨的高度概括语言，被铭刻在党中央机关新华门的屏风上，被中国共产党各级党政机关及其工作人员作为座右铭和行动口号加以使用。

那不忘初心的初心指的又是什么呢？初心就是人生在起点所许下的愿望和梦想，是一种渴望努力抵达的目标，所以初心是一种积极进取的精神状态。苹果公司创始人乔布斯说，创造的秘密就在于初学者的心态。22岁的世界互联网大赛获奖者薛来更是一语道破天机——无知是一个人最大的幸福！记得爱迪生也曾经说过：你一旦决定了，上帝都会来帮助你成功的！

今天是教师节，也是名师素质教育集团发展十周年的重要活动。十年风雨，十年坎坷！十年励志，十年磨一剑！在这个特别有纪念意义的日子里，我要求集团全体教师职工：不忘初心！让"名师素质"像"为人民服务"一样，成为名师人最骄傲的精神与灵魂！自2006年5月首届教师职工全体会议以来，"建设高素质名师队伍，铸就素质教育第一品牌"就已经成了素质幼儿园、培训中心、教育集团的纲领和精神。2013年12月22日，名师素质教育集团正式在佳园酒店宣告成立。集团旗下68位教师职工在曲靖师院、市教育局、公证处、民政局、发改局、协会、中小学校长等现场近100余名专家、领导和校长面前庄严宣誓——"我是名师人，素质铸师魂！无愧名师素质荣誉，争当集团二次创业先锋。"自那以后，"名师素质"正式成为集团、幼儿园、培训中心的学校名称和教师团队象征，我们特意邀请著名书法家李瑞国老师为"名师素质"题字铸金，"名师素质"已经成为培训、管理和衡量名师团队的一把"标准尺"。

老师们、职工们！我们名师团队来自祖国的四面八方，汇聚至少4个民族的兄弟姐妹，大家讲着不同的语言。我们的年龄结构相差不小，学历层次不一，分配的岗位和从事的工种也不一样。但是，我们今天却坐在同一间教室里，讲的是"名师素质"的故事，唱的是同一首歌"名师不问来路，只为一个家"，为的是表彰激励全体教师职工，渴望尽快提升名师团队的"名师素质"。以期更好地、更贴心地教育和培养孩子，站在家长和孩子的角度，站在集团和董事长的高度，严守师德师风，个人服从集体，集团大于个人。忠诚团结、敬业奉献、加强学习、克己奉公，不做不利于集团的事，不讲不利于团结的话。

——不忘初心！既然走进了"名师素质"，选择了与"爱"同行，与孩子相伴的幼教事业，老师们、职工们！我们就必须牢记"'爱'字当头，我以名师为荣"的集团师训。伟大的幼教之父蒙台梭利说过"爱自己的孩子是人，爱别人的孩子是神"，现在这是名师人的口头禅。正如《琴之音》里所说："人"乃自然人，"神"是社会人，是我们工作和发展的需求，是幼儿教师这一崇高而又神圣的职业要求，像神一样的美，甚至是像神一样的没有自己个人的喜怒哀乐。幼儿教师的"爱"，是崇高的、是伟大的、是无私的；幼儿教师的"爱"是一种力量，可以帮助孩子战胜"心魔"；幼儿教师的"爱"是一种境界，一门艺术；幼儿教师的"爱"更需要"残忍"地坚持下去。正如爱迪生所言，"教育之琢磨心灵，有如雕塑术之将大理石雕塑成器"。"最美幼师"的美，首先就是爱的美，今天，我们的教师职工队伍里，绝大多数都是从学校毕业、或者说从走进素质幼儿园就一直始终相伴的，基本都是"优秀班主任""优秀教师""优秀职工"，你们都是"名师素质"团队里的"排头兵""先锋""标兵""爱心大使""最美幼师"。正是有了你们的坚持与付出，集团幼儿园的各项工作基本达到规范有序，教学质量稳步上升，社会反响和家长口碑有增无减。在此，请允许我给你们鞠躬！（谢谢你们）

——不忘初心！成为了"名师素质"大家庭中的"家人"，你就选择了爱心与责任心、细心和耐心、真心和贴心，更为重要的是要有强烈的"集体心"。古人说过："皮之不存，毛将焉附！"指的是连皮肉都没有了，毛还能继续生存和继续吗？今天的年轻人、年轻幼师，大都持这样的想法：此处不留爷，自有留爷处！我们在迤山口、白马的部分老师，常常抱怨交通不方便、接送孩子很辛苦、晚上呆不住，如果换到城里就好了。县城素质幼儿园有个别老师，除了班级的事情，其它事情"有事躲远点"、园长喊不动、后勤职工瞧不起。老师们、职工们！我在白马幼儿园说过一句话：凡是在集团拿工资的，你都必须要做事，你都必须要"管得住"。我们也常讲一句话：常常抱怨的女人，终将有一天要成为"怨妇"。一个人，一个老师，一个贴上"名师素质"标签的幼儿教师，如果连最基本的做人的道理，连最基本的集体与个人的关系都"理不清"，连最基本的"先付出再索取"的"素质"都没有。依我看，你就不配为人师，充其量就是一个"匠"，和木匠、石匠、喇叭匠没有什么两样。我喜欢讲这么一句话：一个只会教书，不懂得育人的老师，绝对不会是一个好老师。今天，我要增加一句话：一个没有责任心和集体观念的老师和职工，绝不可能让他（她）长久待在"名师素质"教育集团这个大家庭里的！希望我们的老师、职工从今往后，奉献爱心，多点耐心，强化责任心（《十要求》第七条）。随时换位思考，主动承担"家务"，用细心、耐心、真心、贴心去面对家长和孩子，和同事和睦友好相处，把集团和幼儿园当做自己的家，学会做当家人，学会"管事持家"。

——不忘初心！作为"名师素质"的教师，如果集团和幼儿园所有的规章制度和"育儿宝典"都记不起来的话，我希望你能记住最后一句话："名师人永远做学习的主人！"爱迪生很谦虚地说过：天才是百分之一的灵感，百分之九十九的汗水。马云也豪情自诩地说：我不是比别人有钱，我只是从没停止过思考和学习。我国大文学家鲁迅先生这样说：时间就像是海绵里的水，只要你肯挤，总还是有的。我作为你们的领头人，今天能够站在前面，这样自信、有底气地和你们谈话，最重要的因素就是你们用在唱歌、喝酒、玩游戏上的时间，我都在办公室电脑前打字、思考问题。老师们、职工们！学习使人谦虚，学习使人进步！只有学习，你才能成为"最美幼师"；只有学习，你才能无愧"名师素质"荣誉；只有大家都学习，我们才能坚强坚韧，名师素质教育集团才能够越来越好！

——不忘初心！"名师素质"像一把尺子，是一面镜子。身为"名师人"，必须时时、处处、事事用"名师素质"来要求、检验和衡量自己。一是要坚持工作时间、工作场所使用普通话规范语言。二是从规范着装、注重形象和礼仪这些"最小的事情"入手，从引导培养幼儿尊敬师长、孝敬父母和老人开始，"高标准、严要求"严格要求自己，做孩子和同事道德和做人的楷模。三是充分利用幼儿园礼仪、国学读本《三字经》《弟子规》《增广贤文》《论语》等，"学中有做、做中悟学"，努力提升文化素养和综合素质，切实达到知行合一。切不可当"掰包谷"的孙猴子，也别学"买了盐，忘了醋"的王老五。四是重视"五星班级""十星班级""七星宝贝"保星、争星、评星集团星级管理，深刻领悟"点点滴滴过关，人人能成才，个个都要成功"内涵实质。

全体名师人！"十年树木，百年树人"，教育是一项复杂而又系统严谨的社会工程，是一项培养人的道德情操和精神灵魂的伟大工程。学前教育是一个"责任工程——良心工程——情感工程——成功工程"的过程，"名师素质"一刻也不能忘记，"名师素质"一点也不能懈怠，"名师素质"更容不下半粒沙子。就在几天前，我在微信群聊里这样说："因为孩子眼里容不下'沙子'，当心家长嘴里、手上有'泥巴'；舍'自己'，保'素质'。我们辛苦、付出、委屈，都是必要的、必须的！"

最后，我想用一首歌，来结束今天的发言！《因为爱，所以爱！》，因为"名师素质""最美幼师"，所以《我爱中国娃》。让"名师素质"像"为人民服务"一样，成为名师人最骄傲的精神和灵魂！

谢谢大家！

如何看待土地流转是一次新的土地革命

（2016-09-18）

9月18日，曲靖市深改办陈副主任到富源县大河镇白马村调研土地流转工作开展情况。富源县县委办、招商局等有关职能部门负责人陪同调研。大河镇党委副书记罗忠华、白马村党总支书记张旺益和我向陈副主任汇报介绍了白马桃花庄园及航天白马蔬菜基地的土地流转情况。我在汇报中说，目前的土地流转国内有些学者称为是继"土地革命""人民公社""土地家庭承包"之后的中国农村"第四次土地革命"，白马村党总支、村委会将积极融入改革洪流，发展农业规模经营，最大限度造福全村百姓。

白马桃花庄园项目2016年1月启动，2月份开始土地流转，3月份开始林果种植。今年6月13日，在第4届南博会暨第24届昆交会上，富源县人民政府与安徽砀山欣诚食品有限公司正式签约，规划总投资18亿元，规划种植规模超过3万亩，是迄今为止大河镇境内引进规模最大的农业产业项目。

向曲靖市有关领导汇报白马村远期规划建设

133

项目将分三期实施，一期规划投资 2.2 亿元，在大河镇境内建设以黄桃为主的水果种植和加工基地，包含黄桃种植基地 5000 亩和年产 3 万吨水果罐头生产线，以及休闲观光、餐饮娱乐、水系别墅等为一体的乡村旅游项目。目前，项目已完成土地流转 3160

到十字路村做土地流转说服工作

亩，投入资金 6800 万元，县镇两级整合各类项目配套扶持资金 1350 余万元，栽植黄桃、车厘子、苹果等 30 个特色林果品种 10 万余株，预计 2017 年企业可实现产值 900 万元以上，建成投产后，项目将提供直接或间接就业岗位近千个。

在项目建设推进过程中，在土地流转模式上主要是以土地租赁、用工返聘为主的连片流转土地承包经营，尤其是今年以来，大河镇党委政府为做好土地流转动员工作，三次组建促进土地流转工作小组，确保了土地流转的顺利进行；在项目运作模式上采取"公司＋基地＋支部＋农户"的方式，党总支引进落户，支部动员群众参与，公司抓好发展，群众参与务工，实现规模化经营、集约化发展，辐射带动周边群众发展农家乐、外销土特产等商贸业；在项目具体实施上，"两带头两优先"，由村组干部和党员带头签署协议、流转土地，已有序流转土地 3160 亩（涉及建档立卡贫困户 89 户、贫困人口 325 人），项目将优先雇用建档立卡贫困户和涉及流转土地户进企务工，参与流转的土地可由之前每年每亩收入 1000 元增收至每年每亩 6000 元以上，基本解决周边贫困人口脱贫问题。同时，建立健全村企互利互惠机制，该项目每年补助村集体经济一定资金，用于贫困户脱贫后再度返贫时的救助、基础设施建设，有效解决村集体"空壳村"问题。

航天白马蔬菜基地也是土地流转的一个经典案例。该项目最早从 2009 年开始土地流转，今年将根据实际情况进一步全面开展大棚绿色蔬菜、生态葡萄等的种植。

农村的事情主要还是要靠我们自己

（2016-09-21）

9月19日开始，我很有幸与大河镇党委组织委员施友春一起到大河镇所属的17个党总支（村委会）调研，深入了解全镇党建工作现状，为党员同志们讲一堂微型党课，并介绍我们白马村的一些做法和经验体会。我把我的发言提纲与大家分享，不足之处，请大家多多指正。很多观点，不一定都是百分之百正确，但是只要我们都为贫苦百姓着想，为党和政府建设性地分忧，没有什么不可以讨论的。

今天，非常感谢大河镇党委、镇政府的精心安排，感谢大河镇党委组织委员施委员给我这个机会和大家交流学习。讲课谈不上，主要还是把自己作为一名普通共产党员在农村工作的一些体会和感受与大家分享。在座的许多人都是入党多年的老党员，都是在农村工作多年的村干部，我有许多需要向你们学习的地方，你们都是我在农村工作的真正的老师。下面，我与大家分享我工作中的一些体会。

我们为什么会来到云南农村

大家都看过《马向阳下乡记》吧？或者看过《第一书记》这部电影吧？我和他们的性质是一样的，只不过我们是"央派第一书记"。2015年6月，中央组织部、

在大河镇为全镇党员代表讲党课

中央农村工作领导小组办公室和国务院扶贫办三家联合下文，在全国选派 311 名第一书记到农村来，我们云南省是国家级贫困县最多的，达到 73 个，2015 年全省总共来了 52 名第一书记，我们的邻居贵州省只有 26 名央派第一书记。我们曲靖市来了两名，一个是来自中国航天科工集团公司的我，另外一位是来自中国工程院的博士，现在曲靖市会泽县下面的一个村工作。

说实在的，要从大城市来农村工作，我们来之前都顾虑重重，因为都要放下手头的工作，许多做业务的同志放下两年手头工作再回去以后，很可能被原来的同事拉开很长距离；还有就是我们都要抛家舍业、丢下年迈的父母和娇妻爱子，"叮当响，响叮当，一个人吃饭闷得慌"，一个人到陌生的农村工作两年。即使到地方挂职担任副市长、副县长，许多干部都会"考虑"一下，何况要到贫困县的一线山区农村呢？

但是，我们许多"第一书记"都是中央单位（国家各部委、国务院国资委所辖 112 家央企、教育部直管的高校）委派过来的，因为我们来自中央单位，我们必须承担社会责任。当中央组织部有"坚强基层组织、推动精准扶贫、为民服务办事、提高治理水平"的重任下来时，我们必须责无旁贷地承担；同时，最大限度缩小贫富差距，帮助大家共同致富和发展，也是我们的党和政府必须做的，因此当党组织或人事部门和我们谈话时，我们必须服从和接受。这也是我们每一个党员做事的原则，当党和国家有需要时，我们必须牺牲个人利益服从组织决定，必须坚决执行，否则，我们的党就没有生命力，没有战斗力。

还有，我很荣幸，我被选派到的是有一定经济基础和群众基础（2014 年中国航天科工集团援建了白马村村级幼儿园）的白马村。白马村贫困人口相对较多，我刚来时，有建档立卡贫困户 209 户、贫困人口 756 人（2015 年年初的数据，现在分别是 200 户、697 人）。我们白马村发展有一定的基础，但是，说实在的，发展稍微有基础的村子，工作肯定也是多的，我不是来享受田园生活的，"百尺竿头更进一步"，需要付出的努力一点不比其他贫困村子少，甚至更多。当然作为一名党员，组织安排我们到哪里，我们都要接受。贫困村有贫困村的工作干法，非贫困村有非贫困村的工作干法，只要有利于脱贫攻坚、有利于老百姓的日子好起来，都是我们义不容辞的。

农村的事情主要还是要靠我们自己

前一段时间，《盛世中的蝼蚁》一文铺天盖地，但是现在又烟消云散了，为什么？城市的话语权笼罩住了农村，他们的语言体系、他们的思维模式主宰了农村的世界，但是他们对农村了解多少？他们对你们这些基层村干部又了解多少？甘肃康乐灭门事件这一极端典型案例，让我们都很痛心，但是你们在座的镇干部、村干部、党员，真都是贪官污吏吗？都是麻木不仁的不作为者吗？村镇干部真的像某资深媒体人所说的都是有问题的吗？我们的精准扶贫政策真的有大问题吗？我们的"三评四定"程序和根据收入进行判断有问题了吗？我不这样认为。

这是一个极端的典型案例，许多比她家还穷的人都没有走这条路，没有丧心病狂地杀死自己的子女，他们还在为改变贫穷而不断努力，最关键是他们这一家的思想出了问题，我们的"扶贫先扶智"工作还需要加强。

白马村也有许多家庭生了很多孩子，现在经常找我们要低保。为什么在城市，许多家庭不愿意生太多孩子？因为城里的人认为自己生的孩子就必须养好，如果养不好或没有条件，我就不生或者少生；但是，农村的一些老百姓还没有这个意识，只是先生下来再说，生活不下去了，就找政府帮助想办法。

大家的收入和补贴水平很低，到村委会层级的村干部才只有 500~1200 元不等，还不如一些妇女在县城打工的水平，党支部书记、小村长（自然村的村长）或村民组长每个月只有 100 元的补贴，但是政府要求你们做的工作很多、很杂，全民参保工作、矛盾协调工作、基础设施组织建设工作、新农合收缴工作、配合各类上级检查等等，而且目前还有可能更多。你们一直都在帮着政府做，帮着老百姓做，你们很了不起的，你们都有老婆孩子要养，都有高堂老母要侍奉，但是你们依然在坚持，没有出去打工，没有只顾自己，凭的是什么？凭的是在村里赢得了老百姓对你的尊重，凭的是自己的奉献精神，凭的是自己的党性观念。因此，我很佩服你们，要向你们学习。我很荣幸能和你们一起工作，我的收入水平比你们高很多，因此，作为党员我没有理由不更加努力地工作。

我参加了白马村的低保评定和建档立卡户的评定，白马党总支的张旺益书记坚持的原则是，村两委班子、村民组长中涉及低保的人几乎都是无任何条件退出的，所以，外界攻击我们把低保都给了亲朋好友，"厚亲优友"之类的，道听途说的成分太大了。如果真是这样，也说明我们的上级党和政府监督失灵了，但是实际情况是这样的吗？许多到村委会要低保的农户，我们很明确地告诉他，低保不是任何一个人可以给你的，村里的总支部书记说了不算，第一书记说了也不算，必须是上会评定，你来找，不一定给你，你不来找，只要符合条件，照样给你。因此，在座的党员干部，如果我们有"厚亲优友"的想法就必须思考，自己绝对不能拿自己的威信、拿自己的身家名誉让父老乡亲们戳脊梁骨。

《北京日报》的文章《不能以极端个案指责社会否定时代》中这样写道：杨改兰的悲剧，并非完全源于贫穷，而是有着更为复杂的原因，其家庭因素、个人因素恐怕不容忽视。无法想象，一位母亲会仅仅因为贫穷就对四位亲生骨肉举起斧头、灌下农药。这样的人伦惨剧，显然是极为极端的个案。将这样的极端个案扩大化，推论到全社会，归因于社会对弱势群体的漠视和社会保障的失败，无疑是荒诞的，逻辑上根本不能成立；倘若借此来否定现行各种制度，否定这个社会、这个时代整体上的巨大发展成就，那就属于别有用心。

好多出身农村并在农村长大，现在到了城市稳定下来的人，不一定把自己的钱经常孝敬农村的爹娘和穷亲戚，不一定会在贫困农村认领帮助一个穷学生，不一定想着回报生他养他的农村，不一定给农村贫困山区的孩子寄件旧衣服。个别人甚至认为自己已经摆脱了农村，而在农村的人就是懒惰，就是政府不作为，所以才是今天的样子，别人的贫穷、社会的收入差距大只是政府的事情，他们对社会治理不了解，也无心或不愿了解。

而我们的党和政府在做什么呢？农村里老人到了60岁，党和政府会每个月给补贴，哪怕是没有上过社会保险的，共产党就是他们的大儿子；党和政府会给无劳动能力者低保（甘肃康乐这一家孩子的父母毕竟都是有劳动能力的）；还有现在，政府对建档立卡贫困户承诺建房给6万元无偿补贴，如果不够，再给6万元20年无息贷款，几乎也是白给；对于贫困学子，高中生和职高生免除学费，考上大学给5000~12000元无息贷款；等等。

因此，我们农村的事情首先必须靠我们自己，其次是靠我们的党和政府。为什么说靠我们自己？因为我们发展产业，用我们的产品和劳动力和外界交换，我们才能长久，收入才能持续。过去，中国用七万条牛仔裤换一架波音737，觉得亏了，现在想想，我们不亏，一是我们参与了全球价值链条的交换，二是我们成长起来了，我们自己也开始造飞机了。因此，我们白马发展产业来脱贫，目的也是必须主要靠自己的东西和其他人交换，而不是等着社会力量的施舍。航天科工作为社会力量的扶贫资金是有限的，但是如果有一天我们富源、我们曲靖与航天开展经济合作，那前景将是无限的，不是一百万，而可能是上千万上亿的。靠我们的党和政府也是必然的，减小贫富差距，让大家都能过上好日子，是党和政府一直努力的目标，但是，主要还得靠我们自己的努力。

白马桃花庄园的建设效率令人惊叹

白马桃花庄园乡村旅游项目是今年1月份启动的，富源县委、县政府和大河镇党委、镇政府给予了大量支持，白马村党总支张旺益书记带着我们村两委班子也是进行了反复思考的。这个产业项目的意义非常大，完全可以做成一个像安徽砀山一样的产业，不仅仅是水果种植和加工，还包括旅游餐饮、商务休闲、水系木屋等等。6月份，富源县人民政府和安徽砀山欣诚食品有限公司签约，未来几年，项目总投资将达到18个亿，建设规模达到3万亩，建设年产3万吨水果罐头的生产线。这个项目令我最感振奋的还是建设效率。

2月份，大年初三，村干部逐村召开动员会，大部分老百姓很支持这个项目。一是因为白马外出务工的村民较多，2015年有1600~2000人，大家希望土地流转出来；二是白马老百姓的市场意识比较强，希望靠个人的几分地发家致富的很少；三是通过动员，老百姓认识到这个项目可以改变几代人的命运，而且煤炭产业几年内是看不到希望好转的，想钻到地下挖煤打工已经没有可能了，必须转型升级，搞现代农业了。

3月5日，从项目启动到开始种植不到两个月，已经陆续有25辆车、60吨的果树苗从安徽砀山运到白马。现在已经完成3160亩土地的种植，包含黄桃（12个品种）、车厘子、红心苹果等30多个品种10万棵果树苗，现在正在开展林下种植以及商务开发建设。

这个项目的建设速度可以用"神速"两个字形容，超过了我们航天白马蔬菜基地（中国航天科工集团公司定点扶贫项目）建设，很是令人惊叹于民营资本的快速反应和建设速度。航天白马蔬菜基地是从2015年10月下旬开始论证，直到今年4月才确定下来，用了将近半年。

但是，白马桃花庄园的建设过程中也遇到很多问题，比如老百姓认为租金太低、希望一次性把20年的租金付清等等。但是，认识到这个项目的重要性，这些都将不是问题。过去，我们开展传统作物玉米、小麦的种植，不考虑人工投入，一亩地一年风调雨顺时收入1000元就算好的了，但是仅仅开展林果种植，管理得当的话可以使一亩地的收入达到 8000~12000 元，甚至更高。再加上云贵高原特殊的气候土壤条件，水果的品质超过安徽砀山那边都是完全可能的。

下一步，大河镇党委政府将引导大家沿 204 省道两侧开展林果种植和蔬菜种植，真正把我们富源的桃花基地打造出来，把西南桃乡打造出来，这些离不开各位的支持，希望大家支持这个项目，带头参与，带头做工作，为改变我们的命运而共同努力。

云南农村的党建工作尤其是白马很不错

我过去在北京，有个别人说，出了北京城，党旗不一定会高高飘扬，但是，我来到云南，来到山区农村，来到白马，发现事实并不是像他们说的那样。

富源县有许多优秀的党务工作者，大河镇有许多优秀的党务工作者，我们的乡村照样有。他们对党建工作很重视，一直都很重视，中央有要求，他们就有行动。先进性教育、创先争优、群众路线教育实践、"两学一做"都进行得有声有色、有模有样、有理论有实践、有检查有落实。我今年 7 月 1 日受邀参加全县"微型党课大家讲"活动，为了筹备好这次全县盛事，富源县委组织部、宣传部很多部门积极参与其中，大河镇党委政府也为我参加活动做了大量努力。

今年 2 月，中央下文开展"两学一做"学习教育，白马村张旺益书记在 3 月份就组织全村党员集体学习，并邀请我为全村党员讲党课做活动动员；随后 5 月开动员会、6 月到昆明参加中国航天科工"两学一做"西南片区巡回演讲会后，张书记都在第一时间组织党员集中学习；大河镇联系我们白马的镇领导游界副镇长也讲党课，并明确提出"白马桃花庄园乡村旅游项目"就是白马村全体党员"两学一做"学习教育的载体。今年以来，我们白马村已经讲了 5 次党课了。

今年 8 月 8 日，白马村举行首届广场舞大赛，效果非常好。白马村党总支张书记说，这次广场舞大赛，感谢富源县文体局、大河镇文广中心的送艺术下乡，20 天时间免费教老百姓跳舞，丰富大家的文化生活。通过跳舞，白马村的邻里更加和睦了，老百姓身体更加健康了。党总支、村委会确实也没有钱，但是我们自己想办法也要去做。

今年 5 月，中组部副处长仲辉到白马调研"两学一做"，8 月份"基层党建推进年"现场推进会在航天白马蔬菜基地召开，富源县各乡镇村的许多党委副书记、组织委员、村总支书记也到白马观摩学习，都充分说明大家对党建工作很重视。

为什么许多第一书记要自掏腰包

我们这一批第一书记很少有不自掏腰包用于工作的，因为我们央派第一书记到了农村是没办法的，从良心和党性各方面都不得不这么做。

我不太愿意主动去募捐，但是我的很多航天同事却让我感动，他们自发地拿出个人奖金合计约 7 万元，让我用于帮助贫困学生和留守儿童；北京锦绣华英衣帽有限公司一个几十人的集体企业听说我们航天科工在这里扶贫，他们在自己经营很困难的情况下，无偿捐出 3 万多元的交通安全小黄帽；七院的一个同事自费购买 3500 多元的书包文具，通过快递送到白马。还有很多很多，在这种情况下，我不可能光喊着让大家上，让大家做公益事业，而我自己却一毛不拔吧？更何况每一个人都有扶危济困、帮助弱小的心理呢。

另外，哪个村都有揭不开锅的老百姓，但是政府的力量有时因各种原因一时不能达到，我们作为第一书记肯定不能在百姓危难时刻袖手旁观，自己小小帮一把就能助他们渡过难关。国家行政学院的副司级班主任在昭通甘顶村资助困难户 20 多户、拿出自己的个人收入 1 万多元帮助困难群众。我们的党支部书记、村民组长每个月只有 100 元的补贴，他们的家庭许多都不富裕，但是又不能出去打工，又得经常到村委会开会、帮助老百姓做很多事情，他们有红白喜事时，我们肯定也得表示一份心意吧。

在自己的能力范围内，帮助其他人并且能够很开心很知足，真的不是一件容易的事情。但是我还是想说，善绝非一颗善心，便可了事。善必须实践，必须把钱掏出来，把血输出来，把弱小扶起来，把坏蛋打在地上，才叫善。否则，我们的世界就只有抄经书的多，而掏钱的少，念阿弥陀佛的多，而去多行善事的少。

不足的地方，请大家多多指正，谢谢大家。

陆良县石槽河村第一书记龚雁璘到白马调研

（2016-09-22）

9月21日，曲靖市委组织部选派到陆良县活水乡石槽河村的党总支第一书记、驻村扶贫工作队长龚雁璘带领该村两委班子及村组干部30余人，在富源县委常委、组织部部长袁纪鹏，大河镇党委副书记罗忠华陪同下，到白马村调研党建助推精准扶贫工作的开展情况。

龚雁璘书记一行在航天白马蔬菜基地听取了白马村党总支书记张旺益和我介绍开展高原特色蔬菜、水果的种植情况，并对白马村开展土地流转情况进行了详细了解；在白马村村委会，龚书记一行参观了便民服务厅、党建室、留守儿童之家，详细了解了党建工作助推脱贫攻坚的情况。

陆良县石槽河村第一书记龚雁璘到航天白马蔬菜基地学习交流

调研即将结束时，袁纪鹏部长在白马村党员综合活动室即兴为龚书记一行和白马村两委班子、村组干部讲了一堂生动的微型党课，他强调党建工作与农村经济发展、脱贫攻坚工作密不可分，他要求广大党员、村组干部进一步发挥模范带头作用，要更加勇于创新和拼搏进取，努力推动各项工作再上一层楼。

Byebye——"插花地"

（2016-09-23）

9月23日，白马村党总支、村委会把两委班子成员分成三个小组，继续到十字路、色尔冲、夏布冲三个村民小组开展土地流转动员工作。工作量不大，已经完成了3000多亩、99.1%的工作量，只剩下不到30亩"插花地"（"插花地"是指两户或两户以上因地界互相穿插或分割而形成的零星分布的土地。"插花地"给生产组织和土地利用造成许多困难），但也恰恰是最难啃的"硬骨头"。

我和刘光泽副书记、许菊莲妇女委员、徐小乖委员、张卫星委员以及朱家文负责夏布冲这个村民小组。到了五里德煤矿后，我们与夏布冲村民小组党支部书记田敏、村民组长贺宏、副组长张荣书等汇合，并认真地进行了细致分析，然后我们九个人又分成更小的三个小组，三个人一组分别深入到寨子里。

有两户没有人在家，只有他们的狗对着我们狂吠不止，我们小心翼翼地在高低起伏的山村寨子里前行。贫困户依旧是贫困，能出去的劳动力都出去了，偶尔看到老妪在捡掉在地上的核桃，我想，今后凡是购买山村农户的土特产时尽量不要讨价还价了，不要随便品尝而又不买了，他们真的不容易。

在一个靠路边的家庭，我们见到了一个户主的家人。我们希望他帮助做户主的工作，但是还是艰难。"你们发展产业关我们家什么事？投资的这么多钱会给我们家一些吗？"

在云贵交界处的山路上，我们还"截住"了一户，他正骑摩托要上去，他说，主要是因为他的新盖房屋不能办理用电手续。但是这一码是一码呀，他新盖的房屋占到了一点林地，涉嫌"违建"，可是土地租赁和这事也不相关啊。

中午时分，我们到了小街子的一户人家里，她们家在国道旁边开了一家羊汤锅馆子，量了地但尚未领款。由于经济实在不景气，每家餐饮店的客人都实在太少了。大家都饥肠辘辘，我对女主人说，我来照顾一下你们家生意，我作为书记请我们忙碌一上午的村民组长们吃顿便饭。随后，我赶紧请来正在下边寨子里做工作的张书记，目的很简单，边吃饭边一起做说服工作。没想到她们家男主人竟然和张书记是初中同学，但是不在家，女主人说她当不了家，于是张书记在电话里就开始做起了工作。

午饭后稍事休息，我说我们去采石场吧，再问问"上午刚刚给我吃过没趣"的那家的男主人。面包车没法往山下走，走路下去吧。恰好这个采石场是另外一名村监委委员严白志的厂矿。他带着我们见到那家的男主人，并帮着我们一起做工作，最后结果是没问题。上午的不快一下子一扫而净。

明天，我们还要继续和"插花地"说 byebye，请支持我们。

父老乡亲们，请大家务必理解，我们没有时间和理由与贫穷继续相伴了。

现在面临着一个千载难逢的机会，规划投资 18 个亿、建设 3 万亩面积的黄桃水果生产基地，建设一条 3 万吨量级的水果加工生产线，这么一个"前无古人（甚至可能后无来者）"的机会，这对任何一个明智的人来说都是"不用扬鞭自奋蹄"的机会，如果不去把握，任何阻挡的人都注定会成为白马村发展历史上的罪人。把握好这个机会，我们将站在土地流转工作的最前沿，将为当地的老百姓发展打造出一个全新的水果种植加工产业链，改变一个村镇甚至县域面积内几代

与杨涛总经理（右一）、张旺益书记在白马桃花庄园讨论工作

人的命运。

　　非常感谢富源县委、县政府特别是大河镇党委、镇政府的支持，非常感谢深明大义的白马村父老乡亲们以及在外工作的乡贤乡梓们，感谢你们为我们共同的发展所做的大量工作！在大家的齐心努力下，现在已经完成了 3000 多亩土地的流转，种下了 30 多个品种的黄桃、苹果、车厘子等果树 10 万株，投入资金也已经达到六七千万元之巨。这项工作的焦点目前集中在这最后的二三十亩"插花地"，因此拜托大家了。

人穷志短？扶贫先扶智！

（2016-09-24）

人穷志就会短吗？

我想说人穷并不一定就志短。常言道"有钱难买少年穷"，"少年穷"者更应志存高远。事实上是，如果人穷了，又没有受公平教育的机会，没有开阔眼界的机会，志向肯定会短的，因为不知道外边的世界，也不想了解外边的世界，不知道生活富裕的人是一种什么样的心理状态，也不知道奋斗成功是一种什么样的滋味。

扶贫为什么先扶智？

人为什么会贫穷呢？一是出身不好，没有家底，从小就生长在一个贫穷的家庭里，没有遇到有钱的爹娘，没有遇到好的老师，也没有得到良好的家庭教育和学校教育。二是自己不努力，读书少，没文化，学历低，自己也没有学习的积极性和长期坚持的毅力，所以导致能力不行，能力不行，挣钱就少。三是自己有能力，可是运气太差，总是不顺利，没遇到好老板好领导，或者自己没有去当老板。

但是，说一千，道一万，最要命的是消极的思想观念。消极的思想观念会导致失去和放弃很多挣钱的发展机会，消极的观念导致了消极的行为，对于先进的科学技术和先进的管理办法也不容易接受和采纳，还有可能导致人生道路走入歧途，面对困难总是退让和躲避。

从贫穷到富裕是一个不断战胜各种困难的过程，如果没有战胜各种困难的信心、勇气和办法，就会被困难所包围，贫穷也就随之而陪伴。

因树叶遮挡却放弃了森林！

有一位老板，带了钱来到这里，他想和当地的人合作一起搞农村林果种植和旅游产业发展项目。盘子很大，可能会达到十几个亿，涉及到林果种植、加工以及旅游开发、餐饮娱乐等。而这里由于产业转型升级，煤炭产业目前没有了希望，政府也没有太多资本投入。要帮助这里发展产业，他冒着投资可能失败的风险，需要把这里的土地流转出来。项目做好了，他今后可以赚到钱，当地可以赚到税收，这里的老百姓可以就业，人们的生活可以好起来。

现在这件事基本做成了，因为这里绝大多数老百姓的眼光是开阔的，但是还有个别没有参与土地流转的老百姓认为：我的土地流转了，我就没有土地了，今后该怎么办？万一老板投资的事业失败了怎么办？他今后招工不考虑我怎么办？我年龄大了做不了怎么办？我没有了地，我的猪和牛该怎么办？我的孩子长大以后没有能力做工又该怎么办？我得向最坏处打算，万一我做不了呢？有现在的地，我还可以种点儿菜吃，还可以打点儿粮食……所以，我不同意，因为未来是不可知的。

寒门再难出贵子？

我看过电影《雪国列车》，明白了和现实生活一样，列车上的居民如同一杯浊水澄清下来那样，分成了上层的贵族和下层的贱民。

这两天又读了"缓缓君"的《社会即将分层，你将会在第几层？》以及"永乐大帝二世"的《寒门再难出贵子》。

我感到心情无比沉重，因为不得不对他们的观点有所倾向。一是"马太效应"导致寒门再难出贵子，精英却扎堆进名校，2000 年之后，考上北大的农村子弟仅占一成多，寒门子弟进名校的通道正变得越来越窄。二是文中说，现在越来越看清楚"性格决定命运"，性格这东西是融入于骨髓的，性格的养成大多决定于家庭背景和成长环境，从大学毕业出来的第一步，往往起到至关作用的是家庭背景，也就是从起跑线开始，有些家庭的孩子就输了一大截。

因此，扶贫必先扶智！

秋凉寒意渐 云航送暖至

（2016-09-28）

9月27日，云南航天工业有限公司、云南航天幼儿园捐赠的棉被、垫棉、枕头、泡沫地垫等总计3大车、2100余件送至大河镇白马村航天白马幼儿园。

云南航天工业有限公司党委副书记、纪委书记李美清说，天气开始凉了，云南航天工业有限公司和云南航天幼儿园的职工始终牵挂着这里的孩子们，希望你们越来越好。我和云南航天驻村扶贫工作队队员朱家文、航天白马幼儿园园长刘敏等共同参加了捐赠仪式，并向全体云南航天人表示最诚挚的感谢。

云南航天组织机关幼儿园到白马幼儿园开展捐赠活动

看到爸爸我的心都要跳出来了

（2016-10-04）

9月30日，早上6点钟我和老岳母就从家里出来了。我们要去昆明火车站接我年近70岁的老母亲、我的爱人和我5岁多的儿子。

其实从老岳母家到火车站开车也就10多分钟，但是5点多我就起来了。老岳母喊我，快点起床，他们的火车过曲靖了。我一骨碌爬起来。到了车站后，等了半天才通知晚点了，原定7点17分到站的火车要到7点53分才能到站。

漫长的一个多小时等待，等待期间站台调整，4站台变成2站台，等我7点45分到达2站台，却没见到有车，我以为又调整了，又一路狂奔跑到大厅看调整。

7点53分，Z53次终于按照晚点时间准点到达了。我知道是5车厢，于是在列车缓缓进站时，跟着列车快步跑起来。5车厢经过我的一刹那，我看到了爱人和儿子紧贴着车窗玻璃向我挥手。

车一停稳，我就冲了过去。

老母亲从车里走出来，儿子从车里走出来，爱人从车里走出来——我的眼眶湿润了。我一把抱起儿子，他比半年多前更沉了，个子也高了——已经1米2了。

儿子说，看到爸爸我的心都要跳出来了，幸亏妈妈帮我接住了。

儿子半年来在不停努力，他的围棋开始考级了，他拍篮球可以连续拍200多下了，他跳绳一口气可以跳100多个了，他开始练习旱冰轮滑了，他的绘画水平也提高了。

回岳母家的路上，我边开车边问儿子，来点音乐吗？儿子说，好啊。于是，我开始自己唱起来"你是我的小呀小苹果"，把儿子逗得很开心。

他说："爸爸，我要听车里的音乐。"

我说："是啊，我就是在车里唱给你听呢。"

简单吃过早餐后，老母亲说，她的手机坏了。

我说："没问题，儿子，走，跟爸爸一起，给奶奶买个新手机去。"

儿子说："好，我们走路去吧。"

一路上，儿子很开心。

他喜欢打爸爸的"的"——"抱的"和"坐的"。

"抱的"就是我抱着他走，"坐的"就是他骑在我的脖子上。

儿子说："主要是我们好长时间没见面了，所以要打的。"

儿子问我："爸爸你们的果园是不是好了？"

哦，儿子竟然也知道我们在建设果园。

可能听他妈妈说的，白马村正在建设白马桃花庄园旅游项目和航天蔬菜基地项目。

我说："还没有，还正在建设中呢。"

儿子问："有了果园是不是就不穷了？"我说："是啊。"

儿子接着问："那你是不是就可以回北京了。"我连说："是呢是呢。"

一句话，让我热泪盈眶。

我说："我到明年才到期，还有 10 个多月呢。"

儿子回过头来冲我爱人喊："妈妈、妈妈，爸爸还有 10 个月回去。"

儿子又问："10 个月是多长时间。"

我说："10 个月是 300 天。"

儿子回过头来冲我爱人喊："妈妈、妈妈，爸爸还有 300 天回去。"

在一个便利超市里，我想给儿子买点东西，牛奶饼干、香辣土豆片等，因为这些零食他妈妈很少让他吃。

儿子看了半天说："妈妈只让买酸奶。"

我说："好呢，没问题，酸奶可以，别的都可以，只要你喜欢。"

儿子又说："是'买一送一'的吗？买一送一才要。"

最后，儿子买了四盒酸奶，因为酸奶是"买三送一"。

哦，他妈妈把节俭意识深入了他的心里。

下午，我和爱人带儿子去了昆明市动物园。

动物园是儿子的最爱，他去陌生的城市都会要求去动物园。他喜欢各种各样的动物。

爱人说："你走路太难看了，不如你儿子走的好看。"

我回头看我儿子时，发现他那本不叫走路，他跑跑跳跳、蹿来蹿去的。

我把这段视频录了下来，因为我确实感受到了和家人在一起的幸福。

就在那一瞬间，才发现你就在我身边

（2016-10-07）

　　这首丽江小倩的《一瞬间》是我个人特别喜爱的一首歌。尽管唱到了中国的大江南北，尽管之前已经唱了好久，但是每次听到的时候，我还是会静静地用心听完。我再次推荐给大家，希望大家跟我一样喜欢！

　　就在这一瞬间，才发现，你就在我身边

　　就在这一瞬间，才发现，失去了你的容颜

　　什么都能忘记，只是你的脸

　　什么都能改变，请再让我看你一眼

　　就在这一瞬间，才发现，你就在我身边

　　就在这一瞬间，才发现，失去了你的容颜

　　什么都能忘记，只是你的脸

　　什么都能改变，请再让我看你一眼

　　什么都能忘记，只是你的脸

　　什么都能改变，请再让我看你一眼

这个国庆节，

受家在丽江的大姐邀请，

有幸自驾赴滇西，

拥吻大美云南。

一路向西，过大理、丽江，

彩云之南的造化之美永远超出你的想象，

彩云之南的清新空气可以荡涤所有的尘埃，

滇西之美，瑞云缭绕，祥气笼罩，

无愧"上帝遗留给我们的人间仙境"美誉。

大理感受《天龙八部》

苍山始终烟云缭绕，

让你不得不问，

"这山里究竟有没有神仙？"

洱海这颗高原明珠，

更无法想象洱海月是什么样子，

苍山雪，洱海月，洱海月照苍山雪。

在苍山与洱海间的公路穿梭，

一边是绿油油的苍山，

一边是波光粼粼的洱海。

大理古城确实让人一下子想到《天龙八部》，

大理国段誉安在？

背靠苍山、面临洱海的崇圣寺三塔，

万古云霄三塔影！

丽江感受《一瞬间》

依山傍水的街道，

充满生命力的水系，

流动的城市空间，

尤其是，

小店里传出丽江小倩《一瞬间》，

手鼓的声音那么熟悉，

你会不由自主地跟着节奏拍打。

花墙石板、悠闲客栈，

纳西歌舞，东巴文化，

"保存最为完好的四大古城"（丽江、阆中、平遥、歙县）之一。

玉龙雪山天下绝

一条矫健的玉龙横卧山巅，

一跃而入金沙江，

"丽江雪山天下绝，堆琼积玉几千叠"。

她是距赤道最近的一座雪山，

奇骏而非高不可攀，

华美而不妖娆妩媚，

圣洁甚至超过她的姊妹——哈巴雪山，

金沙江从她石榴裙的脚下走过，

不得不在石鼓镇"V"字形向她"跪拜"。

水果极品丽江雪桃

玉龙雪山脚下的雪桃，

海拔 2500~3000 米原生态高原地区，

果实生长发育期长达 200 天左右，

只应天上有，人间难得吃几回。

如果来丽江只能带走一件礼物，

那它一定应该是雪桃。

我 06 年来丽江没有听说 10 月有雪桃，

今时我来拉市漫山遍野都是，

雪桃的外观之美、口感之佳，

被作为人民大会堂国宴用品，

因此我对富源打造"西南桃乡"充满信心。

长江第一湾石鼓镇

金沙江流经石鼓镇，

被镇对岸的大山阻挡，

于是掉头北上，

转了一个大弯，

又向东流去，

万里长江第一湾。

诸葛亮"五月渡泸"，

忽必烈征大理国的西路军"革囊渡江"，

中国工农红军第二方面军"横渡金沙"，

他们都曾在这里激战。

曼妙的拉市海

格桑花海，

怜取眼前人，

幸福吉祥到永远。

"遥望玉龙雪生烟，

身临拉市海成滩。"①

拉市海这片湿地依旧静谧，

来到拉市海必须骑骑马，

听马夫老人讲讲他们村子发生的故事。

来到拉市海必须划划小船，

在一两分钟之内让你学会，

如何在湖光山色之间，

百舸争流。

束河古镇哈里谷景区

望层云透照，

雪浪横峰，

高峰之下的村寨——束河古镇。

在美丽的纳西院子里，

清澈的水从门前流过，

天空漂浮着棉花般洁白的云；

推开窗户，

雪山的雪沁人心脾；

青石板沉淀了岁月，

纳西院子收藏了时光。

---

①：《拉市海观指云寺》

穷在深山有远亲

（2016-10-09）

10月8日，国庆长假刚刚过完的第一天，中国航天汽车有限公司副总经理，云南航天工业有限公司（简称云南航天）党委书记、董事长苏晓飞，云南航天副总经理兼总会计师黎泰明，云南航天党委副书记兼纪委书记李美清一行10余人来到白马村，调研回访公司所联系的建档立卡贫困户。富源县人民政府副县长戴桃玲、黄书奕，扶贫办主任江舟等有关领导，白马村党总支书记张旺益和我陪同调研走访。

苏晓飞一行进村后就深入到白马村建档立卡贫困户家中，了解一年来脱贫攻坚工作开展的具体情况。回访人员详细深入地了解了贫困户家庭贫困情况、享受保障情况等，并与贫困村民共话家常，谋划发展。回访人员还到中国航天科工、云南航天共同定点扶贫的航天白马蔬菜基地进行调研，了解项目的具体进展情况，要求该项目尽快发挥效益，全面开展育苗、大棚蔬菜种植，早日使白马村全村人民，特别是建档立卡贫困户受益。

近日，云南航天还将组织两批干部职工到白马村，逐户回访所联系的39户建档立卡贫困户。

把贫困户当亲人

（2016-10-13）

为切实贯彻云南省委、省政府精准扶贫要求，10月8日至13日，云南航天工业有限公司30多名领导干部分三批回访所联系的建档立卡贫困户。

帮扶干部走进贫困户家中同他们亲切交谈，进一步深入了解他们的家庭收支、家庭基础设施、社会保障、享受惠农政策、致贫原因、子女教育等基本情况，并具体了解他们的生活生产困难，认真调研致贫原因和帮扶需求，认真填写《回访问卷》等，此外，深入田间地头察看白马村航天白马蔬菜基地和白马桃花庄园项目建设情况。

这里的好人

（2016-10-17）

李庆南　我要在这待一年

我这周带着儿子一直在白马，他玩得太开心了。这两天他的妈妈出国也要回来了，我准备送他回北京。但是，他一直在哭，他说："我真的不想走呢，爸爸你也不要回北京。"

见到每一个他在白马认识的人，比如白马村党总支张书记、村监委李桥会主任、刘挺副主任、陈尧副主任、余小聪以及航天白马幼儿园的刘敏园长、刘秀英老师、邓阳娟老师、为我们村委会煮饭的陈春香大姐，他都要说一遍：我要在这儿待一年的。甚至跟我到大河镇办事时，他见到跟我打招呼的人，也要说一遍。

即使今天回到昆明外婆家，他晚上打电话给还在异国他乡的妈妈时也说："妈妈，我要在白马待上一年，你看看我要带的东西都有哪些，我的雨靴别忘了带啊，我冬天的衣服帮我带上，吃的就不用带了哈。"

看看熟睡中的他，我感到惭愧和纠结。

是什么让他喜欢上了这里？只是没有雾霾的天气吗？只是这好山好水吗？肯定不是，因为大河、白马有这么多的好人在呢。

张旺益　白马好人

来到白马一晃已经一年多了。我怕忘记他们，因此我要为他们画幅像。

我熟悉的第一个人是张旺益书记，我的好搭档，也是白马村真正的掌舵人，虽然我是第一书记，但是对村里各项工作、对如何发展白马、如何做好脱贫，他比我有着更为深刻的理解。

他初中毕业不久就到了村委会，一干就是 20 多年，2007 年当上村书记后的这 9 年间，他为白马村盖了四栋大楼：卫生所、村级活动场所（村委会）、航天白马幼儿园以及学校的食堂。这些离不开县镇领导的帮助和支持，也包括中国航天科工的援建，但是他的作用是不可替代的。

今年，白马在县镇党委政府的领导支持帮助下，上马白马桃花庄园和航天白马蔬菜基地两个转型升级重大项目，更与他的努力和奋斗分不开。

他做思想政治工作的能力也让我钦佩，他愿意和村民深入地沟通聊天，但是他有时在原则面前不会迁就任何村民，包括他的亲戚朋友。

他说："一个人做任何事都必须有担当。我作为书记，首先要对白马的子孙后代负责，要为白马留下青山绿水，要为白马打造一个产业，没有工矿企业污染的白马才是真正的白马。"

白马村的一位彝族朋友说："你们白马张书记是一个'真人'啊。"这句话，让我思考良久，是啊，"真人"这句话的内涵到底有多深。

白马村"两委"的这些好同事好兄弟们，也同样让我感谢和佩服。

刘光泽副书记重返白马后积极主动开展工作、村监委李桥会主任对任何工作都敢于铮铮直言、刘挺副主任始终执着认真做事、陈尧副主任的踏踏实实和毫无怨言、综治办顾八斤主任做事把原则和灵活紧密结合……

大学生村官王子玉、驻村扶贫工作队队员朱家文、妇女主任许菊莲大姐、计生管理员徐小乖、土管员田小雁、综治调解员余小聪、村监委委员张卫星以及我们的很多很多党支部书记、村民组长、副组长，包括肖本江、肖植生、张小礼、顾小林、邓兴弟、陈小料、褚金怀、贺宏、田敏、张荣书、严光文、严小书、严白志、宋加云、宋乔德、郭白余等等。

他们收入很低，每个月补贴只有120元，但是他们长久习惯于为白马做很多工作，没有怨言，说完就干，不讲条件，不讲理由，他们有时可能会吵几句，有时会在村民聚会上唱几句山歌，有时会打会儿扑克，有时还要被张书记嚷几句，但是大家依旧在每天太阳升起的时候赶到村委会。没有双休日，没有节假日，有事就会放下手中的活儿匆匆赶过来，不嫌弃村委会简单的午饭（常常就是洋芋、白菜、折耳根、几根腊肉），不嫌弃微薄的补贴。

到白马投资做项目的杨涛总经理、张家高总经理，事实上也是白马人了。他们全身心建设白马桃花庄园、航天白马蔬菜基地，积极主动承担投资风险，他们需要付出超过常人几倍的辛苦和努力来做事，白马感谢你们。尤其是杨涛夫妇二人身价好几个亿，但是经常晴天一身土、雨天一身泥地到庄园地里带着员工干活。

到白马做幼儿教育的名师素质教育集团董事长、航天白马幼儿园园长刘敏本也是白马村村委会碉上村的人，他责无旁贷地担当起全村学龄前儿童的教育重任，用他对幼儿教育的热情全身心投入，把国学素养、知书达理、尊师亲仁的理念传递给孩子们，让孩子们从小接受自信教育，很不简单。

牛睿　大河好人

大河镇党委政府班子的工作精神也同样让人起敬。

大河镇党委牛睿书记也是我认识的好兄弟、好领导，年龄比我还小，还记得初次见面时他就不好意思地对我说："我一直想请你吃顿饭，就今天了。"

他不摆任何架子，主动和很多村委会的村干部们说话。他对来白马做事的外乡人们一直很客气，也包括我们航天来挂职的干部，他第一次见我和在富源挂职副县长的黄书奕时说，感谢你们来大河，我们一定为你们提供最好的服务和帮助，正好我们有国际农业发展项目贷款基金，我马上让农技推广中心给你们查查，看你们是否符合条件啊。

不过，他对工作要求很严格，他曾经很严厉地约谈我们白马两委班子，要求我们必须全力以赴做好土地流转工作。他说："白马桃花庄园这个项目不是白马一个村的、不是大河一个镇的，甚至不是富源一个县的，它是我们曲靖市转型升级的重要项目。请罗忠华副书记牵头，协助白马继续开展好各项工作。"

他的搭档，党委副书记、镇长范涛年龄更小，每次我们见面闲聊，他都会和我这样开场白：北京，我去过呢，我在那边学习过呢。有一段时间，牛书记生病住院，他又当"书记"又当镇长，有次凌晨因工作签字，他在办公室等着我们："你们的协议书，我认真看了，我会全力支持你们航天白马蔬菜基地的建设。"

大河镇人大主席团主席温石宝，是资历较深的镇干部，兢兢业业，常常周六日穿着球鞋来白马看我们的工作进展；张立平纪委书记作为纪检部门的领导，按照镇党委要求，督促全镇干部协助白马开展土地流转工作，他分管教育时，还冒着大雪参加白马小学"小黄帽"捐助仪式。

刘云峰副镇长、游界副镇长包括现在的罗忠华副书记联系白马村，白马成了他们大部分时间待的地方，吃饭也不讲究，做什么就吃什么。周六日随请随到，反正乡镇干部工作日和休息日也没有界限。

罗文光副镇长是"党外人士"，但是工作热情和干劲儿一点不比党内人士差。新到大河的黄雄章副镇长则是不折不扣的"富源好人"，兼任着大河镇派出所的所长，他们都说，"赤脚交警"来到大河是我们的福气啊。镇党委委员、武装部长张国飞也是多年的村总支书记，对村镇工作非常熟悉。

宣传委员余玲，唯一的女镇党委干部，也是位好大姐，她总是对我说："李书记，多写文章啊，'美丽乡村宜居曲靖'评选你可要多支持咱们大河镇的白马村啊！"

刚刚从县委办公室到大河镇担任组织委员的施友春，是年轻的 80 后，他说话直率，不拖泥带水："农村党支部很多就几个党员，说好了，** 村党总支的理论学习必须你们党总支直接来抓；李书记，走吧，跟我一起到大河镇的其他十几个村委会看看，给他们讲讲党课。"

农技推广中心站长李宝红曾经是磨盘村村委会的总支书记，他说：中央电视台当时还录制过我们村的节目呢；我哥是中国人民大学"三农"专家温铁军带的学生，温铁军的书，兄弟一定要看看啊。

还有大河镇党政办张主任，大河镇政府阮红斌、肖本科、徐彦、明晓婕、朱永升、尹仕兵……一张张鲜活的面孔，一串串熟悉的姓名，大河的舞台将留下你们优美的舞姿，大河的历史将永远记住你们。

有爱才有奉献，有责任才会有激情

（2016-10-19）

9月25日，云南省曲靖市电视台田忠文（编导）、刘剑刚（摄像、制作）等一行在富源县委组织部远程教育科马炳科长的陪同下，来到富源县大河镇白马村，专程为我制作第一书记宣传片《珠源先锋——小村子里的大书记》。白马村党总支书记、村委会主任张旺益和白马村两委班子以及驻村扶贫工作队队员朱家文在紧张的土地流转工作中专门抽出时间，共同配合完成这部片子的镜头拍摄、采访录制等大量工作。

此片系根据曲靖市委组织部副部长张忠文的提议策划的，由曲靖市委组织部、宣传部联合制作，富源县委组织部、宣传部及大河镇党委、政府配合制作的一部宣传我作为第一书记的长达15分钟的纪录片，并于10月17日"全国扶贫日"在曲靖电视台"珠源先锋"栏目播放。在此，非常感谢他们对我们航天人给予的认可和支持。白马村的绝大部分工作成绩都是在富源县委县政府、大河镇党委镇政府的领导支持和直接帮助下，由白马村党总支书记、村委会主任张旺益带着村两委班子共同努力取得的，我作为第一书记发挥的作用非常有限，我们航天人发挥的作用也是有限的，大量的工作主要都是靠村镇干部他们自己完成，而我们只是起到引导、帮助和支持的作用。

曲靖市电视台主持人于金玉说，有爱才有奉献、有责任才有激情。其实，爱与责任是我们每一位第一书记共同的本质，来到农村我们都责无旁贷地要努力工作，上不负组织重托，下不愧黎民百姓，用心、用爱、用滴水穿石的精神，来浇灌脱贫攻坚大业。云南省曲靖市县镇党委、政府的领导们，父老乡亲们给了我这么大的荣誉鼓励，我感到着实有愧，唯有更加努力用心为父老乡亲们做事，内心才感觉稍安。

最后，借此机会，再次深深感谢张旺益书记、感谢我们白马村村委会两委班子的每一位成员和父老乡亲，感谢我们大河镇党委政府、富源县委和政府每一位一直在支持我们航天开展脱贫攻坚工作的领导干部和父老乡亲们。

那是一段难忘的佳话

（2016-11-01）

10月27日晚上8时，曲靖市委、曲靖市人民政府、曲靖市委宣传部、曲靖市扶贫办等单位，在曲靖师范学院学生会堂举办了"攻坚一线——2016我的扶贫故事"专场讲述会，我有幸受邀向曲靖市许多机关领导、师范学院1200多名师生分享了我的故事。

当现场聆听由曲靖市文体局王雄思老师谱写，周燕、周政帆演唱的《我的扶贫故事》主题歌时，参加讲述的人员一个个都热泪盈眶。是啊，走近你，走近他，走近农家，一段扶贫的经历，度几岁春秋冬夏，走过一抹自豪的身影，披几程朝阳晚霞。我们无怨无悔，把真爱留下。

王雄思是我神交已久但是从未谋面的好友，他为这首歌热情洋溢地谱写了耳熟能详的曲子，我相信他的曲子会逐步走入每一个扶贫战线的第一书记、每一个扶贫干部的心中。曲靖市知名作词人余晖、曲靖市扶贫办自然老师（姬兴波副主任）谱写了歌词。演唱者之一周燕是从中央音乐学院毕业后回到云南建设自己家乡的高材生，我也是通过这次讲述会认识了她。

他们都是那么的热爱曲靖，热爱自己的家乡，他们对扶贫工作充满了无尽的感情，特别是曲靖市扶贫办姬兴波副主任跟我们讲起他们如何谱写《我的扶贫故事》主题歌歌词时，饱含热泪、一字一句。

"山风在讲述，村寨也赞夸；我的扶贫故事，那是一段难忘的佳话。山风在讲述，村寨也赞夸；我的扶贫故事，就是历史铭刻的佳话。说给你，说给他，说给大家；走近你，走近他，走近农家；我的扶贫故事，那是一段难忘的佳话。"

此前，我接到富源县委办公室敖秘书的电话通知，要求我10月28日早上7点必须赶到富源县黄泥河镇。因此，10月27日晚上11点参加完专场讲述会后，云南省煤监局派驻富源县墨红镇清水村的第一书记杨俊接上我，连夜赶往距离曲靖市160公里的富源县黄泥河镇。

我们在崎岖的山路上驾车走了两个多小时，为了驱赶睡意，我们聊起了天。他说，今年3月以来，他们单位帮助协调对自己所在村的资金100万元，在墨红镇种植金铁锁中草药 1000 多亩，扶持农户达 300 余户，每户每亩扶持周转金补助 2400 元，让人感到地方政府扶贫力度之大和对扶贫工作的高度重视。

刚才我在"美丽白马我的家"微信公众号留言上看到个别村民一些不好的留言，感到有些气愤，但是想想，这是很正常的，每一个留言都是在关注白马的发展，都饱含着关爱之情。因此，我回复："兄弟，毕竟你是出生在白马的人，我们须牢记，爹娘再差仍是生你养你的爹娘，家乡再差也是生你养你的家乡。"

我们每个人都要学会感恩，不仅仅感恩我们的父母，感谢帮助我们的每一位领导、每一位朋友、每一位亲人，还要感谢我们的每一位"敌人"，因为是他们督促帮助我们成长，让我们把事情做得更加完美、更加扎实。因此，在此真诚感谢每一位关注我微信公众号的亲人们、朋友们，感谢中国航天科工集团公司的每一位领导、每一位同事，感谢曲靖市、富源县、大河镇的每一位领导，感谢白马村的张旺益书记带领的两委班子和父老乡亲们，更感谢对我工作提出疑问的朋友们，我们一定会更加努力的。

在曲靖师范学院参加曲靖市委宣传部等举办的"我的扶贫故事"讲述活动

亲，您手里有飞机、坦克、大炮、舰船、导弹模型吗？

（2016-11-03）

大爱的中国航天科工二院正在为航天白马幼儿园筹划建设一个航天七彩梦想教室，山区的1000多名孩子即将拥有一个可以从小接受国防教育，亲眼目睹航空、航天、船舶、兵器等国防产品，感受聆听航天精神的机会。目前项目已经启动，但是开展航空、航天、舰船、兵器等国防教育的各类模型还没有着落，定做或购买价格都非常昂贵，现有费用无力承担。

亲，如果您手里有一些飞机、坦克、大炮、舰船、导弹等模型，能否拿出来分享给山里的孩子们？我们恳请您能够慷慨捐赠，帮助山里孩子们接受现代战争国防教育，让他们从小感受外部的世界，感受我们强大的国防实力，把航天梦、中国梦根植于孩子们的心中。同时，您捐赠物品的所有权仍归您，幼儿园将只拥有使用权，除了用于展示教育外，未经您的同意不能做任何处理。

航天白马幼儿园是中国航天科工集团公司斥资80万元于2014年援建的一个农村示范幼儿园，位于富源县大河镇美丽的白马山山脚下，建筑面积1500平方米，占地面积4500平方米，目前有乡村幼儿教师20多名，在校幼儿300余名。2014年，航天二院23所职工捐资5万元为孩子们建设了一个包含多媒体设备、强化木地板、各类玩具的多媒体教室，目前随着入园幼儿的增加，一个多媒体教室已经无法满足全园幼儿的需要。

基于此，大爱的中国航天科工二院决定再捐资5万元为该幼儿园建一个航天七彩梦想教室，主要用于多媒体设备、地板、展架、窗帘等费用开支；同时，航天白马幼儿园将自筹资金9万多元，用于100多平方米教室的土木建筑、水电气路、门窗设施等费用开支。建成后，除了满足全园300多名幼儿接受国防教育、开展航模学习等用途外，还将面向白马小学800多名小学生，并在条件允许的情况下，面向大河镇6000多名少年儿童开展航天科普知识及国防教育。

我们计划在100多平方米的圆形教室里，设置弧形玻璃展柜8~10个，上层摆放飞机、坦克、大炮、舰船、导弹等各类模型，下层摆放少儿图书。同时，通过航天科工二院捐赠的多媒体设备播放阅兵、航空、航天、船舶、兵器等各类视频，并不定期邀请解放军官兵、军事爱好者到幼儿园开展国防科普知识教育。我们将把每一位捐赠者的名字标识在所捐赠的产品模型旁边，我们还将举行一个简朴隆重的捐赠仪式让孩子们感受您的大爱。

我是中国航天科工集团公司选派白马村的第一书记、驻村扶贫工作队队长，我和白马村的两委班子、8000多名父老乡亲、20多名幼儿老师以及驻村扶贫工作队感谢您的关注和支持。无论是否捐赠，只要您关注脱贫攻坚事业、关心山区孩子们的健康成长，都是对我们最大的支持。

亲，您手里有飞机、坦克、大炮、舰船、导弹模型吗？

80 岁以后，你还能干点什么？

（2016-11-08）

生命的尽头，就像人在黄昏时分读书，读啊读，没有察觉光线渐暗；直到他停下来休息，才猛然发现白天已经过去，天已经很暗，再低头看书却什么都看不清了，书页已不再有意义。——毛姆《作家笔记》

80 岁的人，没在急救病房里折腾，没有卧病在床多年，没有神志不清，没有生活不能自理，腿脚能动，还能自己出门晒晒太阳、吹吹风的已经凤毛麟角了，你能在街上看见的表情安详、晒太阳的老头老太太，已都是"人中龙凤"了。

但是今天，我却和白马村村委会几个委员一起到白马村村委会硐上村村民小组为 80 岁的刘大逵老人刚刚创办的"富源县大河镇东晨葫蜂养殖基地"揭牌。老人 80 岁了，他养殖的蜜蜂不是寻常蜜蜂。

在云南的乡村山野，蜂的种类很多，除了人们熟悉的产蜂蜜的蜜蜂之外，还有这种食肉类的蜜蜂——葫芦蜂（也叫"葫蜂"）。葫芦蜂是云南的本土叫法，是因为这种野蜂的蜂巢筑在野外的树枝上，像一个吊着的葫芦而得名。

蜂巢的大小由野蜂的数量来决定，大的直径可达一米，重达十多公斤；小的则像挂在树梢上的一个葫芦，重两三公斤。葫芦蜂这个像葫芦一样的蜂巢，叫葫芦包。

葫芦蜂比普通蜜蜂要大得多，呈金黄色，全身夹杂着黑色斑纹，凶残如虎，是普通蜜蜂的死对头，它一嘴就能将一只普通蜜

参观硐上村葫芦蜂养殖基地

蜂的头咬掉，并把咬死的蜜蜂从空中搬回到数里之外自己的蜂巢中享用，算得上是蜂中的食肉动物。

刘大逵老人已经80岁了，精神状态非常好，我握着他的手激动地说：“老人家，您给我们大家上了一堂课——80岁了，我们究竟还能干什么？”

老人早年在大河镇做文书，后来到县法院任办公室主任，退休后又开始办洗煤厂等，可以说，他一直都在劳碌奔波。20年前他退休了，但是他没有停下脚步，他在与自己比拼，比拼自己比昨天又多做了些什么。

他的儿子刘光智在他的教导下，于2005年个人出资200多万元为硐上村建了一所小学——光智小学（现为白马小学分校），从此，300多名孩子不用每天再跑五六公里到白马小学上学。

有的人是80岁的长青藤，有的人是18岁的朽木，生活态度决定人生，一切都还来得及，只要你有态度、有梦想，什么时候开始都不晚，晚的是，你总是不敢开始！

为硐上村80岁创业老人的葫蜂养殖基地揭幕

文祖手植罗汉松

（2016-11-09）

硐上村隶属于富源县大河镇白马村，位于大河镇北边，距离村委会 3 千米，距离镇 9 千米。面积 2.9 平方千米，海拔 1781 米，属于半山区，年平均气温 14.2℃，年降水量 1105 毫米，适宜种植玉米、水稻、小麦等农作物。有耕地 657 亩，其中人均耕地 0.76 亩；有林地 2000 余亩。全村辖 1 个村民小组，有农户 244 户，农业人口 924 人，劳动力 508 人。

11 月 8 日，我到硐上村村民小组刘大遂老爷子家参加他的"富源县大河镇东晨葫蜂养殖基地"揭牌仪式，恰好硐上村村民小组组长刘大富正在分发《硐上村荒山、坟地、森林管理及所有权的规定》。

刘大富组长说："小册子将分发到每一个硐上村村民的手中。这是我们硐上村村民小组党支部和村民小组为了保护好老一辈祖先留下的森林资源，自发制作的小册子。"

"前人栽树，后人乘凉"。刘大遂老人带我去看他们刘家祖先在山坡上种植的一棵树龄达到 480 多年的罗汉松。

他说："当年我们的祖先种下这棵罗汉松，现在全村的林地已经达到 2000 多亩了。当年的老祖先给子孙后代留下的美好青山和生态环境，我们有义务好好保护。因此，我们自费印发这个册子给每个村民，提醒大家共同关心爱护我们的森林资源。"

刘大遂老人还专门在宣传册上写下这首诗：

> 文祖手植罗汉松，四百余年仍从容。
>
> 根深叶茂千秋载，固若金汤本营中。
>
> 德高大光育青松，两千多亩在山中。
>
> 全民保护今成果，子孙后代幸福多。

让呼吸在绿色中流畅，让土地在根系间凝聚。

这些年来，白马村煤炭产业的下滑反过来保护了白马村的青山绿水，过去黑黢黢的白马小河沟现在都是清澈见底，山上的水可直接饮用，清甜无比，小松鼠在林间悠闲自在地穿行。

　　白马村村民自发保护自己的森林家园，让人不由自主地点赞。

天冷了，请你给我一点温暖

（2016-11-12）

想对自己说

想对自己说，亲，坚持你自己的亲仁、努力、认真态度，对人也好，对工作也罢，坚持下去就好。

想对自己说，亲，多做事就可能多犯错，既然要做事就不要怕挨批，关键是要在失败中总结教训，积累经验就好。

想对自己说，亲，多做点事，对你是有好处的，只耍嘴皮、不做实事的人这辈子可能也就这样了，原谅他们就好。

想对自己说，亲，最近不错，请继续保持下去，要少吃火锅、少吃腊肉、少熬夜，身体健康就好。

年底了，天冷了，远在他乡的扶贫干部和你一样不容易，也忙了一年了。

这些远离家乡、远离熟悉单位、远离亲朋好友、远离娇妻爱子的"游子"们，多么需要您再给一点温暖、鼓励和支持啊。

他们都是"沽名钓誉"者？

对的，没错，他们肯定都是"沽名钓誉"者，他们的职责就是为了传播派出单位的美好社会声誉，为了使派出单位社会责任得以更好地体现，他们是派出单位传播大爱的"形象大使"。

每一个能出来到贫困县、乡、镇、村参加扶贫，特别是能到基层农村担任第一书记的扶贫干部都是真正有情怀的人。他们为了穷人的事业，为了脱贫攻坚大业，一个个抛家舍业，离开自己熟悉的单位，来到一个陌生的环境，并埋下头来希望真正为老百姓做点事情，希望自己能够"雁过留声"，能够被当地的老百姓所喜欢。

朱德同志在《回忆我的母亲》一文中写道："母亲虽然自己不富裕，还周济和照顾比自己更穷的亲戚。"因此，无论您经历过什么，都希望您从正能量的角度来看待和对待他们，因为他们在为穷人做事，为老百姓做事，他们是牺牲小家为大家，他们在真正做善事。他们或许只比穷人好过一点儿，但是他们正在向朱德的母亲学习。

有人问我，一些人是为了"镀金"才来农村，你呢？我说，不否认个别人有这样的目的，但是，我相信很多恨不得一年 365 天都在村里打拼的人，"镀金"两个字已经显得苍白无力、不堪一击了。

作为最基层"退无可退"的村干部，他们共同的困惑是：面对父老乡亲热切期盼的眼神、深陷复杂尖锐矛盾的旋涡中时，他们该如何更好地发挥好作用，如何更加"脚踏实地"地做事，如何更加"恰如其分"地处理好各项事务，才能让大多数老百姓满意。

做人不要怕，做事不要悔

每个人对扶贫政策的理解是不一样的，每个人关爱他人的情怀也是不一样的，对工作如何更好地开展也是有不同的思路，工作中产生一些"冲突"在所难免。这些都是人民内部的"冲突"，都是可以理解并最终化解的，只要大家都是"心往一处想，劲往一处使"，只要大家是"真扶贫、扶真贫"。

无论做任何事必然会有一些人赞赏，有一些人反对甚至批评。不做事的人是不会有人批评的，没有功劳、没有苦劳，不作为而已，但那是原则性的大问题了。不过，他们千里迢迢、含辛茹苦，深入贫困地区，他们如果不做事，出来干什么呢？

马云在一篇帖子里写道："今天有朋友发短信给我，说网上又有人黑他们了，很是气愤和担忧。其实隔三岔五总有人或指责、或批判、或捏造事实……太正常了。要做事就不能怕批评。反正你不做事批你的人也不会少。尤其现在人人都可以骂人、批评人，骂别人、批评别人已经成了很多人的成名得利之利器，挨骂太正常了，没被骂过才不正常，至少说明你根本没有做事。"

面对善意的批评，他们必须认真接受，认真修正他们的错误，努力把工作做得更好。但是，面对恶意无理的批评和无中生有的造谣中伤，又能怎么办？

一是要做到"做人不要怕、做事不要悔"。如果总是害怕别人的强硬，怕周围人的闲话，怕得而复失的苦恼，整天被一个"怕"字绊住手脚，就注定处处被动。如果总在为将要做的事犹豫，总在为已做过的事后悔，那么人生的路上就会障碍重重，任何事情都可能做不成了。

想起博启纪的一首诗《乌鸦的聒噪》：

没有去求证，

乌鸦是不是只有在有人出现的时候，

才会干叫几声，

我确信了。

于是，人出现了。

我听见了乌鸦的聒噪，

扇动乌色的翅膀，乌鸦开始喧闹了，

于是人点头道："是的，是乌鸦！"

全然没有了之前的默默，

虽然那也只是乌鸦的默默。

人消失后，

乌鸦回复了，

鄙夷地、不屑地瞥了眼五彩的世界，

默默了。

二是要做到"遵循良知，认真做事"。王阳明说，知行合一的"知"，不是"知道"，而是"良知"，是每个人内心与生俱来的道德感和判断力；要找到并遵循内心的良知，复杂的外部世界就将变得格外清晰，致胜决断，了然于心。

每个人心中都有个良知，良知能知是非善恶，"是非"属于智慧，"善恶"属于道德，圣人也不过是既有智慧又有无懈可击道德的凡人，而他们一出生就具备这两种素质，所以他们都是潜在的圣人。

人人都是平等的，在这个世界上有权力控制和支配他们，能主导他们人生的只有他们自己。这句话同样适用于这些扶贫挂职干部们。

请你再给我一点温暖

有个网友说："如今我看第一书记只能流于形式了……有责无权，想有所作为也难，除非原单位支持资金和项目，或是个人有庞大的社会关系。"

此话不无道理，没有派出单位作为后援和亲朋好友等社会关系的支持，挂职扶贫人员开展工作确实会有很多困难！

孔繁森、沈浩是挂职干部的榜样，挂职扶贫人员希望能够像榜样一样为百姓多做点事情，但是不希望有他们一样的结局，不希望有"追授"之类的，毕竟活着才能做更多事情，才能有机会为劳苦大众继续做事。

因此，最后请大爱无疆的你们，再给一点温暖，或许只是一句发自内心的问候。

请大家继续关心爱护他们，多指导他们的工作，多提出建设性的批评意见，多帮助他们解除后顾之忧；扶贫资金投入多少不是最重要的，支持脱贫事业才是最重要的。

请大家继续帮助支持挂职扶贫人员，毕竟他们对当地的环境不如地方干部熟悉，工作中难免会出一些差错，请帮助他们多改进和完善；工作中一些稍许的提醒告知，拉拉胳膊，扯扯袖子，会让他们少走很多弯路。

请大家继续理解体谅他们，因为他们在做善事，在做帮助穷人的事情，如果多帮助他们一起积德行善，这对社会、家庭、个人都将"善莫大焉"。

天冷了，请你给我一点温暖

白马扶贫故事

（2016-11-16）

近日，我自学了"视频编辑专家"并对曲靖市《我的扶贫故事》主题歌进行一个改编（希望没有侵权哦），经过视频文件截取、视频合并、配音配乐、字幕制作四个简单步骤，尝试制作了我的第一个 MV 音乐电视片《白马扶贫故事》。视频内容来自曲靖市电视台编导田忠文、摄影刘剑刚等制作的专题片《小村子里的大书记》；音乐内容来自曲靖市《我的扶贫故事》主题歌，王雄思（曲靖市艺术研究所副所长）作曲，余晖、自然（曲靖市扶贫办姬兴波副主任）作词，周政帆、周艳演唱。

我非常喜欢《我的扶贫故事》这首歌，这首歌的曲子经过王雄思老师的精彩演绎，成了我们很多驻村第一书记、很多扶贫工作者的手机铃声。我们喜欢她优美婉转的曲调，喜欢她朗朗上口的歌词，喜欢她的豪迈万丈"历经决胜总攻的故事，畅饮几场酸甜苦辣"，喜欢她的诚挚朴实"一段帮扶的讲述，尝几碗淡饭粗茶"，更喜欢这首歌吟唱出了我们共同的心声"我们无怨无悔，把真爱留下"！

中国航天科工选派我到云南农村担任驻村第一书记，让我有机会能够和白马村张旺益书记和他带领的两委班子、白马桃花庄园杨涛、航天白马蔬菜基地张家高、航天白马幼儿园以及白马村所有的父老乡亲们一起愉快地工作两年，我每天都在耳闻目睹他们为改变白马村的贫穷面貌所付出的每一份努力，我能够感受到每一个人都为能过上小康生活在孜孜不倦地奋斗！

白马村 697 名贫困人口不是一个小数目，还有一些无法阻止的因学、因病、因灾，随时可能和正在返贫的老百姓，脱贫攻坚任务依然繁重。但是，只要大家有决心、有信心，我们坚信习总书记"不让一个人掉队"的承诺一定能够实现。

让我们大家继续为白马村的经济发展、脱贫攻坚共同努力吧！

附：

《我的扶贫故事》主题歌歌词

作词：余晖、自然　　　作曲/编曲：王雄思

说给你，说给他，说给大家；
一段帮扶的讲述，尝几碗淡饭粗茶。
历经决胜总攻的故事，畅饮几场酸甜苦辣。
我们从此相识，为小康牵挂。

走近你，走近他，走近农家；
一段扶贫的经历，度几岁春秋冬夏；
走过一抹自豪的身影，披几程朝阳晚霞。
我们无怨无悔，把真爱留下。

山风在讲述，村寨也赞夸；
我的扶贫故事，那是一段难忘的佳话。
山风在讲述，村寨也赞夸；
我的扶贫故事，就是历史铭刻的佳话。

说给你，说给他，说给大家；
走近你，走近他，走近农家；
我的扶贫故事，那是一段难忘的佳话。

产业扶贫无法让贫困户"一口吃成胖子"

（2016-11-26）

11月26日，富源的初冬。

晚饭后，我和白马村驻村扶贫工作队队员朱家文一起走进白马桃花庄园和航天白马蔬菜基地。

虽然已经六点多了，但是白马桃花庄园工地上依然忙忙碌碌，拉着砂石的卡车一辆接着一辆，附近砌桃花庄园墙的老百姓也是不亦乐乎，特别是白马桃花庄园的林下种植业，来自邓家鱼塘、夏布冲、瓦窑山等自然村的很多村民在白马小河沟冲洗大葱，她们说，这些蔬菜马上要运到富源县最大的超市——家佳福超市。

我问一位阿姨，收入如何？她说，目前每月几百到上千元不等，有活儿就过来，因为并不一定每天都有活儿来做。我说，不急，白马桃花庄园刚刚开始建设，用工的需求是在慢慢增加呢。

产业发展不易，扶贫产业更难。昨天（25日）我在曲靖市煤炭局参加富源县委、县政府副书记沈学龄、副书记王春宁、副县长戴桃玲、副县长李晓毅、副县长黄书奕共同与会的驻村第一书记脱贫攻坚工作座谈会，对产业扶贫工作又多了一层认识。

戴副县长强调，产业扶贫可以为贫困人口找到一条自我长远发展的路子，可以从根本上防止他们再度返贫；黄副县长也强调，今后我们要在产业扶贫方面多下功夫，因为产业扶贫是帮助贫困人口直接增加收益的最有效方式。

今年5月，农业部等9部门联合印发的《贫困地区发展特色产业促进精准脱贫指导意见》指出，发展特色产业是提高贫困地区自我发展能力的根本举措。

前几天，我看到一篇文章《产业扶贫别"编故事" 多听听农民感受》，强调脱贫要让建档立卡贫困户真正参与其中，干得了、干得起、长受益。

作者说的有一定道理，但是产业扶贫主要是为了解决精准扶贫"五个一批"中可以通过发展生产脱贫的那一批，也就是引导和支持所有有劳动能力的人依靠自己的双手开创美好明天，立足当地资源，实现就地脱贫。

而其他易地搬迁、生态补偿、发展教育、社会保障兜底等，党和政府也都有相应的资源做支撑，而我们如果早早地把建档立卡户中的老弱病残都扔到产业扶贫项目里，项目可能还没发展就被拖垮了。

联想到我们白马村自己的两个项目，由于项目刚刚开始建设，目前用工量的需求不是那么大，也不是每天都有干不完的工作，如果一个建档立卡贫困青壮年参与到项目中，也不能保证每天都有活干，因此，他的收入可能就是每月几百到上千元不等。

我们村干部在回访建档立卡贫困户时，问他们愿不愿意到白马蔬菜基地项目中工作，他们说，目前在基地里收入太低了，工作量不饱满，在县城打零工可能比在项目上挣到的钱还多，等以后项目完全起来了可以再考虑。

还有，我认为，产业扶贫本身有一定风险、有一定难度，尽管要最大限度考虑建档立卡贫困人口，但是对于不能参与产业扶贫的贫困人口还是应该多考虑其他方式。

特别是，在投入产业的资金量不是很大的情况下，如果通过"某些方式"直接分给建档立卡贫困户的话，就等于把小鸡给吃了，今后将完全失去吃鸡蛋和吃鸡肉的机会了。

最为重要的是，我们必须认识到：产业扶贫是指以市场为导向，以经济效益为中心，以产业发展为杠杆的扶贫开发过程，是促进贫困地区发展、增加贫困农户收入的有效途径。

这世界的穷，你救不完？这世界的病，你治不光？

（2016-11-30）

上善若水，大爱无疆

这几天，云贵交界、大山深处富源的天气在迅速降温，但是在白马村我丝毫感觉不到寒意，因为温暖在不间断地送达——

一是中国航天二院资助建设的航天七彩梦想教室已经全面铺开，从北京航兴天宇公司购置的 12 个航天产品模型已经发货，航天白马幼儿园梦想教室的效果图很快就出来了。

二是在中国航天科工集团公司总部工会主席周菁的直接帮助和关心下，中国经济改革研究基金会"听姥姥讲故事"项目的故事盒到达白马，即将分发给孩子们，为孩子们的梦想插上了翅膀。

三是航天科工七院一位热心公益的好兄弟贾云行，为白马小学 100 名建档立卡贫困学生每人捐赠 1 个爱心书包以及铅笔文具等。

还有中国农业大学同学吴继伟为梦想教室捐赠了 20 本全新的《军事文摘》，航天科工总部的一位老哥为梦想教室捐赠 1000 元的儿童书籍……

致敬所有用爱温暖别人的人，致敬我们中国航天人，致敬我们中国农大人，我相信，大爱无疆的你们、功德无量的你们，必将获得无尽福报。

爱在我心，我在爱中

联想到这两天正在刷屏的"女童罗一笑事件"，我个人非常赞同网友的一个观点，真正做公益慈善的人，最大的追求应该是自己的一种责任和担当，

走访红土田村建档立卡贫困户

走访调研严湾冲村建档立卡贫困户

甚至可以理解为是一种完全个人的私密人生体验。

让"轻松筹"绑架自己，让道德良心谴责自己，没有任何必要。做与不做都无可厚非，做到知行合一就可以。你没有去做，没有转发，不代表你没有爱心；做了，转发了，也没有任何过错。慈善发自内心，无需被道德绑架。我们做任何慈善公益事业时，应该完全出自内心的自觉自愿，你的付出在你做的一刹那已经实现了"人生壮举"。

当然，我们都希望自己的帮助起到雪中送炭的效果，有时可能锦上添花，但这都没有关系，帮助多或少，你的善念已经升华，你的人生格局已经改变，你已经是一个成就和帮助别人的人了，你已经为这个社会献出了自己的爱。正如，我之"大爱"于天下，因为爱在我心，我在爱中。

无德无行而取厚利必有奇祸，善心善行而受磨难多有后福。因此，我认为，如果有人利用了你的善心，或者做出违背大多数善良人的事情，必将受到应有的惩罚。《易经》早已明确："积善之家，必有余庆；积不善之家，必有余殃。"

梁启超在其《余之生死观》中也指出："个人之羯磨（羯磨，梵文 karma 的音译，意为业或办事），则个人食其报，一家之羯磨，则全家食其报，一族一国乃至一世界之羯磨，则全族全国全世界食其报。"

我们不会视而不见

我的一位好友，来自航天科工深圳工研院纪监部的胡芳娅部长说："当看到别人有难处时情不自禁伸出援手，这是发自内心深处的善意，当看到你的朋友圈有这么多善良的人，也是件快乐的事吧！愿所有的善念加持在孩子身上就好！"

我的另外一位好朋友，来自昆明哈达谷蜂蜜咖啡馆的张蓉说："我不够精明，不会在事件稍露苗头时就深入剖析解构；我也不会麻木，因为能够理解一位爱女

到严湾冲村走访建档立卡贫困户

患病的父亲背后的冰冷刀刃和无限仓惶……我们都是一粒尘埃，终究会和事件及当事人一起，淹没在时间的洪流里——我们无从谈起得与失。然而我依然愿意你和我、我们，在内心存有那份本有的善意，哪怕只是一丝爱的微光——当那些真正处于被侮辱和被损害的群体，所有需要帮助的惨痛和需要正视的苦难，需要人们该有的关心和帮助时，我们不会视而不见。"

网友行者小飞说："其实，我无意纠结于真相到底是什么。我只知道，笑笑病了，病得很重！我只理解，罗尔着急，相当着急！我只希望，当无聊的人们在八卦罗尔在深圳有几套房、这次又骗了几百万善款、到底结了几次婚、生了几个孩子时，大家还是把关注点回归到笑笑的生命与健康上。当我们都在抱怨社会的各种冷漠时，我想，从每个人自己开始，多一份善良，多一点阳光，少一些阴暗，不是更好吗？无论如何，感谢所有给予笑笑帮助的人们。无论如何，祝福笑笑早日康复！"

阿里巴巴集团董事局主席马云说，做公益、做慈善都是做人生一辈子中最大的一种福报。但是，由于世界上各种各样的原因，往往恶的东西、坏的东西会偶尔淹没我们的善良。因此，我们需要擦洗我们自己的良心、擦洗我们自己的善心——而唤醒、擦洗我们自己善心最好的方法，就是参与点点滴滴的公益行动。

所以我相信，因为你改变了，世界就会改变，世界不是因为你捐出的钱发生改变，而是因为你的内心发生了变化改变。这世界的穷，你救不完，这世界的病，你治不光，但是我们可以把这个世界上每个人的善意和善心给唤醒。

白马村从地下到地上的故事

（2016-12-05）

12月2日，曲靖市扶贫办副主任姬兴波在富源县人民政府副县长黄书奕、县扶贫办副主任李怀和大河镇人民政府镇长范涛等陪同下到白马村调研精准扶贫，看望慰问一线扶贫干部。

范涛镇长汇报介绍了大河镇的总体脱贫攻坚工作，并重点对今年拟出列的建档立卡贫困户村情况作了说明。白马村党总支书记张旺益汇报了白马村两委班子如何做好产业发展土地流转工作、老百姓的整体思想状况，以及新农合、养老保险等的有关情况。

我介绍了白马村桃花庄园和航天白马蔬菜基地助力全村精准脱贫和经济发展的情况。从2014年开始，航天科工在白马村开展脱贫工作接近三年，从一开始就在做的教育扶贫（航天白马幼儿园、航天七彩梦想教室）到现在的产业扶贫（航天白马蔬菜基地），一直致力于通过扎实努力的工作给白马村的脱贫、发展带来一些实实在在的帮助。近期，除了协助村两委做好脱贫攻坚的各项工作外，正在组织开展"送故事下乡——听姥姥讲故事"故事盒发放、航天七彩梦想教室建设、爱心人士捐赠书包文具等，各项精准帮扶也将主要针对白马村的建档立卡贫困户和贫困人口。

姬副主任说，你们扶贫干部在一线不容易，做了大量的工作，成绩有目共睹。大河镇白马村是富源县转型升级的典型村，过去老百姓在地下挖煤，现在大家回到地面上种植果树，这是一个重大的转变，抛弃过去的煤炭、炼焦等污染产业，回归到绿色健康共享的农旅产业，是一个了不起的扶贫故事，这是你们县、镇、村各级干部共同用心、用情、用力谱写的。

在参观航天白马幼儿园时，姬副主任特别强调，要把白马村的转型升级扶贫故事讲好，要让孩子们把这个故事讲给爸爸妈妈听，让爸爸妈妈们知道白马的扶贫故事，要对建设好白马充满信心。

长成一颗好白菜必须施足底肥

（2016-12-06）

"乡亲们都知道，一个幼小的白菜苗长成一棵又绿又肥的大白菜，必须施足底肥。我们幼儿园的孩子也一样，他们要长大长好，现在也必须施足底肥——白马的孩子是我们的希望，作为家长我们一定要把关心给他们，把爱给他们，把鼓励给她们，晚上要拿出时间陪孩子听故事。中国航天科工集团公司总部工会主席周菁协调中国经济改革研究基金会把这份大爱给了我们村幼儿园的孩子们，感谢中国航天科工对白马全村人民的关心……"

2016年12月6日，航天白马幼儿园举办送故事下乡公益项目播放器发放仪式暨"彩色的梦·听姥姥讲故事"主题家长会，白马村党总支书记、村委会主任张旺益在会上对孩子们的家长如是说。我和驻村扶贫工作队队员朱家文以及100多名孩子家长参加了发放仪式。

从北京航兴天宇公司购置的导弹、飞机等模型也恰好在今天到达航天白马幼儿园，七彩梦想教室正在建设中。张旺益书记说："我们小时候没有机会听故事，没有机会见到火箭、卫星、飞机、导弹等模型，但是白马的孩子们在中国航天科工的帮助下，见识到了航天产品，从此有了航天梦，他们必将飞得更高更远。大家不要以为个别私立幼儿园教3岁孩子写字做算术题，就是好样的，这样只会害了他们，只会拔苗助长。仅仅会写字，你们谁不会？孩子们不一样，他们现在是要养成良好素质习惯，要树立远大理想，将来他们需要走出白马、走出富源、走出云南，走到北京，走向世界，他们有可能会成为航天人、航空人，会成为航天员、飞行员！"

我说："中国航天科工在白马已经扶贫了三年，感谢父老乡亲对我们各项工作的理解支持，感谢张书记等两委班子对我们的关心照顾，感谢航天白马幼儿园对我们教育扶贫工作的全力配合，特别是这次要感谢周菁主席协调中国经济改革研究基金会把彩色的梦送给孩子们，相信他们一定能走得更远，飞得更高！"

富源县名师素质教育集团董事长、航天白马幼儿园园长刘敏主持整个活动。短短几天，他基本听完了整个故事盒，他说，故事盒包含了800多个故事，为山区的孩子们开启了一个新的世界，故事盒里面的故事包含了古今中外、天南海北、成语俚语等，内容非常丰富，很多故事自己也是第一次听到，请家长们务必每天睡前十分钟陪孩子们听故事，下个月，幼儿园将举办"彩色的梦·听姥姥讲故事——金口才"活动，每个班选5~8名孩子为大家讲故事盒里的故事，开展举办成语接龙活动。

发放仪式后，与会的全体家长排起长队为孩子领取"听姥姥讲故事"故事盒。本周四，航天白马幼儿园还将为此次未能到场的家长们再举办一次发放活动。

有多少爱？汇聚成海！

（2016-12-07）

各位亲，"美丽白马我的家"微信公众号于 2016 年 3 月 6 日开通，截至昨天，已经整整 9 个月了。

270 多个日日夜夜，历经寒暑，添加关注人数（我的"美白粉"）已经达到 468 人，个人发表微文整整 100 篇。

尤其值得一炫的是《第一书记的酸甜苦辣》点击量达到 5415 人次。请原谅一些微文的"臭长"，如《白马桃花庄园土地流转：利益之争，还是观念之争？》字数达到七八千字。

一人前方做扶贫，万人后方齐给力！真心感谢大家的厚爱，因为，大家关注"美丽白马我的家"这个公众号，就是理解支持，就是给予大爱，就是参与扶贫。

虽然是我一个人担任驻村书记，一个人在一线参与扶贫，但是"美丽白马我的家"的背后却是成千上万人的默默支持。真心谢谢你们了。

关心关注"美丽白马我的家"的"美白粉"来自北京、河南、广东、重庆等全国各地，来自中国航天科工总部，来自航天一院、二院、三院、四院、七院、十院、068 基地、航天信息股份公司等众多航天单位，来自我原来工作单位航天三院 239 厂，来自中国农大、重庆大学、通许一中的同学，来自曲靖市、富源县以及大河镇各级领导，甚至来自同学的同学、朋友的朋友……

他们或时时送来暖心的关心问候，或寄来衣物、文具、包裹，或为白马村的发展直接出谋献策，或默默点赞鼓励不断，关爱不一而足，无法一一言表。

《中国航天报》三次刊载介绍我的文章和我的微文，重庆大学贸易及法律学院（现公共管理学院）两次在学院微信公众号推介宣传我，曲靖市电视台为我制作 15 分钟的专题宣传片……

不尽的关心滚滚而来，让我内心沸腾不已，航天白马蔬菜基地、白马桃花庄园、航天白马幼儿园七彩梦想教室所取得的每一分成效，都绝对离不开大家的关心和帮助，实践证明，没有你们根本不行！

一个个爱心包裹、一笔笔爱心款项、一句句暖心问候等汇聚到白马村，扎扎实实推动了中国航天科工在白马村的定点扶贫事业不断从一个台阶走向另一个台阶，从一个高峰走向另一个高峰！

爱心的溪流，从 1 分到 1 元、5 元、10 元甚至 50 元、100 元汇聚起来，终成大海。自 2016 年 9 月 22 日我的微文赞赏功能开通以来，"美白粉"的打赏金额达到 1078.84 元。"美白粉"的打赏来自我的领导、同事、同学、朋友和与我一起挂职的"扶友"，来自我的亲人（比如我的姐姐、嫂子、堂弟等），我的爱人和孩子。

我深知，大家奉献这些爱心不仅仅是因为我经常"熬夜码字"，这更是给白马村 8306 名老百姓的爱心，是给 209 户建档立卡贫困户、697 名户贫困人口的爱心，是给 130 名（白马小学 113 名、幼儿园 17 名）最为贫困的建档立卡户孩子们的爱心。

你们的爱心我将一分不少全部捐赠给白马村的贫困户和他们的孩子，后续我会公布具体使用情况。各位至亲至爱的"美白粉"，感谢有你们！

今后，我将继续在扶贫一线向你们报道脱贫攻坚事业，报道农村经济发展，报道黎民百姓喜忧，报道你们的大爱无疆，并努力做到"绝不浪费你们的每一分爱心，绝不辜负你们的关爱有加，协同配合白马村两委班子和全村父老乡亲给你们的爱交一份合格满意的答卷！

战机、导弹"飞"抵航天白马幼儿园

（2016-12-08）

12月3日以来，大河镇白马村村委会为航天白马幼儿园七彩梦想教室从北京订购的导弹、飞机、舰船、核潜艇等模型到达云南。由于曲靖至白马村不通物流，12月4日一早，刘敏园长亲自驾驶金杯车从曲靖取回模型并运到白马幼儿园。

12月6日、12月8日，航天白马幼儿园召集全村幼儿家长发放中国经济改革研究基金会无偿捐赠给孩子们的282个故事盒。

在发放仪式上，我和白马村幼儿家长们一起见识到即将摆放在航天七彩梦想教室的12个导弹、飞机、舰船、核潜艇等模型。

说实在的，我也是第一次见到这些珍贵的模型，震撼和兴奋之余，我的微文第一次使用"标题党"式样的题目《"东风、红九导弹"驰援富源县大河镇白马村，"歼15、歼20战机"飞抵航天白马幼儿园》。

更为感动的是，原来在239厂一起工作、多年未联系的胡煜大姐加我微信，她说一直想为白马村的孩子做点事情。得知我们正在建设航天七彩梦想教室，她自费购买一架歼15合金飞机模型并从北京快递到了白马村，她和其他好心人（比如航天的一位同事李根仓提前为教室捐赠1000元幼儿用书、中国农大同学吴继伟捐赠20本全新的《军事文摘》）为孩子们的梦想再次增添一道靓丽的彩虹。合金飞机、导弹模型造价昂贵，动辄上千元，许多家庭都舍不得给自己的孩子买，她却把爱给了云南东部山区的孩子们。

中国航天科工二院在富源县建设过几个航天七彩梦想教室，我也曾去参观过1个，看后觉得还须进一步体现"中国梦、航天梦"的深刻内涵。因此，我和航天二院党工部青年处处长王国龙、二院选派挂职富源县人民政府的副县长黄书奕认真讨论、反复商量，并向中国航天科工集团公司新闻中心主任吕晓戈、宣传处处长齐先国、宣传处副处长刘双霞、主任科员朱纪立索取宣传画，认真请教如何体现出"航天梦"。

我们认为：航天七彩梦想教室必须达到"突出航天主题，传播航天文化，加强国防教育，在孩子们心中描绘一个看得见、摸得着的航天梦、中国梦"的目的，在此前提下，资助方协助提供航天文化及产品图片，同时，教室里要配制一定数量的天宫对接、系列导弹、舰船、飞机等各类国防工业产品模型以及相应的图书等，并根据情况开展航天科普知识教育等，建成一个真正的航天七彩梦想教室。

担任驻村第一书记，在做好建强基层组织、推动精准扶贫等工作的同时，作为航天人尤其是总部党群工作部的一员，积极传播航天文化，大力弘扬正能量，何尝不是自己的使命呢？

感谢，中国航天科工二院！加油，航天七彩梦想教室！让我们拭目以待吧！

不能不提白马村的另外一面——贫穷

（2016-12-09）

前几天，我和大河镇党委书记牛睿一起谈工作。他语重心长地对我说："李杰，白马村虽然交通区位优势明显，土壤资源肥厚，发展条件优越，但是，还要记住，白马村在大河镇 17 个村委会中，建档立卡贫困户和贫困人口在全镇都是比例高的，你们的脱贫攻坚任务依旧很重，一点也不能大意啊。"

一句话，让我沉思良久，因为这是一个无法回避的现实。日常宣传中，我为了鼓舞大家的士气，振奋大家的信心，对如何发展介绍较多，对贫穷的情况介绍相对较少，但是，不管如何，贫穷仍然在那里，需要白马村"两委"和扶贫工作队带着父老乡亲们一起更加努力，帮助更多村民早日摆脱贫穷。

因此，今天，我决定带大家看看白马的另一面——贫穷。

但是，揭开伤疤的目的主要是为了让大家对自己有一个清醒的认识，"脱贫远未成功，大家仍需努力"，必须干好我们手头的每一样工作，让更多的老百姓从桃花庄园、蔬菜基地产业中受益，早日和贫困说再见。

白马村是国家级贫困县富源县大河镇最大的行政村，总户数 2020 户、总人口 8306 人，其中建档立卡贫困户 209 户、贫困人口 697 人，分布在 23 个自然村、20 多平方千米的山区、半山区里。

山区的日子清苦，一块洋芋、一片腊肉都是他们心中美好的小康生活。无论天寒地冻、刮风下雨，他们都在这片土地上生活，这里是他们的家园，这里是哺育他们的土地，这里有他们的亲人。

请将你家的真实收入情况向我们报告

（2016-12-15）

"你家通过外出打工脱贫不易……你家在航天白马幼儿园入园的孩子享受到了中国经济改革研究基金会刘丹华老师给予的故事盒扶贫帮扶，也感谢李书记你们中国航天科工的积极协调……"富源县脱贫验收审核组一位代姓领导在十字路村民小组建档立卡户许桂仙家验收时说。

12月15日，富源县脱贫验收审核组在大河镇人民政府副镇长罗文光、白马村党总支书记张旺益等的陪同下，到白马村抽查验收今年拟脱贫出列的32户建档立卡贫困户。抽查验收人员分两组随机抽查了十字路村民小组、后头冲村民小组、硐上村村民小组、严湾冲村民小组的10户建档立卡贫困户。

"请将你家的真实收入情况向我们报告……你家购买医疗保险没有……谢谢你的配合"，验收审核组人员到农户家后，都进行详细查看并认真询问各项收入情况、当前住房情况、是否参加新农合医疗保险（新农合可以有效防止因病致贫）、是否缴纳养老保险、子女接受教育情况等，并要求农户拿出新农合医疗本查验。验收组还在村委会认真查看建档立卡贫困户的脱贫痕迹材料，了解帮扶人员是否深入到农户家中开展帮扶等情况。

据悉，国家级重点贫困县建档立卡户退出后，"脱贫不脱政策"，在脱贫攻坚期内国家原有扶贫政策保持不变，"扶上马，送一程"，充分考虑到了建档立卡贫困户的实际情况，有助于贫困户稳步脱贫、避免返贫。

把彩色的梦送给白马村的孩子

（2016-12-16）

12月16日，航天白马幼儿园在一楼航天二院23所职工捐建的"七彩梦想教室"里，举办小朋友讲故事试讲活动，我后来无意中看到了老师们录制的一些手机视频和拍摄的照片，看到一个个小演讲员郑重其事地站到其他小朋友前面，然后稚嫩的嗓音响彻在教室里。哦，他们真的了不起！

仅仅在一周前，刘丹华老师的故事盒才发放给孩子们，今天他们竟然可以自信满满地走上讲台，为其他小朋友讲述故事盒里的许多故事了。接下来，航天白马幼儿园还要举办一次儿童"金口才"讲故事比赛，组织"听姥姥讲故事"故事盒里的成语接龙游戏，真的太棒了。

更让我感动的是，很多家长把孩子们听故事的照片发给我，看着孩子们一个个聚精会神的样子，看着他们已经进入了"彩色的梦里"，我想，中国经济改革研究基金会的刘丹华老师一定会很欣慰的，我希望贫困山区更多的孩子们能够有机会走进刘丹华老师为小朋友们绘制的七彩梦里。

补充材料1：听姥姥讲故事——给孩子一个彩色的梦

中国经济改革研究基金会"送故事下乡"公益项目的发起人刘丹华被大家亲切地称为"讲故事姥姥"，她朗诵了1000个有教育意义又好听的故事，并制作故事插图、注音目录，配备简易的播放设备（故事盒）向贫困地区推广，援助全国各地贫困地区的孩子接受早教。

航天白马幼儿园的故事盒是由中国航天科工集团公司总部工会主席周菁作为联络人，在2016年10月与刘丹华老师直接取得联系后，从北京邮寄过来的。幼儿园园长刘敏为了更好地发挥好故事盒的作用，在认真组织孩子们收听的基础上，正在组织"彩色的梦——金口才"幼儿讲故事比赛和经典成语接龙游戏，以进一步提高孩子们的听说能力。

补充材料 2："送故事下乡"项目发起人参加中国扶贫日社会扶贫论坛并发言

2016 年 10 月 16 日，2016 扶贫日论坛分论坛之一的社会扶贫论坛在北京会议中心顺利举行。论坛以精准扶贫为主题，旨在为社会力量参与扶贫提供精准扶贫的思路和方法，充分发挥社会扶贫在脱贫攻坚中的力量和作用，同时借此机会，为党政机关、企业、社会组织、专家学者提供面对面对话交流平台。

"送故事下乡"项目发起人刘丹华女士代表项目组参加此次论坛，并作了题为《给贫困农村的孩子送去彩色的梦》的发言。刘老师详细介绍了项目的缘由、背景、进展以及作为项目发起人的心得体会，并与大家分享了"讲故事姥姥"的梦想：朗诵 1000 个有教育意义又好听的故事，让大山里贫困家庭的孩子们能听到这些故事！

冬日见暖阳有感

（2016-12-17）

我从农村来，打拼城市里。

重返乡邻间，黎元犹患饥。

寒阳瑟瑟照，枯草离离啼。

渴盼航天菜，速解脱贫事。

唉，他们是真的没有这150元

（2016-12-20）

新型农村合作医疗，简称"新农合"，是指由政府组织、引导、支持，农民自愿参加，个人、集体和政府多方筹资，以大病统筹为主的农民医疗互助共济制度。采取个人缴费、集体扶持和政府资助的方式筹集资金。

白马村应缴人数为 7706 人，每人 150 元，总计 115.59 万元，扣除免除额 7.14 万（针对五保户等贫困人员的免除），仍旧达到 108.45 万元，在大河镇各个村里的总额最高。上级要求完成 99.8% 以上，至少需要 108.23 万元。

12 月 19 日，白马村召开两委班子、各党支部书记、村民组长、副组长参加的村两委扩大会研究新农合上缴问题。截至 19 日当日，全村尚有 500 多人未能上缴，扣除五保户、低保人员、军人优抚对象等，完成率仍旧不到 93%。12 月 20 日，村委会分成 5 个工作组深入到 10 个村民小组中做新农合政策的进一步宣传工作。

这是一个非常好的政策，因此，绝大部分村民都上缴了，因为大家感觉到自己确实受惠了，比如白马村一户余姓村民，每年自己交 90 元（过去老标准时），实际报销费用达到 10 多万元，"人人为我，我为人人"的目的充分实现了。特别是在现在精准扶贫时期，新农合政策可以有效防止农户返贫，生了病，自己负担的费用很少，云南省的报销比例已基本统一到 75% 左右，甚至更高。

虽然只有 150 元，为什么仍有一部分人交不上来？

一是新农合缴费额的提高，由 2015 年的每人每年 90 元，提高到 150 元。对于一个五口之家，比如一对夫妇有三个孩子，将达到一次性家庭支出 750 元；如果还有孩子的爷爷奶奶一起生活的话，就会是 1050 元。我今天接触到很多村民，比如一个村民说，我确实没有钱，一家五口人，能不能只交我最小的那个总是生病的孩子那份？有的村民说，我儿子出去打工了，等他回来再交行不行？对于大城市里的人来说，150 元每人每年不算什么，但是对于偏远农村地区的人来说，特别是家里人口比较多的，就是一笔很大的费用了。但是这个费用是云南省全省的统一政策，除职工基本医疗保险参保人员以外，参保居民将不再区分农村或城镇居民、本地或外来人员，不受城乡户籍限制。

二是许多村民并不真正了解新型农村合作医疗制度的意义，他们仅从自己短期得失的角度考虑，觉得自己身体好，生病住院的概率低，没有必要花那个冤枉钱。我在后头冲村民小组马大湾村就遇到这种情况，有人觉得自己两三年都没生病了，也没享受报销实惠。不过，话说回来，人吃五谷杂粮，没有不生病的，生了大病，全额承担费用就得不偿失了。实际上，即使到白马村卫生所看病，新农合的实惠我们也已经享受到了，到卫生所输液 20~30 元就够了，到私人诊所可能50 元都不够。

三是当这些村民外出打工时，如果在外地生病，他们只能在打工所在地看病。我接触到碉上村的一个村民，她今年为了享受新农合医保，专门从广东回到富源做手术，确实节省了 4000~5000 元，但是她需要请假回老家做手术。还有，就是即使打工单位给交了医保，家里的合作医疗也可以继续缴纳，和在单位的保险不冲突。医疗是实报实销的，比如花费了 1 万元，单位如果报销完家里的就不报销了，如果单位报销了一部分，那么剩下的合作医疗可以报销作为补充。

四是政策宣传还不完全到位，这也是我们村委会成立工作组进一步宣讲政策的原因。根据曲靖市的要求，2017 年新农保、新农合、综合直补等政策要合并到一张卡里了，甚至低保的划拨都有可能合一了，如果农户不上缴新农合的费用，可能其他的项目都会受连带影响；而且，国家确确实实进行了贴补，不上缴这一笔费用，也享受不到云南省政府每年 420 元的贴补政策，就会导致一旦生病，就可能会返贫。

总体来讲，新农合对农村老百姓来说，绝对是实实惠惠的政策。因此，在做工作的过程中，一些老百姓听明白后借钱也把新农合的费用缴上了。明天就是2017 年新农合上缴的截止日了，如果不缴的话，可能 2017 年的就缴不上了。

90 户农户喜获 378 万元政府贴息住房贷款

（2016-12-21）

近日，白马村 90 户农户通过了大河镇农村信用社严格审核，将获得云南省农村信用社 3~5 年期、1 万~8 万元不等，总计 378 万元的住房贷款。此次住房贷款，白马村共有 110 多户农户提出申请，大河镇农村信用社根据农户偿债能力、所属房屋是否合规合法、是否侵占基本农田以及建房手续是否合格等方面进行入户审查，最终 90 户获批。据悉，此次住房贷款享受政府年息 4.35% 的贴息贷款，大大减轻了农户的资金还贷压力。

为了安排好此次住房贷款，白马村党总支书记、村委会主任张旺益积极争取，和上级单位以及县镇农村信用社多次协调，召开白马村"两委"专题会议进行研究部署，安排布置村党总支副书记刘光泽，全程配合大河镇农村信用社信贷员陈开祥做好入户查勘工作，历经半个多月顺利完成了本次住房贷款的各项任务。

十字路村民小组红白理事会建设项目全面开建

（2016-12-22）

近日，在富源县、大河镇两级党委政府的帮助支持下，十字路村民小组公共活动场所红白理事会公共厨房项目开始全面施工建设。该项目总投资预计在 10 万 ~15 万元，主要由县、镇惠农资金予以资助，将在现有活动场所的基础上，建设一个长约 20 米、宽约 6 米，总计 126.3 平方米的公共厨房，满足十字路村民小组各项红白事务以及公共活动的需要。

该村活动场所年久失修、用具破烂简陋，给村民生活带来很大的不便。经村党总支、村委会研究，拟为村级活动场所购置笼屉炉灶、盘碗餐具、桌椅板凳等相关设备用具，切实提高村级活动场所便民、利民、为民功能。县、镇有关领导及县建设局了解到实际情况后，积极帮助协调，项目建成后将满足白马村村委会十字路村民小组 190 户、760 余人（建档立卡户 19 户，贫困人口 58 人）红白事务等各项需求。

写在儿子李庆南六岁生日来临之际

（2016-12-25）

墨染流年，时光如逝；

铅华散尽，岁月沉香。

谁的笔尖，流淌着儿女成长？

谁的眉心，留着母爱的浓妆？

谁的心里，感受父爱的无疆？

爱人打来电话说，再有十几天，儿子就要六岁生日了，你给他写一封信吧。是啊，闭上眼睛，儿子就好像和我一起在云南农村；睁开眼睛，儿子却是和他妈妈一起在遥远的北京。因此，写下这封信，用以表达对远方儿子的想念并作为儿子即将到来的 6 岁生日的"礼物"。

亲爱的儿子：

爸爸在云南给你写这封信，因为你要过六岁生日了，你再有半年就要告别幼儿园进入小学了。

今后，除了爸爸、妈妈、阿公、阿婆、爷爷、奶奶外，你还将有更多的老师、同学、朋友，你还将有更多的喜怒哀乐，你也将经历更多的挫折、失败和成功，你也将有更多的自由去面对一个纷繁复杂且有趣的世界，你将有一个不同于以往的生活……

不过，不管怎样，爸爸都希望你朴实、豁达、从容地去面对一切，希望你一直快乐下去。今天，爸爸送给你的生日礼物就是"感恩奉献、拼搏敬业、忠诚担当、快乐生活"。

学会感恩奉献——因为曾经多少人都关心你

感恩是一种积极、乐观的生活态度，感恩是一种质朴的感情。只有懂得感恩奉献的人，今后才能成为一个对国家、社会、他人有用的人。

学会感恩，首先感谢你的妈妈，感谢你的外婆和奶奶。她们是三个伟大的女人，你永远要感恩她们，没有她们，就没有你；等你长大，娶妻生子后也要爱护你的爱人。还有要记住，永远不要和爱人打架，因为，男人只有在无能时才和爱人打架。其次要感谢你的外公、爷爷等亲人，他们给了你阳刚之气，过去的六年一直是他们陪伴着你。

儿子，你还要感恩爸爸妈妈的领导、同事、亲人、朋友，他们都过来看望你，给你送来祝福，一直关心着你。爸爸妈妈的领导教会我们如何做好工作，同事和我们一起做事成长，亲人给了我们无尽的温暖亲情，朋友给了我们不尽的支持帮助。

特别是要记住并感谢爸爸妈妈所在的单位中国航天科工集团、法国威立雅水务集团，爸爸妈妈在这里工作、生活、学习。你的妈妈刚来北京时，正是中国航天科工北京航星科技开发公司接纳了她，给了她一份新的工作和新的生活，因此，这些都是我们要感恩的。

学会拼搏敬业——只要肯下功夫没有学不会的

拼搏敬业方能彰显须眉本色，拼搏敬业才能挥洒男儿豪情。只有经过长时间完成其发展的艰苦工作，并长期埋头沉浸于其中的任务，才可望有所成就。

儿子，我们生下来就是要努力的，舒服是留给死人的。只有在努力中，你才能感受耕耘收获之美；只有经历风霜雪雨，你才能见到彩虹；只有品尝苦辣，你才能体味生活甘甜。

你从"三翻六坐"，到学习刷牙吐水，再到学习骑自行车，学习外语，学习画画，学习轮滑，学习溜冰，学习打羽毛球，学习下围棋，学习跳绳，学习自己穿鞋、穿衣服，学习洗碗等，都是你经过努力付出的。

今后，你还要学习如何工作，学习如何独处，学习一个人旅行，学习做科研或者工作赚钱，学习更多技能等，在学习东西的过程中，总是要付出的，可能很苦很累很艰辛，你需要不断超越自己，正如你跑步时感到很累，但是你加油努力后一定能跑到终点，这个付出的过程也将是拼搏敬业的过程。

学会忠诚担当——只有担当才会让你对自己负责

人生于世，立于世，最重要的就是应该担负起自己的责任。一个拥有责任担当的人，终会因为他的担当意识而获得丰厚的回报，他的生命才会有意义。

儿子，你今后要去承担很多事情，只有忠诚担当才能显出你的价值。

你如果做错了事情，要勇于承担后果，要积极努力改正；如果是自己的责任，就要毫不犹豫扛过来，不就是今后要改正吗？没有担当，你可能连对自己负责都做不到，你长大后，连自己都养活不了，连自立更生都做不到，别说对国家对社会有贡献，你只能"啃老"了，这是最可悲的事情。

儿子，当你开始学习洗碗、学习拖地时，爸爸妈妈是何等开心，因为你开始担当了；当你做错事，爸爸妈妈批评你时，你大叫"爸爸不爱我了……妈妈不爱我了……"，怎么会呢？只有爱你的人，才会批评你，帮你指出缺点和不足，让你走得更远更健康。

儿子，有时候你为一些小事在地上又哭又闹又打滚儿时，是爸爸妈妈最不喜欢的，因为这么做没有任何好处，打完滚儿，该干嘛你还得干嘛，没有用的。很多事情，爸爸妈妈都会事先和你商量，如果你不同意，要把你的理由讲给我们听。

所以，今后一定要记住，你长大了，更不允许你这样了，我们也不会跟你做任何妥协的。

学会快乐生活——因为你的快乐谁都无法替代

善于给自己找乐，是活得潇洒和幸福的重要方法。把心扉打开，做个开心的人；把乐趣找来，做个快乐的人；把福气引来，做个幸福的人。

儿子，人生之路漫长，不管每一天遇到什么问题，我们都需要快快乐乐地去面对，快乐是你的一天，不快乐也是你的一天。

妈妈带你学围棋是让你快乐，妈妈带你打羽毛球也是让你快乐，妈妈教你学会骑自行车也是让你快乐，妈妈教你阅读也是让你快乐。每次你看动画片时那种笑得合不拢嘴的感觉，我和妈妈都替你高兴，儿子能够自得其乐了。

儿子，你快乐，我们更快乐。记得你1岁半时，喜欢背着手学爷爷走路，把我们都逗乐了；记得有一次爸爸带着2岁多的你到表姑父家做客，表姑父端上一只烧鸡时，作为"恐龙迷"的你大叫"爸爸，爸爸，快看恐龙"，把爸爸逗乐了；还有一次，下围棋胜券在握时，你把围棋盒盖顶在头上，把老师逗乐了。

希望快乐永远伴随着你！

儿子，

你成为我们的孩子，

我们成为你的父母后，

我们之间血脉相连外，

更是一场回眸五百年的缘分。

今生今世，我们不是擦肩而过，

而是相遇了，

我们，

便有了一世的相依相拥，

或许一世还不够，

还将有至死不渝的牵挂。

这份爱，

是从你第一次学走路伸出胖乎乎的小手时，

是从你第一声稚嫩的声音喊我们爸爸妈妈时，

是从你更早的孕育在母亲甜蜜希翼父亲幸福微笑里的一个胚胎时。

于是，

你笑着我们也笑着，

你哭着我们心里也痛着。

儿子，

加油，

把我们在一起的生命旅程走好，

把我们之间的缘分永远延续吧！

来吧，

我们一起来享受它，

还要把这段美丽的风景，

变成我们共同的学习之旅、快乐之旅，

以及爱之旅。

儿子，

祝你六周岁生日快乐！

白马选区完成富源县、大河镇人大代表选举

（2016-12-28）

12月28日下午，富源县大河镇白马选区在航天白马幼儿园举行县镇人大代表选举大会（主会场）。同时，为了做好不能到主会场的选民参加选举工作，白马村在当日上午组织安排了10个工作组并分三个选区进行选举，工作人员进村入户分发、组织填写投票。

在大河镇选举委员会派出工作人员的监督下，经过选区工作人员的共同努力，完成选举产生富源县第十七届人大代表、大河镇第四届人大代表各项工作。根据最终的选举结果报告单，范涛、张旺益当选富源县第十七届人大代表，刘光权、许菊莲、刘光泽、张旺益、范涛、邓兴弟、张荣书7人当选大河镇第四届人大代表。

我买了两个大箩筐

（2016-12-30）

12月29日下午，我和村监委主任李桥会、村计生管理员徐小乖再次到严湾冲村民小组的红土田村和严湾冲村调研走访建档立卡贫困户，从下午2点钟直到晚上6点多钟，我们走访了27户。

在严湾冲村一户农户家中，男主人残疾，女主人多病，儿子30多岁了在外打工，还没有媳妇儿，但是男主人自强不息编箩筐来卖，箩筐个儿很大，质量很好，手工也棒，主要用于家庭淘米、盛粮食用。

他说，每天可以编1~2个，每个卖20~25元。我说，我买两个，每个给你30元吧（其实两个也就多给了10元）。他说，书记买，不能要钱的。我说，那不行，你的东西质量很好，你又很不容易，这是你的辛勤劳动所得。

最后，我用60元买了两个大箩筐。

严湾冲村民小组的自然村其实都不在山顶上，而是位于翻过了山梁的山坳里。同时，其中的小街子位于国道320两侧云贵交界处，一些村民在山里放养山羯羊并在山顶开设零星的农家乐，增加一些收入。

由于他们村的孩子每天要翻山越岭往返白马小学，单程在5~6公里（位于小街子和长坪梁子的可能还要再远一些），因此他们村孩子的身体比白马其他村子的孩子要好一些。可是，遇到雨雪天气，谈不上给孩子锻炼身体，就只能让他们受罪了。

返回时，天色渐渐暗了，我们开着一辆老爷车在2.5米宽的山路上行驶，一边是没有任何保护坎的深沟，一边紧贴山体，我心里突然莫名紧张起来，担心前面没有路了，担心对面突然窜出一辆摩托来，担心天气不能转好……迷离恍惚之间，返回了白马村村委会。

每个家庭、每个角落都在悄然发生着变化

（2016-12-31）

2016 年 12 月 31 日，昆明。

当早晨第一缕阳光透入屋内，我收到曾经为白马村 840 多名小学生无偿捐赠交通安全"小黄帽"的康云英董事长发来的微文《2016，轻声说再见》：新年之际，剪一窗岁月，寄语 2017，愿亲情爱情友情，情情温馨，愿家人友人好心人，岁岁平安。

真的是分外感动，倍感温暖。

回头看了一眼电视，中央电视台正在播出《我们的 2016》，四川省凉山彝族自治州昭觉县支尔莫乡阿土列尔村的绳梯换成了钢筋梯道，孩子们回家的路不再岌岌可危了。

回首 2016，我们白马村的每个家庭，每个角落也在悄然发生着变化，我们的桃花庄园、蔬菜基地在建设，梦想教室已建成，209 户建档立卡贫困户和 697 名建档立卡贫困人口在 2016 年分别减少了 32 户、112 名……

回首 2016，在中国航天科工集团公司、云南航天工业有限公司、中国经济改革研究基金会的帮助下，在曲靖市、富源县、大河镇等上级党委政府的关心支持下，在中国航天科工集团公司无数个好心人以及康云英、刘丹华、余晖、王雄思、周永柱、田忠文、刘剑刚、李厂、高勇、刘会华、赵晓晓、敖柏、吴继辉、罗伟、杨宣勇、周丽娟、薛妙琴等许多朋友，甚至还有一些我连名字也不知道的大爱人的帮助下（你们的名字已经镌刻到促进白马村发展"大爱无疆"的丰碑上），在张旺益书记等村两委班子带领下，在白马桃花庄园总经理杨涛、航天白马蔬菜基地总经理张家高、素质教育集团董事长刘敏等人的鼎力建设下，在白马村全村父老乡亲的配合支持下，白马村度过了辉煌的 2016 年，即将迎来充满希望的 2017 年！

——看昨日，白马无怨无悔，创业奋进；

——望明朝，白马踌躇满志，再谱新篇！

白马村 2016 年十件大事

1. 总投资 2 亿多元的白马桃花庄园乡村旅游项目全面开工建设

2. 总投资 300 万元的航天白马蔬菜基地全面建成

3. 中央组织部"两学一做"学习教育督导组到白马村调研指导

4. 白马村举行首个"中国航天日"庆祝活动

5. 曲靖市"基层党建推进年"现场会在航天白马蔬菜基地召开

6. 白马村顺利完成村两委所属党支部、村组及县镇人大代表换届工作

7. 白马村举办首届群众广场舞大赛

8. 白马村举办中国航天科工爱心人士捐资助学仪式

9. 航天七彩梦想教室建成并投入使用

10. 白马村脱贫攻坚工作有序进行

人间一个桃花源——白马村村歌诞生记

（2017-01-06）

每一个地方的人们都在用自己的方式爱自己的家乡、建设自己的家乡。我有幸和白马村的村民一起建设家园，非常感谢他们，他们对我尊重、对我关心、对我爱护……从今以后，白马不仅仅是一个有故事的地方，还是一个有一首赞歌的山村。

每次听到"一条路海角天涯，两颗心相依相伴，风吹不走誓言，雨打不湿浪漫"这首《康美之恋》时，我都会被电视上优美的画面和歌曲动人的旋律所折服，一首广告歌曲的画面、声音、情节可以这样优美，让人如痴如醉。

每次走进雄伟秀丽的白马山中，沐浴着大云南的和煦阳光，漫步在山脚下白马水库的大坝上，回头眺望秀美的鹦哥嘴，远远望见白马桃花庄园和航天白马蔬菜基地忙碌的人们时，自己总觉得应该有一首歌献给这些珠江源头勤劳善良的白马村人民，应该有一首歌来讴歌赞美这里的8000多名父老乡亲，应该有一首歌来赞誉这清新的天然美景。

2016年7月份，当富源县大河镇送文化下乡"促进全民艺术普及"免费培训活动在航天白马幼儿园举办时，富源县素质教育集团董事长、航天白马幼儿园园长、硐上村村民刘敏提出要组建白马村民艺术团。他说，今后白马要发展自己的文化事业，我们要一起为白马村共同创作一首歌，这种想法真是一拍即合。刘敏园长说干就干，7月12日他为白马村写出来第一个版本的村歌《美丽白马我的家》：

人人都说白马美，山美水美人更美。

千年传颂伉俪树，百年梦想奔小康。

雄伟的白马山，小白龙留清泉；

痴情的鹦哥嘴，白马汉子多壮实。

美丽的白马欢迎你，白马的山歌等着你。

请到白马走一走，请来白马看一看，白马是个好地方。

山也美、水也美，山美水美人最美，美丽的白马是我家、是我家。

人人都说白马好，山好水好白马好。

山花果花争鲜艳，蔬菜水果甜又香。

蓝天白云追，田地肥沃人勤劳；

最亲党的领导人，幸福生活万万年。

多情的白马欢迎你，白马的王子爱上你。

请到白马走一走，请来白马看一看。

白马是个好地方，山最青、水最蓝，青山绿水富不难，美丽的白马我的家、我的家。

美丽的白马我的家！

一首饱含感情的歌词，写出了白马人刘敏对自己家乡深深的爱。

刘敏园长征询我的意见时，我在他的歌词基础上，匆忙改出第二个版本《人人都说白马美》。

人人都说白马美，白马山美水更美。

雄伟的白马山，痴情的鹦哥嘴。

深埋历史的一品夫人墓，永不干涸的白马留泉水。

白马的小伙壮，村里的妹子美。

爱不完的白马山，喝不够的山泉水。

请到白马看一看，请到山里走一回。

人人都说白马美，白马山美人更美。

人人都说白马美，白马山美水更美。

桃花庄园黄桃鲜，绿色蔬菜更甜美。

千年美谈的比翼伉俪树，沁人心脾的白马水库水。

白马的天最蓝，白马的地最肥。

亲不够的故乡土，恋不够的家乡水。

请到白马看一看，请到山里走一回。

人人都说白马美，白马山美人更美。

为了押韵，我用了很多的"美"和"水"，我甚至想尝试用 rap 等元素（白马山的菌，硐上村的酒，小街子的羊汤锅总是吃呀吃不够；小鱼馆的鱼，磨刀石的梨，富兴餐馆的小炒吃得你满嘴流油；大坝山的山，严湾冲的沟，瓦窑山的拐枣酒让你走路不发愁；十字路的路，土地坡的坡，色尔冲的折耳根让你口香悠悠），

人间一个桃花源
（富源县大河镇白马村村歌）

作　词　很旺益　刘敏
作曲/编曲　王雄思

共同为白马村创作村歌《人间一个桃花源》

把更多的东西写到歌词里面。但是很快发现，不能穷尽白马的一二，还是放弃了。

不过，仅仅有歌词远远不够，没有优美的旋律，如何把这种爱表达出来？刘敏园长也一直在尝试自己来谱曲把这首歌展现出来。

2016年10月，我在曲靖参加曲靖市扶贫办组织的"我的扶贫故事"活动时，在刘敏园长的帮助下，联系上了曲靖市艺术研究所王雄思老师，他当时谱曲，余晖、自然老师作词的《我的扶贫故事》主题曲一直萦绕我们的耳际，在讲述时被周艳、周政帆两位歌手精彩演绎。

令人高兴甚至大喜过望的是，王雄思老师11月21日专门来到白马，他为了谱写好白马村村歌专门来到白马采风，我和张旺益书记努力向他介绍更多白马的故事。

王雄思老师回去后没过几天，第三个版本《人间一个桃花源》诞生了，而且曲靖市艺术研究所余晖老师、曲靖市扶贫办自然老师又对这个版本进行了精心雕琢。

雄伟白马山，白龙留清泉；
千年传颂伉俪树，鹦哥嘴上山歌甜。
蓝天彩云追，山花果花艳，
田地肥沃人勤劳，人间一个桃花源。
美丽的白马好地方，青山绿水我家园，我家园。
百年梦想奔小康，幸福生活万万年。
雄伟白马山，白龙留清泉；

千年传颂优俪树，鹦哥嘴上山歌甜。

蓝天彩云追，山花果花艳，

田地肥沃人勤劳，人间一个桃花源。

美丽的白马好地方，青山绿水我家园，我家园。

滇南胜境大河边，人间一个桃花源。

美丽的白马好地方，青山绿水我家园，我家园。

滇南胜境大河边，人间一个桃花源，人间一个桃花源。

非常简短，非常简洁。曲靖市扶贫办姬兴波副主任（自然老师）看到歌词后，特意加了两句荡气回肠的"航天助圆中国梦，传奇故事山水间"，确实是非常棒的歌词，但是，仔细想了想，还是忍痛割爱了。

中国航天科工 2014 年开始在这个富源县最大的行政村助力精准脱贫，做出了一些贡献，尽了自己的一份社会责任，但是白马永远是白马人的白马，白马的建设主要是靠他们自己的辛勤汗水和勤劳智慧，帮助发展只是帮扶力量，最终还是要靠他们自己。如果不出现这两句词，会不会能够更好地激发白马人奋发向上的精神？

2016 年的 12 月 23 日、24 日，王雄思老师接连两个不眠之夜，集中精力进行创作，并把创作好的词、曲不断地与他的领导余晖老师、曲靖市"2016 我的扶贫故事"微信群的朋友们进行反复交流（曲靖市扶贫办自然老师也在这个群），认真听取我们的意见建议。

白马村村委会主任张旺益和村委会的其他班子成员以及"美丽白马我的家"微信群里的父老乡亲们、"航天人·富源情"微信群里很多朋友也都提出许多宝贵意见和建议。

2017 年 1 月 6 日，是白马村文化发展事业上一个伟大的日子，在大家的共同努力下，由王雄思老师谱曲并亲自演唱的《人间一个桃花源》诞生了。

从今往后，我们白马人可以更加自豪地说：白马不仅是一个有故事的地方，而且还是一个有赞歌的地方。

白马1月新闻八则

（2017-01-19）

（一）1月9日，富源县人民政府黄书奕副县长带领县政府办、扶贫办、教育局、农业局、财政局等部门负责人到白马村对航天白马蔬菜基地、航天七彩梦想教室进行预验收。

（二）1月9日，航天白马幼儿园充分发挥中国经济改革研究基金会所捐赠故事盒的作用，举办首届"彩色的梦——金口才"幼儿故事成语大赛。

（三）1月12日，中国航天科工集团公司人力资源部副部长辛大广、党群工作部三级专务甄智、中国航天科工二院团委书记王国龙以及富源县扶贫办主任江舟等领导到白马村验收航天白马蔬菜基地、航天七彩梦想教室。

（四）1月18日，中国航天科工十院群建精密公司、智慧农业公司等到白马桃花庄园洽谈商务合作事宜。

（五）1月18日，富源县政协主席赵习能在大河镇党委书记牛睿、大河镇政府镇长范涛、白马村党总支书记张旺益陪同下到白马村走访慰问退休民办老教师、老党员（烈士家属）。

（六）近日，中国航天科工爱心人士为航天白马幼儿园捐赠水晶模型、牌匾等，为白马村留守儿童之家捐赠玩具，爱心人继续资助白马村贫困学子，赠送巧克力和护肤产品。

（七）由省委组织部发起设立的电商平台"国资商城"白马店继"农村淘宝"进驻白马村后，于1月16日正式开业。

（八）按照大河镇政府统一安排，白马村第三次农业普查入户调查工作已经完成，数据汇总处理工作正有序进行。

云南航天到白马看望慰问
驻村扶贫工作队、走访建档立卡贫困户

（2017-01-20）

1月19日，春节前夕，云南航天工业有限公司党委副书记李美清、研发中心主任王建新、党群工作部部长陈文龙、云南航天医院外科主任医师李庚（原驻白马村新农村建设指导员）一行专程到白马村看望慰问驻村第一书记、扶贫工作队队员，送去各类水果、牛肉罐头、方便面等食品，认真了解扶贫工作队一年来的工作、生活情况，并在白马村党总支书记、村委会主任张旺益陪同下到建档立卡户家中走访调研，送去关心问候。

2016年以来，云南航天工业有限公司认真贯彻落实云南省委、省政府"挂包帮、转走访"要求，先后对所联系白马村投入资金及各类物资，价值25万元，用于建设白马村航天白马蔬菜基地、节日期间走访慰问建档立卡户、航天白马幼儿园设施建设以及驻村工作队工作经费等，该公司董事长（党委书记）苏晓飞、总经理代沁怡、党委副书记（纪委书记）李美清、资深专务肖雅君带领帮扶干部30余人等累计10多次到白马调研走访，尤其是该公司真扶贫、扶真贫，干部职工每次到村调研，坚持做到自负全部差旅、食宿等各项费用，不给地方政府、村委会增加任何负担。

"美白粉"与航天七院爱心人士资助优秀贫困学子

（2017-01-21）

目前，"美丽白马我的家"微信公众号微文打赏费用已经达到 1928.84 元，该微信公众号微文打赏费用本人承诺全部用于帮扶白马村贫困学生、留守儿童等，并接受大家的监督，本次使用 1583 元，剩余款项 345.84 元滚动积累，达到一定数额将继续用于资助白马村贫困学子。在此，我向一直关心关注"美丽白马我的家"的"美白粉"们表示最诚挚的感谢，世界有你们将更加美好，白马有你们将更加辉煌！

使用航天好心人贾云行助学款与陈家湾村陈蓉
签订助学协议

1月20日，春节前夕，我和党总支副书记王子玉、村委会副主任刘挺、驻村工作队队员朱家文到小铺子村民小组陈家湾自然村入户走访优秀贫困学子陈蓉，并与陈蓉现场签订《帮扶协议》，资助其一年的学习、生活费用 3600 元（每月 300 元）。

陈蓉系云南省富源县富源一中高一年级"重点班"学生，学习成绩优异，但是其父亲已经 76 岁，年事已高，其学习生活费用主要靠母亲（55 岁）在家种地和哥哥外出打工支付，家庭生活较为困难。

此次总计使用善款 3600 元，其中 2017 元来自中国航天科工七院一位爱心人士贾云行，他 2016 年曾资助白马小学和航天白马幼儿园 100 名建档立卡贫困学生和儿童 100 套书包文具等；另外 1583 元来自"美丽白马我的家"微信公众号微文的 100 多位长期打赏爱心人士，金额从 1 元、2 元到 100 元不等，他们是来自全国各地关心关注白马村脱贫发展、脱贫攻坚事业的"美白粉"。

截至目前，白马村共有 6 人次获得中国航天科工以及"美白粉"共 3.23 万元的长期资助，资助时间从半年到三年不等；69人次获得中国航天科工及社会爱心人士共4.25万元一次性助学帮扶；39户获得云南航天爱心职工2.925万元春节慰问帮扶。

航天七彩梦想教室是怎样建成的？

（2017-02-12）

航天七彩梦想教室是由中国航天科工二院在对口扶贫县云南省富源县资助建设的一个教育扶贫项目，旨在传播航天文化、加强国防教育以及帮助幼儿及中小学生树立"科技强军、航天报国"的远大理想。每个教室的资助额度为5万元，每年建设数量为2个。

航天白马幼儿园2016年8月获得七彩梦想教室准建许可后，白马村"两委"协同幼儿园对如何建设教室多次认真讨论、制定方案，与资助方航天科工二院反复沟通确定项目设计方案，并从北京航兴天宇科技有限公司购买导弹、火箭、飞机等各类航空航天产品模型，从航天科工集团公司总部和资助方航天科工二院联系获取航天文化公开宣传画，从昆明市报刊发行局购买儿童益智玩具和图书，邀请富源县艺轩广告公司进行教室的设计并负责背景图片具体制作。

2017年1月12日，中国航天科工二院团委书记王国龙到云南省富源县大河镇白马村航天白马幼儿园验收由他们资助建设的航天七彩梦想教室。王国龙书记验收查看后说："非常棒，你们为二院今后七彩梦想教室建设重新确立了一个标准！"

航天七彩梦想教室建设中，过去一直没有明确建设标准，为此，我们专门编制《航天七彩梦想教室策划方案》，在方案中明确了建设目的、基本保障和主要设施，比如我们明确提出建设目的是"突出航天主题，传播航天文化，加强国防教育，为孩子们心中塑造一个看得见、摸得着的中国梦、航天梦"。与此同时，我们对教室内拟布置的硬件设施和软件保障也进行了明确，要求安放真实的导弹、火箭、飞机、舰船等模型，要求有产品介绍、视频资料等。

建设过程中，我们与中国航天科工选派富源县人民政府副县长黄书奕、二院团委书记王国龙反复协商，航天科工总部党群部宣传处处长齐先国、副处长刘双霞、朱纪立为我们提供"国家利益高于一切""科技强军航天报国"宣传图画，二院党工部提供二院"航天文化进校园"的宣传图画；在购置模型时，得到航天科工总部办公厅综合处处长黄海明的帮助，他积极帮我们与航兴天宇公司联系；

213

在购置图书时得到昆明报刊发行局的帮助，协助我们购置幼儿图书和各类玩具模型，并安排工作人员驱车往返 500 公里把图书亲自送到航天白马幼儿园；富源县艺轩广告制作公司根据我们的要求为我们反复设计、仔细甄选体现航天文化的背景图片，为了不影响孩子们上课，利用周末两个白天和晚上的时间连续施工，终于在 12 月中旬全部完成。

特别要感谢的是，来自中国航天科工和中国农大的很多大爱好心人为教室建设贡献了必不可少的力量。来自航天科工的一位退休老领导王连生把自己珍藏的模型、牌匾捐了出来，一位审计部门的同事李根仓为教室捐赠了 1000 元的书籍，一位科研部门的同事王培雷捐赠了一套《第一次发现丛书·透视眼系列》，来自中国农大的我的同学吴继辉捐赠了一套 20 本全新的《军事文摘》，原来在 239 厂工作多年未联系的胡煜老大姐为幼儿园捐赠了一架歼 15 飞机模型，王国龙书记来幼儿园时又受航天科工二院党工部委托，为村里的孩子们带来一个大尺寸的"红九"模型……他们和许多向白马村长期捐资助学的大爱之人共同撑起了白马贫困学子、幼小儿童的更大成长可能和成长空间。

建设过程中，黄书奕副县长多次到白马了解工程进展情况，他亲自一幅幅甄选图片，工作到深夜，白马村党总支书记张旺益多次查看进度，在看到加在模型上面的三个亚克力水晶罩子重达几百公斤后，他要求，除了原先的不锈钢支架外，必须增加安全设施，因此，我们又请广告公司制作了七个铸铁书架，支撑在不锈钢支架的下面，确保了孩子们的绝对安全。

为了更好地发挥好幼儿园的作用，园长刘敏制定了对七彩梦想教室的管理制度，同时要求全园 6 个班的 300 名孩子都要在老师带领下才可以到七彩梦想教室参观学习。他还把幼儿园办公室的邓阳娟培养成为七彩梦想教室的讲解员，为孩子们和县镇教育部门来参观的领导做好讲解，普及航天知识。

航天白马一家亲

（2017-02-15）

2月11日晚，元宵佳节，白马村村民业余舞蹈队受邀到省城昆明参加"挂包帮"联系单位云南航天公司的元宵节游园活动。此项活动为云南航天公司开展文化扶贫工作的重要组成部分。

白马村党总支对此项活动高度重视，组织了党总支副书记王子玉带队，15名村民参加的业余舞蹈队参加本次活动，并在活动前进行了精心准备。舞蹈队在航天白马幼儿园园长刘敏的帮助下，邀请该园艺术总监沈志强老师精心编排舞蹈《彝舞白马》，在寒冷冬夜里对舞蹈队进行了两个晚上的训练，并从墨红镇专门借来手工缝制的彝族盛装，甄选了体现彝族风情的表演音乐。

业余舞蹈队表演的彝族舞蹈节目获得良好反响，受到云南航天职工群众的热烈欢迎，也得到了云南航天公司领导的高度评价。

仁宝电脑资深副总陈国钏一行到访白马村

（2017-03-02）

3月1日，为增强劳务输出的实效性和满意度，仁宝电脑工业股份有限公司仁宝资讯工业（昆山）有限公司资深副总经理陈国钏、营运处副处长陈宏彬、西南招募中心资深经理李峰旭、制造部经理赵伟一行四人到访白马村，深入了解白马村劳务输出情况。白马村党总支书记、村委会主任张旺益和驻村书记向陈副总一行介绍了白马村劳动力输出情况，并介绍了白马村开展脱贫攻坚、发展经济所进行的项目建设情况。

陈副总一行随后又到富源县人民政府拜访了黄书奕副县长，与富源县人社局、扶贫办、教育局等有关领导，就下一步助推精准扶贫、做好劳务输出、资助贫困学子等问题深入交换了意见。陈副总表示，富源县籍员工有很多在仁宝做工，表现非常优秀，仁宝公司也对他们格外关注关心，希望仁宝公司能够成为富源县富余劳动力长期的输出基地，同时，仁宝公司将认真考虑如何为富源县贫困家庭子女入学尽一份力，做一些事，努力为推动精准脱贫工作作出贡献。

此前，该公司制造部经理赵伟、招聘专员敖伟能走访了白马村、大河镇、中安镇等，对公司在昆山的气候情况、工资收入、员工福利等进行了宣讲，并诚挚欢迎更多富源籍员工到公司来做工。仁宝公司表示将长期在富源派驻招聘专员，负责联络接收到该公司工作的务工人员。

一个都不能少

（2017-03-09）

前一段时间，我们驻村扶贫工作队到建档立卡户家走访时，有人问："《富源县脱贫攻坚宣传手册》上说的 6 万元建房补贴款什么时候下来？"其实这些政策是针对贫困村易地搬迁的建档立卡贫困户，可享受补助 6 万元，同时可申请 20 年期限不超过 6 万元的无息贷款，合在一起就是 12 万元，足够建设一栋 120 平方米的大房子了。

白马村 2016 年建档立卡贫困户为 209 户、贫困人口 697 人，占大河镇全镇（17 个村委会）2834 户贫困户、10307 名贫困人口的比例分别为 7.37%、6.76%，其贫困人口和大河镇的建档立卡贫困村圭山村（715 人）、篆湾村（610 人）、起铺村（767 人）规模不相上下，2016 年，整个大河镇也就两个村委会的易地搬迁贫困户享受到了这个政策。但是我们无论如何解释都显得很苍白，农户仍然疑问："贫困程度不相上下，为什么扶持政策天上地下？"

为什么脱贫攻坚要同步关注非贫困村的建档立卡贫困户？

从本质上说，贫困县的贫困村和非贫困村都是相对的，贫困程度基本一致，很难真正区别贫困或不贫困，所以在关注重点贫困村的同时，必须同样关注非贫困村。如果不重视非贫困村的发展，很有可能贫困村摘帽了，非贫困村又成为贫困村。

目前白马村全村 23 个自然村道路（含乡村道路、进村道路、村内道路）约 55 千米，其中进村的水泥道路硬化里程约 11 千米，沥青道路 1 千米，弹石道路（即未硬化道路）约 43 千米，村庄内道路硬化率仅为 22%，远远低于"实现全部贫困村村庄内道路硬化率达到 85% 以上"的脱贫标准。由于是山区半山区，如果全部建设，需要的资金在 2000 万 ~2500 万元。

白马村虽然不断励精图治，但是目前除了有一幢 2012 年靠当时煤老板们凑钱帮建起来的漂亮的三层办公楼外，还有什么？如果有的话，那就是有 600 多名贫困人口需要脱贫，有 40 多千米的泥泞路亟待修缮，有费尽千辛万苦正在努力建设的两个产业项目。

全国 41% 的贫困人口分布在非贫困村

目前，全国 41% 的贫困人口（2870 万）分布在非贫困村、45% 的贫困人口分布在非贫困县。白马村所在的大河镇，47.9% 的贫困人口分布在 10 个非贫困行政村。中央要求，全面脱贫要不落一人，离 2020 年实现全面脱贫目标只剩下不到 3 年的时间，如果不尽快解决好这部分贫困人口的脱贫问题，有可能影响这个目标的如期实现。

2016 年白马村全村脱贫 32 户、111 人，但是真正"实打实"地享受到脱贫政策的还是不多，有一些是"享受"到村里招商引资项目白马桃花庄园和定点扶贫项目航天白马蔬菜基地的"产业带动"。由于目前尚处于建设期，这些收入只是改善贫困户的家庭收入状况，日工资 50 元，且不能保证天天有活干。一般每个人每个月做工 10~15 天，每个月收入 500~750 元，今后肯定会越来越好的。

非贫困村的贫困户靠自我发展能脱贫吗？

对非贫困村的扶贫工作重视和投入不够，其中一个重要原因是，不少领导干部认为非贫困村发展条件相对较好，依靠当地发展带动，很多贫困户也能脱贫。这看似有道理，实则不然。贫困户的一大特点就是自身发展能力弱，所在家庭缺乏劳动力，家庭成员年老或残疾、长期患病或突患重病等，白马村 66% 的贫困人口致贫都是这几个原因。因此，要进一步整合扶贫资源，将扶贫政策及资金不折不扣地落实到不管是否是贫困村的每一户建档立卡贫困户身上。

因此，在落实对白马村贫困学子的资助时，一方面我们会积极向建档立卡贫困户倾斜，另一方面，对于家庭出现暂时困难、生大病的非贫困户（一个家庭同时有读高中、读大学的学生的户数甚至达到 4 个），我们也同样予以考虑，防止他们成为新的贫困户。

为什么在贫困村发展产业项目风险相对较大？

有时候，产业扶贫项目如果选择在贫困村发展，其交通运输成本高、村民思想意识不到位、自然资源不足等，有可能导致产业项目失败。实践证明，越是贫困的村子，农户对于土地的依赖性越强，把仅有的"财产"——土地的使用权让渡出来越困难。相反，如果选择在非贫困村，交通优势明显、资金投入相对较少、土地流转难度也小。

俗话说得好：靠山山倒，靠人人老。国家投入帮扶是非常必要的，但是不能坐等帮扶政策来敲门，因为靠来靠去才发现，最后靠的是我们自己，所以白马村要自己主动作为，不怕困难，我们一定会在与贫穷作斗争的过程中逐步成长起来，找到真正属于自己的发展路子。

白马桃花庄园和航天白马蔬菜基地这两个项目对周围村镇脱贫的拉动作用是非常明显的，仅就务工来说，不仅仅是大河镇、白马村，还有许多后所镇、营上镇的村民来做工，类似的我国集体经济较好的南街村、韩村河村，吸引了大量的外村外地务工村民，有力地解决了有劳动力的贫困户现在脱贫和今后不再返贫问题。

因此，对非贫困村加大投资力度，带来的脱贫效果不一定比贫困村差，有时可能会超过贫困村。

中国航天科工总部和白马村的孩子们心连心

（2017-03-15）

　　3月15日，我和白马村驻村扶贫工作队队员朱家文、村委会计生管理员徐小乖来到航天白马幼儿园七彩梦想教室，把来自中国航天科工科研生产部杜江红女士和闫彬女士专门寄来的布娃娃送给航天白马幼儿园的孩子们。

　　"给我一个，给我一个……""谢谢航天科工的叔叔、阿姨们"，孩子们开心之余也不忘感谢。虽然不是全新的，但是孩子们对这些布娃娃非常喜欢，大的布娃娃被他们抱在怀里不舍得放下来，小的布娃娃被他们挂在书包上，一个个爱不释手，欢呼雀跃。航天白马幼儿园副园长陈凤琼也对我们感谢不已。

　　根据中组部的要求，中国航天科工总部不仅是我作为第一书记的派出单位，更是富源县大河镇白马村的联村单位。

　　自从我到白马村驻村以来，航天科工总部对白马村不断加大帮扶力度，集团公司党群工作部部长孙玉斌、人力资源部部长任玉琨在我每次回京探亲时，都要和我谈心，了解工作生活中的困难并积极帮助协调；总部工会主席周菁不仅为我做好在北京的各项后勤工作，还直接帮助我和中国经济改革研究基金会"听姥姥讲故事"发起人刘丹华取得联系，她为航天白马幼儿园的282名孩子无偿捐赠了价值2.1万多元的故事盒，给白马村的孩子们营造了一个彩色的梦。

　　总部宣传处以及很多爱心职工积极帮助策划设计航天七彩梦想教室，更有一些航天爱心人士对建档立卡贫困学生予以长期资助，也有总部的许多爱心人士对白马村的贫困学生、留守儿童长期自发捐款捐物5万多元，为航天七彩梦想教室捐赠牌匾、水晶模型8个，儿童书籍100余册。

　　航天科工总部的大爱，带动社会爱心人士以及航天所属单位爱心职工一起，为白马村的孩子们做了许多事情。

　　航天科工二院出资5万元为航天白马幼儿园再建航天七彩梦想教室1间；北京锦绣华英衣帽有限公司康云英董事长为孩子们捐赠价值3万多元的交通安全"小黄帽"960顶；二院、七院爱心人士自发捐款捐物2万多元资助贫困学子；云南航天和所属机关幼儿园为航天白马幼儿园捐赠棉被、枕头等2127件；安徽亳州古井镇爱心人士李厂为孩子们捐赠一套全新的《儿童文学》；中国农业大学的吴继辉为孩子们捐赠一套全新的《军事文摘》；航星公司的胡煜大姐为孩子们捐赠一架歼15飞机模型；昆明报刊发行局局长吴燕华女士捐赠给孩子们许多幼儿画报。特别让人感动的是更有许多社会、航天的爱心人士通过为"美丽白马我的家"微文赞赏的方式关心关注白马村的孩子们。在此一并对你们表示感谢！

中国航天科工总部和白马村的孩子们心连心

唤醒了沉睡的高山，让那河流改变了模样

（2017-03-16）

2016年3月上旬，白马桃花庄园开始建设，航天白马蔬菜基地也进入论证阶段。时至今日，一年已经过去了，这两个项目如今怎么样了？

3月9日，全国著名摄影记者、《大美珠江源——富源专刊》的专职摄影老师普中华，原富源县文联主席丁荆芳，以及富源县文体局陈雪在大河镇党委副书记张立平等的陪同下来到白马村，在白马桃花庄园选景拍摄，他们被白马的建设深深折服，虽然下着淅淅沥沥的雨、地里满是泥泞，他们依然不顾这些，深一脚、浅一脚地到庄园里拍摄了大量精美的图片。

3月16日，曲靖市人大常委会主任朱兴友以及曲靖市县的农业局负责人等在富源县人民政府戴副县长、李副县长等领导的陪同下来到白马村，调研参观白马桃花庄园。云南欣宇源农业科技开发有限公司（白马桃花庄园）、富源县互惠果蔬种植专业合作社（航天白马蔬菜基地）和富源县及大河镇两级党委政府、白马村党总支张旺益书记所带领的村两委班子、全村的父老乡亲们一道为改变白马村的面貌，励精图治，奋发图强，为推动白马村转型升级付出了大量的心血。

回头看看，一年前的这时候，我们在忙些"神马"，一年后的今天，我们收获了一些"神马"。我的结论是：

经过一年的"折腾"，白马村的"旧貌"换成了"新颜"，"白马"终将变成"神马"。

因为这是一片无比神奇的土地，这是一个大有前途的村子，这里有勤劳善良的人民！

白马，加油！

春到白马山

（2017-03-19）

　　这几天，富源县大河镇和白马村很多朋友以及村民的微信朋友圈里，都是白马村桃花庄园的桃花梨花、白马樱花山庄的樱花以及白马山满山的杜鹃花，山花烂漫的美景几乎刷屏了。是啊，春天已经走进了白马村。

　　今天晚饭后，我认真学习了富源县人民政府县长陈志近日在县第17届人民代表大会第一次会议上所作的《政府工作报告》，竟然又看到了"两处"白马村的"春天"："发展高原特色农业和生物资源加工产业……积极抓好蔬菜种植加工、大河白马桃花庄园等项目，探索农旅融合发展路子，促进农村一二三产融合发展……""推进基础设施建设……完成胜境海田片区、大河白马桃花庄园、后所后河水库蔬菜基地高效节水项目……"这篇《政府工作报告》，为白马村的发展进一步明确了方向。是啊，白马村的"春天"来了。

　　想起小时候背过的朱自清先生的《春》，我也在这里为白马的父老乡亲们祈福了："盼望着，盼望着，东风来了，春天的脚步近了……春天像刚落地的娃娃，从头到脚都是新的，它生长着。春天像小姑娘，花枝招展的，笑着，走着。春天像健壮的青年，有铁一般的胳膊和腰脚，领着我们上前去。"

引进来，帮到底

（2017-03-25）

3月23日至24日，富源县人民政府副县长黄书奕带领富源县水务局局长李来稳、大河镇白马村党总支书记张旺益、我和村监委主任李桥会、驻村扶贫队长赵庸成以及在白马村发展的白马桃花庄园负责人杨涛和航天白马蔬菜基地负责人张家高专程到大理州剑川县考察不用油不用电自然能提水系统，并到楚雄州东瓜镇航天科工深圳工研院所属昆明航天疗养院调查了解其餐饮旅游项目运作管理模式，为白马桃花庄园和蔬菜基地后续发展提供具体借鉴参考。剑川县人民政府副县长崇斌、淼汇能源科技（上海）有限公司总经理陆明伟陪同考察组进行了调研。

自然能提水系统剑川县马登镇示范工程使用山脚下龙潭小水库水源，自然落差3.5米，每小时流量280立方米，采用液气能（脉冲泵）技术，为附近40米高的半山腰每天提水600立方米，下游绵延4千米，覆盖2000亩田地，每年节约水电费15万元，为区域增加经济收入140万元。这项技术拥有方为淼汇能源科技（上海）有限公司，该公司正在剑川及周围县区建设3~5个项目示范点。该技术可有效服务于白马桃花庄园目前的果蔬灌溉、水上乐园、人工瀑布等景点建设。

在了解到中国航天科工人在富源县扎实开展扶贫工作的情况后，昆明航天疗养院院长崔贻、党委副书记张雪梅表示，将努力为富源县及白马村脱贫发展做一些力所能及的贡献。

该院张雪梅副书记和副院长王秀兰、楚雄分院副院长陆京、云南航天旅行社有限公司副董事刘瑾玮长等向考察组详细介绍了疗养院楚雄分院在彝人部落的2个食堂和5个餐饮店的运作管理情况，并带领考察组到一颗印餐馆、烧烤分店、彝人部落表演场参观，现场观摩学习彝人部落欢迎旅游团仪式等。疗养院相关领导表示桃花庄园下一步具体开展餐饮旅游项目时可派人提供业务指导，为白马村乡村旅游项目发展提供支持。

"虚功" 实做

（2017-03-27）

这两年来，白马村党总支、村委会在抓好经济发展、脱贫攻坚工作的同时，一直在努力同步推进自己的文化事业：2016 年 7 月 28 日举办白马村自己的"火把节篝火晚会"，2016 年 8 月 8 日举办白马村首届群众广场舞大赛，2017 年 2 月 11 日受邀参加云南航天元宵节游园活动，2017 年 3 月 23 日邀请云南省花灯剧院"送文艺下乡"艺术团到白马村。航天白马幼儿园也利用开家长会的空闲邀请幼儿家长到航天七彩梦想教室参观"东风""鹰击"系列导弹、歼 15 和歼 20 飞机、092 核潜艇舰船模型，我们把村委会的农村文化书屋搬到便民服务厅里，方便大家过来办事时可以随时借阅取用图书。

一些村民认为，这些都是"虚"的，为什么不把这些搞文化事业的钱分给贫困户，给村里修路？

其实，白马村村委会也可以不做这些事情，毕竟这些事情是费心费力的。

但是，想想看，中央电视台每年都要办春节联欢晚会，是不是劳民伤财？为什么不用这些钱去建设几所希望小学？众所周知，这台晚会现在成了全国人民的期盼，它凝聚了全世界的华人同胞，增强了中华民族的认同感，它带来的价值是无法衡量的，是几十几百个亿都买不到的。

文化事业，是文明的事业，是大家安居乐业的环境基础。农村文化事业也是必需的，城里人可以很容易地听听高大上的音乐会、听听德云社的相声，我们没有这些条件，但是我们也要做一些事情，让父老乡亲们感受到白马这个大家庭的温暖，让大家为我们的家乡骄傲自豪。

白马村的文化事业可以说是少花钱多办事的典型。

邀请云南省花灯剧院"送文艺下乡"，村委会没有花一分钱；2016 年 7 月的"火把节篝火晚会"，只花费了百八十元买了些柴火；群众广场舞大赛用了 1 万多元（主要是用于购买奖品和给各村民小组用的广场舞音箱，方便全村人农闲时节自己跳跳舞）；七彩梦想教室的 5 万元建设费用是中国航天科工二院承担的；农村文化书屋的费用、图书主要由上级单位无偿配赠和中国航天科工以及社会大爱好心人赠送。

　　大力发展农村文化事业和文化产业，是推进社会主义新农村建设的重要基础。共同祝愿白马村的文化建设事业更加繁荣昌盛！

厉害了，我的航天白马幼儿园！

（2017-03-29）

春节后，素质教育集团董事长刘敏、航天白马幼儿园（以下简称幼儿园）副园长陈凤琼到白马村村委会说，这学期，幼儿园的孩子比上学期增加了75人，达到357名了，这个学期已经不用到处招生了，还不得不再增加一个班级，现在都有些担心无法安排了。

幼儿园不仅有白马村的孩子，还有来自中安镇升官坪村的、大河镇黄泥村的、富源县城的，甚至有来自附近贵州省盘县平关镇的，不仅造福于白马村全村的孩子，还使全县乃至邻省贵州省的孩子也受益。

刚开始的时候，幼儿园担心招不到孩子，但是现在幼儿园声誉不断提高，我们又要担心孩子太多而导致个别孩子因照顾不到受了委屈。村委会嘱咐幼儿园，一定要想办法照顾好入园的每一个孩子。

幼儿园于2014年1月开始建设，当年9月建成，中国航天科工集团公司援助80万元，富源县委、县政府学前教育资金资助200万元，素质教育集团投入运营资金30万元，其余征地、图审等各项费用全部由白马村村委会自筹，实际

中国航天科工2014年为白马村援建的云南省省级农村示范幼儿园航天白马幼儿园

总投入超过 500 万元。经过三年的扎实建设，航天白马幼儿园目前已经真正成为云南省的省级农村示范幼儿园。

一个山区农村幼儿园为什么这么棒？仅仅是因为 500 万元的"硬件"投入吗？肯定还有背后大量的汗水和艰辛，还有背后无穷的智慧和心血，还有背后无尽的付出和奉献。白马村村委会主任张旺益和他带领的村"两委"班子，素质教育集团董事长刘敏、航天白马幼儿园副园长陈凤琼和他们带领的众多的老师，以及中国航天科工集团公司、中国农业大学、安徽亳州古井镇等众多的社会爱心力量都在为幼儿园发展持续不断地付出和加油。

幼儿园是在用心做"学前教育"，他们把"航天特色"和"国学素质"两个大旗扛了起来，把"幼儿健康、家长放心、社会满意"作为办学宗旨，把保障幼儿安全健康、注重国学礼仪熏陶、发现培养幼儿特长、提升幼儿综合素质、引导幼儿个性形成，作为幼儿教育工作的核心内容，他们并为之开设了国学礼仪、蒙氏数学、幼儿舞蹈、儿童绘画等特色课程。

幼儿园的孩子们对《论语》《三字经》等国学经典都能倒背如流，对航空航天的许多产品也都很熟悉；幼儿园的园区里有航天特色的主体建筑、航天特色的主题教育墙、国学素质的主题教育墙等，从外到内，航天的骨、国学的魂，都体现得淋漓尽致。

幼儿园通过"两会三课"规范提升教师教学技能，注重加强法律法规、爱心育人等方面的学习，尤其是 2016 年 9 月 10 日教师节，他们还专门组织老师进行了以习近平总书记"不忘初心继续前进"讲话为主题的专题学习，开展"最美幼师"演讲比赛等。他们还与云南航天机关幼儿园、曲靖市和富源县幼儿园以及姊妹幼儿园建立密切联系，通过参加研讨会、教研活动、听课观摩等形式提升科学育人和管理水平。

幼儿园建立健全了包括《食品安全管理台账》《幼儿晨检、午检、晚睡管理制度》《关于推行"五星教师""十星班级"考核奖惩和试行幼儿园差别化管理的实施意见》《"最美幼师""最美家庭""七星宝贝"评选方案》《各类突发性安全事故应急预案》等在内的 30 多项管理制度。

特别值得一提的是，他们的航天特色、国学礼仪教育也赢得了社会各界和航天科工有关领导的高度认可，航天科工二院先后资助 10 万元帮助幼儿园建设了两个"七彩梦想教室"，从北京购置"东风""鹰击"系列导弹、长征五号火箭、歼 15 飞机、歼 20 飞机、092 核潜艇、月球车等实物模型，中国经济改革研究基金会给孩子们捐赠 282 个"听姥姥讲故事"故事盒，各界爱心人士购买捐赠 2000 余册幼儿读物和儿童玩具，真正送给了农村孩子们一个"彩色的梦"。

厉害了，我的航天白马幼儿园！

不缺土的白马村却"无土栽培"折耳根

（2017-03-31）

折耳根，因其茎叶搓碎后有鱼腥味，又名鱼腥草，产于中国长江流域及其以南地区。夏季茎叶茂盛花穗多时采收，洗净，阴干用或鲜用。具有清热解毒、化痰排脓消痈、利尿消肿通淋的作用（搜狗百科）。

折耳根，它的口感与味道比较特殊，一般人对它的态度就如对香椿芽一样，喜欢的人感觉香，不喜欢的人避之如猛兽。在南方，特别是在云贵川各省，它是广受老百姓欢迎的药食同源的佳品，是我们白马村每一户家里必备的蔬菜，可以凉拌、炒肉、煮火锅，清香扑鼻、嫩脆无比，实在是难得的佳肴。

白马村村务监督委员会主任李桥会家今年开始进行无土栽培折耳根，一下子引起我们的兴趣。农村并不缺土，为什么还要无土栽培呢？李主任他们家已经种了很多年的折耳根，无论淤地还是沙地，他都有较为丰富的经验，但是无土栽培还是很新鲜。我们决定看一看，这是一个什么样的技术。

李主任和他的家人先是把土地整平、打成畦儿，把农用塑料薄膜铺上去，阻挡下边的草和杂物生长，然后他把折耳根均匀地铺在薄膜上，再把白马山上搜集的腐殖质敷在折耳根上边，撒上一层浅浅的土、浇上水就 OK 了。哦，原来如此。

"无土"也不绝对，只是很少的土，折耳根后期生长主要从腐殖质里吸取营养成分，供应的水肥直接供给折耳根，还有一个最重要的好处，就是在收割时，非常方便，用手一拎，折耳根就全起来了，不损伤任何成色。

白马村对建档立卡贫困户进行月度动态监测

（2017-04-02）

按照大河镇党委、政府的统一要求，白马村今年起对 2017 年纳入脱贫计划的 61 个贫困户、349 名贫困人口每月实行"动态监测"，组成由镇干部、村组干部及驻村扶贫工作队参加的工作组深入农户家中了解情况，为实施精准扶贫提供一手资料。

4 月 1 日，大河镇党委副书记张立平参加在白马村召开的全体村组干部会议，对《大河镇 2017 年建档立卡贫困户脱贫指标核算月报表》进行详细讲解，并进一步明确了有关要求，要求大家更加努力工作，对每一户要做到"因户施策"，不搞一刀切，对有劳动意愿且有能力外出的，协调联系务工地点；不能出去，可以通过产业扶贫带动的，鼓励他们到白马桃花庄园和航天白马蔬菜基地务工，做到适合什么就干什么；对于已经脱贫未享受到政策的，实行"脱贫不脱钩，脱贫不脱政策"，确保每一户要至少享受到国家关于农村危房改造、产业带动、教育帮扶、资产收益、金融扶持、生态扶持等方面的三项政策。

白马村党总支书记张旺益表示，今年以来，白马村将继续深入推进脱贫攻坚的各项工作，一是两个产业项目的劳动力尽量安排给有意愿且有能力的建档立卡贫困户，二是村民有外出务工条件的，协调联系昆山仁宝和云南航天疗养院等单位，三是新产生低保名额的动态调整全部向建档立卡户动态倾斜，确保80% 以上的建档立卡户中符合条件的纳入低保，四是继续把社会力量的捐助用于建档立卡人员，近期将使用航天大爱人士捐赠的资金，为白马村 17 户建档立卡贫困幼儿免除保教费。

当日下午，白马村根据大河镇统一部署，把村组干部、驻村队员等分成 6 个组，深入全村 2017 年计划脱贫的 61 户家中查勘情况，认真填报相应情况报表并研究分析，确保 2017 年脱贫工作顺利推进。目前，该项工作仍在进行。

据悉，截至今年年初，白马村仍有建档立卡贫困户 / 人口 177 户、586 人（2015年年初 214 户、756 人，2016 年年初 209 户、697 人），与大河镇其他贫困村相比，户数和人数几乎都是最高的，脱贫攻坚任务依然繁重。

白马村镇人大代表小组视察蔬菜基地、桃花庄园

（2017-04-07）

4月6日，白马村镇人大代表小组组织2017年度第一次活动，6名新一届镇人大代表（范涛、张旺益、刘光泽、许菊莲、刘光权、邓兴弟、张荣书7名，其中1名代表因事请假）认真学习了人大代表的工作职责及《代表法》、学习制度、视察制度等相关要求，并对白马村目前正在运作建设的航天白马蔬菜基地、白马桃花庄园、十字路村民小组活动场所厨房建设情况进行了视察。

白马村村委会专门为代表建设了"人大代表活动之家"，每年坚持定期学习，按照工作职责要求，积极组织参加闭会期间的学习、调查、视察、评议等各项活动，各项活动记录档案健全完善，曲靖市和富源县人大常委会领导多次到村检查，并对小组活动的效果和质量予以充分肯定。

这两年——写给我的儿子

（2017-04-08）

你总说家里很孤单，哎，我何尝不夜夜梦到你？！

仲春不念才七日，桃李花开已二年。

娇儿今夜思千里，忘却明朝又一天。

空床卧听滇南雨，谁复枕泪夜难眠？

庆幸有子母陪伴，南归阿爹早回还。

他们为白马倾情演唱

（2017-04-11）

一个山村能有一首属于自己的村歌，是相当了不起的。谁能为她欣然写歌？谁能为她即兴谱曲？谁能为她倾情演唱？可以说，这一首歌完全是靠大家对白马村的爱凝聚而成的。

4月9日，我有幸在曲靖市艺术研究所王雄思老师家里录制白马村村歌《人间一个桃花源》（又名《青山绿水我家园》）。

此前，王老师作曲、编曲、参与作词并亲自演唱的这首歌，我觉得已经很棒了，但是艺术家对艺术的追求是无止境的，他自己仍旧还是不满意，他帮我们又邀请了曲靖市麒麟区歌舞团唐江云老师以及曲靖师范学院音乐系的几个大学生重新录唱了这首歌。他自己家里有一个简易的录音设备，我和白马村党总支书记张旺益以及素质教育集团董事长刘敏也一起到他的家里，见证了音乐人如何为我们录制一首村歌。

简单寒暄以后，我们就开始讨论，建议哪些做些调整，哪些保持原有风格：如果使用《人间一个桃花源》，众所周知，桃花源是一个人间生活的理想境界，是我们永远无法到达的极美地方，但是对于村里的老百姓来讲，或许可能认为仅仅是白马桃花庄园，那就违反我们的本意了，因此，我们建议可否再有一个版本《青山绿水我家园》？王老师欣然应之，说两个版本都要录制出来。

王老师让录制主唱的唐老师进到录音室里（其实就是自己家里一个2~3平方米的储物间改造出来的），他通过话筒和耳机与唐老师反复沟通，唐老师所做的就是一遍又一遍、不厌其烦地唱其中一段或者其中一句，直到大家都满意为止；录制和音时，四个大学生分男生和女生进入录音室分别录制，为主唱配音。全部都录制完成后，王老师再一点点地进行后期制作，直至作品最终完成。

短短一首歌，我们录制了一个下午，直到晚上八点多才终于结束。在我们请唐老师和同学们吃晚饭时，唐老师现场再次为我们演唱《人间一个桃花源》。歌中展现的"青山绿水我家园，人间一个桃花源"，请大家先听为快吧。

让阳光生长，爱就会地久天长

（2017-04-13）

2016年4月9日，我作为云贵山区农村的一名普通的驻村书记，根据自己和所了解到的第一书记的情况，写了一篇《第一书记们的酸甜苦辣》，刊发在我的微信公众号"美丽白马我的家"上，收获了近6000人的关注和点击，大家对我们第一书记有了全新的认识。

许多我的朋友、同事说眼含着热泪读完这篇文章。是啊，第一书记们让你们这些真正有情怀的人感动，但是你们也同样感动着我们。

而今，一年过去了，我们又怎么样了？一年来，在努力工作的同时，地气山风滋润了我们的心灵，山川田野敦厚了我们的情怀，爬坡过坎锤炼了我们的忠贞，这一段驻村经历给我们留下了人生历程中那片最难忘的乡愁和最美好的回忆！

因此，我非常想向大家汇报一下，可能只是管中窥豹，可能只有只言片语，甚或可能一叶障目、以偏概全，但是请理解我们，为我们这些传播"正能量"的"扶友们"点个赞吧。

第一书记一个最重要的特点就是必须驻村，因为"脚上沾有多少泥土，心中就沉淀多少真情"。

一年多了，我们的面庞和皮肤都已经黝黑，每天和村民们打交道，我们已经习惯为所在的村子考虑问题，努力把上级的政策和地方的实际情况进行结合，我们已经结识了很多穷朋友，或多或少地开辟出了自己的"一番小天地"。

但是由于远在异乡，我们或许不能为所在单位领导同事、朋友们理解和认同，但是，我相信，我们每一个人都已经实现了人生飞跃——

因为，追随习近平总书记当年在梁家河的足迹，我们已经懂得了什么叫"实际"，什么叫"实事求是"，什么叫"群众"，我们的自信心也已经满满，甚至"爆棚"，我们已经不需要"镀金"了，我们更需要的是这份人生经历，更需要的是"致自己的内心良知"，我们所要努力做到的就是不辜负组织的这份重托和父老乡亲们的热切期盼。

口碑是我们最大的甜

我们这些第一书记们都在自己的村子里付出了很多很多，我们把自己想做的和能做的事情都全身心地发挥到极致，我们把国家机关部委、直属高校学府、中央地方企业的大爱传播到老百姓心中，没有"金杯银杯"，但是我们这些"沽名钓誉"者们一直在用心收获老百姓的"口碑"。

国家林业局派出的第一书记张明吉所在村镇的乡亲们联名签字按手印把他留任，南光集团公司派出的第一书记顾正东协调几百万元经费修裕康桥连接路、蛟山路、南光民族团结路给所在的村子，华东理工大学派出的第一书记满永博几乎"承包"了村里的各项文字工作，上海贝尔集团派出的第一书记李世杰把北京的家长和孩子们带到自己所在宁蒗的村子里，和贫困家庭一一结对，中国兵器装备集团公司驻泸西县永宁村第一书记邓比把泸西永宁村的 270 吨红梨"消费扶贫"送给了兵装职工的千家万户，宝钢集团派出的第一书记王玉春带领哈尼族兄弟三次到江苏宿迁学习电商经验，商务部派出的美女第一书记刘艳成了他们广安群策村的柚子代言人，《求是》杂志社派出的第一书记刘磊被青海省委组织部提名为优秀第一书记……我们都是托马斯动画片里面一个个有用的"小火车"，村里逐渐都离不开我们了，真正喜欢上我们了。

特别是国家行政学院赵广周老师 2016 年在昭通乌蒙山扶贫一年期满后，今年主动申请转战普洱哀牢山，继续扶贫两年，他要把大爱延伸到 2019 年脱贫工作结束。

中国航天汽车有限公司宫兆敏，到云南出差第一次和我见面时，就给了我一个结结实实的拥抱。她说："我一直相信，世界上没有无缘无故的相遇，都是前世的缘分注定！每一天，我们见到的每一个人，听到的每一番话，都以一种悄无声息的方式影响着我们并改变着我们，今天与您的见面，充满了感动！感恩！是另一种动力在我心中燃烧！祝您一切顺利，加油！"

我所在村子的老百姓竟然为我写了一首歌《白马来了个李书记》："……李书记，我爱你，白马的人民都爱你，李书记，棒棒的，美丽白马你最美。你最美！！……"这个荣誉是极大的，这个评价的含金量是货真价实的 24K，感谢你们给予我的真诚支持。

我所在航天科工人力资源部和党群工作部今年春节前还专门为我申请 2016 年度的"总部优秀员工"。

我们的苦仍旧在心中

我们之中也有的人已经像沈浩书记一样"光荣"了。我们的战友或遭遇意外死在"扶贫路上"（四川宣汉罗盘村的第一书记），或积劳成疾，客死在他乡（四川阿坝州干木鸟村的第一书记、河南新蔡县二宋庄村的第一书记）……2016 年仅四川省扶贫战线就有 27 名干部牺牲，50 多人受伤。因此，我们看到省里下发的统计第一书记遭遇意外情况的统计表时，都私下里暗自"庆幸"自己不用填报或者被填报。

大部分第一书记的工作经费问题应该还没有得到彻底解决，即便有中组部、中央农办、国务院扶贫办发文，作用也不明显。因此目前主要都是靠我们自己。

有一位扶友干脆说：大家的收入一般比老百姓高，大气一点，别小家子气，把工作中发生的交通、食宿等自己承担了，没什么大不了的，别给组织添麻烦了。

现在最普遍的就是很多第一书记会失眠，半宿半宿地失眠，因为总是处于一种莫名压力下的心理状态（第一书记都是积极为自己找活干的类型），宝钢的王玉春、南光的顾正东包括我自己可能都是一样的，王玉春说："我每次回北京探亲才能一夜不醒，睡得踏实一些。"

是啊，在村子里放心大睡到自然醒不是件容易的事情，因为我们不过周六日，回京探亲才是我们的节假日。

我们的一位扶友在藏区扶贫一年，他回去后也一直关注"第一书记"群体，他说："央派第一书记很多都孤立无援，既无资金又无项目，只有空手抓党建，其难度可想而知。多数央派的第一书记都是动员了自己的社会关系来扶贫，短期内见不到效益会受到老乡嘲讽、中长期没有产出会得罪朋友，相比各级省市专门厅局派出的第一书记们大把的项目、大笔的资金，假如您作为贫困地区的老乡，又会怎么评价我？"

相比之下，航天科工对我关心有加，我的爱人遇到孩子小学入学难的问题时，非常无助地发了个短信给我："你挂职的这一年多里，我遇到不少生活和工作上的困难，但都不想让你受太多影响，想尽办法自己去克服，不知夜里哭醒过多少次，如今确实没有办法了……"

其实人同此心，大家都一样的，我也同样担心家人，想念孩子，只是鞭长莫及而已。"仲春不念才七日，桃李花开已二年。妻儿今夜思千里，忘却明朝又一天。空床卧听潇潇雨，谁复枕泪夜不眠？"

我们遭遇的酸辣是无能为力

很多扶贫帮扶单位在宣传时，可能因为对精准扶贫政策的一知半解，做了一些事，就宣称帮助一个村子整村脱贫了。但是真正的脱贫应该是，进村的水泥路整洁平坦，一排排整齐的民居错落有致，幼儿园、商铺、卫生室、健身设施等一应俱全，村民新居里自来水、洗衣机、太阳能热水器等应有尽有，"村九条""户六条""两不愁三保障"都要确保到位，都要实现。因此，目前很多参加脱贫攻坚的单位也只能说是帮扶，主要的责任和压力还都集中地方党委、政府身上。

而要做到这些，没有几百万元甚至上千万元是不行的，不过也有个别做到的：华润集团每次拿出8000万到一个亿帮助进行整村改造，但是他们也只是在全国建设了七个华润社区，只是每次帮助有限的几个自然村整村脱贫，还有中国石油和国家电网也都是大手笔，因此其他单位严格地说只能是帮扶一把，尽自己的社会责任而已。

我所在的白马村是一个贫困户和贫困人口分别为209户、697人的山村、半山村（总人口2020户、8306人），2014年以来航天科工"定点"帮助做扶贫，我们帮助建设了云南省农村示范幼儿园——航天白马幼儿园（80万元帮扶）、建成了涉及贫困户/人口42户、113人的100亩航天白马蔬菜基地（50万元帮扶），同时接收社会捐赠20多万元资助村里，但是我们也只能说是在大河镇党委政府的领导下，努力帮助村里的贫困人口每年实现有序退出。

我们单位对整个富源县，每年帮扶100万元（2017年提高到150万元）应该也只能说是帮扶地方政府进行脱贫攻坚，要说直接帮助多少村、多少户实现完全脱贫了还是都有点夸大了。

我的微信公众号微文常常有很多留言，有鼓励我的，也有"质问"我的，有人留言问，为什么我家这个村的道路烂成这样还没有修？白马村约55千米的路，硬化的只有约12千米，大部分都没有钱修，国家对贫困村退出的要求是75%~80%的自然村路面要硬化，需要多少钱？每千米50万~80万元，40千米就是2000万~3000万元，谈何容易？！

村里有年仅32岁却带着四个孩子（最大11岁，最小的2岁）的单身母亲，有80岁带着5岁孙女（儿子死亡，儿媳不堪生活重负远走他乡）的老奶奶，有目不识丁的40岁、刚刚失去肺癌丈夫、带着读高中的女儿和读初中的儿子的农村妇女……这些我们都感到吃力，如何帮助他们脱贫？如何在习近平总书记宣布

"一个都不能少"时不把他们落下？

农村没有集体经济做支撑，不比国有企事业单位帮扶困难职工，几乎没有太多的回还余地，包括白马也是同样，很多农村基层组织连自己的伙食都解决不了，通过"反复算账"的方式实现脱贫也真是难为我们了。

我们都是共产党人，是不能说瞎话、放空炮的，因此，我的观点是"大河有水小河满"，必须先壮大集体经济，像南街村、华西村、韩村河村一样（近日网传"负债400亿，昔日土豪华西村为何从天堂走向末路"说华西村总资产541亿，负债389亿，数据没有错，但是人家一个村子还有152亿的净资产，怎么成了巨亏、走向末路呢？截至2016年9月，美国政府持有的资产约为3.5万亿美元，负债为22.8万亿美元，美国政府为啥还不破产呢？截至2016年年底，中国联通资产总额6141.5亿元，负债3864.7亿元，资产负债率62.9%，还不是风采依旧吗？），脱贫攻坚不需要国家操多大心的。整个国家也是一样，这几年国家发展了，党中央、国务院才把扶贫提高到这样一个高度，才有力量来做扶贫。否则的话，谈脱贫攻坚都是"奢谈"和"空谈"。

航天白马蔬菜基地也还不能达到一些领导的要求，比如一些领导认为这个项目的贫困人口务工比例太少，我也曾讲过这个问题，也能理解他们的想法，希望扶贫资金立竿见影地直接受益于全部贫困人口，这也是《脱贫攻坚责任制实施办法》第二十一条"各定点扶贫单位应当紧盯建档立卡贫困人口，细化实化帮扶措施，督促政策落实和工作到位，切实做到扶真贫、真扶贫，不脱贫不脱钩"所要求的。但是我个人还是认为蔬菜基地包括白马桃花庄园项目的主要目的是帮助当地找到一个产业项目，为现在的减贫、今后防止返贫做一些力所能及的贡献。

个人认为，航天科工是社会力量，要尽帮扶责任，不是主体力量和主体责任（主体力量是人民群众自己，主体责任是县级党委政府），因此目前涉及到的贫困户只要愿意到基地务工的，肯定会优先考虑；只是青壮年劳动力认为在基地务工收入太少，吸引不了他们，但这个项目可以让集体经济早日得到壮大，积蓄力量，而不是一个能够满足全部贫困户务工的项目。

不管如何，我们这些第一书记帮扶一次，情定终身，我们喝过这里的水，吃过这里的粮食，我们所在的村子都将是我们的第二故乡，这里的父老乡亲也同样是我们永远的父老乡亲，今后无论走到哪里，就会像《父老乡亲》中所唱的那样：

我住过不少小山村，到处有我的父老乡亲，小米饭把我养育，风雨中教我做人，临别时送我上路，临别时送我上路，几多叮咛，几多期待，几多情深，啊，父老乡亲，啊，父老乡亲，我勤劳善良的父老乡亲，树高千尺也忘不了根，啊，父老乡亲，我同甘共苦的父老乡亲，啊，父老乡亲，啊，父老乡亲，树高千尺也忘不了根，树高千尺也忘不了根！

我们家这么穷，为什么吃不上低保？

（2017-04-20）

低保的待遇可能会害了一些人？

4月18日，我和扶贫工作队队长赵庸成走路到色尔冲村民小组送航天科工大爱好心人的定期资助款，回来时路过一户建档立卡贫困户。

户主拦住了我，和我说了半天，表达的意思主要有三个：一是他们家有一个农村低保可否转为城市低保？二是他们家的地都进了白马桃花庄园，村委会可否每个月给子女生活补贴？三是他近来生了病，可否给一包救济粮？

他们家有四口人，两个上学的孩子和他们夫妻俩，夫妻俩都是残疾人（二级残疾），两个孩子一个在读初中、一个在读小学，四口人都是低保，其中三个是城市低保（白马村户籍中有部分城镇户口），一个是农村低保，每个月的低保收入应该至少1000元（云南省城市低保的标准是每月326元或356元，农村低保的标准分别是每月115元、165元和240元）。他们家现在的房子是土基房，属于C级甚至D级房，目前无力修缮，计划2019年脱贫。

我告诉他，城市低保名额是不能再增加的，因为目前不再办理农村户口转为城镇户口，所以无法把他们家的农村低保转为城市低保；他们的田地由桃花庄园经营，不是拿走，而是租赁流转，土地租金要付，"即使土地留给你们，就目前你们两口子的身体条件，根本无法耕种"，再说，白马桃花庄园是曲靖市和富源县两级党委政府推动转型升级、放弃煤炭产业、走向现代农业的重点项目，不是说村委会想干就干的。

回来后，我和张旺益书记说起这件事，张书记说，有时候，低保的待遇可能会害了一些人。

低保如果给了一些贪图享受的人，有可能会导致这些人对努力做事、改变家庭面貌彻底失去想法，宁愿永远躺在低保的温床上领取这1000多元低保费，生活基本上够了。今天的这一户也曾多次"上访"，主要目的是希望政府能够给他们更多补贴。曾经一位县里的领导用车送他回来，临走还自己掏腰包给了他200元，我也曾在前年刚来白马时，给过他100元，但是在流转他们家的土地时，仍是费了一番周折，理由是他家的地要用来长草养猪，让大家费了九牛二虎之力才勉强同意。

我们家这么穷，为什么吃不上低保？

这两年，我基本上参加了白马村的每一次低保评定会议，包括村民小组讨论的会议，应该说，白马村在低保评定这件事情上是非常透明的。

一是低保本身是动态的，不允许农户在经济、身体状况已经改变后还一直享受这个待遇。

二是，前几天，根据中央"应保尽保、应扶尽扶"的要求（国办发〔2016〕70号文精神）以及县里的文件要求，我们力争使80%以上的建档立卡贫困户通过享受低保政策，适当增加收入，从而把财力集中到住房改善、发展产业等其他方面去。

但是，即使这样，很多村民仍旧认为自己家该享受低保待遇，"我们家这么穷，为什么吃不上，邻居家却吃上了？""我生病了，医生说我可以吃低保，为什么不给我低保？"有时，村组干部到农户家里开展其他工作时，一些农户也会以此为条件，提出各种要求。

过去没有农村低保政策时，大家也都不说什么，第一次白马村只有20个低保名额时，很多人都不愿意要低保的；但是，现在有个别村民错误地把吃上低保作为自己"有本事、有能力"的象征了，这就违背了低保政策的初衷。

把希望寄托在他人身上是没用的

低保只适合给老弱病残、鳏寡孤独者们，给家庭突发重大困难（疾病、自然灾害等）而又在一段时期内无法渡过难关的人。

村里的一户人家，父母亲都是近八十岁的老人家了，有政府的老龄补贴，儿子将近40岁了没有条件结婚却不愿出去做工多挣点钱，家里的房子又属于C级房，我们也问他愿不愿意到江苏昆山仁宝做工，每月起薪3500元还有奖金，我们会帮助他介绍，毕竟政府给他父母的养老补贴还是很少的，不够用，此前缴纳新农合医疗保险都很困难。但是，他只是憨厚地笑笑没有应答。

还有一些户头，家里的孩子很多，有的是父母亲多病，有的是单亲家庭，硐上、大坝山都有这样的家庭，有四个孩子同时读书的，有四个孩子年龄都很小的。作为父母，应该要努力，既然有勇气把孩子生下来，就要多想办法把孩子们养大，养好。尽管政府会积极帮助，但是不能完全等着政府来帮助，要尽好自己的责任，而不是把希望全部寄托在政府身上，寄托在他人身上。

如果大家总是在攀比，为什么我比他穷，他有低保我没有？一旦陷入这种比对圈子，我们会觉得政府欠我们，村委会欠我们，乡邻欠我们，唯独把自己欠的努力给忘记了。

一旦一个家庭长期离不开低保，这个家庭可能确实面临着家庭成员被重大疾病困扰、残疾（身体或智力）、家庭成员失去劳动力等重大因素。俗话说，"穷不过三代"，即便这样，也是能够通过努力改变现状的。

一个家庭面对困难总能自己千方百计想办法去克服，而不是千方百计找政府来解决，就一定会有希望。就像我们小时候学过的课文《一碗阳春面》，一个自强不息的家庭肯定会从贫穷中走出来，改变家庭的面貌，而我们所要做的就是，要努力把这种穷则思变、自强不息、努力克服不利局面的精神发扬，把这种基因传递给下一代的孩子们，即使这一代改变不了，下一代肯定能够改变贫穷的面貌。

你多长时间没回家看看了？

（2017-04-24）

转眼已经到了 4 月下旬，过了春节出去务工的乡里乡亲们也出去 2 个多月了，家乡的变化在不知不觉中一日千里，家乡的发展在不知不觉中日新月异，当你再次回到家乡时，亲人还是原来的亲人，朋友还是原来的朋友，但是家乡可能已经今非昔比了。

对了，不要忘记，这个月有很多值得我们感谢、感恩、感动的：

爱在珠江源团队樱子姐姐带领她的团队携手澳优乳业为白马村的孩子们捐赠了 30 箱价值 7 万元的进口奶粉（必须点赞）。

我们通过微信联系认识的台资企业仁宝资讯（昆山）有限公司副总裁陈国钏，初步确定每年出资 5 万元资助富源的贫困学子（直至 2020 年，必须点赞）。

中国儿童少年基金会、中国华侨公益基金会战略合作协议签署暨爱心万里行活动已于 4 月 14 日启动，云南首站将经停富源，樱子姐姐带领她的团队将为富源的父老乡亲们再争取 240 份儿童爱心箱和家庭爱心箱，价值近 5 万元（必须点赞）……

价值将近 17 万元的物资、资金将在后续造福父老乡亲们，助力我们的脱贫攻坚事业！

微信点赞，一个 10 万

（2017-04-28）

4 月 26 日，仁宝资讯工业（昆山）有限公司（以下简称仁宝资讯公司）厂长李峰旭、经理陈李红受公司副总裁陈国钏委托专程来到富源，和富源县人民政府黄书奕副县长签署合作备忘录。

他们在富源正式设立"昆山仁宝助学金"，公司承诺 2017—2018 年（活动一期）每年拿出 5 万元资助考取二本以上大学的建档立卡户贫困学生，每年 25 人，每人 2000 元，后续 2019—2020 年将在继续协商后执行活动二期的计划。他们还承诺，对于因各种原因未能考取大学、希望参加工作的高中毕业生，公司诚挚欢迎大家到仁宝资讯公司做工，做工期间可以提供学习机会，如果能考取大专、本科院校，公司将在学费等方面给予补贴照顾。

幸甚至哉！这番大爱说起来其实是从一个微信点赞开始的。

今年的 1 月 15 日，负责西南片区富源招聘工人的仁宝资讯公司制造部经理赵伟在看到我的微文《不能不提白马村的另外一面——贫穷》后，给我点了一个赞，然后他留言说：

"看了李书记的扶贫日记深感震撼，我也曾于 2016 年 11 月份到富源考察了一个月，感同身受，回来与公司老板报告后，老板对当地的扶贫、脱贫事业很支持，也希望能尽我们的绵薄之力尽可能来帮助他们，让他们早日脱离贫困！"

我对他表示诚挚感谢，并留言说欢迎他一起为贫困县的老百姓做点力所能及的事情。

2 月 13 日，他和他的同事来到富源招聘工人，并来到我们白马村，我和张书记邀请他为我们的村干部、村民组长们介绍公司的情况，并陪同他们到镇里拜访大河镇镇长范涛以及大河镇社保所所长赵大强。

赵伟经理在富源做公司招聘宣传的同时，向我表示："你们航天人是在真正地做扶贫，帮老百姓做事情，我愿意和你们航天人一起自掏腰包帮助贫困人家抚养一个学生，还有，凡是愿意到我们公司工作的，我都一定给予最大帮助。"

3 月 1 日，赵伟陪同陈国钏副总经理、李峰旭厂长等再次来到富源，并拜访富源县人民政府专门协管扶贫工作的黄书奕副县长。陈副总经理向黄副县长表示，自己希望像中国航天科工一样帮助做一些推动精准扶贫的事情，仁宝资讯公司愿意成为富源县富余劳动力长期输出的基地，只要符合条件的贫困老百姓愿意出来做工，公司都将提供一流的服务和最为便利的条件。

4月26日，李峰旭厂长受陈国钏副总经理委托来到富源。黄书奕副县长在请示富源县有关领导后，代表县人民政府和该公司正式签署了《合作备忘录》。同时，仁宝资讯公司厂长李峰旭再次诚挚邀请富源县有关领导和父老乡亲代表，有机会一定到江苏昆山去看看他们的亲人，去仁宝公司看看他们的子弟在他乡生活的好不好。

"五四"青年节，我与重大师弟师妹们分享白马村的故事

（2017-05-06）

5月4日下午，我和母校重庆大学选派到云南省绿春县的第一书记张翔受学校的邀请，有幸与师弟师妹们共同度过一个美好的五四青年节。

重庆大学党委组织部、宣传部以及学生工作部聘请我为学校"两学一做"学习教育之"信仰的力量"宣讲团成员，重庆大学公共管理学院又专门聘请我为"校友导师"，期间主持人师弟一句一个"师兄"，让我感受到回娘家感觉的同时，更感到责任的重大；重庆大学公管学院党委副书记刘淳老师在我与大家交流前，又专门把我大学时期426室友张煦给我的"不忘初心"的赠言与大家分享，让我分外感动；我在重庆大学的同窗挚友、建设银行南川支行行长李新科专程从南川赶到重庆大学虎溪校区，为我"加油助威"并指导我的"信仰的力量"党课。

用一个多小时的时间，我以"信仰的力量——做合格党员"为主题，与师弟师妹们分享白马村在富源县、大河镇两级党委政府大力领导支持下，在中国航天科工集团公司、云南航天工业有限公司帮扶下，白马村张旺益书记如何带领村"两委班子"和8000多名村民发展教育、医疗和产业经济以及点点滴滴，尤其是这两年脱贫攻坚力度不断加大情况下，白马村如何克服困难，迎难而上，如何发挥党总支核心引领作用，认真做好土地流转、产业发展。

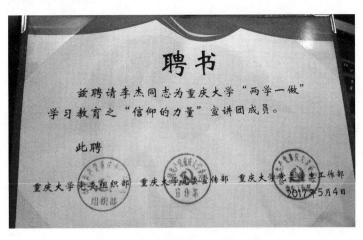

我被重庆大学聘为"两学一做"学习教育之
"信仰的力量"宣讲团成员

我祝愿同学们五四青年节快乐，同时，与大家重温了《人民日报：青春是用来奋斗的》中的闪光句子：青春的底色永远是奋斗。"要知道，春天的道路依然充满泥泞"，没有哪一代人的青春是容易的。只有在年轻的时候奋斗过、拼

搏过、奉献过，书写过人生的精彩、攀登过人生的高峰，我们才能在以后回忆的时候，自信地道一句：青春无悔。现在，青春是用来奋斗的；将来，青春是用来回忆的。青春不息，奋斗不止。

我和大家分享了塞缪尔·斯迈尔斯所写的《信仰的力量》，这本书描述了当时路易十四在废除南特敕命的名义下对新教镇压迫害的历史史实。能够激发灵魂的高贵与伟大的，只有虔诚的信仰；在最危险的情形下，最虔诚的信仰支撑着他们；在最严重的困难面前，也是虔诚的信仰帮助他们获得胜利。

我为母校重庆大学师生做"两学一做"宣讲

我还和同学们共勉：在天大地大的农村，地气山风将滋润你的心灵，山川田野将敦厚你的情怀，爬坡过坎将锤炼你的忠贞，这一段经历将给你留下了人生历程中最难忘的乡愁和最美好的回忆！

课后，同学们希望我对以后可能到农村工作的同学说两句。我说，不管大家今后做什么，始终都要有坚定的理想信念，始终都要努力防止人云亦云、左右摇摆，因为如果自己的内心没有信念，将会不知所终，将会随波逐流，永远不知道自己在做什么，永远跟着别人走；建议同学们在不断加强党性修养、坚定理想信念的过程中，有机会去了解明代哲学家王阳明的"心学"思想，不断构筑起自己强大的内心世界，从而有机会在当前这个伟大的时代里做出一些值得用来"回忆青春"的事情。

监狱里绣出的那面"五星红旗"

（2017-05-08）

成都、重庆几日，始终感动并沉醉于这么多好老师（"亦师亦友"的重庆大学公管学院副院长张鹏教授、公管学院党委副书记刘淳老师）、好同学（国经班、贸经班、经济法班甚至包括后来的学弟学妹们）、好朋友和家人（我在重庆已经扎根的"姐姐"、我在成都的堂弟）对我和家人的盛情接待，让我这个18年后回来的游子感觉像是回到了自己的家中一样。

但是，过去被感动、现在被感动、将来还会被感动的依然是"红岩魂"，还是当年曾亲耳聆听过的杨益言先生（《红岩》作者之一、11.27大屠杀幸存者）的教诲，而正是这个"红岩魂"让我魂牵梦绕，让我唏嘘不已，正是这个"红岩魂"才把"信仰的力量"演绎得淋漓尽致。

在参加重庆大学"两学一做"学习教育之"信仰的力量"活动后，我于5月5日故地重游，参观了位于歌乐山脚下的红岩魂陈列馆并再次瞻仰了"11.27"死难烈士之墓。

我在读大学期间曾经来过这个地方无数次，烈士墓、白公馆、渣滓洞的一草一木都深深地印在我的脑海里，但是，今天过来，别有一番滋味在心头。如今这里的面貌已经大为改观，尤其是2007年夏天的一场大暴雨引发歌乐山的山洪，冲毁了渣滓洞监狱的部分围墙和房屋，许多地方都已经进行了重建，而我已经是18年后来到这里了。

在红岩魂陈列馆里，看到那一面"五星红旗"，我再次热泪盈眶。绣红旗的烈士们为了新中国的成立一直以命相搏，但是，"当鲜艳的五星红旗在北京的天安门冉冉升起的时候，当天安门的礼炮声撼天动地的时候，歌乐山却仰天长啸，悲声壮绝！被关押在'中美合作所集中营'里的200多名革命志士恨饮枪弹，倒在了重庆解放的前夕"。

他们虽然还在祖国大西南的牢狱中等待着最后的死亡判决，却并没有抱怨，也没有放弃奋争，他们用自己的想象绣出来真正的"五星红旗"，他们只能在凯旋的号声里相互交换一个微笑，但是他们没有眼泪，他们不需要慰藉，他们一针针一线线绣出来了"五星红旗"，他们把自己的鲜血绣进了五星红旗，他们把对自由的渴望绣进了五星红旗，尽管等待他们的只是明天的大屠杀，"热泪随着针线走，与其说是悲不如说是喜"。

《狱中八条意见》对我的震撼更大，这是那一代人用生命的代价总结来的经验，许多话语到如今依然闪耀着真理的光芒：

"一、防止领导成员腐化；二、加强党内教育和实际斗争的锻炼；三、不要理想主义，对上级也不要迷信；四、注意路线问题，不要从右跳到左；五、切勿轻视敌人；六、重视党员特别是领导干部的经济、恋爱和生活作风问题；七、严格进行整党整风；八、惩办叛徒特务。"

他们已经知道自己不可能活着走出去，他们将要献身于曙光到来前夕，他们把希望寄托在了未来，寄托在未来的党的身上。信仰的力量到底有多大！

我们无法想象当年的他们，不做国民党政府的高官，不去挣什么大钱，只是为了"革掉自己的命"。他们放弃安逸生活，难道不是"有病"吗？是"信仰"让他们生了"病"，因为"信仰给了他们力量"，让他们这些地下的革命党们抛头颅、洒热血，放弃高官厚禄，放弃舒适安逸，他们忘记了"党（当政者国民党）的教诲"："青春一去不复还，细细想想""认明此时与此地，切莫执迷""迷津无边，回头是岸""宁静忍耐，毋怨毋忧"，然而他们还是高唱着《我的"自白"书》：

任脚下响着沉重的铁镣，任你把皮鞭举得高高，我不需要什么"自白"，哪怕胸口对着带血的刺刀！人，不能低下高贵的头，只有怕死鬼才乞求"自由"；毒刑拷打算得了什么？死亡也无法叫我开口！对着死亡我放声大笑，魔鬼的宫殿在笑声中动摇；这就是我——一个共产党员的"自白"，高唱凯歌埋葬蒋家王朝。

白马桃花庄园究竟有多美？

（2017-05-11）

5月9日，为更好地建设好白马桃花庄园，做好各项服务工作，富源县文广局牵头组织县政府办、县文产办、国土局、农业局、水务局、环保局、大河镇人民政府、白马村村委会等召开了白马桃花庄园首次规划评审会议，县委常委、县委宣传部部长耿妍，县人民政府副县长张德华，大河镇人民政府镇长范涛，镇党委副书记张立平等领导参会。云南省城乡规划设计院（白马桃花庄园设计方）、云南欣宇源农业科技开发有限公司（白马桃花庄园投资方）等参加会议。

与会人员认真听取了云南省城乡规划设计院对白马桃花庄园的概念性建设规划，并提出大量宝贵意见和建议。该项目今后将以生态农业、观光农业、体验农业、休闲农业为主题，以一年四季有看尝、有品尝、有玩尝为特色，力争打造云南特色4.0版本的现代型城乡农庄。在做好黄桃、车厘子、砀山黄梨、红心苹果等林果种植的同时，同步建设生态花园餐厅、木屋别墅区、草坪烧烤区、高科技农业示范区、儿童及成人水上游乐城、垂钓区、花海观光区（食用玫瑰采摘加工、婚纱摄影基地）以及虹鳟鱼、大闸蟹养殖区和相应停车场等设施。

张副县长要求，各有关部门要对庄园建设全力支持配合，尤其是水利、环保部门一定要对水源保障、污染排放充分论证，要求投资方一定要扎实推进，做成一流生态庄园。耿部长表示，原则同意白马桃花庄园概念性建设意见，同时要求一定要做到定位准确、思路眼光要先进，充分发挥好项目的经济、生态和社会效益，认真做好庄园的各项功能布局，同时要符合国家的环保等各项要求，一定要高标准建设还要结合当地实际，真正打造出一个现代农业的城乡农庄项目。

白马桃花庄园建设效果图

50 箱 300 桶优质进口奶粉给了山区的孩子们

（2017-05-12）

5月12日，曲靖市"爱在珠江源志愿者公益团队"殷幼华老师带领8名团队志愿者队员携手澳优乳业走进白马村。

殷幼华老师代表澳优乳业把50箱、总计300桶、价值132000元的澳优乳业"能力多"进口奶粉捐赠给白马小学840名学生和航天白马幼儿园357名幼儿，涉及建档立卡贫困儿童总计118名。

富源县人民政府副县长黄书奕、大河镇人大主席团主席温石宝、白马村党总支书记张旺益、我，以及小学和幼儿园的300多名孩子参加了捐赠仪式。张旺益书记主持捐赠仪式。

殷幼华老师在捐赠仪式上说，爱在珠江源志愿者团队成立于2013年10月，目前注册志愿者达到600多人，团队2017年2月被评选为全国"100个最佳志

爱在珠江源志愿者公益团队携手澳优乳业走进白马村

愿服务组织"。团队成立以来主要开展边远贫困民族山区教育扶贫、资助贫困学生以及禁毒宣传等。这次来到白马村主要是携手澳优乳业为白马村的 1000 多名孩子做点事情，让孩子们能够享受到优质的食品，能够更好地健康成长。

黄副县长、温主席、张书记分别向曲靖市"爱在珠江源志愿者公益团队"和澳优乳业为孩子们做的爱心捐赠表示诚挚感谢。张书记表示，一定要把捐赠的奶粉用好，让村里的孩子们能够享受到最优质的食品。

黄副县长在讲话中还对孩子们说，中国航天科工这些年在富源一直努力为脱贫攻坚事业做一份贡献，希望更多的家庭早日摆脱贫困，希望更多的孩子们自强自立，今后都能走出大山，为国家为社会为人民做出更多的贡献，也希望孩子们长大后把这份爱心传递下去，建设更加美好和谐的社会。

活动结束后，黄副县长、温主席、张书记等邀请殷幼华老师一行参观了航天七彩梦想教室、航天白马蔬菜基地和白马桃花庄园。

尤其值得一提的是，爱在珠江源志愿者公益团队成员每次参加活动都坚持自备交通工具，每次吃饭队员们都坚持 AA 制，主动结算费用，有时感觉到饭菜丰盛时，还自觉增加给付费用，坚决不给所到地方增加任何负担。

轻轻地我走了，悄悄地我把爱留下

（2017-05-16）

　　5月12日，曲靖市人民广播电台主持人刘瑞玲（子玲）、记者刘洪斌（洪斌）来到白马村采访白马村发展产业助力脱贫攻坚的情况。黄书奕副县长、张立平副书记、张旺益书记陪同爱在珠江源志愿者团队继续参观；我和白马村村民刘敏（素质教育集团董事长）陪同子玲和洪斌走访。

　　他们参观了航天七彩梦想教室，对航天科工二院帮扶建设的漂亮又有教育意义的教室深表叹服；他们调研了航天白马蔬菜基地，并和基地务工的建档立卡贫困户肖小波详细交谈，了解他在基地务工前后的情况；他们在白马桃花庄园正在建设的梨树园、玫瑰园，边走边听边看白马村如何旧貌换新颜。

　　他们还走访了大坝山村民小组的两户建档立卡贫困户，子玲和他们进行了深入交谈。

　　我看到两户村民边说边流泪，子玲也陪着他们默默地流泪。一户是 67 岁的奶奶和 5 岁的孙女相依为命，老奶奶的儿子已经去世，孩子妈妈远走他乡；一户是父亲因肺癌离世，留下 32 岁的母亲带着 4 个孩子（最大的 12 岁，最小的 3 岁）。子玲说，这次走近你们也是让更多的人能够有机会了解到困难群体，了解到你们的情况，也希望你们努力克服难关，我们大家也都会关心你们的。

　　临走时，子玲从自己身上掏出几百元钱，悄悄地放在村民家的椅子上。

老同学庄捷来到白马村——中国农大人的情怀（二）

（2017-05-17）

5月16日~17日，我在中国农业大学读研究生时的同学庄捷来到白马村。白马村党总支书记、村委会主任张旺益和刘敏陪同他参观幼儿园、桃花庄园和蔬菜基地，并走访慰问了贫困老百姓。

庄捷是我2008—2010年在中国农业大学读研究生时的老同学和好朋友，我到云南农村以来，他一直关心着我，经常邮寄一些物品过来，或衣服或其他物品，这一次他来这里，也是很长时间以前就和我多次沟通的。

2015年我们同学开年会时，他和其他同学录制并在年会上播放了我的一段视频，专门向我到云南山区农村工作表示敬意。2016年元旦时，庄捷又打来电话和我商量国学教育如何在山区农村推广普及的事宜。今年年初庄捷说一定要过来看看我，我也一直充满着期待。

不巧的是，就在他来云南的同时，我有急事返回北京。他打电话说明天将从云南返回北京，返京后要和我商量如何帮助白马村做点事情；但是，我明天一早又要返回云南，我们再次错过了。

庄捷只是我中国农大研究生同学中一直帮助贫困孩子们的普通一员，中国农大的其他很多老同学、老朋友也和我一直保持着联系。

敖柏帮我联系上了她在上海贝尔公司的同事、一直在宁蒗做扶贫的第一书记李世杰，同时带动她的同学安徽亳州古井镇李厂多次捐赠书籍和资金给白马村的贫困孩子们；刘会华两次邮寄衣服、玩具并把现金汇过来让我直接帮助贫困百姓渡过难关；吴继辉为航天七彩梦想教室捐赠一套全新的《军事文摘》；赵晓晓也把一些衣服、玩具整理好寄过来并问我如何捐款给孩子们；红亮和我探讨如何种植生姜帮助老百姓致富；等等。特别是我的这些同学们（包括很多同学的同学们）知道我的微文打赏全部用于资助贫困学子后，他们一直在默默地为我的文章打赏，到目前已经有3221.84元了。

感谢你们为白马村、为贫困户所做的一切，我为成为你们这些大爱农大人的同学感到万分荣幸和骄傲。白马的老百姓会永远感谢中国农大人的，会记住你们为白马村所做的点点滴滴。

优化统计工作，助力"精准扶贫"

（2017-05-19）

尽管已经开展了精准扶贫大数据管理平台建设，提供了很多数据，但是很多领导在使用过程中感觉还是不够用。

近期，富源县按照上级要求，开展因病返贫、因病致贫数据统计搜集工作，5月18日，大河镇政府组织开展业务培训，5月19日一大早，白马村的联系镇领导、大河镇纪委副书记张立平和大河镇卫生院书记李焕一行等来到白马村指导此项工作。我和村卫生所所长刘建华、村监委主任李桥会负责严湾冲村民小组和后头冲村民小组，同时，我们除了统计此项数据外，还需要统计扶贫中贫困人口就业和发展产业的相关数据。

早在2012年，国家就已经意识到"因病致贫、因病返贫"是一个亟待解决的问题。此次统计年限需要回溯到2014年，也就是近三年的数据。白马有220多户、900多名贫困人口（含已经脱贫的）需要完成相关表格，因病致贫返贫需要做到每人一张表，就业和产业发展调查表是一户一张表。上午布置完工作，下午我们这个组就赶到严湾冲村民小组进行数据填报。一个下午完成了16户，该村民小组还有18户，后头冲村民小组还有20多户，预计至少3天才能完成。

我原来以为是云南省一个省的精准医疗数据不够用，所以重新投入大量人力物力采集此项数据，后来看了网上报道，发现这是一个精准脱贫的全国性行为。国务院扶贫办副主任洪天云之前说，从2016年下半年开始，对贫困人口进行建档立卡"回头看"，数据显示，因病致贫、因病返贫户在所有贫困户里的占比达44.1%，更好地打好防止因病致贫、因病返贫这场攻坚战，在整个脱贫攻坚中非常关键。如果把44.1%的因病致贫、因病返贫户的脱贫工作做好了，脱贫攻坚战就是打了一场非常漂亮的仗。

通过这项工作，我感觉到扶贫工作是"摸着石头过河"。一是要对统计数据进行回溯，要求老百姓拿出来三年前的医疗单子，需要费一番功夫；二是此项数据统计工作，需要中央层面、省级层面、市级层面、县级层面、镇级层面都要进行培训，而且由于很多基础性信息没有统管起来，造成了反复统计，降低了工作效率。建议精准扶贫大数据管理平台中的表格设计得更准确一些，减少重复工作，提高工作效率。

航天白马蔬菜基地不仅仅种菜

（2017-05-20）

航天白马蔬菜基地不仅仅种蔬菜，在今年3月份第一茬65吨松花菜上市售罄后，目前基地种植的第二茬各类蔬菜、瓜果已经进入成长期，不仅仅有云南小瓜，还有西瓜、草莓、葡萄、洋芋、红梨……我们还在养生态猪、生态鸡，还有生态鱼。

你要问为什么？因为不久的将来，我们要在这里建生态餐厅，需要有自己的生态产业链，鸡粪、猪粪用来滋养土壤，土鸡用来捉虫、减少农药用量。

很快，你就可以过来采摘新鲜蔬菜随意烹饪，你就可以自己钓上一两条鱼让厨师给你红烧或清蒸，你就可以自己抓住一两只散养鸡让厨师给你做成土鸡火锅，你就可以挑选基地饲养的生态猪来盘红烧猪肉，而我们要做的就是让你品尝我们用心培育的劳动果实，品尝真正一流的生态无公害蔬菜、瓜果、生鲜鱼肉。

我们共同期待航天白马蔬菜基地生态餐厅早日开业。

常贺和她的女儿

（2017-05-22）

第一次去邮局寄信（寄包裹）！

一封饱含真情的信，

写给航天白马幼儿园的小朋友。

（第一次完整写书信，也是本周课内语文作业）

一些充满爱心的礼物，

儿时最心爱的玩具，

一份温暖真诚的情义，

同一片蓝天下快乐成长！

　　我单位的同事常贺有一个可爱的女儿，现在在北京市海淀区实验小学读三年级了。5月21日，她写了一封稚嫩而又充满感情的信给航天白马幼儿园的孩子们。

　　她在信中说：

亲爱的航天白马幼儿园的小朋友们：

　　你们好！我是一名来自北京市的三年级小学生，听妈妈说她的一位同事李杰叔叔到你们白马村工作一段时间，并创办了云南航天白马幼儿园（哈哈，宝贝，应该是中国航天科工集团公司援建）。听说后，我非常激动，我能为你们做些什么呢？于是，我把我最心爱的一些玩具找了出来，我和妈妈把它们收拾干净整洁，打好包装，准备寄给你们。

　　……

　　祝愿你们好好学习，快乐成长！希望我们在同一片蓝天下，成为好朋友！

　　此致

敬礼

海淀实验小学三年级许皓桐

2017 年 5 月 21 日

"金山银山，都比不上你们白马山"

（2017-05-23）

5月23日，曲靖市文体局艺术研究所余晖所长和王雄思老师（他们二人都参与白马村村歌《人间一个桃花源》《我的扶贫故事》作词、作曲、编曲）来到白马村调研指导。余所长向白马村党总支书记、村委会主任张旺益和我详细了解白马村发展产业、建设白马桃花庄园、航天白马蔬菜基地的情况。

他说，白马桃花庄园建设中一定要加入文化的元素，包括富源的文化历史、白马村的文化建设等，让乡村旅游插上文化的翅膀，这样才有内涵、才有持久的生命力。他说，白马村的发展完全符合习近平总书记"创新、协调、绿色、开放、共享"的发展的理念，抛却了煤矿污染，重新找到新的发展路子，非常了不起。

4月17日，余晖所长于暮色中到白马村"走马观景"，得《桃花林深千倾瓣》记之，并赠送给我一首诗："紫箫清曲幽留泉，桃花林深千倾瓣。三月三日蟠桃会，白龙神马驾云端。乡人结庐伴趣鸟，玄武圣堂镇万山。大儒故里有书声，小儿稚翼出雄关。"其中诗中的第一句，紫箫清曲幽留泉，至少包括了两个含义：一是大河镇又称"紫竹之乡"，这里的竹子很多都是紫色的；二是留泉其实是指"富源八景"之一"白马留泉"，白马山半山腰有一汪清泉，无论多旱的气候，从未干涸过。

在白马桃花庄园，余所长在杨涛总经理陪同下认真了解询问了桃花庄园车厘子、黄桃、油桃以及红心苹果的长势情况。随后，我和张旺益书记陪同余所长登临富源县第二高峰、海拔2341米的白马山山顶。

在看了白马山顶的古战壕、一品夫人墓，特别是白马山漫山遍野的野樱桃后，余所长说："金山银山都比不上你们白马山啊！"他说，野樱桃泡酒最养人，就用你们村里自己烧的老白干，用白马山上的山泉水，泡上八个月，以后就卖"白马山野樱桃酒"，绝对了不得的。野樱桃酒具有祛风胜湿、活血止痛的功效，可以治疗风湿腰腿疼痛、四肢麻木、中风偏瘫、屈伸不利及冻疮等病症，还能消除疲劳，增进食欲，改善睡眠，特别是女性常饮此酒还有很强的美容养颜的功效。

临末，余所长邀请张书记、我以及杨涛总经理抽时间到曲靖继续和他商谈如何建设好白马桃花庄园，如何打造好桃花庄园的文化元素。

百姓有多难？老板有多难？

（2017-05-24）

5月24日上午，因为白马桃花庄园与老百姓在租赁田地里平整田埂等事宜发生"纠纷"，张旺益书记和村"两委"邀请白马桃花庄园总经理杨涛和副总经理肖根云以及当事人一起"扯"，希望大家都能从有利于维护老百姓的利益，有利于白马桃花庄园今后发展，有利于推动地方经济发展的角度一起促成事情的妥善解决。

白马桃花庄园自2016年开工建设以来，取得了难得的成绩，目前经富源县县委、政府有关部门、大河镇党委政府、白马村主要领导参与讨论的第三个版本的整体建设规划已经完成，即将全面开始农旅项目规划方面的建设。

该项目得到从云南省省里到曲靖市市里到富源县县里的一致认可，村里的老百姓也已经享受到了地租收益（150万~200万元），务工收益（每年200万~300万元），绝大部分老百姓都是非常认可的。

但是也存在很多非常艰辛的地方，不说出来，没有人知道，大家都知道鲜花和掌声，却很少知道背后的心酸和汗水。项目建设以来土地流转中少部分村民的艰难说服工作（持续七个多月，全镇大部分村镇干部参与其中）、果树如何在短时间内种到地里存活、庄园果蔬如何解决排水供水、小冲子务工老人非正常死亡、小学生上学无法从原来老路通过、与村民因围栏问题冲突、与个别村民因不同意改变土地用途的冲突、村委会对土地合同再次进行逐字逐句进行完善等等，但是项目仍然"顽强"地发展起来，而且初步形成规模，白马村的产业结构已经发生了翻天覆地的变化。

张旺益（白马村党总支书记、村委会主任）

今天把大家召集起来，是因为我相信我们白马村一定会一天更比一天好，目前必须把发展难关度过去。因此希望大家以正常的心态把事情好好理一下，把情况说清楚了。白马桃花庄园这么大的一个项目，上级领导多次来调研，我们一次流转3000亩土地，全县全市都没有先例，我们村干部是非常了不起的，但是其中的酸甜苦辣只有杨总和村委会、涉及的村民组长们清楚。

当着杨涛总经理的面大家来评评，个别村民给中纪委写"举报"信举报我，说杨总给了我个人128万元好处，杨总，你说你给过我一分钱没有？我要过你一分钱没有？作为一名党员，作为村里的书记，把桃花庄园项目建成建好，是一项政治任务，我责无旁贷的。同时也请杨总体谅一下，我们的村组干部确实不容易，每个月他们只有120元的"工资"，连电话费都不够，但是他们也有老婆、孩子、老人要养，他们怎么办？我作为他们的"班长"我又能怎么办？

杨总到这里投资很不容易，过去有煤矿时，日子还都好过些，现在煤矿没有希望了。杨总的项目已经投入一个多亿了，他没有得到银行一分钱的支持，全靠他个人的积蓄和爱人的支持投入，如果杨总的项目建设不好，我们都有不可逃避的责任。

杨涛（白马桃花庄园项目负责人、总经理）

项目从开始到现在，我们付出了太多太多。白马村村组干部一个月120元钱的收入，你们确实不容易，你们对桃花庄园很支持，确实很感谢你们。

但是作为公司来说，在当前的经济形势下，我们确实很难。当前，我们也到了骑虎难下的境地，有时也感觉很后悔，"为什么要上这个项目""许多职工原来在我的煤矿和超市做活,也埋怨为什么跑到村里做事情",但是我自己还是认为：一是我们富源人是有能力的，这个项目"要做就必须做好"；二是我始终没有偷懒，我们公司不是哄人的，很多老百姓也知道我们不是骗人的，到现在一个多亿都付出来了，每个月我都要筹集几十万元给老百姓发工资，这个局面近2~3年都会持续，而公司还一分钱收入都没有；三是大家也知道，我们搞林下种植，说是许多蔬菜卖到超市，实际上是亏钱的，但是老百姓还是赚到务工的钱了，老百姓说"杨老板不容易，真正为老百姓做实事了"；四是这个项目对增加老百姓收入，对白马环境改善，对社会效益提升都是有利的，无论多难，我们公司都会想办法把事情做好，都会咬紧牙关做下去；五是希望大家多理解，如果田埂不动，如果不做水上乐园，不做QQ农场，只是种果树，这个项目肯定没有效果，我还是希望大家认识到，我们富源人做事不能丢脸，既然做了，就一定要做好，让外地人知道，我们还是能做事的；六是希望大家一如既往地支持我们，我们所走的每一步，都是扎扎实实的，都是按照县里同意的规划开展的，我不会也不可能夹着尾巴就跑掉，我是拿真金白银做事的。

李杰（白马村驻村第一书记）

一是希望杨总、肖副总也理解我们的这些村组干部非常不容易，有任何事情都提前和他们沟通，他们是支持村里各项工作和今后发展的骨干力量，二是我们要发展，要做事，要有个好前程，希望我们村组干部都要带头做出必要的牺牲和让步，全力支持杨总把白马桃花庄园这个项目做实做好。

某村组干部

杨总不容易，我支持杨总在白马村发展。但是我就这一点土地，已经全部给杨总租用了，连养猪的猪草都没有地方打，我没有任何其他收入，一个月120块钱的补贴，连电话费都不够，日子不好整，确实过不下去了。昨天，我打电话给肖副总，他一直都不接，不理会我。我靠儿子也靠不上，他们自己还都顾不过来呢。干脆你把我20年的租金一下子付清了，我自己想别的办法去了。反正无论做什么，我们每一个人都是要吃饭的，饭都吃不上，我们今后怎么办？

杨涛（白马桃花庄园总经理）

肖副总昨天电话确实没听到，向你道歉。我们投入那么多钱到项目里，我半夜里醒来也是"常常心里发慌"；现在地里用的工，一个是一个，不敢不能多用。我现在心里所想的，就是如何把项目做好了。

顾八斤（白马村综治办主任）、田小雁（白马村土管员）

无论如何，涉及到固定建筑、田埂变动等，还是要和村组干部、相关村民提前沟通一下。

张旺益（白马村党总支书记、村委会主任）

你们说的事情，我其实也都在考虑了。杨总很不容易，村组干部也不容易。这些村组干部遇到很多现实（不能出去打工，只能围着村委会做事）的问题，我作为他们的"班长"都是深有体会的。

白马村也可以不上白马桃花庄园这个项目，过去也可以不盖村委会的办公楼，村委会就是个"壳壳"，上级镇政府批评我"不作为"也没关系，一些村子不照样没有上项目？照样领工资补贴吗？但是，我作为一名共产党员，作为这个项目在村里的最高"总指挥"，在其位必须谋其政，白马必须发展，我必须带着大家一起发展。

李桥会（白马村村务监督委员会主任）

希望大家还是多通气，少怄气，村组干部要站在讲政治的高度做事，否则负面影响太大了。过去，带着大家做土地流转工作，现在自己遇到困难了，怎能就不做引导工作了？过去，大家有地种，但是又有多少收益？养猪，还不是可以用饲料？土地没有了，一些村民就什么事情不做了，在家里看电视，这难道不是心态出了问题？

张旺益（白马村党总支书记、村委会主任）

每一个村民组长、村民小组党支部书记都是大家选举上来的，我们都是很信任的。一是你有这个能力，二是你在村里的威信，三是你做事公平，我们和村里的老百姓对你都是很信任的。关于个人遇到的现实问题，你不说，我们也都了解。我们村"两委"肯定要认真考虑的。

白马村扶贫白皮书

（2017-05-27）

一、白马村现状及贫困状况

（一）白马村基本情况

白马村村委会位于大河镇北部，距镇政府7千米处，东与贵州平关相连，南与黄泥、青龙两个村委会相接，西与磨盘、圭山毗邻，北与中安镇接壤。全村辖10个村民小组、23个自然村，现有总户数2020户、总人口8306人，有劳动能力4200人，其中常年外出务工人员1700人左右。

白马村村域面积20.3平方千米，全村耕地面积4275亩，林地面积17000亩，其中林果面积3160亩，大棚蔬菜面积100亩。境内属亚热带季风气候，平均海拔1750米，年平均气温13.8℃，无霜期240天，年平均日照1819小时，光照率41%，年降雨量1100毫米。

（二）总体贫困状况

2012年下半年以来，由于受宏观调控影响，煤炭产业出现断崖式下跌。全村6个煤矿，4个关闭（目前仅黑路山煤矿、祥达煤矿在产）；洗煤厂、焦化厂、玻璃吹纤厂等全部关闭，对一直以煤炭产业为生的村民造成很大影响。

2015年以来，按照上级扶贫部门组织开展的五次"回头看"并根据"三评四定"程序，目前纳入云南省精准扶贫大数据平台的建档立卡贫困户为209户、贫困人口697人，较2015年年底223户、756人有所下降，分别占大河镇全镇（17个村委会）2834户贫困户的比率为7.37%、10307名贫困人口的比率为6.76%。

目前全村享受低保人口数为503人，其中农村低保315人（额度115元、160元、240元不等），城镇低保188人（额度326元、356元不等）；全村五保户14人，每月享受政府补贴442元。

（三）贫困人口具体情况

1.按照"五个一批"：209户、697名贫困人口中，拟通过发展生产脱贫152户、

302 人；通过政策兜底、社会保障脱贫 100 户、162 人；通过发展教育、提升素质 115 户、233 人。

2.209 户、697 名贫困人口，致贫原因分析：

贫困户致贫原因分析

序号	致贫原因	户数	占比	人数	占比
1	生病	61	29.19%	208	29.84%
2	残疾	18	8.61%	67	9.61%
3	上学	19	9.09%	82	11.76%
4	灾害	2	0.96%	7	1.00%
5	缺水	2	0.96%	9	1.29%
6	缺技术	22	10.53%	52	7.46%
7	缺劳动力	52	24.88%	184	26.40%
8	缺资金	23	11.00%	72	10.33%
9	交通条件落后	6	2.87%	8	1.15%
10	发展动力不足	4	1.91%	8	1.15%
	合计	209		697	

从上述情况来看，因生病、缺乏劳动力、上学是导致贫困的主要原因，分别占了全村贫困总人口的 29.84%、26.40%、11.76%。

3. 从基本情况来看，697 名贫困人口中，女性 306 人，占比 43.8%；少数民族 18 人，占比 2.58%；新农合参保人数 696 人，占比 99.86%；参加城乡居民基本养老保险 350 人，占比 50.22%。

4. 从劳动能力来看，697 名贫困人口中，具备劳动能力的 344 人，丧失部分劳动力的 102 人，无劳动能力的 251 人。

5. 从健康状况来看，697 名贫困人口中，581 人身体健康，患有长期慢性病 47 人，患有大病 31 人，残疾 38 人。

6. 从是否在校来看，697 名贫困人口中，在校学生 229 人，非在校学生 468 人。

7. 从学历程度来看，697 名贫困人口中，文盲半文盲 96 人，小学 368 人，初中 143 人，高中 36 人，大专及以上 15 人，学龄前儿童 39 人。

8. 分布情况

建档立卡贫困户在各村民小组分布情况

村民小组名称	建档立卡户数	建档立卡人数
瓦窑山	12	28

村民小组名称	建档立卡户数	建档立卡人数
磨刀石	30	85
小铺子	23	75
后头冲	16	64
碉　上	22	65
十字路	19	58
大坝山	17	55
色尔冲	9	33
戛布冲	27	93
严湾冲	34	141
合计	209	697

2016 年完成脱贫 32 户、111 人，截至目前，建档立卡贫困户为 177 户、贫困人口 586 人。

二、扶贫工作开展情况

（一）白马村开展的主要扶贫工作

1. 严格精准扶贫对象认定。白马村两委班子高度重视扶贫工作，根据县镇两级政府扶贫部门要求，严格按"五查五看三评四定"[①]的原则开展建档立卡"回头看"工作，召开各村民小组专题会（村民代表）、召开人大代表、党代表等参加的两委班子扩大会等认真开展五次"回头看"情况，对全村建档立卡贫困户进行精准识别。

2015 年 11 月以来，白马村先后组织召开建档立卡专题工作布置会 14 次：

序号	日期	涉及建档立卡贫困户专题会议评定的具体内容
1	2015-11-02	村两委班子专题会，讨论上报 2016 年度扶贫项目
2	2015-12-10	村两委班子扩大会，贫困户核定信息填报工作
3	2015-12-19	村两委班子扩大会，讨论建档立卡贫困户评定；讨论《白马村脱贫发展工作规划（2016-2018）》

①"五查五看"即：查收入、看家庭收入的稳定性，把农户的经营性收入、财产性收入、工资性收入、补贴性收入调查清楚，详细记录；查住房、看居民住房的安全稳固性，把住房面积、结构、安全情况全面掌握；查财产、看贫富程度，农户有没有经营设施、经营实体、外购住房、经营车辆、参与他人经营实体等；查家庭成员结构、看家庭负担，看赡养人口、读书人口，劳动力人口从业状况，基本查清家庭的支出结构及年均支出情况；查生产生活条件、看基本生产生活状况，查农户的耕畜、耕地及地力状况，摸清种植、养殖规模、品种、水平、生活用车、家电设备和吃穿用情况。

"三评"即：一是内部评议、二是提交村（组）党员评议、三是提交村（组）民会评议。

"四定"即：村委会初定、村民代表议定、乡（镇）审定、县确定。确保建档立卡结果客观真实、情况准确、信息全面。

续表

序号	日期	涉及建档立卡贫困户专题会议评定的具体内容
4	2016-02-23	村两委班子扩大会，传达部署建档立卡人员重新核定精神，对214户756人再次认定
5	2016-04-25	村两委班子专题会，商讨建档立卡贫困户进一步确定问题
6	2016-05-26	村两委班子专题会，讨论建档立卡回头看人员确定问题
7	2016-07-09	村两委班子专题会，召开建档立卡贫困户评定大会
8	2016-08-10	村两委班子扩大会，商讨建档立卡贫困户评定工作会
9	2016-08-21	村两委班子扩大会，建档立卡贫困户补充信息
10	2016-11-13	村两委班子扩大会，建档立卡贫困户重新录入系统
11	2016-12-05	村两委班子扩大会，传达县镇关于脱贫攻坚要求
12	2016-12-27	村两委班子扩大会，就当前脱贫工作进行布置
13	2017-04-01	村两委班子扩大会，建档立卡月度走访工作布置会
14	2017-05-25	村两委班子扩大会，建档立卡末次调整专题会议

2. **配合做好"挂包帮、转走访"**。白马村认真做好云南航天工业有限公司（以下简称云南航天）、大河镇人民政府、大河镇国土分局、大河二中、白马小学等"挂包帮、转走访"单位干部到白马村联系的建档立卡贫困户调研走访以及回访工作。特别是云南航天，自2015年以来，先后于2015年10月8日~15日、2016年10月8日~12日两轮六批次组织37名党员干部到白马村走访所联系的39户、100人建档立卡贫困户/人口。

3. **研究制定脱贫发展规划**。2015年12月，村两委班子研究《富源县大河镇白马村脱贫发展规划（2016~2018年）》，反复多次讨论，研究制定了2018年年底前全面脱贫、推动白马村跨越式发展的具体实施方案，并明确了今后三年的全村经济发展、脱贫攻坚的方向和思路。2016年11月，研究制定了《白马村产业扶贫实施方案》，对种植、养殖进行到村到户规划。

4. **招商引资引入产业发展项目——白马桃花庄园**。在富源县委、县政府、大河镇党委、镇政府支持下，2016年1月成功引入集林果种植、旅游观光、餐饮娱乐为一体的农业开发示范项目——白马桃花庄园乡村旅游项目。

该项目引进安徽砀山高品质果苗木、先进的果木种植技术、水果蔬菜加工技术和成熟的市场，建设以黄桃为主的水果种植和加工基地，涵盖产业上游、中游、下游各个环节的完整农业产业体系，建设包含农业观光休闲度假、农事体验、农业科技展示教育、农业采摘、商务会议、特色餐饮等各种旅游产品，打造吃喝玩乐住一条龙服务的农业旅游胜地。项目分三期建设，其中一期投资 4.1 亿元，拟建设黄桃种植基地 6000 亩和年产 3 万吨水果罐头生产线项目。主要情况如下：

（1）2016 年 1 月 13 日，安徽砀山欣诚食品公司付超飞总经理在牛睿、刘云峰、张旺益、李杰、杨涛总经理等的陪同下到白马村调研考察；1 月 26 日，牛睿、刘云峰、杨涛等在白马组织召开协调会，商讨项目启动事宜；2 月 29 日、3 月 7 日，牛睿先后两次到白马村，了解督促项目启动情况。

（2）2016 年 2 月 10 日（正月初三）起，张旺益书记组织带领村两委班子先后在十字路村民小组、色尔冲村民小组、夏布冲村民小组逐村召开村民动员大会，征求群众意见并确定"项目启动与量地工作"同步进行的工作思路。

（3）2016 年 2 月 17 日起，项目土地丈量工作组进入夏布冲，开始土地丈量工作，标志着项目全面正式启动；2 月 23 日，白马村召开村"两委"委员、党支部书记、村民小组长、参加的村两委班子扩大会，对桃花庄园项目进行再动员；3 月 5 日，从安徽砀山起运的第一车黄桃树苗到达白马村并开始果苗种植，后续总计 25 车、10 万株，包括黄桃、苹果、车厘子、日本柿子等。

（4）2016 年 3 月 23 日，牛睿书记在白马组织召开座谈会，对加快土地流转工作进行现场指挥，并召集全镇各站所主要负责人、布置深入村寨逐家逐户做好说服工作。温石宝主席、张立平纪委、罗忠华副书记、刘云峰副镇长、游界副镇长、罗文光副镇长及大河镇各主要站所负责人等参加。

（5）2016 年 6 月 23 日，游界副镇长在白马组织召开会议，重新组建成立土地流转工作小组，布置做好后续土地流转工作。

（6）2016 年 7 月 14 日，范涛镇长在白马召开村两委班子参加的土地流转落实会议，对后续"插花地"流转工作进行部署；7 月 20 日，游界副镇长在白马组织召开土地流转专题会议，工作组在已经连续工作四个月后暂时退出。

（7）2016 年 9 月 22 日，大河镇党委集体约谈白马村两委班子，要求全力做好最后"插花地"土地流转说服工作，为项目进一步发展彻底扫清障碍；9 月 28 日，白马村两委班子扩大会，研究制定做好最后"插花地"的丈量流转工作。

（8）2016 年 11 月 16 日，戴桃玲副县长带领县农业局、林业局、水务局、扶贫办等部门到大河镇现场协调白马桃花庄园相关工作。

（9）2017 年 2 月~4 月，唐开荣书记、陈志县长调研白马桃花庄园旅游产业开展情况；曲靖市人大常委会主任朱兴友、云南省深改办改革协调组高建明处长、中国人民银行曲靖分行行长调研指导白马桃花庄园建设。

（10）2017年3月23~24日，黄书奕副县长带领白马村张旺益、李杰、杨涛、张家高等到大理州剑川县马登镇考察自然能提水项目。

（11）2017年5月9日，富源县文体局牵头召集县政府办、农业局、林业局、国土局、环保局等部门对白马桃花庄园概念规划图进行讨论，县委常委、宣传部部长耿妍、副县长张德华参加讨论。

截至目前，白马桃花庄园项目在县镇党委政府支持下，在云南欣宇源农业科技开发有限公司（为该项目专门注册成立的公司）的推动下，已经完成土地流转3160亩，投入资金1.3亿元，种植黄桃1200亩、苹果500亩、车厘子500亩、梨子250亩、食用玫瑰园50亩、30年老梨树240株；建钢架大棚80个、120亩；围栏11000米，活动板房400平方米，毛石基础路面完成12000米；建成组合式冷冻库10个1000立方米；30亩水上乐园初步建成。

经统计，县镇两级党委政府总计为该项目整合协调各类项目资金1350万元。

该项目涉及建档立卡贫困户89户、贫困人口325名，项目建设过程中坚持"两带头、两优先"原则，即村组干部和党员带头签署协议、流转土地，建档立卡贫困户和参与土地流转农户优先务工。项目全面建成后有望解决全村200人的直接就业，200~1000余人的间接就业问题，涉及客货运输、旅游餐饮、停车服务等。

经初步统计（因尚未全部完成，数据均为估计值，具体以实际核算为准），项目自2016年3月份开始全面建设以来，已支付土地租金120万~150万元，发生应付工资在200万~250万元，日工资在50~80元/人不等，长期在庄园务工村民每天30~100人次不等，其中涉及四个村民小组的建档立卡贫困户89户，共325人。

（二）中国航天科工、云南航天帮扶情况

1. 扶贫项目航天白马幼儿园建设情况

航天白马幼儿园是中国航天科工集团公司（以下简称中国航天科工）2014年1月以教育扶贫的方式提供扶贫资金80万元援建的一个云南省农村示范幼儿园，解决了山区农村无公立幼儿园的问题。

幼儿园总投资500万元，其中主体建筑和附属建筑投资349万元，征地、审图等投资151万元。幼儿园建筑面积1500平方米，占地面积4500平方米，目前有乡村幼儿教师 15 名，在校幼儿 357 名。2014 年，航天二院二部、23 所职工捐资 5 万元为孩子们建设了一间包含多媒体设备、强化木地板、各类玩具的总面积 96 平方米的多媒体教室；801 厂为该园捐赠一台大屏幕液晶电视。

2016 年 12 月，使用航天二院扶贫资金 5 万元为幼儿园再次建设七彩梦想教室一间，布置飞机、舰船、导弹模型 14 个，购置图书玩具 1000 余件，接待来访客人 20 余次。建设过程中得到航天科工总部、昆明报刊发行局以及社会各界爱心人士（王建生、张镝、于菊、李根仓、王培雷、吴继辉、胡煜等）的大量资助。

该园在搞好教学工作的同时，积极响应国家脱贫攻坚号召，目前每学期为在校 17 户建档立卡贫困户的孩子每人减免学杂费 200 元，总计 3400 元，每年 6800 元，建园两年来已经累计为建档立卡贫困户减免学杂费 13600 元；同时，该园园长刘敏个人每年为白马村文理科状元提供捐资助学款 1500 元。

2017 年 4 月，经村两委会讨论，决定使用航天科工四院张镝副院长捐赠的爱心资金再次为 17 户建档立卡贫困户每个孩子减免保教费 400 元，总计 6800 元。

2. 扶贫项目航天白马蔬菜基地建设情况

2016 年 5 月，白马村在中国航天科工、云南航天工业有限公司（以下简称云南航天）和富源县、大河镇两级党委政府的支持帮助下，引入产业扶贫项目——航天白马蔬菜基地。

按照中国航天科工、云南航天与富源县扶贫办、大河镇人民政府、白马村村委会、张家高等六方签订的《白马村绿色蔬菜种植示范基地建设项目协议书》规定及进度要求，目前已经全部完工。

项目占地面积 103 亩，总投资 285.5 万元，建设内容主要包括钢架塑料大棚（55 个，其中连体棚 15 个、插地棚 35 个、中棚 5 个）、配水管网建设工程（包括干管、支管、喷头、阀门等，管网总长 6022 米，此外，还有加肥池、过滤池、配药池等）、排水沟渠建设工程（建成排水沟 73 条，总长 5050 米）以及基地配套道路、河渠修缮改建等。其中中国航天科工、云南航天分别投入扶贫资金 35 万元、15 万元，主要用于部分钢架大棚建设；在富源县、大河镇两级党委政府帮助下，协调国际农业发展项目贷款基金 90.5 万元，主要用于配水管网、排水沟渠建设工程；其余部分钢架大棚建设、土地租金、农药、化肥、种子、各项人工费用等由项目负责人张家高负责并自主经营、自负盈亏。

（1）2015年11月5日，黄书奕副县长带领富源县农业局有关领导以及白马村张旺益书记、李杰书记、云南航天新农村建设指导员李庚等到东川考察中国航天科工定点扶贫项目——东川太空蔬菜种植推广基地。

（2）2015年11月10日，大河镇扶贫办、农技推广中心、畜牧站等根据牛睿书记指示到白马调研蔬菜示范基地项目可行性。

（3）2015年11月13~14日，张旺益、李杰、李庚、张家高以及主要村民组长到昆明东川、嵩明、弥勒考察大棚鲜花、蔬菜种植项目。

（4）2015年11月23日，黄书奕副县长、县农业局杨书记、大河镇党委牛睿书记听取白马村蔬菜示范基地项目可行性研究报告；2016年1月18日、27日白马村两次向黄副县长、牛睿书记汇报项目可行性研究情况。

（5）2015年12月18日，2016年3月13日，中国航天科工集团公司扶贫办负责人甄智专务、云南航天李美清副书记先后两次到白马村调研蔬菜示范基地项目可行性。

（6）2016年4月13日，中国航天科工集团公司党组成员、副总经理方向明带领集团公司扶贫开发领导小组成员和云南航天苏晓飞董事长（党委书记）到访白马，调研精准扶贫情况并听取蔬菜项目可行性研究报告。

（7）2016年4月27日，中国航天科工集团公司扶贫领导小组专题会议通过航天白马蔬菜基地项目建设方案；5月7日，航天白马蔬菜基地开始全面建设。

（8）2016年6月21日，中国航天科工集团公司扶贫办负责人甄智专务、云南航天李美清副书记、黄书奕副县长在白马村举行航天蔬菜示范基地建设项目签字仪式。

（9）2016年6月10日钢架大棚开始建设，10月育苗大棚等主体工程完工并开始育苗（首批主要种植青花菜，11月1日开始移栽到大棚，2月底上市，65吨产量，主要卖到曲靖、安顺等地），喷滴灌等给水设备12月25日全部完工并调试完毕。

（10）2017年1月9日，项目通过富源县政府办、扶贫办、农业局及大河镇人民政府等相关部门的验收。2017年1月12日，中国航天科工扶贫办负责人甄智、二院团委书记王国龙到白马村进行验收。

3. 航天白马蔬菜基地扶贫效果

（1）土地租金。该项目主要使用白马村村委会瓦窑山村民小组和磨刀石村民小组土地 103 亩，每年支付土地租金约 10 万元。两个村民小组涉及建档立卡贫困户总计 42 户、113 名贫困人口（29 名具备一定劳动能力），其中建档立卡贫困户在基地的总计 13 户、贫困人口 33 人，土地总计 9.7 亩，每年可获得土地租金 91000 元，为建档立卡贫困人口每年人均增加收入 2757 元。具体如下：

序号	村民小组	户主姓名	人口	土地（亩）
1	瓦窑山	刘石钟	1	0.4
2	瓦窑山	李石合	2	0.4465
3	瓦窑山	李小现	5	1.049
4	瓦窑山	田云香	3	0.453
5	瓦窑山	张小奎	4	0.7022
6	瓦窑山	李小香	2	0.2306
7	瓦窑山	张保才	4	0.2789
8	瓦窑山	刘志友	1	0.7477
9	磨刀石	肖石阶	1	1.86
10	磨刀石	肖植岗	3	0.434
11	磨刀石	肖小波	5	1.9269
12	磨刀石	肖本卫	1	0.613
13	磨刀石	肖本念	1	0.6234
	合计		33	9.7652

（2）务工收益。该项目目前由于处于建设阶段，每天固定用工人数 15~20 人，在每茬蔬菜进入后期管理（收割、分装、销售阶段）时，日用工量可以达到 20~30 人，每人每天收入在 50~80 元不等，月收入在 1500~2400 元。同时，该项目与村委会等六方签订的《协议书》明确约定"基地用工应优先聘用白马村建档立卡贫困户"。

自 2016 年 6 月份全面建设以来，该项目总计发生应付工资 20 多万元，提供务工人次 2500 人次，每天 50~80 元不等，其中，瓦窑山村民小组建档立卡贫困户陈主菊（已经脱贫）、刘石钟（70 岁，残疾人）的赡养人赵粉菊长期固定在基地务工；磨刀石村民小组建档立卡贫困人口肖小波（户主，家庭贫困人口 5 人）长期固定在基地务工，月收入 1500 元，年收入 18000 元，可为家庭贫困人口人均增加年收入 3600 元。其他务工人员根据项目实际需要，主要从瓦窑山、磨刀石等村民小组通过轮选方式聘用。

（3）项目收益。《协议书》明确约定协议签字算起连续 5 年，每年提供建档立卡贫困户专项扶持资金 10 万元，总计 50 万元，用于白马村全村建档立卡贫困户的住房新建修缮、子女教育等脱贫有关费用；在项目运行 5 年后，每年根据盈利情况提供2万~8万元回报白马村贫困群众,主要用于救助因灾、因病返贫的困难群众等;每年在当地用工不少于2000人次;示范带动全村50~100户农户(建档立卡贫困户优先)开展绿色蔬菜种植,并为相关贫困户无偿提供技术指导和相关服务。

目前,该项目已经进入良性运作发展状态,社会效益、经济效益显著。基地在现有松花菜、西红柿、摩尔葡萄等各类蔬菜水果种植的基础上,正在开展林下种植、生态土猪、土鸡、鲜鱼养殖等工作,并计划再扩展建设50~100亩钢架蔬菜大棚,在1~2年内建成一个融合林果蔬菜种植、农业科普教育、农家乐餐饮娱乐为一体的体现现代农业发展的示范性建设项目。

4. 航天中心医院医疗扶贫情况

2016年5月,中国航天科工二院所属航天中心医院接受2名来自大河镇乡村的医生(其中1名为白马村卫生所所长刘建华)进行培训,通过导师帮助、在科室直接学习等方式,帮助提高乡村医疗水平。

(三)白马村接受社会力量帮扶情况

白马村近两年来社会力量帮扶主要来自爱心物资、爱心款项及"美丽白马我的家"微信打赏费用,总计35万元,其中爱心物资24.4万元、爱心款项10.3万元、微信打赏3100元,受益2480人次,主要情况如下:

1. 2015年12月,北京锦绣华英衣帽有限公司无偿捐赠交通安全小黄帽。中国航天科工充分发挥扶贫带动作用,北京锦绣华英衣帽有限公司康云英董事长和她的同事为白马小学800多名学生无偿捐赠8箱、960顶(单价32元,折价30720元)小黄帽,在村委会支持下,于2015年12月16日全部发放给白马小学的学生,直接受益建档立卡贫困学生113人。

2. 2016年9月27日,云南航天工业有限公司、云南航天幼儿园捐赠幼儿棉被530床、垫棉774床、枕头758个、大垫棉15床、泡沫地垫50件等,总计3大车、2137件,无偿捐赠大河镇白马村航天白马幼儿园,折价5万元,直接受益建档立卡贫困儿童16人。

3. 2016年11月29日,中国航天科工总部工会周菁主席协调中国经济改革研究基金会为航天白马幼儿园捐赠"听姥姥讲故事"故事盒282个,折价21903元,全部无偿捐赠航天白马幼儿园的孩子们(除白马村孩子们外,还有来自贵州平关镇、富源中安街道升官坪等的孩子们），直接受益建档立卡贫困儿童 16 人。

4. 2016 年 12 月 2 日，中国航天科工七院爱心人士贾云行捐赠 100 套书包及文具，价值 4500 元，全部捐赠白马小学 84 名建档立卡贫困学生和航天白马幼儿园 16 名建档立卡贫困儿童。

5. 2017 年 4 月 15 日、5 月 12 日，殷幼华带领爱在珠江源志愿者团队携手澳优乳业为白马村孩子们捐赠 50 箱、300 桶能力多进口奶粉，每桶 440 元，折价 132000 元，于 5 月 12 日在航天白马幼儿园举行捐赠仪式，白马小学及航天幼儿园 118 名贫困建档立卡儿童及 125 名留守儿童接受捐赠，直接受益。

6. 中国农业大学同学刘会华、吴继辉、赵晓晓、敖柏、庄捷，安徽亳州古井镇李厂，航天科工总部于菊、王培雷、李根仓、闫彬、杜江红等，航天三院 239 厂（除集体共同组织捐赠外，何宁、边旭、胡煜、张燕、杨抗美等单独捐赠），航天科工四院吴小武，航天科工七院贾云行，浙江爱心人士高勇等众多社会爱心人士捐赠导弹塑料模型、玩具、书籍、书包、文具、衣服等 45 包（箱），其中 6 包用于白马村村委会农民书屋和贫困留守儿童之家，10 包捐赠航天白马幼儿园，剩余 29 包分别捐赠建档立卡贫困户刘小五、李小马、严小琼、钱永升、李小现、张小琼、张小四等。

7. 2015 年 8 月以来，来自航天科工及社会爱心人士捐赠爱心资金总计 103167 元，其中爱心人士捐款 41000 元直接转入白马村村委会在大河镇统管账户，云南航天直接以现金形式给付贫困群众 29250 元，其余主要通过微信形式转入，主要使用情况如下：

（1）2016 年、2017 年春节前夕，云南航天"挂包帮"白马村 37 名党员干部以现金形式给付所联系的 39 户建档立卡贫困户 13650 元、15600 元现金，每户 350 元，并于春节前全部分发到 39 户贫困群众手中，直接受益贫困人口 100 人；

（2）2016 年 4 月 24 日，利用在航天白马幼儿园举办"中国航天日"的机会，使用爱心人士（款项全部来自航天科工总部张镝）捐款 7972 元购买书包、铅笔、文具等学习用品 40 份，分发给白马小学、航天白马幼儿园 40 名儿童，直接受益贫困留守儿童 16 人，直接受益肖石香、李仟、田灯元、陈玉茹、刘光有、严毕、田珍闵、李双丽、严会芳、肖创锦、刘晶晶、张秀、张春菊等建档立卡贫困人口 13 人；

（3）2016 年 8 月 24 日，白马村举办"中国航天科工爱心人士捐资助学仪式"（款项全部来自航天科工四院张镝），为全村 26 名贫困高中生、大学生发放助学资金 4.87 万元（其中三年定向 2.72 万元，一次性资助 2.15 万元），直接受益郭小格、郭琼、郭满意、刘鹏、严滚、许沙丽、肖锋、康雪艳、徐白岁、何闯、徐政委、田治等建档立卡贫困人口 13 人；

（4）2016 年 3 月 11 日、6 月 23 日使用社会爱心人士李厂（500 元）、刘会华（1000 元）捐款分两次资助建档立卡贫困户刘小五家 1500 元，直接受益建档立卡贫困人口 6 人；

（5）2016 年 7 月 27 日，航天科工二院财务部马效泉部长资助 20000 元，分别用于色尔冲村民小组赵娇、十字路村民小组李春会长期三年帮扶，每季度给付一次，每次 900 元，直至给付完毕；

（6）2016 年 12 月 24 日，航天科工总部闫彬资助 7200 元，分别用于长期资助严湾冲村民小组严园（半年，1800 元）、磨刀石村民小组严蓉（一年半，5400 元），每月由闫彬直接转拨相应账户；

（7）2017 年 4 月 25 日，使用航天科工四院张镝捐赠款项为航天白马幼儿园 17 名建档立卡贫困儿童减免保教费，每人 400 元，总计 6800 元。

目前剩余资金 4728 元，暂存白马村村委会统管账户。

8. 2016 年 11 月 19 日，社会爱心人士通过县镇民政部门为白马村五保户、贫困户大坝山宋发才、色尔冲王月玲、胡蛮子、桃子冲钱小胖、严湾冲严应才、严邦志、十字路李大华、瓦窑山赵树林、刘石钟、红土田严安明、碉上村刘哑巴、黄老包村郭华林、磨刀石村肖加义、严国民、亢小里、肖家湾村肖本正、肖根田、肖金锁、小铺子村耿常路、邓家鱼塘田石妹等 20 户建档立卡贫困人口提供毛毯 20 件，大衣 18 件等过冬物品。

9. 截至 2017 年 4 月 15 日，驻村书记建设的自媒体"美丽白马我的家"共接收到社会各界人士爱心打赏 3168.84 元，使用其中的 1583 元与来自航天科工七院爱心人士贾云行的 2017 元，合计 3600 元资助白马村村委会小铺子村民小组贫困学生陈蓉一年高中在读费用，余款 1585.84 元继续在"美丽白马我的家"微信账户保管。

（四）白马村党建助推扶贫工作情况

白马村党总支把建强基层党组织作为扶贫工作的重要环节，做到扶贫开发与基层党建"双推进"。

1. 以"两学一做"学习教育为契机，全面加强基层党建工作。 今年以来，白马村党总支先后以"集聚精力，大干快上，把白马村打造成为富源县的后花园"（2016 年 3 月 23 日，张旺益、李杰主讲）、"学好用好《党章》，全面推动白马村科学持续发展"（2016 年 4 月 20 日，张旺益、李杰主讲）、"坚定理想信念，坚守共产党人精神追求，大力推动白马村高原特色农业发展"（2016 年 6 月 4 日，交流学习中国航天科工集团公司"两学一做"巡回演讲报告精神，张旺益、李杰主讲）、"白马村两学一做的载体就是建设好白马桃花庄园项目"（2016 年 7 月 2 日，游界副镇长讲党课）、"结合两学一做，抓好党支部各项基础工作"（2016 年 8 月 14 日，刘光泽副书记讲党课）为主题讲党课，用先进思想武装广大党员的头脑。

2016 年 5 月 4 日，中央"两学一做"学习教育协调小组督导一组组员、中央组织部组织二局六处副处长仲辉在省委组织部组织一处处长李建松、市委组织部副部长张忠文、县委书记唐开荣、县委组织部部长袁纪鹏陪同下，到大河镇白马村就"两学一做"学习教育情况进行调研。

2016 年 7 月 1 日，第一书记李杰受邀请以《根植土地的党员情怀为主题》为主题，为全县领导干部及 800 多名党员讲微型党课；2016 年 9 月 29 日，李杰受邀请为大河镇全镇党员干部讲党课；2016 年 10 月 27 日，为纪念全国扶贫日，李杰受曲靖市扶贫办邀请为曲靖市主要机关干部、曲靖师范学院 1200 多名师生讲述"我的扶贫故事"；2017 年 5 月 4 日，李杰受邀请为重庆大学公管学院学生介绍农村及脱贫攻坚的有关情况。

国家级刊物《中国扶贫》报道航天科工扶贫白马村

2016 年 8 月 22 日，曲靖市委组织部副部长张忠文在富源县委书记唐凯荣，县委常委、组织部部长袁纪鹏，大河镇党委副书记、镇长范涛陪同下，带领曲靖市市直机关、所属企业党委负责人以及宣威市、沾益区、罗平县、师宗县、会泽县等县委组织部及所属乡镇党委（工委）负责人 100 余人来到富源县大河镇白马村航天白马蔬菜基地现场观摩白马村"基层党建推进年"党建促脱贫攻坚情况。

2. 扶贫先扶志，扶贫必扶智。2016 年 6 月 3 日，云南航天邀请大河镇、白马村干部到昆明参加中国航天科工在西南片区举办的"两学一做"学习教育巡回演讲报告会，2016 年 7 月 8 日，云南航天邀请白马村干部到昆明参加公司"歌党恩、颂航天、促发展"歌咏比赛等；2017 年 2 月 11 日，云南航天邀请白马村业余舞蹈队到昆明参加公司闹元宵游园活动。

3. 坚持两手抓，两手都要硬。为推广全民艺术普及，庆祝全民健身日，2016 年 8 月 8 日，村党总支、村委会与航天白马幼儿园等共同策划举办了白马村历史上首届群众广场舞大赛，进一步丰富了人民群众的精神文化生活；2017 年 4 月，曲靖市艺术研究所余晖所长、王雄思老师、曲靖市扶贫办姬兴波副主任、素质教育集团董事长刘敏以及驻村书记李杰、白马村党总支书记张旺益一起创作白马村村歌《人间一个桃花源（绿水青山我家园）》。

三、下一步扶贫工作计划

白马村党总支、村委会将在中国航天科工、云南航天的帮扶下，在富源县委、县政府以及大河镇党委、政府的领导支持下，认真落实党和政府关于脱贫攻坚、精准扶贫的各项要求，一是认真落实产业扶贫规划，扎实做好产业扶贫项目，把"航天白马蔬菜基地"项目和"白马桃花庄园"项目建设好，最大限度地造福于全村建档立卡贫困户和老百姓；二是进一步壮大集体经济，寻求集体经济发展新的突破，最大限度争取对村委会的补贴收入，解决"空白村"问题；三是进一步充分发挥社会爱心人士、白马村乡梓乡贤等社会力量的作用，为需要帮助的人提供及时帮助；四是努力通过电子商务推动消费扶贫等方式销售水果、蔬菜等高原特色农产品，直接增加当地建档立卡贫困户和老百姓的收入；五是继续做好党建工作，助推脱贫攻坚，发挥好党支部的战斗堡垒作用和党员的先锋模范作用，尤其是调动党员群众的积极性、创造性，让党员群众成为先富起来的示范户，并进一步带动建档立卡贫困人口致富。

对精准扶贫的几点建议

（2017-05-28）

尽管我们都认可中央精准扶贫的方略绝对是正确的，要求我们对贫困人口进行精准识别、精准帮扶、精准管理以及实现精准考核。但是，在实践中，我们仍旧遭遇到很多困惑。

一是精准识别绝对贫困没有问题，但是识别相对贫困很难。由于这个帮扶是无偿给予的，你相对于我贫困一些，可是本来我们大家都是穷哥们，你纳入了贫困户，一下子得到（或省去）很多钱，你轻易地盖起了房子，孩子上学可以免费（高中），省去了很多年的奋斗，我却不能够，这不公平啊。一些村民说，我们没有本事的，也没有人扶持；有人会哭会闹的，这样的人就有人扶持，这是什么扶贫啊，我也要去上访。

我们在进村入户时，很多人都说自己家里很贫困，没有任何钱，打工也挣不到钱，我现在生病了，我很困难，政府要帮助我，如果不帮助我，我就可能仇恨你们，我就认为你们村干部受贿了，我就要去上访。包括低保评定，其中一些人的低保出现调整（低保本身也是动态的，如果生活改善或有其他保障措施，肯定是要调整取消的），就要过来或者到上边去找。

二是精准扶贫的政策和措施是普遍和统一的，资金也是有限的，但是每一户、每一个人需求是不一致的，一户一策几乎变得不可能了，比如在我们这边过去对每一户给予统一的危房改造补助（1.02万元，1.22万元和1.78万元），但是即使有的户头给到最高额度1.78万元，他们也根本盖不起房子，据说，今年可能要调整。

三是扶贫资金主要是针对贫困户个体设置的，政府希望所有扶贫资金这几年都要用到贫困户身上，抓紧在2020年前实现彻底脱贫，完成上级的考核，但是贫困户所在村的基础设施怎么办，路还没有通、水还吃不上，过分强调对老百姓个人的扶持，每一户即使看到有房等硬件设施，也照样会因为路、水不通没有太多意义。尤其是要注重非贫困村，非贫困村尚有全国45%左右的建档立卡贫困户，可是基础设施资金包括其他扶贫资金很少，几乎没有。

因此，对于精准扶贫，个人有以下几点建议。

一是还是从上到下做好顶层设计，不可朝令夕改。一些干部说"下级早已过了河，上级还在摸石头"，这是今年精准扶贫业务指导的形象写照。目前大量的表格处理工作其实根本就是顶层设计出了问题，这个工作真是要了命，每次都是要求进村入户，每次都是"急急如律令，做不好斩立决"，一方面，第一书记、扶贫干部们没有太多时间思考拿出"真刀真枪"来扶贫，另一方面，一些建档立卡老百姓误以为作为贫困户就是配合填表，自己真正想得到的"啥都没有"，甚至搞得一些贫困户"觉悟"都提高了，请求准许退出。

二是要先帮扶思想，扶勤不扶懒。现在国家的农村政策好，不但不要老百姓"交公粮"，同时低保和临时性救助也都是无偿给予的，老人过了60岁，即使没有缴纳过一分钱养老保险，每个月都给75元，但有个别被扶贫的农户不懂得感恩，对于扶贫资金，他们都认为是不拿白不拿，等靠要思想严重，还有一些人贫困完全是因为自己懒惰不愿意劳动而落到了后面，给他补助一些，拿了钱就一次性吃喝玩乐，甚至打麻将赌博去了。所以，扶贫要扶勤不扶懒。

三是要先把基础设施搞上去，让贫困户早日迈上康庄大道。我们这里色尔冲村民小组的褚家自然村，他们村里盖房子的农户目前还需要个人用背筐把砖头背上去、他们卖猪的价格比其他路已经通的村子猪价要低上1~2元，即使给这个自然村的贫困户都盖上房子，但是路不通，依然会制约他们的发展。因此，保障水、电、路等基础设施的全面配套，让贫困户在服务平台上尽情地展示自己的脱贫姿态，这才叫做真正的公平公正。我们还是建议把贫困户都放到修好的高速公路上（正如我们建设工业园区，水、电、路先实现"三通一平"是必须的），然后让他们再去努力吧。

四是把产业发展好，把集体经济搞上去。在实施精准扶贫过程中，产业扶贫是重中之重，贵州"塘约"模式也还不是集体经济先发展吗？精准扶贫政策要求将扶贫资金用于建档立卡户，建档立卡户干不了或不愿意干，非建档立卡户愿意干但又不符合政策要求。一些资金其实不如支持村里那些愿意从事农业项目且有发展能力的非建档立卡户或种植大户产业化经营，他们的带动能力和示范效果将会更强，扶贫资金的使用效果也会更好些。很多贫困户是没有能耐做大一些产业发展项目的，一是自身能力不足，否则也不会成为贫困户的，二是贫困户几乎没有抗风险能力，由大户或其他外部资本来牵头试点试验农业项目，贫困户可以直接通过土地流转和务工拿到现成的收益，今后也会学着或跟着干。另外我们也都知道，"大河有水小河满"，如果没有产业项目和集体经济做支撑，今后还会有更多的农户致贫返贫，而在集体经济发展较好的南街村、大邱庄、韩村河村等，一个村里的贫困户遇到真正的困难，只需要集体经济"拔一根汗毛"，就把问题解决了。

五是对绝对贫困的人进行政策兜底。大病、年老、残疾（包括智力残疾）是很多家庭的致贫原因，这些贫困户没有兜底几乎不能脱贫。为什么国家出台《关于做好农村最低生活保障制度与扶贫开发政策有效衔接的实施意见》？目的就是做到"应扶尽扶，应保尽保"，这两条线肯定要合一的，所以白马村这一次让生活条件有所改善的人（或家庭健康成员可以为非健康成员提供保障的户头）退出低保，而让建档立卡贫困户通过低保政策享受到国家的支持，早日实现脱贫，这个方向应该没问题的。

愿你成为一名纯粹的人

（2017-05-30）

有一种生活，没有经历过就不知其中的艰辛；

有一种艰辛，没有体会过就不知其中的快乐；

有一种快乐，没有拥有过就不知其中的纯粹！

愿你成为一名纯粹的人，也愿读过此书的人变得纯粹！

方向明

二〇一七年五月

当我刚刚有一个念头想把"美丽白马我的家"微信公众号微文编辑成册，并和集团公司办公厅秘书蔡润南微信沟通有无可能帮写几句话时，中国航天科工集团公司党组副书记、副总经理方向明很快便把《美丽白马我的家》书序写好了，而我仅仅是集团公司的一名普通职员。

在我 2015 年 7 月出发前，方副书记对我谆谆教诲，希望我真正走进贫困老百姓，倾听他们的声音，用心为他们做一点事情；2016 年 4 月，他又专程来白马村看望我，对我的工作悉心指导，对我的生活嘘寒问暖；近期，他又要来富源调研指导脱贫攻坚工作。

确切地说，从 2013 年算起，中国航天科工在白马村开始定点扶贫已经进入第 5 个年头了，而我非常有幸作为普通一员参与了其中两年的建设。在富源县、大河镇两级党委、政府领导下，在中国航天科工人和诸多社会爱心人士的帮扶下，白马村有了自己的"云南省省级农村示范幼儿园"——航天白马幼儿园、有了保底分红扶贫项目——航天白马蔬菜基地，有了招商引资进来的乡村旅游项目——白马桃花庄园，大家跳起了欢快的广场舞，乡村医生到北京航天中心医院进修学习，村民的精神面貌更加焕然一新了。

我相信，白马村在张旺益书记为首的村两委班子带领下，一定会有更加美好的明天，白马村一定会"腾飞"起来。

中国航天科工集团公司和高红卫董事长（党组书记）、李跃总经理（党组副书记）、方向明副书记（副总经理）、党群工作部部长孙玉斌、人力资源部部长任玉琨他们一直以来高度重视脱贫攻坚事业、关心爱护扶贫干部，并带领全体航天人努力地为云南富源、东川的脱贫攻坚事业贡献力量。

因此，我把"美丽白马我的家"现有的 137 篇微文辑录起来，作为对他们和一直以来关心关注"美丽白马我的家"微信公众号所有读者们、所有一直支持脱贫攻坚事业的朋友们、同事们、亲人们的致敬。

真诚地说一声：谢谢你们了！

第一次"坐台"

（2017-06-03）

6月2日上午11时至12时，在曲靖市扶贫办副主任姬兴波、曲靖人民广播电台副台长何志宏、新闻中心主任周莺等领导的支持帮助下，我和白马村党总支张旺益书记有幸做客曲靖人民广播电台，在曲靖综合广播"一路畅通"节目中现场录制并直播"白马村的扶贫故事"。

为了做好这期节目，5月12日，曲靖人民广播电台主持人子玲、洪斌还专程到白马村采访我们的村民；今日，他们又现场电话连线采访在白马村发展的"老板们"和远在北京为白马儿童交通安全做出重要贡献的康云英董事长。

在这一个小时的节目里，您可以听到来自我们航天白马幼儿园的学生家长、来自我们白马村村委会大坝山村民小组的两位村民、来自白马桃花庄园总经理杨涛、来自航天白马蔬菜基地总经理张家高，特别是来自北京锦绣华英衣帽有限公

与张旺益书记受邀到曲靖人民广播电台录制扶贫节目

司董事长康云英的声音,他们将和我们一起为你讲述发生在白马村的扶贫故事(如果您感兴趣且有我的微信,请点击我已经发布朋友圈蜻蜓 FM 收听或留下您的电子邮箱,我将尽快分享给您)。

由于是第一次"坐台",又是现场直播,我略显紧张。但是康董事长和我们的村民、我们的"老板们",在接受采访时,态度是那么的真诚,语言是那么的平实,感情是那么的真挚,他们希望白马村今后发展得更好,他们希望所有的穷人都早点过上好日子。

各位亲,仔细听,你我为白马村所作出的每一份努力,所给出的每一份支持,都能从村民的声音中察觉到:能感觉到他们对你我深深的感激,能感觉到他们把我们对他们的好、对孩子们的好一直牢记在心。大家的爱不断汇聚,有幸通过我和扶贫工作队的手传递给他们。

送人玫瑰,手有余香;帮人危难,善莫大焉。从我们每一个人想做善事,到做出善事,我们的境界已经提升,大爱得以升华,因此,我们的挚爱将永留在白马这片热情的土地,我们的福报也将绵绵长远。

特别让我感动的是,曲靖市人民政府扶贫办副主任姬兴波和曲靖市旅游局局长谭增权专程赶到曲靖市人民广播电台,看望我和张旺益书记,鼓励我们做好这期节目,共同讲好白马村今天发生的"故事"并策划开展好明天将要在白马村发生的"故事",用心下好白马村产业发展、脱贫攻坚和乡村旅游这盘棋。

中国航天科工二院人在白马村（二）

（2017-06-06）

6月6日，中国航天科工集团二院党委副书记（副院长）付威、二院党委工作部部长杨笔豪、二院团委副书记宋伟光、北京航天中心医院党委副书记杨姝雅等到白马村调研参观，深入详细了解二院作为中国航天科工集团公司指定对口扶贫富源县在白马村定点扶贫的各项项目的建设情况。

付威副书记一行在富源县人民政府黄书奕副县长、白马村党总支书记张旺益和我陪同下调研参观了航天白马幼儿园、航天白马蔬菜基地、白马桃花庄园等建设项目，听取了张旺益书记和我的详细汇报，品尝了蔬菜基地出产的高品质蔬菜和桃花庄园出产的多个品种的黄桃等。付威副书记一行对白马出产的高品质的蔬菜和水果赞赏有加，充分肯定了白马村作为定点扶贫点在中国航天科工集团公司和二院直接帮扶下所取的各项成绩，祝愿白马村今后发展建设得更加美好，并表示今后将继续支持白马村脱贫攻坚、产业发展等各项工作，助推各项工作取得更大成绩。

中国航天科工二院是中国航天科工集团公司对口富源县白马村的航天白马幼儿园、航天白马蔬菜基地、七彩梦想教室等主要扶贫项目资金的投入方。

2013年，中国航天科工集团公司对口云南富源、东川扶贫以来，二院在中国航天科工集团公司领导下，积极主动参与富源县各项扶贫项目建设，扎实有效开展科技扶贫（富源县气象局气象雷达、气象应急车等）、教育扶贫（援建航天白马幼儿园、已经建设4个七彩梦想教室）、产业扶贫（航天白马蔬菜基地、富春镇智慧喷滴灌建设项目等）、医疗扶贫（富源县中医医院40多名医生到北京学习，包括白马村1名乡村医生到北京学习）等多个项目。

特别是二院所属23所、二部、801厂等单位组织职工捐建航天白马幼儿园两个七彩梦想教室、捐赠大屏幕液晶电视等，单位干部职工长期资助白马村贫困高中生、大学生完成学业，为白马村脱贫攻坚、产业发展做出不可或缺的重要贡献。

一定要把集体经济搞上去

（2017-06-10）

"白马村有了集体经济，非常不错！桃花庄园和蔬菜基地作为今后脱贫攻坚、经济发展的支撑，今后我们的党组织说话才硬气，才能更好地为老百姓服务，因此，一定要把集体经济搞上去……"

6月9日，曲靖市委常委、组织部部长赵正富在富源县委书记唐开荣，县委副书记、县长陈志，县委常委、组织部部长袁继鹏，大河镇党委副书记、镇长范涛，张立平副书记等的陪同下来到白马村，他在听取白马村党总支书记张旺益关于航天白马蔬菜基地每年可以实现10万元保底分红用于贫困户脱贫的汇报后非常高兴。

近些年来，曲靖市在抓党建促脱贫攻坚工作中，始终突出党建引领，设立扶持村级集体经济发展基金，深入实施村级集体经济"脱壳"行动，要求所有出列的贫困村集体经济收入达到1万元以上。曲靖市大力推广"支部出思路、党员当大户、能人进支部、群众共致富""党组织＋合作社＋贫困户"等做法，在60%以上的农业龙头企业、农民专业合作社、农村社会化服务组织、易地扶贫搬迁安置点建立党组织。

在唐开荣书记介绍到我时，赵部长握着我的手说："李杰书记，您的事迹我都很了解，您为白马做了很多事情，我们都很感谢您，我也看过您的微信公众号的很多文章……"

我感动地说："谢谢部长，谢谢部长！说实在的，我只是做了一个微信公众号'美丽白马我的家'，白马的脱贫攻坚，经济发展主要都靠唐开荣书记、陈志县长、范涛镇长、张旺益书记他们带领大家做的，我只是一个宣传员。"

在白马桃花庄园，赵部长就发展电子商务跟我说："李书记，你在这里工作两年，已经变成了我们真正的曲靖人。希望你回去以后也帮助我们发展和宣传曲靖，通过电子商务等渠道让你们白马村更多的林果产品、旅游产品走出去……"

我很感动，曲靖市委领导如此关注着我们这些最基层党组织的村组干部们。

赵部长还和大学生村官王子玉亲切交谈，询问了解她今后的职业发展。当听说王子玉在考公务员时，赵部长说："公务员都是为老百姓做事的。希望你以后也跟现在一样，要做更多为基层百姓服务的事情。"

在离开白马村时，看到路边白马桃花庄园把刚刚从地里挖出来的新鲜洋芋（土豆）进行售卖时，他自己掏钱买了一大袋子，支持我们的经济发展。他说："你们生产的生态、绿色洋芋，非常不错。大号洋芋每千克2元，中号洋芋每千克1元，小号洋芋每千克5角，如果能通过电子商务等拓宽销售渠道，价格会更好一些，你们一定要多努力。"

我们一起为你唱首歌

（2017-06-12）

我第一次使用"爱剪辑"为白马村的村歌《人间一个桃花源》制作了 MV，使用的素材主要来自曲靖市艺术研究所王雄思老师为白马村录制的村歌音频、2016 年省市电视台为富源县制作《党建花开八宝乡》的航拍素材、我原来的搭档云南航天研发中心朱家文以及村组干部用相机和手机拍摄的视频等。虽然手头视频素材有限，制作能力有限，但是我尽力把白马村最好的地方都展示出来。

白马村党总支张旺益书记 2007 年履职以来，在富源县、大河镇两级党委政府坚强领导下，在村两委班子配合支持下，带领全村人兴办教育、医疗，通水、打路，举办广场舞比赛等丰富全村人的精神文化生活，他勇于担当、积极做事、兢兢业业地做了很多推动全村脱贫发展的事情。

航天人 2013 年以来开始在白马村留下足迹，中国航天科工总部、二院及其所属单位、云南航天工业有限公司、北京锦绣华英衣帽有限公司、中国经济改革研究基金会以及来自航天内外众多的大爱人和张旺益书记他们一道，一起建设航天白马幼儿园、航天白马蔬菜基地、航天七彩梦想教室，我的很多同事、朋友、亲戚捐款捐物一直以来直接帮助或通过微文打赏的方式资助了很多村里的贫困留守儿童、贫困学生和贫困家庭。

航天人帮扶的白马村虽然贫困人口较多，但不是最偏远、最穷困的村子，我们相信白马村有自己的发展潜力，能够带动更多的村子发展、能够带动周围更多的百姓摆脱贫困、早日富裕起来。实践证明，这个示范带动作用已经起到并且正在进一步得到发挥。

白马桃花庄园、航天白马蔬菜基地建设和运行期间，主要务工人员来自白马村，同时还有很多周边村镇甚至县城的百姓，这两个项目仅仅务工开支每年都在 200 万 ~300 万元；航天白马幼儿园现在是"面向全国"接收孩子的省级农村示范幼儿园，357 个孩子来自白马村、黄泥村、升官坪村以及贵州省的平关镇等地，他们每个月只要缴纳 200~300 元就可以享受一流的学前教育。

白马村的发展已经今非昔比，你们看到的已经不可能再是乌蒙山区的一个贫穷小山村了，她的产业结构正在不断改变，她的贫困面貌正在褪去，她的老百姓正在生气勃勃……总之，一切都将不断地改变，而这些改变要感谢你们，她的发展离不开富源县、大河镇两级党委政府的正确领导，也离不开航天人和众多社会爱心人的帮扶，离不开热爱她、帮助她、支持她发展的你们每一位。

我为白马村服务两年，我和8000多名父老乡亲一样，喜爱着这个地方的山山水水，抚摸过这片热土上的花草树木，因此，我会为她歌唱，我会永远祝福她发展得越来越好。

白马村属于我们每一个人

（2017-06-13）

"白马村是我们每一个人的白马村"，干净整洁的白马村是全村人共同的心愿。6月份以来，白马村按照富源县、大河镇两级党委政府"人居环境集中整治"的各项要求开展集中整治活动，各村民小组也积极行动起来。

白马村党总支书记张旺益按照县镇要求，于6月11日第一时间成立人居环境集中整治工作组，由村党总支副书记刘光泽任组长（因书记近期到县参加学习，不能直接参与），副主任刘挺、综治办主任顾八斤任副组长，负责组织带领全体村委会成员及各村民组长、广大村民有序开展全村人居环境集中整治工作。

11日和12日，白马村村委会主要集中整治了村委会附近和204省道公路沿线的十字路村民小组，6月12日开始集中整治其他村落，目前各项工作有序进行。白马村将按照全镇统一要求，落实"人居环境集中整治"的各项要求，确保集中整治工作取得实效并在今后力争形成长效机制，努力防止形成新的污染。

在此，也提醒广大村民更加爱护周围环境，坚决不要乱扔乱倒垃圾，白马村村委会将继续做好各项工作，加大宣传力度，教育广大村民自觉维护周围环境，努力争取落实资金建立农村垃圾储运点，与全村老百姓一起打造优美人居环境。

航天机关幼儿园与航天白马幼儿园"手拉手心连心"

（2017-06-14）

白马村发生了什么事？

6月13日，航天机关幼儿园园长任岩、副园长丁珊珊以及朱志英大夫、李沫老师、韩蕾蕾老师一行5人从北京跨越3000多公里的山山水水来到位于乌蒙山区深处的云南省富源县大河镇白马村，走进航天白马幼儿园，开展"手拉手心连心"活动。

素质教育集团董事长刘敏现场诵读了北京市海淀区实验小学三年级14班许皓桐写给航天白马幼儿园全体小朋友的信，并和大家一起把许皓桐捐赠给孩子们的礼物分发给白马幼儿园的小朋友们（详见微文《记周末：一次有意义的实践——愿我们在同一片蓝天下快乐成长》）。航天白马幼儿园的全体师生们为北京的客人演唱了《人间一个桃花源/青山绿水我家园》（白马村村歌）、《功夫小子》、《我爱中国娃》（幼儿园园歌），以对任园长一行表示诚挚的感谢、热烈的欢迎。

富源县人民政府副县长黄书奕、我和航天白马幼儿园的全体老师和300多名幼儿参加了活动。

她们做了什么事？

她们给孩子们精心挑选并捐赠了几千余册精美的幼儿书籍和几大箱子精美玩具，她们用了一整天的时间和航天白马幼儿园老师们、孩子们深入交流，她们不辞辛苦地认真聆听白马幼儿园的老师如何给孩子们讲课，她们又亲自为老师们和孩子们上示范

航天机关幼儿园任岩园长带队到白马村助学帮扶

课，她们在夜里 10 点多钟还和幼儿园的老师们座谈，她们对农村的幼儿老师们进行悉心指导，她们还认真回答了白马幼儿老师们的每一个问题。

为了开展这次帮扶活动，她们克服了许多自身的困难，任园长患了感冒，没有得到充分的休息，状态不佳，依然把工作从头开展到尾；丁副园长胃痛难受，在一天工作快结束时才让我们知道。她们不怕吃苦受累，不怕蚊虫叮咬，住在村子里简陋的小旅馆里，在幼儿园里一起吃粗茶淡饭，她们和幼儿园的老师们、孩子们用心交流，把大爱播洒给白马村的孩子们。

他（她）们说了什么话？

富源县人民政府副县长黄书奕说："你们的大爱，富源人民会永远感谢你们，大河镇、白马村的父老乡亲会永远感激你们，也希望白马村的孩子们不要辜负航天人的大爱，要更加努力学习，有朝一日成为我们航天事业的接班人。"

航天机关幼儿园园长任岩说："我们两个幼儿园的名字只有'机关'和'白马'的两字之差，但是'航天'两个字把我们紧紧联系在了一起，今后我们要成为姊妹学校，共同进步，共同发展，也希望更多的孩子们能够走出大山，成为国家的栋梁之材。"

白马村党总支书记、村委会主任张旺益说："这么多年来，你们航天人的大爱一直鼓舞并温暖着我们全村人民，这种大爱也将激励着我们村委会全体同仁和全村人民更加努力做事，为改变白马村的贫困面貌、早日奔向小康而不懈奋斗！"

钢丝善行团第三季第 48 站来到白马村

（2017-06-20）

6月20日，钢丝善行团全国万里行第三季第48站（大爱无疆·全民慈善——爱心万里行）云南（首站）曲靖富源大河白马小学爱心物资捐赠仪式，在大河镇白马村航天白马幼儿园举行。钢丝善行团秘书长林纳森代表钢丝善行团慈善纯公益组织，协同曲靖市"爱在珠江源"志愿者公益团队等组织把钢丝善行团募集的120份爱心盒和10份温暖包分发给白马村的贫困学生和贫困家庭。

钢丝善行团秘书长林纳森、曲靖市侨联主席杨荣湘、富源县人民政府副县长黄书奕、富源县妇联主席章蕊、富源县关工委副主任曹三外、富源县教育局书记刘征武、富源县民政局副局长张正平、富源县团委副书记阎春平、富源大河镇党委组织委员施友春、大河镇白马村党总支书记张旺益等参加了捐赠仪式。"爱在珠江源"志愿者公益团队负责人殷幼华主持捐赠仪式。

林纳森秘书长说："爱心和慈善不是富豪的专利，钢丝善行团发起人刚子先生倡导每人每天捐1元钱，慈善纯公益，1元钱代表的不仅仅是这个现实社会善良的温度，还是一种信仰，这种信仰就是善良。我们相信这种善良可以无限传递，只是因为善良在心中封闭的太久，人们已经不知道该怎么表现出来，钢丝善行团所做的一切都只是为了改变这个世界上所有人与人之间的冷漠与隔阂，让善良与温暖从而得以延续。"

黄书奕副县长说："诚挚欢迎钢丝善行团万里行到达富源，播洒爱的种子，让这种公益事业在白马落地生根，让这些贫困学生感受社会大家庭的温暖，把爱心延续到他们的家庭、亲人甚至更多朋友。"

白马小学20名贫困生代表上台领取了包括口琴、手电筒、小黄帽等在内的小朋友常用物品的"hello小孩"爱心盒，与会领导打开盒子和小朋友一起查看爱心箱里的物品并为小朋友们戴上小黄帽。素质教育集团董事长刘敏现场即兴用口琴吹奏了"一闪一闪亮晶晶，满天都是小星星"的乐曲，并表示今后要做孩子们的音乐老师，教会孩子们如何吹奏口琴。

此次捐赠仪式上还举行了授旗仪式，钢丝善行团秘书长林纳森把钢丝善行团的旗帜授予新成立的钢丝善行团云南分会。捐赠仪式后，钢丝善行团和"爱在珠江源"的志愿者们又专程携带装满米面粮油的温暖包走访了瓦窑山村民小组的 5 户贫困户。

钢丝善行团的"壹起捐"已持续捐助了 1453 天。"壹起捐"是由中华全国妇女联合会、中华全国归国华侨联合会及中国儿童少年基金会、中国华侨公益基金会钢丝善行团"大爱无疆·全民慈善——爱心万里行"共同发起的，已经举办了三年，今年是首次进入云南。爱心万里行目前已走过五万多千米，到达第 46 个城市——曲靖市。

钢丝善行团富源分会会长杨佛祯说："人人可为，不求回报，简单纯粹的善良行为。而'壹起捐'就是这个理念的践行方式，我们所有钢丝家人用每天捐一元钱诠释'平民慈善家'的至高荣誉。一枚谦卑的硬币，一颗纯洁的心灵，一个坚毅的信念，将千万钢丝的爱和善良凝聚一起，行善助人，扶危济困，让这个世界变得更加美好！让社会更加稳定和谐！让祖国更加繁荣富强！人终归是要有信仰的，信仰爱，因为微不足道的一元钱，能够凝聚成浩瀚无边的大爱；信仰坚持，因为坚持最能体现出一个人的强大、一个组织的伟大。"

苦难未必辉煌

（2017-06-22）

6月20日，来自华东理工大学的扶友满永博在群里转发扶友杨蜀军的微信：

今天心情很复杂，听到（云南省昆明）市旅发委派驻东川区红土地镇新田村村委会驻村扶贫工作队长刘军，19日在前往驻村途中遭遇严重车祸、20日抢救无效离世的噩耗，听说他才40岁，山东人，部队转业，有个上小学三年级的孩子，媳妇从老家随军过来，没有工作……

每一名驻村书记、扶贫队长（队员），哪一个不是抛家舍业，放弃优越条件，不分风雨寒暑，用脚步丈量贫瘠的土地，用真情打动穷怕了的乡亲，用智慧和汗水甚至用生命的代价践行一个共产党员、一名干部对党的扶贫事业的忠诚和担当！……希望各级党委政府善待这群带着行李、带着资源、抛却妻儿老小，跑了上百上千公里来帮忙还不拿当地工资的人……

东川区是我们中国航天科工集团公司对口支援云南的两个扶贫点之一（另外一个是我所在的富源县），航天白马蔬菜基地建设开工前我曾经去那里调研过两次。

我是所在村的第一书记兼驻村扶贫工作队队长（近期由于即将离任，驻村扶贫队队长职务由我们集团所属中航汽云南航天工业有限公司选派的赵庸成接任），心有同感，写下这篇文章作为对扶友刘军的纪念，祝扶友刘军一路走好！

两年前，

为子之孝，

为夫之职，

为父之责……

被你暂时抛在了脑后，

你匆匆背上行囊，

挥手告别年迈父母，娇妻爱子，

毅然走进大山深处，

开始品尝700个日日夜夜的孤独与寂寞。

两年里，

那泥泞的道路，

那满山的杜鹃，

那纯朴的笑脸，

那热情的期待，

那真诚的内心，

那倔强的冲动，

可能还有那愤怒的对抗……

泥巴裹满了裤腿，

汗水湿透了衣背，

黝黑烙上了脸庞，

让你终于明白习主席在梁家河的心路历程，

终于明白习主席所说的什么叫做实际、实事求是和群众，

终于明白只有让阳光生长，

爱才会地久天长，

梦才会幸福吉祥。

所以，你期盼着，

沧桑过后，沉寂的村落凭什么不会鸟语花香？

两年里，

无论多么泥泞的道路，

始终阻挡不了你前行的脚步，

无论多么恶意的嘲讽，

始终泯灭不了你奋斗的信念，

无论多么无良的嘲笑，

更加坚定你为老百姓奔波的决心。

你努力做到，

平平常常，

认认真真，

清清白白，

勤勤恳恳，

山川田野已经滋润了你的心灵，

地气山风已经敦厚了你的情怀，

爬坡过坎已经锤炼了你的忠贞，

是啊，

天底下哪里会有比这更高的回报？！

两年里，

你笑过、哭过、气过，

你奋斗过、拼搏过、奉献过，

你已经

书写了人生的精彩，

攀登了人生的高峰，

今后面对着满堂儿孙，

你可以大声说，

扶贫无罪，奉献无悔！

或许你的付出只有点点滴滴，

或许你的付出没有立竿见影。

但是，

相信吧，

老百姓都已经记在心头。

滴水必定穿石，

海枯终将石烂，

而功成不必在我！

两年里，

每次探亲返程，

你都只能把泪水咽下，

把亏欠留在心中，

你听到母亲说：

"你怎么回来两天就又要走？"

你听到儿子说：

"爸爸，我想你，你什么时候回来？"

你听到爱人说：

"说出来好像是别人的事，但内心的苦只有我自己知道！"

现在，

当你归来时，

希望你还能做到，

"穷年忧黎元，叹息肠内热"，

不要忘记那里的父老乡亲们。

因为你，

曾经埋头亲吻过那里的山路小溪，

曾经深深地爱过那片多情的土地！

最高的原则就是实事求是

（2017-06-28）

今天上午，我参加了大河镇庆祝中国共产党成立 96 周年大会。

我所在的白马村党总支被大河镇党委评为全镇的"先进基层党组织"（大河镇党委下属 18 个党总支，221 个党支部，本次评选了 5 个先进基层党组织），村党总支副书记刘光泽则获评镇"优秀基层党务工作者"，深感欣慰。

我作为驻村第一书记也专门受邀请和与会党员谈谈驻村两年来的感悟。

一是对大河镇党委、政府以及在座诸位，我表示深深地感激，作为一名普通党员，能为镇村所做的工作很有限，但是镇党委政府以及村两委会对我这位远道而来的驻村书记一直给予无微不至的关心爱护。

二是作为中国航天科工集团公司选派的"爱心使者"，我非常荣幸能和大家一起开心地工作了两年，当前社会仍有很多人对农村工作不了解，我争取当好桥梁，让更多的人关心支持农村、农业和农民。

三是更希望白马村以及大河镇的其他村子都能像华西村、南街村、韩村河村等村子一样，早日把集体经济发展起来，建设成为经济发展的富村、党建扎实的强村，让脱贫攻坚、经济发展等问题自然而然地获得解决。

我最后说，大河镇是我的第二故乡，今后将继续为大河镇的脱贫攻坚和经济发展做力所能及的贡献。

下午，我作为驻村扶贫工作队一员，继续参加了大河镇贫困对象动态管理工作推进会。

大河镇贫困对象动态管理工作已经全面启动了，白马村将在 8 月 15 日前按照云南省、曲靖市、富源县、大河镇党委政府的统一部署，对贫困对象进行动态管理，实现应纳尽纳"零漏评"、应退尽退"零错评"、应扶尽扶"零错退"。

大河镇党委副书记、镇长范涛受牛睿副县长（兼大河镇党委书记）委托，在会上强调，脱贫攻坚工作必须强化"四个意识"（政治意识、大局意识、核心意识、看齐意识），做好各项工作是每一名党员干部参与者责无旁贷的责任，任何一名村镇干部谁都不能当"逃兵"，大家必须对党组织、对老百姓高度负责，扣好"第一颗纽扣"，真正做到"零漏评""零错评""零错退"。大河镇党委副书记张立平指出，精准扶贫不能再出任何问题，如果再有差错，我们对组织谁也交待不了，请大家务必克服厌战和麻痹情绪，坚决做到并实现"三个零"。

说实在的，作为一名基层党员，我对云南省委、省政府向中央申请重新对贫困对象进行新一轮的精准识别表示高度敬佩：建档立卡贫困户动态管理其实已经进行了多次"回头看"，但是在国家扶贫部门等组织考核评估时，拟脱贫摘帽的昆明市禄劝县漏评率达到 28%，非常让人震惊。

怎么办？继续修修补补地"埋头"干下去，还是"壮士断腕"，认真组织一次大规模、真刀真枪的"精准识别"？可喜的是，云南省委、省政府毅然选择了后者，而且明确提出"这一轮的精准识别不再实施规模控制，不再有数量指标的要求，最高的原则就是实事求是，严格按照'两不愁、三保障'标准，应识尽识，应纳尽纳"。

在精准识别时，我记得当时从 2015 年年底、2016 年年初我们最早逐个村民小组召开专题会议实行"倒排"，村里的"五保户""低保户"只要达不到国家脱贫线标准（当时规定人均每年可支配收入为 3200 元）都纳入了，为此，与当时执行的政策有一些相悖，我们也多次向上级部门请示。

当时主要考虑到 2020 年当习近平总书记宣布"精准扶贫，一个不少""一个都不能掉队"时，我们村里究竟还有没有贫困户？有没有房子没有盖起来的贫困人口？ 2016 年 9 月，国务院办公厅转发民政部等部门《关于做好农村最低生活保障制度与扶贫开发政策有效衔接指导意见的通知》，明确提出要"应保尽保、应扶尽扶"，享受低保的可以纳入建档立卡，建档立卡户的也可以享受低保。

当时，上级领导调研时也对我们的做法质疑，比如，为什么把低保户也纳入建档立卡户等，我曾经也扛不住压力并和张旺益书记反复商量，"当时，到底是'唯上'还是'唯实'，在自己脑海里天天转圈，自己真的不知道该怎么办了"。没想到这一次，全省扶贫对象动态管理支持了村里的做法，我也很佩服张书记对中央政策的理解（他为了坚持他的这个看法，一直在与上级党组织和扶贫部门反复沟通），这一方面说明，大家对脱贫攻坚政策的理解是一步步深入，更加接近问题实质，另一方面也说明，实事求是我党工作的"不二法宝"，抛弃了实事求是终究会栽跟头的。

我相信，这一轮的精准识别和动态调整，必将为今后精准扶贫工作开展提供更加扎实的基础，也希望更多的村民来监督我们的工作，使扶贫最大限度地接近中央提出的"精准"要求。

"天慈爱心之家"的家人们来到白马村

（2017-07-04）

7月3日，天上下着细雨，"天慈爱心之家"的负责人王琼带着她的家人，一行10余人背着米面粮油来到白马村，在白马村党总支书记张旺益和我的陪同下看望慰问了大坝山村民小组、瓦窑山村民小组、十字路村民小组以及磨刀石村民小组的5户建档立卡贫困户。

"天慈爱心之家"这次来的家人以今年刚刚参加完高考的高中生为主，他们来自曲靖、宣威、富源等周边县城或市里。王琼说："他们虽然都是学生，但是他们也都是天慈爱心之家的家人，他们把自己节约的一点点钱拿出来，捐赠给白马村的孤寡老人以及比他们更贫困的学生，非常了不起。"

在大坝山村民小组，他们专门看望了今年刚刚考上大学的一名姓郭的孤儿大学生（今年参加高考，成绩超过云南省二本分数线），这名孤儿5岁时父亲去世，母亲改嫁后也去世了，被又聋又哑的大伯收养，两人多年来一直相依为命，孩子很争气，考上了大学。

"天慈爱心之家"的王琼当场给了这名孤儿大学生500元，"薰衣草"（姓陈的一名女士）给了200元，现场的孩子们也对这名孤儿大学生予以资助；当了解到孤儿大学生手机欠费多日时，一同参加看望的江苏昆山仁宝资讯有限公司制造部经理赵伟立即给他的手机充值100元。

在看望磨刀石村民小组的一户人家时，这一家的孩子母亲去世，父亲常年在外漂泊打零工，几年没有回家了，两个孩子（严村会、严路萍）被大伯大妈收养，现在也都开始读书了。当我们准备返回时，严村会抱着一大筐家里树上采摘的桃子，追上车送给"天慈爱心之家"的家人们。

特别是今天参加"天慈爱心之家"活动的成员中，还有一名我们航天同事长期资助的高中生，她今年参加了高考，分数超过了云南省的一本分数线，我们也都非常高兴并祝愿她能够考取心仪的大学。

说说农村与精准扶贫、产业扶贫

（2017-07-06）

我们很多人都来自农村，或者我们的祖辈父辈曾经来自农村，他们中很多还在农村生活着。

我们都是炎黄子孙，炎黄子孙最重要的一个特点是不忘本，我们追宗敬祖，不忘记我们曾经生活的地方。

不过，时间久了，很多人长期生活在城市，长期过着衣食无忧的生活，逐渐忘记了自己的本真，甚至讨厌自己的过去。

一、为什么说农村是我们共同的心灵家园？

时代不能失去农村，它扎根于几代人的内心中不能轻易抹去；它作为一种文化符号，让人们的内心坚定；它作为一种永远珍藏的记忆活在人们心里，永不消弥。

农村的生活基调更符合人们内心的需要，这并不是在鼓吹让社会倒退，人人不思进取，而是倡导一种淡泊功利的生活方式。农村远离了灯红酒绿的街市，行色匆忙的人群。或许，较之城市的蓬勃乃至疯狂的发展，农村显得平静得多，但绝不是一潭死水的静寂。纯朴的农村人都热情积极地投入到劳动中，种菜、喂鸡、喂猪、打谷子，老实说每件活儿都不那么轻松，但是农村人还是用愉悦的调子迈开每一天的步伐。

二、中国有多少个行政村和自然村？

截至 2004 年 12 月 31 日，全国县级以上行政区划共有 23 个省，5 个自治区，4 个直辖市，2 个特别行政区；50 个地区（州、盟）；661 个市，其中直辖市 4 个、地级市 283 个、县级市 374 个；1636 个县（自治县、旗、自治旗、特区和林区）；852 个市辖区。总计行政区划：省级 34 个，地级 333 个，县级 2862 个。另外有 11 个区公所，19522 个镇，14677 个乡，181 个苏木，1092 个民族乡，1 个民族苏木，6152 个街道，即乡镇级合计 41636 个。

以我所工作服务的富源县大河镇为例，共有 17 个行政村（全县 161 个行政村），白马村是其中的一个，白马村下辖 10 个村民小组，23 个自然村。

三、行政村、自然村和村民小组的区别是什么？

行政村是指政府为了便于管理，在乡镇政府以下建立的中国最基层的农村行政单元，有一套领导班子（党总支或党支部、村委会）。自然村是经过长时间在某处自然环境中聚居而自然形成的村落，习惯上称作"村""庄"或"屯"。

村民小组（即原生产队），是在人民公社解体以后，农村基层自治组织——村又进行划分的行政编组；同时期城市街道、镇的区划社区的编组称为"居民小组"。村民小组可以分别由几户、十几户或几十户组成，人口稀疏的西部地区有数户至几十户的差异，人口密度高的中部、东南沿海地区多以 30 ~ 50 户为主，多则近百户。

四、农村的八大员和村组干部是"官"吗？

我们都知道中国是省（直辖市、自治区）、市（州）、县（旗）、镇（乡）四级管理体制，官员的意义也就是只能到镇乡级了，村委会是村民自治组织，村委会的主任、副主任以及八大员【村级农民技术员、村级动物防疫员、林业技术员（护林员）、计生管理员、文化协管员、公共卫生员、国土规划建设协管员、综治协管员】等并不是"官"，他们只是大家选举出来帮着处理公共事务的。他们是政府公共服务和社会管理在农村延伸的一支重要力量，他们本身就是农民，有自己责任田、家里需要养些猪牛羊作为副业，他们大多数没有退休这一说法，也没有退休保险之类的保障。

五、农村现在的主要问题是什么？如何解决？

主要问题：（以云南为例）贫困人口较多（贵州、云南、河南是贫困人口最多的三个省，约占全国的三分之一）；基础设施薄弱（通村道路、环境设施、农业机械化程度等）；产业发展滞后（"空壳村"普遍存在，没有集体经济做支撑）；村组干部待遇偏低，流失较多且后续不能吸引得力能干人才留下来发展；农民收入单一，目前主要靠到省内外打工，导致留守儿童、留守妇女、留守老人较多；人居环境需要进一步提升；等等。

如何解决？一是建议国家加大对边疆省份的各项投入，缩短中西部与东部地区的差距，增加对农业基础设施、人居环境等各项投入（通过发行低息债券等方式，集中 3 年左右的时间，彻底解决行政村、自然村通柏油路、水利设施建设等问题）；二是制定税收优惠等积极有效政策鼓励中央企业、优秀地方国企、沿海发达企业等到云贵地区发展（东部已经发展，把在中西部发展的税收减半再减半）；三是对西部大开发的经验教训进行彻底总结和反思，查漏补缺。

六、国家为什么要加大力度在农村开展脱贫攻坚？为什么要开展精准扶贫、精准脱贫？

一是随着经济的发展，贫富差距过大会给社会带来很多负面影响，甚至出现社会动荡，如果出现这种情况，轻者影响经济发展，重者会危及国家安全。共同富裕是社会主义的本质特征，是社会主义的根本原则。贫穷不是社会主义，少数人富起来也不是社会主义。

二是我国扶贫开发始于 20 世纪 80 年代中期，通过近 30 年的努力，取得了明显成就，但是，长期以来贫困居民底数不清、情况不明、针对性不强、扶贫资金和项目指向不准的问题较为突出。在具体工作中却存在"谁是贫困居民""贫困原因是什么""怎么针对性帮扶""帮扶效果又怎样"等不确定问题。因此对于具体贫困居民、贫困农户的帮扶工作存在许多盲点，真正的一些贫困农户和贫困居民没有得到帮扶。

三是精准扶贫是粗放扶贫的对称，是指针对不同贫困区域环境、不同贫困农户状况，运用科学有效程序对扶贫对象实施精确识别、精确帮扶、精确管理的治贫方式。一般来说，精准扶贫主要是就贫困居民而言的，谁贫困就扶持谁。通过精准扶贫，改变过去"贫困居民底数不清"，扶贫对象常由基层干部"推估"，扶贫资金"天女散花"，以致"年年扶贫年年贫"等问题。

七、为什么积极倡导大力开展产业扶贫？

消除贫困，是事关我国全面建成小康社会的国之大事。

中央明确提出，"十三五"期间我国要通过产业扶贫实现 3000 万以上农村贫困人口脱贫。2016 年 7 月，习近平总书记在宁夏固原考察时强调，发展产业是实现脱贫的根本之策，把培育产业作为脱贫攻坚的根本出路。

2017 年春节前夕，习近平总书记在河北省张家口市看望慰问基层干部群众时提出，要把发展生产扶贫作为主攻方向，努力做到户户有增收项目、人人有脱贫门路。李克强总理在今年政府工作报告中明确提出，要推动特色产业发展，增强贫困地区和贫困群众自我发展能力。

下雨天，山路上淹死了孩子

（2017-07-09）

农村基础设施是农村经济发展的重要物质基础，推进精准脱贫，基础设施建设是其中非常重要的一个环节。我之前对和我一起驻村的其他单位的第一书记帮助村里修路很不以为然，认为修路属于普惠性质，穷人富人都受益，精准扶贫主要是针对农村贫困户，道路好不好不要着急，先帮助把农户的房子盖了、教育医疗等都解决了。

但是实际情况不完全是这样，今天专门来跟大家汇报一下，目的是希望更多有能力的村民们不要光喊着"政府要给我们家修路、修路、修路……"，而是要为了大家共同的事业、为了我们共同家园发展来做事，一起为白马村的道路修缮找资金，一起为振兴白马经济而努力，去做更多的建设性的工作。

近日，白马村全村深入开展贫困对象动态管理工作，镇联系白马村的干部、驻村扶贫工作队以及全体村组干部分成五个组深入到所属的 23 个自然村，夜以继日地开展贫情分析工作，对错评、错退、漏评等三类人员逐一分析。

我和村监委主任李桥会、驻村队长赵庸成在后头冲村民小组王家脑自然村、严湾冲村民小组红土田自然村等村开展工作时，参会老百姓除了对三类人员发表意见外，还反映了通自然村道路、子女入学的一些问题，尤其是通自然村道路问题，大家反响比较强烈。这个问题在我的微文留言中也反映较多，"为什么我家门前的道路还是泥巴路""我们村子的路很烂很烂，请你们关注""你们扶什么贫？先把我们村子的道路给修了再说"等等不一而足。

目前，严湾冲村民小组红土田村的孩子们都在硐上村光智小学（白马小学的分校，目前有 300 多名小学生）读书，每天单程翻山越岭走路，快的话需要 40 分钟，一般情况下需要一个小时，两个自然村的道路都是泥巴路；严湾冲村民小组严湾冲村的孩子都在老阳冲村白马小学（白马村的完小，500 多名小学生）上学，路上的时间要更长一些，道路也基本是泥巴路。

在红土田村我了解到，2014 年（或是 2015 年）夏天，一户肖姓贫困户的读小学三年级的女儿，因上学途中突然下暴雨，身小体弱被水冲倒了，加上又是一个人，没有家人护送，后来发现时已经遭遇不幸了。这是在红土田村到硐上村光智小学的途中出的事情。

在城市里，家长都会送孩子上学，道路虽然拥挤一些，但基本上都是安全的；但是在农村，家长送孩子上学，几乎是不可能的，父母打工都出去了，留守儿童很多，家里的老人自己都走不动，送孩子也不可行。

有什么解决办法吗？

一是修路，把目前的弹石路（泥巴路）全部修成水泥硬化路，先解决交通问题，让孩子们走的路不再是容易出事的山路、弹石路。

白马村村委会这个自身没有任何财政支撑的村民自治组织能够实现这个目标吗？

2016年编制《白马村脱贫攻坚发展规划》时，经统计全村23个自然村道路（含乡村道路、进村道路、村内道路）约55千米，其中进村的水泥道路硬化里程已经完成约11千米，弹石道路已经完成43千米，沥青路面已经完成1千米，村庄内道路硬化率仅为22%，远远低于贫困村脱贫时"实现全部贫困村村庄内道路硬化率达到85%以上"的脱贫要求。而要完成乡村公路（规格为宽6米，厚0.2米的水泥路）18.5千米建设，每千米预算80万元；完成村组道路（规格为宽5米，厚0.2米的水泥路）2千米建设，每千米预算50万元；进村道路（规格为宽3米，厚0.2米的水泥路）24.8千米建设，每千米预算30万元，总投资预算需要2324万元。

大河镇2017年计划用于全镇七个贫困村的预算资金为2220万元。白马村今年估计是没有村内道路硬化资金的。很多村民迫切需要修路的愿望，政府和村委会肯定都理解，但是整个富源县属于国家级贫困县，财政非常紧张，入不敷出，如果有钱，肯定会帮助大家修路的。一个人口8万多、面积247.5平方千米的镇，每年财政收入只有10亿元上下，外部转移支付的又很有限，能怎么办呢？

目前村委会的财政一是政府对村组干部的误工补贴，确保村委会自治组织能够有人帮助处理新农合收缴、打击私挖乱采、矛盾纠纷调解、临时救助等公共事务，二是每年度政府涉农的良种补贴、综合直补等各项补贴（"带着帽子"分配给农户的资金），一部分拨到村账镇管的账户，一部分直接拨付给农户，以及上级政府部门对打击私挖乱采的经费等拨付，其他也就没有了。

白马村是发展较好的村子，但是也是从今年起才开始有集体经济收入（航天白马蔬菜基地的每年保底分红 10 万元），脱去了集体经济"空白村"的帽子，但是这笔钱必须全部用于建档立卡贫困户的房屋修缮、子女教育等，不可以用于修路等公共设施建设。

白马村修路总投资预算 2324 万元，但是每年只有 10 万元集体经济收入，还不能用到修路上，只能返还给贫困户，你说怎么办？谁有能力找来 2324 万元资金并把白马村的道路给修了，大家肯定都感谢你。

二是尽量在自然村里修建学校，让每一个孩子上学都方便，但是由于每个自然村孩子都不多，老师配备会非常麻烦，会出现在一个班里一年级、二年级、三年级的小学生都有，导致教育质量无法保证，前几年为什么进行并校（对分散的、教育质量弱、学生少的山区小学进行撤并），应该也是从保证教育质量方面考虑的，因此这个方案也不是很妥当。

三是考虑在中心学校（譬如白马小学）为家远的小孩子提供住校宿舍，同时解决吃住问题。这样的话，需要在学校里加盖住宿楼和学生食堂。得看看政府用于小学教育的相关资金有没有？够不够？因为富源县全县 161 个行政村，至少 100~200 个完全小学，山区需要解决住宿和饮食的小学校又有多少呢？这个目前还不明确，但是我敢肯定的是，绝对不是小数。单靠贫困县自身发展和财政来迅速解决的话，可能吗？正如许多老百姓希望白马村村委会的村干部们能够把 2324 万元修路资金给解决了，这也不是一般的难啊。

一般而言，贫困的地方都是水、电、路等基础设施和其他基本公共服务相对薄弱的地方。恳请各级党委政府在实施脱贫攻坚、推进精准脱贫的工作中，必须高度重视农村基础设施建设，一定要花大力气、下大决心完善农村基础设施建设，着力改善农村人居环境。

帮助一个村子脱贫真的不是一件简单的事情，它所需要修的道路、盖的房子、发展的产业（防止返贫）动辄都需要以百万元甚至千万元计算的。富源县 2016 年脱贫资金安排了 26.24 亿元，用于贫困村子的房屋修缮、通村道路、农村供水供电，以及村级活动场所、卫生等设施建设，即使这样，党委政府在有序脱贫中仍旧感觉资金很吃力。

不管是整个农村的发展还是具体到每一户农户的脱贫，最后还要靠激发内生动力，每一个主体要自己主动发展，不能光眼巴巴地盯着政府，村委会（注意村委会不属于政府组织，是村民自治组织）、村民小组的负责人是大家一起选出来的，他们主要帮着大家、帮助政府来处理公共事务。

因此，我希望是农村加快发展集体经济，走塘约道路，争取一个个都成为华西村、南街村、韩村河村等经济强村，每一个村委会既是村民自治组织，同时又是实力强劲的经济组织，大家在党和政府的坚强领导以及国企央企、各级部门等帮扶支持下，奋发图强、主动作为、拼搏进取，通过发展来最终解决基础设施建设、解决脱贫发展等各类问题。

血染的风采——承平日久的人

（2017-07-10）

"时天下承平日久，自王侯以下，莫不逾侈。"——《两汉·范晔·张衡传》

近日，在昆明的老岳父刘杨保到六盘水看望他的老战友。从六盘水返回昆明路过富源时，顺便来看望我，他也是第一次来富源。

老岳父对张旺益书记说："白马村在你的带领下，发展得不错，希望今后你们发展得更好！也感谢你对李杰这两年的照顾！"

张旺益书记说："我更要感谢你们啊。你们二老为了支持姑爷的工作，这两年付出了很多，一直很辛苦地帮着照顾家庭和孩子，让他能在村里安心工作。"

老岳父他们当年难忘的岁月

71岁的老岳父曾经是光荣的中国人民解放军13军的一员，并从对越自卫反击战的战场上凯旋。

老岳父所在的13军总计击敌8075人（毙6175人，伤1441人，俘459人），并重创越军王牌师316A师。同时，作战中，13军也伤亡3874人（牺牲1026名，负伤2848名）。他这次去看望的老战友也感叹，当年他们都从战场上捡回了一条命。

老岳母曾跟我讲，当年老岳父上前线后，他的老妈妈在老家云南红河州建水县，天天担心儿子遇到不测。天佑好人，岳父凯旋。

说实在的，对越自卫反击战的那些年，云南、广西的贡献应该是最大的，因为当时驻防部队的士兵来自云南广西的最多，参加后勤保障的支前民兵也是云南广西的最多。

我所在的白马村村委会瓦窑山村民小组党支部书记张小礼当年也参加了支前，小铺子村民小组小铺子村一名85岁的老党员耿常路，儿子1986年牺牲在了对越自卫反击战的战场上。

对越自卫反击战有多惨烈？

当年的他们在"突突突"的枪声中闷声倒下，在"轰隆隆"的炮声中血肉横飞，战争的残酷让生命如草一般瞬间毁灭，多少人没有来得及说一句话，就永远地倒下了。

当时，越美战争刚刚结束，越军作战经验丰富，他们使用的是缴获美军的装备、苏联援助的大量军火和过去中国支援的军火，士兵普遍装备 AK 冲锋枪，而中国士兵还在使用 56 式半自动步枪，战士连钢盔都没有装备（越军大多都戴钢盔，我们的战士很多只戴着普通的布帽）。

由于当时装备不如越南，加上深入敌国，补给不便，所以后来很多回来的老兵说，只能用"惨胜"来形容了。

特别是中越双方都不想让战争升级，没有动用空军，因此陆军的厮杀非常血腥。

自卫反击战的战场上，年轻的中国军人无所凭借，只能靠人海战术，拼勇敢，拼牺牲。

是啊，历史的伤痛不能遗忘，纯净的灵魂不能遗忘。

无数中华儿女们岂无爹娘、岂无妻儿？但是为了中华民族的尊严，为了国家的领土完整，为了广西、云南的边境安宁，他们牺牲了个人家庭，离开了亲人，离开了亲爱的战友。当年的他们用青春和热血保卫边疆的光辉日子，是世世代代中国人都不能忘记的伟大岁月。

请记住为国捐躯的革命烈士，记住血与火的战斗岁月，记住同生死共患难的亲密战友，记住共和国的旗帜上有他们血染的风采！

《左传》曰："国之大事，在祀与戎。"《老子》曰："兵者凶器，死生存亡系于此矣，是以重之，恐人轻行者也。"

联想到近日兄弟单位长征五号遥二火箭失利，据说价值 3 亿美元的卫星（国际市场同类卫星报价）损失殆尽，中国航天科技工作者无比艰辛的付出非常不容易，原因是多方面的，相信他们一定能够找到失利原因，重新让长征五号成为我们中华民族的骄傲，向我的航天战友们致敬！

城市里承平日久的国人们千万不要忘记共和国曾经的岁月和我们现在应该肩负的责任，不要迷失在"灯红酒绿、夜夜笙歌"中，不要迷失在"朱门酒肉臭"的氛围中，不要迷失在"只顾自己不管他人"的生活里。

为什么我们要帮助农村?

想想看,过去,云南、广西等边疆地区以及中国广大农村地区都曾经帮助过我们的工业和城市发展。

当年新中国成立时,在一穷二白的农业国基础上建立工业国,当时所需要的积累主要是采用剪刀差的方式从农业当中获得。

1950年至1979年,农业为工业建设提供的剪刀差资金约为6300亿元。1949年,农业产值占到GDP的70%;1978年,农业仍贡献了GDP的28%。

今天,像《高山下的花环》中梁三喜的家人一样贫穷的人家在云南、广西还存在,我们对他们不可以麻木不仁。想想看,我们现在帮助扶贫其实就是知恩图报,就是不忘记当年农村对我们的付出。

因此,当我们的工业具备反哺农业的力量后,我们更不应该对云南、广西等边疆地区,对广大农村地区的脱贫攻坚事业置之不理。

向仁宝学习，到仁宝工作

（2017-07-17）

7月14日至16日，我和白马村党总支张旺益书记受仁宝资讯工业（昆山）有限公司（以下简称仁宝资讯公司）副总裁陈国钏的邀请，随同富源县人民政府调研考察团（成员主要来自富源县人社局及部分乡镇社会服务中心、富源县职业技术学校等）并在黄书奕副县长的带领下到苏州昆山学习调研。

仁宝电脑集团公司总部位于台湾，除在美国、英国、越南等建厂外，集团目前在大陆共有8个工厂，在大陆雇佣50000多名工人。仁宝在全球电脑市场中的生产份额为25%，也就是全球每生产4部电脑就有1部由该公司代工生产，他们每年的销售收入达到2000多亿人民币，2015年位列世界500强第423名。现所属工厂均通过ISO9001国际品质认证、ISO14001国际环保认证及OHSAS18000国际认证。

这次我们在陈副总裁的邀请下，重点参观了他们位于昆山市出口加工区主要为HP（惠普）电脑、亚马逊平板代工的二厂。该工厂长期使用工人7800人左右，高级、中级管理人员主要来自中国台湾，基层管理人员则由大陆员工担任。

我们一行受到了陈副总裁和仁宝资讯公司的热情接待。我们认真收看他们精心制作的公司宣传片，参观SMT生产线、产品生产线、包装线以及工人们的宿舍、食堂和其他生活设施，并和富源籍在仁宝工作的工人进行了亲切座谈，了解他们的收入和生活情况等。我们还亲自体验了供给一线工人的饮食以及工人们相应的生活娱乐设施等。

仁宝资讯公司目前具备了非常健全的制造体系，完善的质量与成本管理深受客户以及业界肯定，充分展现出灵活反映市场的研发能力与高质量的产品信誉。该公司诚挚欢迎富源富余劳动力到仁宝务工赚钱，努力为富源县脱贫攻坚事业贡献微薄力量。

尤其是该公司在云贵川西南片区招聘工人，与当地政府深入广泛合作，助力精准脱贫工作的同时，他们直接资助贫困大学生和中学生。同时，对于招收过来的一线工人，公司鼓励大家在打工赚钱的工作间隙进一步学习深造，公司已经与西南交通大学等高校合作，联合培养国家承认的大专、本科等学历学位的学生。

另外，今年以来，陈国钏副总裁一行专程两次到富源调研，并于近期在富源六中举行了捐资助学仪式。未来几年，公司将每年资助 25 名贫困大、中学生，每年每生资助额为 2000 元；公司同时表示，对由于各种原因没有考取大学的高中、职业学校学生欢迎他们到公司直接务工，受资助的大学生毕业后更欢迎他们到仁宝公司的中高层技术或管理岗位工作。

雄伟白马山，白龙留清泉

（2017-07-20）

7月18日开始，白马村在航天白马幼儿园七彩梦想教室、在光智（硐上）小学开始组织全村男女老少学唱村歌、学唱红歌活动。这几天走进白马村，随处都能听到"雄伟白马山，白龙留清泉，千年传颂伉俪树，鹦哥嘴上山歌甜"的美妙歌声和曼妙旋律。不管是白发苍苍的老人，还是读幼儿园的孩子，他们都在哼唱这首歌。

一个村子能有一首自己的歌，非常了不起；而今天我们所在的村子不仅有村歌，而且男女老少都把我们的村歌《绿水青山我家园》（《人间一个桃花源》的姊妹版本）在全村唱响了起来。

最初，在2016年开始白马桃花庄园和航天白马蔬菜基地建设时，我们就在想：如何让大家把对家乡的热爱唱出来，我们是不是可以谱写一首村歌，为这里勤劳善良的父老乡亲，为这里努力摆脱贫困、迈步走向幸福的人们加油、鼓劲儿？

经过一年来的不懈努力，这个愿望终于实现了。在县镇两级党委政府，在村党总支、村委会的领导支持下，在曲靖市扶贫办副主任姬兴波，在曲靖市文体局艺术研究所所长余晖、王雄思老师、曲靖市麒麟区歌舞团唐江云老师的大力帮助下，在富源素质教育集团刘敏老师的不懈努力下，《绿水青山我家园》悄然出炉了，而且，她强大的生命力正在不断显现。

我们要让所有的老百姓大声唱出来，要让所有出村在外工作的乡梓乡贤们唱出来，要让在外求学的中学生、大学生唱出来，让大家把对家乡的爱、对家乡的情唱出来。

今后不管他们走到天涯海角、飞到五湖四海，不管他们走得多远、飞得多高，都有一份白马村家乡的情愫时刻荡漾在他们心怀、深深地烙印在他们心底。

敬请期待，为了喜迎党的十九大、展现白马人"脱贫攻坚求发展"的良好风貌、营造"全民健身日"的浓厚氛围，我们将于7月底或8月初在航天白马幼儿园举办"自强·诚信·感党恩"村歌、红歌比赛活动，届时"雄伟白马山、白龙留清泉"的旋律将响彻滇南胜境、绕梁白马山麓。

孩子们这个暑假不寂寞

（2017-07-21）

7月20日，大河镇2017年暑假少儿免费艺术培训第一期顺利结束，大河镇文广中心石尤强主任到航天白马幼儿园检查验收第一期培训情况。主要来自白马村和黄泥村的130名孩子们参加了培训。我和航天白马幼儿园刘敏老师、陈凤琼老师等一起陪同进行了验收。

石主任对培训效果予以肯定，并要求培训一是要体现免费，不收孩子们一分钱；二是要通过学习培训，让农村的孩子们特别是大量的留守儿童们暑假不孤单；三是要确保培训效果，让孩子们回到家里后能跟家人说清楚学了什么。石主任还表示，培训不但不收费，结束后还将评选60名学习优秀的孩子们进行表彰。

第一期暑假免费艺术培训由航天白马幼儿园陈凤琼老师总体负责，同时邀请到邓阳娟、李叶馨、何娜、戴咏威、赵桂仙5位优秀老师授课，培训的内容包括拼音、儿童绘画、少儿舞蹈、手指速算、硬笔书法等，孩子们在快乐中完成各项学习任务，过了一个有意义的暑假；第二期将于7月24日开班，除了原有的内容外，还将增加刘敏老师直接授课的音乐口琴培训，届时孩子们将学会吹奏《青山绿水我家园》等曲目。

再见了我的第二故乡，再见了白马的父老乡亲

（2017-07-30）

当富源县素质教育集团艺术总监沈志强老师为我唱起"要走的阿老表，要走的阿老表，走了一步望两眼，哪个舍得你，哪个舍得你……"，泪水模糊了我的双眼，我的归期已至。

2015年7月28日，我受中国航天科工集团公司委派，来到云南省富源县大河镇白马村担任驻村第

黄书奕副县长、张旺益书记、大学生村官王子玉
在富源县城送我返京

一书记和扶贫工作队队长，转眼两年已经期满，现在，我将"挥一挥手"作别我的第二故乡（家乡）了。

时光如逝，回想起两年前临行时，中国航天科工集团公司党组副书记、副总经理方向明对我提出"用心做好各项工作"的谆谆教诲，党群工作部部长孙玉斌为我举行一个简短隆重的欢送仪式，以及人力资源部、总部其他部门领导、同事、朋友的嘱托，现在感觉起来如同发生在昨天一样。

两年来，驻村扶贫工作队（李庚、朱家文、赵庸成）在白马村党总支张旺益书记所带领的村"两委"大力支持下，努力工作，用心做事，中国航天科工集团公司、云南航天工业有限公司和我们朋友圈的朋友、亲人、领导、同事给了我们大量物资、资金的支持，使我们的各项工作得以顺利推进。

两年来，我们始终坚持把"理想"和"良知"挺在前面，各项工作是好是歹，是否对得起航天科工的重托，是否对得起上级党委政府的信任，是否对得起我们服务的父老乡亲，自己都不敢说什么，甚或"问心无愧"四个字都不敢说，只能

说"我和我的伙伴们努力了"！谨以此微文对大家表示最衷心的感谢和最诚挚的谢意。

两年来，在白马村张旺益书记带领的两委班子大力支持下，我和云南航天派驻扶贫队员（队长）李庚、朱家文、赵庸成组成的扶贫工作队主要认真做了几件事情。

一是始终坚持吃住在村（年平均驻村天数达到300天），和白马村村两委班子密切配合，全身心融入村里，做好上级党委政府交付的各项工作。

二是把中国航天科工集团公司扶贫开发领导小组审议通过的产业扶贫项目——航天白马蔬菜基地（富源县互惠蔬菜专业种植合作社）落地，努力使项目正常运转起来，该项目总投入285.5万元。

三是全力配合上级党委政府，做好招商引资项目白马桃花庄园（云南欣宇源农业科技开发有限公司）的土地流转、项目建设中的各项工作，该项目注册资金2.13亿元。

四是把中国航天科工二院资助5万元建设的航天七彩梦想教室建好，作为对村里的孩子们进行国防教育的重要场所。

五是加大对白马的宣传力度，创建"美丽白马我的家"微信公众号，宣传法规政策、宣传大爱无疆、宣传脱贫攻坚，目前关注"粉丝"达到720人。

六是接受航天和社会各界领导、同事、公益组织、亲人、朋友等资助（物资和资金）约38万元，帮助贫困家庭、学生和儿童2000余人次。

一、航天白马蔬菜基地

按照富源县扶贫资金使用要求和实报实销原则使用，资金拨付均通过富源县财政局扶贫资金专户使用，50万元全部按时到位并全部投入项目的钢架蔬菜大棚建设。

该项目建设内容主要包括钢架大棚（55个，其中连体棚15个、插地棚35个、中棚5个）、配水管网建设工程（包括干管、支管、喷头、阀门等，管网总长6022米以及加肥池、过滤池、配药池等）、排水沟渠建设工程（建成排水沟73条，总长5050米）以及基地配套道路、河渠修缮改建等。其中中国航天科工、云南航天分别投入扶贫资金35万元、15万元，主要用于部分钢架大棚建设；富源县、大河镇两级党委政府协调国际农业发展项目贷款基金90.5万元投入项目，主要用于配水管网、排水沟渠建设工程；其余部分钢架大棚建设、土地租金、农药、化肥、种子、各项人工费用等由项目负责人富源县互惠蔬菜专业种植合作社张家高负责，并自主经营、自负盈亏。

项目第一茬蔬菜松花菜 65 吨、洋芋若干等已销售完毕；基地在现有西红柿、葡萄、西瓜、草莓、红梨等各类蔬菜瓜果种植的基础上，正在开展林下种植、生态土猪和土鸡养殖等，生态餐厅建设正在筹备中。

该项目主要使用白马村村委会瓦窑山村民小组和磨刀石村民小组土地 103 亩，每年支付土地租金约 10 万元。两个村民小组涉及建档立卡贫困户 / 人口总计 42 户、113 名（其中 29 名具备一定劳动能力），其中建档立卡贫困户在基地的总计 13 户、贫困人口 33 人，土地 9.7 亩，每年可获得土地租金 91000 元，为建档立卡贫困人口每年人均增加收入 2757 元。同时务工人员在 10~15 人（2 名贫困户长期在基地务工），每年务工工资在 25 万 ~30 万元。该项目每年返还 10 万元给白马村集体，全部用于建档立卡贫困户。

二、白马桃花庄园

该项目涉及的土地流转资金（云南欣宇源农业科技开发有限公司与村民直接签订土地流转合同）和务工收入均由该公司直接支付白马村的老百姓，各类固定资产投入均由该公司直接负责投入（目前完成投入 1.3 亿元），村委会不介入其资金管理。

目前已经完成土地流转 3000 余亩，种植黄桃 1200 亩、苹果 500 亩、车厘子 500 亩、梨树 250 亩（其中 30 年老梨树成功移植 246 株）、食用玫瑰园 50 亩；建钢架大棚 80 个、120 亩（主要种植车厘子和冬桃以及番茄、黄瓜等各类蔬菜）；围栏 11000 米；活动板房 400 平方米（养殖土鸡 10000 余只）；毛石基础路面完成 12000 米。建成组合式冷冻库 10 个 1000 立方米；30 亩水上乐园正在建设中。8 月 10 日前，在现有建设基础上，景区大门、观光台、园区主要景观道路等基本建成。

三、航天白马幼儿园七彩梦想教室

该项目资助方中国航天科工二院单独投入教育扶贫资金 5 万元，通过富源县财政局扶贫资金专户专款使用，按照实报实销原则在项目验收后给付。

布置飞机、舰船、导弹模型 14 个，购置图书玩具 2000 余件（册），接待来访客人 20 余次。建设过程中得到航天科工总部、昆明报刊发行局以及航天和各界社会爱心人士的资助。

具体使用情况：亚克力展架（模型保护罩）7800 元（3 个）；喷绘、超薄灯箱、不锈钢托架、吊旗 7865 元；书柜 4400 元（7 个）；飞机、舰船模型 10365 元（含运费）；图书、玩具 20000 元。总计 50430 元，超额 430 元由航天白马幼儿园承担。

四、接受社会帮扶

白马村近两年来社会力量帮扶主要是爱心物资、爱心款项及"美丽白马我的家"微信打赏费用，总计 383064.20 元，其中爱心物资 272014.2 元、爱心款项 106467 元、微文打赏 4583 元，受益 2480 人次，主要账目及使用情况如下。

（一）爱心捐赠物资（272014.2 元，折价）及主要使用情况

1. 2015 年 12 月，北京锦绣华英衣帽有限公司康云英董事长和她的同事为本村白马小学 800 多名学生无偿捐赠 8 箱、960 顶（单价 32 元，折价 30720 元）小黄帽，于 2015 年 12 月 16 日全部发放给白马小学的学生，直接受益建档立卡贫困学生 113 人。

2. 2016 年 9 月 27 日，云南航天工业有限公司、云南航天幼儿园捐赠幼儿棉被 530 床、垫棉 774 床、枕头 758 个、大垫棉 15 床、泡沫地垫 50 件等总计 2137 件无偿捐赠大河镇白马村航天白马幼儿园，折价 5 万元，直接受益建档立卡贫困儿童 16 人。

3. 2016 年 11 月 29 日，中国航天科工总部工会主席周菁协调中国经济改革研究基金会为航天白马幼儿园捐赠"听姥姥讲故事"故事盒 282 个，折价 21903 元，全部无偿捐赠航天白马幼儿园孩子们（除白马村孩子们外，还有来自贵州平关镇、富源县中安街道升官坪等的孩子们），直接受益建档立卡贫困儿童 16 人。

4. 2016 年 12 月 2 日，中国航天科工某爱心人士捐赠 100 套书包及文具用品，价值 4500 元，全部捐赠白马小学 84 名建档立卡贫困学生和航天白马幼儿园 16 名建档立卡贫困儿童。

5. 2017 年 4 月 15 日、5 月 12 日，殷幼华带领爱在珠江源志愿者团队携手澳优乳业为白马村孩子们捐赠 50 箱、300 桶能力多进口奶粉，每桶 440 元，折价 132000 元，于 5 月 12 日在航天白马幼儿园举行捐赠仪式，白马小学及航天幼儿园 118 名贫困建档立卡儿童及 125 名留守儿童接受捐赠。

6. 2017 年 6 月 20 日，爱在珠江源志愿者团队携手"钢丝善行团"捐赠白马小学学生爱心箱 120 个、贫困户爱心包 12 个，每个 200 元，折价 26400 元，全部资助品学兼优、家庭贫困的学生和李小现等贫困户。

7. 中国农业大学同学刘会华、吴继辉、赵晓晓、敖柏、庄捷，安徽亳州古井镇李厂，浙江爱心人士高勇以及众多航天科工爱心人士捐赠图书衣物等 2722 件（册、包、盒等），全部捐赠给建档立卡贫困户、航天白马幼儿园、留守儿童之家以及农民书屋。

（二）爱心款项 106467 元主要使用情况

航天科工及社会爱心人士 2015 年 8 月以来总计捐赠爱心资金 106467 元，其中爱心人士捐赠的 41000 元直接转入白马村村委会在大河镇统管账户，云南航天 29250 元以现金形式给付贫困群众，其余主要通过微信形式转入。主要使用情况如下。

1.2016 年、2017 春节前夕，云南航天"挂包帮"白马村 37 名党员干部以现金形式给付所联系的 39 户建档立卡贫困户春节慰问金 13650 元、15600 元现金，并于春节前全部分发到 39 户贫困群众手中，直接受益贫困人口 100 人。

2.2016 年 4 月 24 日，利用在航天白马幼儿园举办"中国航天日"的机会，使用航天科工某爱心人士捐款 7972 元购买书包、铅笔、文具等学习用品 40 份，分发给白马小学、航天白马幼儿园 40 名儿童，直接受益贫困留守儿童 16 人、直接受益建档立卡贫困人口 16 人。

3.2016 年 8 月 24 日，使用航天科工爱心人士张镝爱心款举办"中国航天科工爱心人士捐资助学仪式"，为全村 26 名贫困高中生、大学生发放助学资金 4.87 万元（其中三年定向 2.72 万元，一次性资助 2.15 万元），直接受益建档立卡贫困人口 13 人。

4.2016 年 3 月 11 日、6 月 23 日使用社会爱心人士李厂（500 元）、刘会华（1000 元）捐款资助大坝山村民小组某建档立卡贫困户 1500 元，直接受益建档立卡贫困人口 6 人。

5.2016 年 7 月 27 日，航天科工某爱心人士资助 20000 元，分别用于色尔冲村民小组某高中生、十字路村民小组某高中生长期三年帮扶，每季度给付一次，每次 900 元，直至给付完毕，已经资助 5 次，使用 9000 元，余款 11000 元结转云南航天派驻扶贫工作队长赵庸成继续按季度给付。

6.2016 年 12 月 24 日，航天科工总部某爱心人士资助 7200 元，分别用于长期资助严湾冲村民小组某高中生（半年，1800 元）、磨刀石村民小组某高中生（一年半，5400 元），每月由爱心人士直接转拨相应账户。

7.2017 年 4 月 25 日，使用航天科工某爱心人士捐赠款项为航天白马幼儿园 17 名建档立卡贫困儿童减免保教费，每人 400 元，总计 6800 元。

8.2017 年 5 月 25 日，航天科工某爱心人士剩余款项 3728 元连同航天科工某爱心人士 1000 元，直接购买各类书籍、玩具给航天白马幼儿园。

9.2017 年 7 月 3 日，"天慈爱心之家"王琼及其团队、昆山仁宝公司赵伟直接资助大坝山村民小组孤儿大学生 1300 元现金。

（三）微文打赏 4583 元使用情况

从 2016 年 9 月 22 日开通微文打赏到 2017 年 7 月 28 日我任期满，自媒体"美丽白马我的家"共接收到社会各界人士爱心打赏 4583 元，用途如下。

1.1583 元与来自航天科工某爱心人士贾云行的 2017 元总计 3600 元，用于资助白马村村委会小铺子村民小组某贫困学生一年高中学习费用。

2.余款 3000 元与来自富源县副县长黄书奕的 2000 元爱心款总计 5000 元转交云南航天派驻扶贫工作队长赵庸成，拟 8 月份全部用于资助困难大学生或高中生。

打赏的爱心人士包括我的领导、同事、同学、朋友、亲人，还有很多我都不认识大爱人士，我的微文质量一般，但是他们义无反顾地把爱心款打赏给我，安徽古井镇李厂、现实是那样残酷、素质幼儿园刘敏、崩沙克拉卡、冯玉珠、赵广周老师等爱心人士长期为我打赏，铂汉林文渊、海阔天空、玥妈等爱心人士单次打赏金额都在 200 或 100 元，我嫂子张云芳、我研究生同学庄捷、陈晶晶、雪狼、DOCTOR Li、贝拉、羊羊、兰格加华 –HRD– 李海宁、包学平（众葡酒业）、妹姐、刘敏等动辄就把单次打赏金额给到 50 元，在此不一一尽述了，白马村的贫困学子们谢谢你们了！

再次深深地感谢中国航天科工集团公司（尤为感动的是党群部、人事部专门为我申请 2016 年度总部优秀员工）、云南航天工业有限公司、航天机关幼儿园（北京）、"爱在珠江源"志愿者公益团队、澳优乳业、"钢丝万里行"全国公益组织、中国经济改革基金会、北京锦绣华英衣帽有限公司、云南航天机关幼儿园、《中国扶贫》杂志社、珠江网、胜境文艺等众多单位的大爱。

深深感谢曲靖市委组织部、宣传部、曲靖市扶贫办、曲靖电视台、曲靖人民广播电台以及富源县、大河镇党委、政府和兄弟村子众多领导和朋友们对我们工作的支持；深深感谢张旺益书记和村两委以及8000多名父老乡亲们；我的驻村工作暂告一个段落了，但是关注贫困的理想和良知将一直秉持，在今后的工作生活中，我会和大家一起把爱心延续。

白马村举办第二届群众歌舞文艺展演

（2017-08-05）

　　8月3日至4日，白马村第二届群众歌舞文艺展演在航天白马幼儿园广场举行。本次活动以创新、争优、自强、诚信、感党恩为主题，旨在喜迎党的十九大、引领并且培育白马村全民健身文化活动持续长效开展以及推广和普及村歌《青山绿水我家园》。

　　活动中，曲靖人民广播电台著名主持人刘瑞玲（玲子）、曲靖市文体局艺术研究所原所长余晖老师、《我的扶贫故事》作曲王雄思老师、《我的扶贫故事》原唱周艳老师，《青山绿水我家园》原唱唐江云老师等来到现场参加活动，并为村民表演了丰富多彩的节目。曲靖人民广播电台、曲靖市文体局艺术研究所所长余晖、富源县人民政府副县长黄书奕等有关领导以及艺术家们与白马村民一起参加了活动。

　　本次活动获得云南鼎彩树脂瓦业有限公司、富源县福莲运输公司、白马小鱼馆、白马农村淘宝服务站等单位（公司）的支持和赞助。

轻轻地轻轻地开了花

（2017-08-12）

一、轻轻地轻轻地开了花（洞箫诗朗诵）

轻轻地轻轻地开了花

作者：余晖　　朗诵：杨金兰

作曲：王雄思　　洞箫演奏：刘学梁

送君千里，终有一别，不如不送。

今天（7月30日）（在你回程的高铁上）10点、11点、11点20分左右，李杰，你的手机分别会收到三份礼物。一路顺风，后会有期！

诗写得不好，权代表白马及边地贫困山区的孩子们对你和中国航天科工人的真诚感谢、希望和展望。伉俪携子此北归，白马翘首待南会。常回家看看吧……

一粒爱的种子啊

轻轻地

轻轻地

播撒在白马山下

一片真挚的情啊

轻轻地

轻轻地

轻轻地

捧来长空彩霞

接着

白马村的小儿们

知道了

在远方

有他们的第二个家

还有好多好多的爸爸和妈妈

又接着

北京城的航天人

在白马村也有了

好多好多的娃儿

于是

又多了

一腔揪心的牵挂

那种子啊

在轻轻地

轻轻地

发了芽

到时候啊

会轻轻地

轻轻地

开出漫山遍野的花

到时候啊

会轻轻地

轻轻地

开出漫山遍野的花

到时候啊

会轻轻地

轻轻地

开出漫山遍野的花

二、一切都是如旧，一切又都是新的

离开白马转眼已经半个月了。

回到我原来熟悉的工作岗位，打开电脑是熟悉的文件，耳边不停的是电话声，重新开始总部忙忙碌碌的工作；回到家里，耳边依旧是爱人的"唠叨"：孩子的教育你有个更好的思路不行吗？为什么你回到家里东西就这么乱？……

一切都是如旧，一切又都是新的。

啊，终于平安回来了。

村里老书记刚刚打来电话，问我回来北京是否都适应了，村里自酿的玉米酒怎么给你寄点过去……

三、你们给我的最尊贵的礼物，将一直鼓励我远行

我的至亲至爱的朋友们、同事们、亲人们和白马村的父老乡亲们，你们给我的世界上最尊贵的礼物，我将永远珍藏心中，你们给我的世界上最尊贵的礼物，将一直鼓励我远行！

【20170802】

让我掉下眼泪的不止白马的景，让我依依不舍的不止你的温柔，余路还要走多久，你是我的骄傲，让我感到为难的是挣扎的自由，漂泊异乡的游子，回忆是思念的愁，深秋嫩绿的垂柳亲吻着我额头，在那座阴雨的小城里我从未忘记你，白马带不走的只有你，和我在白马的村头走一走，喔～直到所有的灯都熄灭了也不停留，你会怀恋它的美丽，我会把它装进相机，走到十字路的尽头，一起挥手向他问好……

（2017 年的 8 月 2 日，原曲是大家非常熟悉的赵雷的《成都》曲子，似乎那天注定我今天必须来到成都——2018 年的 8 月 2 日，我被正式任命为宏华集团有限公司党群工作部部长，再次开始我新的 2 年的挂职生涯。）

【20170731】

李书记，这么称呼，是因为感动！为你骄傲～你与白马的朝夕相处，你们为村民所做的点点滴滴，无不展现了你们航天人的理想、信念、情怀！尤其你并不张扬的个性，如此奔波呼吁，如此"高调"，更为难能可贵！这是你的善良、仁厚和执着的天性，是对白马村民的真爱～向你致敬，向你学习！欢迎回家～

【20170731】

李书记，为你们感动，为你骄傲～你与白马的朝夕相处，你们为村民脱贫致富、村里建设发展奔波呼吁，无不体现航天人的家国情怀，无不体现你及同仁的善良、仁厚～向你们学习、致敬！

【20170731】

2015 年 9 月，在白马村，见到过李杰，平凡的人。告别年迈父母和娇妻爱子，

毅然走进大山深处，两年来，700多个日日夜夜的孤独与寂寞，用航天人平凡的情怀，书写了平凡伟大的扶贫事业，扶贫工作酸甜苦泪人生驿站，这是一生的财富。是我学习的榜样。李杰，好兄弟，辛苦了，向你致敬。愿你在新的岗位续写华章！

【20170731】

李哥，今天参加了市里"好记者讲好故事"的演讲比赛，拿了一等奖！被推荐到省里继续比赛！下一步，稿子还要做大改动和调整，我还要继续讲好你的故事！谢谢您对我的各种支持与帮助！

两年前，你们抛家舍子不远千里从北京来到大山深处的白马村，扑下身子融入群众，为白马村的发展出谋划策，做了许多实事，一路走来，虽然困难重重，但你们义无反顾。期待着有一天，白马村像你设想的那样，不断培育、发展、壮大自己的集体产业，群众生活越来越美好。两年来，虽然我们并无太多交集，但我深切感受到了家乡点点滴滴的变化，衷心感谢你们为白马所做的一切。昨天听闻你已在昆明踏上飞往北京的航班，衷心祝愿你今后前程似锦，家庭幸福和美。

【20170731】

李书记，我们白马人民舍不得你，有空常回来看看，真心舍不得李书记！愿好人一生平安！

【20170731】

好兄弟，来不及见面你就要走了，常回家看看，美丽白马永远是你的家！

【20170731】

@李杰

乘白马之神韵，助杰书记腾飞。待瓜果飘香季，迎故人于堂前。忆当年，思古今，叹，民沌气正人杰地灵，绿水青山天上人间！

【20170730】

杰哥，你走了，我没送你！其实，在我脑海中不知道导演了多少场送别你的场景。想到过古代那种西出阳关敬上一杯酒的文人墨客醉意上心头，但是，又怕酒让心醉得更厉害，反而更加舍不得；也想到过，车站纷纷扰扰的人群中寻找你的身影，苦寻一番，最后在进站口短短道声，彼此珍重……那种感觉无疑是在你我心上做了一个切割手术。

这两年，你我兄弟缘分才刚刚开了头，却又要各分东西，终了，伴随一声汽笛声，努力抑制哽咽，虽说两个大男人，相信这份情意也足以将你我的眼泪赶出来，那又是在离别之痛的伤口狠狠地撒了一把盐，所以，我最怕的就是送人离别，也不愿有人送我，离别这开刀手术，必定要用麻醉药，让当事人在迷蒙中减少痛苦，离别的痛苦最好避免。

借用不知道是谁说的一句话吧："你走，我不去送你，你来，无论多大的风雨我都来接你。"杰哥，珍重！

【20170726】

杰哥，一直以来我都叫你李书记，我知道这样显生分，但是自己一直嘴硬，很多话不知道从何说起，心里很多舍不得，但是你始终是要回去，那里有您的父母、妻子和孩子，您应该和他们在一起的，从这一点来说，又希望你能和他们早日相聚。非常矛盾，感谢缘分让我们相识，希望你以后能长久顺心如意。

这两年从你身上学到很多。时间太短了，我一直不知道如何与人相处，常常会让人感觉疏离，但早就把你当作最值得信赖的亲人和朋友，心里也已千千万万次说过"杰哥，你好，杰哥，谢谢，杰哥，我有很多话想对你说……"可是没等我的"你好"说出口就不得不说"再见"了。

也许分别才是人生的常态，有时候觉得谁也不遇见该多好，要是你是一个骄矜、傲慢、冷漠、夸夸其谈、让人生厌的人该多好，可您偏偏不是，并且恰恰相反，这真是令人惆怅。也许以后不会再见，也许再见了也学不会如何表达自己，学不会欢呼雀跃，但是杰哥，真的，很高兴认识你……

【20170713】

这首歌……写得不太好，我自己都不满意（水平有限）……你要回去了，我心里难受，这两天总有几句旋律（灵感）在脑里、嘴上挥之不去，昨晚一直睡不着。

希望你能接纳，仅作为你在白马两年的一份回忆，同时也表达一下我对你的敬意和情意。

【20170710】

尽心尽责，不辱使命！亲朋好友，以你为荣！埋头苦干讲奉献，留下脚印一串串！先有耕耘，再有收获！支持好兄弟，好样的！加油！有这么一个担当社会责任的企业，和这么多热心担当的党员干部，美丽白马，前景无限！

【20170629】

精准扶贫不仅仅是为了改变这种状况，更重要的是民族文化传承，目前现有的贫富差距，特别是精神道德层面人性的丑恶，要在精准扶贫工作中有一些改变，李杰你两年多来的实践，很有意义！李杰，你写得真好，我非常能感受到你内心深处的真情告白……祝你今后一切顺利安好……

【20170624】

兄弟，该感谢的是你和你的单位。你们的付出，你执着的坚守，你不遗余力的宣传，让白马为世人所知，让党的关怀温暖着这个山村。一年来你走进这片土地，你爱着这片土地，你把自己融入老百姓的生活中，谱写着一曲驻村干部扶贫攻坚的赞歌，你以一名中国共产党员的实际行动在为很多人树立榜样。

【20170622】

我接触了这些扶贫驻村人员，他（她）用实际行动践行了一个共产党员的目标、工作作风，确确实实地为当地老百姓做了实事，祝愿他（她）平安幸福！

【20170613】

李杰书记，晚上好！请接受我迟到的祝福与问候！对您在扶贫路上取得的成绩表示祝贺！也让我回忆起40多年前作为北京知青，在内蒙古插队时的往事……当时我是知青队长，又遇到从全国各地知名大学来农村锻炼的大学生，那时我们在一起为落户的村子做了好多美好的规划，但受当时环境与大气候所限，都没能实现……现在我还与村民们保持着联系。祝您苦心经营的白马在您走后能持续不断发展！祝您的事业更上一层楼！晚安！

【20170613】

白马村，不但山好、水好、环境好，最重要的是，领导有方、班子好、队伍好，带动群众搞产业，抓经济，培养下一代的精神文明，搞好国富民强的基础。

【20170603】

希望我的家乡，越来越好，都奔着小康生活努力进步，为了扶贫你也做出了很大的努力，加油，美丽白马我的家！为你深入山乡，为白马村发展和村民脱贫呕心沥血，辛勤耕耘扶贫一线点赞！中国梦每个人都不能掉队，每个人都有责任和担当！加油！

【20170530】

你很棒！还是借用方副书记的话送给你：接受平凡，追求卓越！

【20170518】

李队长，你好，我是代表湖南航天在湘西扶贫的工作队队员，一直有关注你的公众号，感觉你是一个积极向上、充满正能量的人，我想认识一下你，加一下你微信，不知方便否？

【20170512】

白马是我从小长大的地方，现在离开二十多年了，希望下次回家乡看到更美丽的风景，希望白马桃花庄园越办越漂亮，感谢国家，感谢政府，感谢各位领导，有这样的美丽的庄园，以后家乡的亲人们肯定会有好日子过了。

【20170507】

为你骄傲！"不忘初心"你做到了！

【20170417】

本是"观棋不语真君子"，无奈李杰8月将行，实在难忍，唯有试解其棋局于下：《丁酉年春游白马，又于暮色中走马观景，得<桃花林深千倾瓣>记之》

紫箫清曲幽留泉，

桃花林深千倾瓣。

三月三日蟠桃会，

白龙神马驾云端。

乡人结庐伴趣鸟，

玄武圣堂镇万山。

大儒故里有书声，

小儿稚翼出雄关。

【20170415】

尺有所短，寸有所长。我喜欢跟三教九流的人交流，阅人无数，可博采众长、启迪思维。每每与人交流，总会有所感悟。你的特点是"憨厚"，大智若愚，不忘初心，砥砺前行。现在的社会，试问我们又有几人能做到这么大的付出和努力呢？我自认为能管住自己，不放纵就不错了。

【20170415】

驻村工作中的苦辣酸甜，只有你自己感受最深！好兄弟！好样的！

【20170413】

真情实意为老百姓好事，美丽了白马，拉近了和群众的距离，留下了青春、智慧和汗水，书写了一曲慷慨的扶贫之歌！

【20170413】

李哥，今年能回来了吗？每次看完你的第一书记文章都很感动。这两年经历了不少吧？肯定也吃过不少苦。工作的艰辛可想而知！很多不懂党建的人总是认为党建是虚的，所以开展起来很费劲。但是，李哥作为第一书记用实实在在的行动证明党建的务实性，只有把真情扎根一线，把真心交给百姓，才能把真业绩做出。

李哥红心向党，忠诚、纯洁、正派、奉献，作为兄弟的我很骄傲，因为，能自始至终为组织负责的人，一定对兄弟、对朋友也是真心和负责的。我相信此次历练为李哥后续的工作积攒了丰富而宝贵经验，必定在未来工作中大展身手，让我们党建工作再上新台阶。加油！

因为生活在同一个家园，因为拥有同一个梦想，白马村越来越好，我们作为旁观者感受到了你们对家园的热爱、对美好生活的憧憬。李杰同志作为第一书记真是村民的好书记！致敬！向李书记学习！

【20170318】

我一直相信，世界上没有无缘无故的相遇，都是前世的缘分注定。每一天，我们见到的每一个人，听到的每一番话，都以一种悄无声息的方式影响着我们，并改变着我们，今天与哥的见面，充满了感动！感恩！是另一种动力在我心中燃烧！祝哥一切顺利，加油！

【20170316】

尊敬的李杰书记晚上好！看到了白马幼儿园孩子们那一张张天真、质朴的笑脸，让人看到了白马的希望！孩子是白马也是祖国的未来！白马在航天人的鼎力支持下，在李杰书记带领的扶贫工作人员的不断努力下，精准扶贫的成果定会让白马发生翻天覆地的变化！深深地道一声：李杰书记辛苦了！多多保重！晚安。

谢谢李杰书记的祝福！白马正是在党的好政策支持下，特别是有您这样的好干部，真抓实干的努力带领下，才有了今天翻天覆地的变化！白马人是幸运的！您也在自己人生职业生涯中得到了锻炼！

祝福李杰书记鸡年吉祥、事业兴旺、家庭幸福安康！如果有时间我一定去看看美丽的白马与朴实的白马人！再见，只是尽了点微薄之力！

您不仅是扶贫楷模还是位很了不起的社会活动家！在白马的足迹一定会在您人生的道路上留下浓墨重彩！祝好！

【20170118】

牛！主要是有创意，在农村做下乡，能做到你这个水平还是挺佩服的。哦，对了，我，白马村民组的一户，在外面工作了，看到你这个号挺下你！

【20170115】

看了李书记的扶贫日记深感震撼，我也曾于 11 月份到富源考察了一个月，感同身受，回来与公司老板报告后，老板对当地的扶贫、脱贫很支持，也希望能尽我们的绵薄之力尽可能来帮助他们，让他们早日脱离贫困！

【20161230】

李书记辛苦了，从大城市来我们农村带领农民脱贫致富，改善农民的居住条件，您心里装着农民，脑子里想着农民，自打来到我们白马，你就一直辛辛苦苦为白马的发展思前想后，在你和全体村委会工作人员的辛勤付出下，我相信白马的明天会更美好。真诚地谢谢您，感谢你们村委会全体人员。在元旦来临之际，祝你们元旦快乐，身体健康，万事如意。

【20161230】

每每看到你发的有关内容及朴实的云南村民，心里总会有一丝感动：感动你的执着，感动你们的辛苦，更感动有那么多热心的爱心人！感恩生命！

【20161215】

白马孩子真幸福！得到这么多人的关爱。虽居深山，却与最先进的航天直接碰面。这在全国，尤其农村孩子，是少有的。我一直认为，给朴实的农村孩子，心里种下爱，他们今后就是有爱心的人；种下科技，种下航天，真可能会开花结果，一辈子会记下那美好多彩的童年！我为此能尽一点微薄之力，本身就是幸福。小李，真的，你在他们身边这一段日子，他们一生都会记住，感到美好的！

【20161207】

杰哥，每次都会看你发的文章，也非常感谢你为我的家乡所做的实事。很自豪曾经是一名航天人，我会一如既往支持你的扶贫事业，加油！

【20161122】

致青春——写给挂职云南白马村的第一书记李杰同窗

张美勇

北京到白马

万水千山

首都到村寨

眨眼之间

兄弟

远离妻儿可曾感到孤单

扶贫路上可曾忍受辛酸

最初的彷徨可曾随汗流干

如今的坚定可曾爱播心田

兄弟

迷惘过可曾不忘本来

挣扎过可曾不忘品格

奋斗过可曾不忘初心

坚持过可曾不忘来路

兄弟

纵青春流逝岁月已老

纵世事沧桑容颜不再

凝眸南国

悸动中泪闪荣耀与尊严

兄弟

滚滚白马入梦来

【20160728】

只有把守仁大师的心学参悟透彻了才能灵活运用于实际，祝贺您也敬佩您——做到了。一年的心路历程，点点拾掇，能再次感受到您的真诚、善良、努力和成就，特别让我等小辈受用的是：能感受到虽然艰辛，但您乐在其中，这一刻我觉得您是最幸福的人。生日快乐！活动组织得好接地气，尤其安排状元们统分好赞。

我要提建议：一、因为有这个微信平台了，现在又是读图时代，建议您在摄影方面着重把握一下，尤其是您自己的工作照，要请同事多拍哦，也是精神财富嘛！二、介绍人物时还请注意统一口径，比如您介绍主持人时，"刘敏"后加了职务"园长"，"刚走出校门的邓阳娟"后面可以加"老师"，我觉得加"美女"她会更开心。

每天关注白马的更新，没有财力物力支持您的工作，反倒是您给了我们航天人最营养的精神食粮，认识您就觉得很自豪！您的工作激情和高度认真的态度是我学习的榜样！

【20160711】

李杰，你好，细细看了你的大作，围绕着谈三点意见。一是写得很实，坚定了我为你们提供宣传平台的想法；二是我们今天面对的农民思想依旧，要改变需几代人而不是几袋烟的功夫；三是既然被派到这个岗位，尽量把工作做细、实。用智慧把那些高高在上的各级小领导推到扶贫一线。你们要用思想和智商推他们，而不是简单服从！

【20160624】

兄弟，该感谢的是你和你的单位。你们的付出，你执着的坚守，你不遗余力的宣传，让白马为世人所知，让党的关怀温暖着这个山村。一年来你走进这片土地，你爱着这片土地，你把自己融入老百姓的生活中，谱写着一曲驻村干部扶贫攻坚的赞歌，你以一名中国共产党员的实际行动在为很多人树立榜样。

【20160606】

李杰你好！一个人的能力是有限的，要干成一件事必须天时地利人和缺一不可，这事慢慢来急不得，尽你的力量干吧，最后老百姓会给你好评的。在外注意身体多保重！

你所在的农村脱贫了没有，从相片上看房屋还是很差的，你的担子不轻呀，你搞的航天种植一定要得到广大农民的支持呀！同时要做好产供销，一定要考虑周到，任何一个没有考虑好都会影响结果，最后直接影响的是农民呀，要多与当地政府协调，多听当地农民的意见，处处为农民着想。同时也希望你保重身体，问全家好！

李杰你好！我建议你最好在村里挑选几个大家公认的种田能手、种菜能手、养牛羊鸡等方面的能人能手，起带头作用，各自带领一部分村民发家致富，只有把大家发动起来，让大家感到有希望、有奔头，才能有动力，人心齐泰山移，单靠你一个人是万万不行的，你要帮他们想办法出主意，转变村民的观念。这些仅供你参考。李杰新年快乐！辛苦了，责任重压力大对自己是一个锻炼和考验，好好干，对你今后的路是大有好处的。

【20160503】

农村基层党建能干成这样非常不容易。你的新媒体方式很有特色，非常好，向你学习、致敬。我看你在那里干得很带劲儿，非常好。有什么事情多和单位沟通。

【20160411】

我认识李杰，第一张照片右边胖胖的、胸前挂着牌的家伙，带有明显的航天科工特征。

看到李杰兄弟的酸甜苦辣，我几度热泪盈眶。转发给我的朋友们，去感悟、理解这些第一书记们的付出、奋斗、经历。在北京的我们或许更应做得更好。很多年前有重走陕北、红军路、贫困县的央视媒体人感慨，"活在北京，是一种罪孽"，这是对比、反差下的顿悟、升华。

现今，这话依然富有哲理。对我辈，做人、做事，时刻警示、教育。每个人都很幸运，也许活着就是奇迹。所以，人活着，要有自警，要有担当，要懂感恩，日省三身，淡泊名利，看重公事，看轻自己。

目前院党委正在要求各单位开展社会主义核心价值观的学习，从这些第一书记们的身上，我看到他们正在身体力行，在践行着核心价值观。向他们学习，做合格党员。

【20160315】

一带一路的大规划下，白马正在形成一村一品，养殖、种植、乡村旅游、绿色高端农业和现代产业经济逐步转型，一个绿色、生态、可持续发展的白马新农村正在形成，白马跨越式发展正在进行，等过几年我们可以在阿里巴巴的淘宝网上卖自己的农产品了。

【20160315】

是啊，我们一直在努力，更因为小时候的人、事、经历，我对家乡有太深的感情，那里有我的乡愁，有我情深义重的父老乡亲，我永远记得美丽白马我的家。感谢有你，有张旺益、刘挺等一批年轻有为、有思想的村领导在为白马的幸福而拼搏，很高兴能和你们一起为家乡建设做力所能及的事。

改天回家和你好好聊聊，感谢你对我的故乡的厚爱，这是片多情的土地，身在外，故土难离，我关注它的方方面面。谢谢你，我将和你一起努力宣传我的家乡。

感　谢（跋）

"有一种生活，没有经历过就不知其中的艰辛；有一种艰辛，没有体会过就不知其中的快乐；有一种快乐，没有拥有过就不知其中的纯粹！"

当您花费宝贵的时间翻阅这本书后，是否也能在心头浮起方向明副书记的这几句话，是否也能体会到别样的人生。我想对所有读过此书的人，说一声谢谢，谢谢你们把时间留给白马村，留给大爱无疆的人，请记住他们的名字（难免挂一漏万，敬请给予谅解）。

我想对你们真诚地说一声谢谢：中国航天科工集团有限公司党组书记、董事长高红卫，党组副书记、总经理李跃，党组副书记、副总经理方向明，党组成员、总会计师王云林，董秘侯秀峰，资深专务王建生，党群工作部部长孙玉斌，人力资源部部长任玉琨，纪检监察部部长刘翔，科研生产部部长杜江红，原空间工程部部长张镝，感谢张江波、张燕、周菁、吕晓戈、齐先国、李铁毅、李慧敏、张娟娟、刘双霞、黄海明、朱纪立、甄智、潘永清、刘新磊、郑晓军、刘芳晓、陈炳隆、李根仓、王培雷、于菊、常贺、闫彬、孟凡杰、苏洲、孙越、谭红雨、胡彬……

更要感谢大爱的同事们：龚界文、孙雪涛、罗霄、张向群、刘冠杉、马效泉、王琦、肖雅君、苏晓飞、黎泰明、李美清、王进、陈文龙、吕光辉、臧天保、安玉龙、赵卫华、李硕、贾云行、武铠、陈文忠、龙明坤、朱钰、任岩、孙绍明、孙宇、孙志强、刘海、刘薇、李春燕、马洪涛、王彬、吴小武、刘铭、王国龙、宋伟光、黄文辉、张燕青、胡煜、边旭、孙建平、李柏生、宋勇民、王蓓蕾、武增臣、李春燕、冯志家、冯玉珠、杨抗美、陈晶晶、赵劲松、李庚、朱家文、赵庸成、杨小龙……

我想对我初中、高中、大学和读研究生时的老师们、同学们真诚地说一声谢谢：侯云先、刘会华、敖柏、王俊英、吴继辉、庄捷、李祥忠、刘智明、高登艳、赵晓晓、谭哲峰、赖如通……罗伟、杨宣勇、朴雪玲、周丽娟、薛妙琴、张晓英、陈红霞、李运动、于宏珍、刘建刚、崔延超、张建松、黄国强、陈东峰、冯相、陈孚、孙兆胜、陈鹏、王国强、张文刚……张鹏、刘淳、李新科、李洪、丘陵、虞祥、包学平、张美勇、黄正华、戴海峰、齐峰、白秀娜、刘欣、齐悦、吴忠伟、肖启国、古珂青、李洪、张佳鹏、万莉、唐毅、李壮、卢红平、张满、池飞永、王雷、孙德杰、袁毅刚……

我想对社会上这么多大爱无疆的人真诚地说一声谢谢：我的老领导沈志强厂长、康云英和她的同事、李厂、陈国钏、赵伟、崩沙克拉卡、宝宝洁、高勇、郭娉娉（大双）和她的家人、鲍常科、李明、刘雁、唐辉、韩建盛、刘娜、王健任、张腾、吴艳华……感谢我的第一书记战友们：赵广周、常军乾、顾正东、满永博、韩智慧、李世杰、冀永生、秦西宁、邓比、张翔、江应军、梁子龙、王玉春、刘艳、史睿、张翔……

我想对云南省、曲靖市、富源县、大河镇、白马村的这些领导、同事、朋友们真诚地说一声谢谢：唐开荣、张忠文、姬兴波（自然）、余晖、王雄思、李正付、龚雁璘、周莺、刘瑞玲、田忠文、陈志、王春宁、袁纪鹏、耿妍、戴桃玲、李晓毅、黄书奕、沙莎、牛睿、张德华、杨雄、江舟、蔡光炜、敖伟能、张维、李洪、金飞、范涛、温石宝、张立平、罗忠华、游界、施友春、于玲、李宝红、石尤强、陈老令、殷幼华、王琼、杨佛祯、杨俊、杨涛、张家高、朱光明、刘敏、沈志强、周永柱、李素莲、王江、张旺益、李桥会、刘挺、刘光泽、陈尧、余小冲、顾小林、王子玉、肖本科、龚荣莉、明晓婕、顾八斤、徐小乖、许菊莲、田小雁、刘江、陈春香、邓新弟、刘秀英、邓阳娟、陈凤琼、陈会琼、王祥、贺宏、田敏、严小书、敖艳红、邹春艳、余其红、杨志、何稳竹、胥加宽、刘建华、刘江、荀柳、李雄、杨杰等等众多领导、朋友、亲人、同学、同事。

感谢我的家人：我的父母、我的岳父母、我的爱人刘红和儿子李庆南、我的姐姐李静、姐夫王海鸥、我的哥哥李涛、嫂子张云芳、我的大姨姐刘玉、大姨姐夫赵育全、我的小姨妹刘芳、小姨妹夫李成，你们给我最直接的关怀，帮助我照顾家庭、帮助我带孩子，帮助我解决可能遇到的任何困难和问题。特别是，要致敬我的爱人刘红，她这几年一个人在北京承担起抚育孩子、赡养老人的重任，给了我坚持做好工作的勇气和信心。在单位商请我到成都宏华集团工作时，她和我的孩子最终都没有说不，坚定地选择了支持我。我爱你们，永远爱你们！

最后，我还是想说：不胜感激，所有曾经为需要帮助的人付出过爱心的人们，你们将会不朽；不胜感激，我的领导、我的同事们、我众多的亲朋好友，有你们我才有力量；不胜感激，我们所处的这个伟大时代，有中国共产党的坚强领导，有这么多优秀的中华儿女支持脱贫攻坚的光荣事业，国家必将兴旺发达，人民必将幸福乐业。

本书中我还引用了刘敏老师在航天白马幼儿园2016年教师节的讲话、我的同事李根仓2015年6月写给毕节四兄妹的诗《天堂的微笑》、我的大学同学张美勇专门写给我的诗《致青春》等作品，他们的作品为《美丽白马我的家》这本书增色，让《美丽白马我的家》这本书升华。

编写此书过程中，本人深感能力和水平非常有限，不足之处请大家谅解，本书仅仅能分享给大家的是自己对父老乡亲们的一种感情，向对所有关心关注农业农村农民的亲人朋友、师长同窗、领导同事表示永远的感谢！